LES ROSES NOIRES
DE SAINT-DOMINGUE

Michel Peyramaure

LES ROSES NOIRES DE SAINT-DOMINGUE

Roman

Production Jeannine Balland
Collection Sud Lointain

PRESSES DE LA CITÉ

ISBN 978-2-258-07420-0

Pour Danielle DELMAS-CHAPAPRIA

La partie française de Saint-Domingue

Pendant la Révolution le Port-au-Prince et le Fort-Dauphin prennent le nom de Port-Républicain et de Fort-Liberté

PREMIÈRE PARTIE

1

La nuit des lucioles

Récit de Julien Delacour

Saint-Domingue, année 1806

Cela commence par une sorte de brume légère. Elle prend naissance Dieu sait où : dans les fonds humides entre deux falaises de mornes, dans une savane ou dans quelque marigot puant. On n'y prête guère attention. A croire que le soleil, avant d'aller se coucher derrière le massif de Monte Cristi, a oublié là quelques rayons qu'une eau morte réfracte à travers la pénombre.

Le temps de siroter un jus d'ananas ou de mangue, de boire un café ou d'échanger quelques propos avec mon entourage sur les événements de la traversée, voilà que, remontant des fonds, la brume lumineuse a pris insensiblement possession de la cour, du jardin, de la véranda, de la nuit. A peine troublée par la fumée du tabac, les nuées de maringouins et de papillons, elle fait flotter autour de nous une écharpe soyeuse et moirée composée d'une myriade d'insectes.

Dans le pays, on appelle ces mouches des *coucouyes.* Aucun rapport avec les vers luisants qui suspendent leur petite lanterne de troll dans un coin d'herbe et n'en bougent pas jusqu'à l'heure de la rosée. Ces *coucouyes*, au contraire, évoluent sans relâche, comme si le ciel des tropiques déversait sur nous une neige d'étoiles.

J'ai pris l'habitude de cette invasion et, à la longue, n'en suis guère incommodé. C'est simplement, chaque fois que se produit ce phénomène, la même émotion discrète : celle que, peut-être, Christophe Colomb a ressentie en abordant Haïti, qu'il baptisa Hispaniola, et ses soudards en débarquant sur la petite île, mon *islote* qui devait prendre plus tard le nom de Luciernaga, que l'on peut traduire par « île des Lucioles ».

Au cours du récit dont je viens d'entreprendre la rédaction, assis sur une souche, devant une table faite des vieilles planches d'un navire échoué, j'aurai sans doute l'occasion de reparler de cet îlot volcanique couvert de forêt, dressé en forme de stèle en marge de la côte septentrionale de Saint-Domingue. Il est si exigu qu'on pourrait, en une heure, en barque et par bon vent, en faire le tour. Un bras de mer d'environ une lieue terrestre le sépare du Cap-Français, la capitale du nord de Saint-Domingue, en droiture du midi. L'absence d'histoire connue et d'intérêt stratégique le protège des convoitises.

Cet ergot de pierre basaltique n'est pas à proprement parler une île déserte.

Il est habité, sinon occupé, par une tribu de nègres marrons, des esclaves évadés jadis d'une plantation pour y trouver un refuge contre la maltraitance des colons et les attaques des chiens de négriers. J'ai fait quelque temps en sorte d'ignorer leur présence, et eux de même, mais cette île est de si modestes dimensions que nous étions appelés à nous rencontrer. Je n'ai pas eu motif à regretter cette cohabitation, d'autant qu'ils ont élu domicile dans les mornes, moi et ma famille sur la côte.

Par chance, les corsaires, boucaniers, flibustiers et autres coureurs de mer ont dédaigné cet îlot. Ses côtes plongent verticalement dans la mer, ce qui exclut toute possibilité d'accostage par un navire de haut bord, sauf dans une crique abordable par une embarcation de faible tirant d'eau, comme celle dont je me sers pour me rendre sur la Grande Ile. Les seuls visiteurs que nous ayons dans ce port naturel sont des pêcheurs noirs libres ou des bourgeois du Cap venant banqueter sur *ma* plage. On ne peut y trouver, outre ma barque, mes avirons et mes engins de pêche, qu'un auvent contre la pluie.

Cette *islote* est pour moi une sorte de trait d'union entre Saint-Domingue et la métropole où rien ne dit que nous pourrons revenir un jour. J'en ai obtenu la concession grâce à des gratifications occultes et à la complaisance de fonctionnaires des autorités insulaires qui n'ont pas oublié mon apport à la cause des Noirs. Je dois en partie cette faveur à mes qualités de naturaliste et, le cas échéant, de praticien. La situation politique de l'île est cependant trop instable pour que je puisse faire fond sur l'espoir d'un prompt embarquement et négliger la possibilité d'une éviction pure et simple.

Tant d'événements ont marqué ma vie depuis l'année 1791, où j'ai débarqué à Saint-Domingue, que mon travail scientifique en a été affecté. J'ai dû, à plusieurs reprises, interrompre la double mission dont j'étais investi : établir un catalogue des espèces animales et végétales de cette île, et rédiger un récit de voyage qui ne laisserait rien ignorer de la condition des Noirs. On ne traverse pas révoltes, révolutions, guerre et massacres le nez au vent ou la plume à la main, et on en sort rarement indemne. Le marbre de la sérénité en garde les griffures.

Aujourd'hui, sans être vraiment coupé du monde, j'ai tout loisir pour mener à bien les diverses tâches que je me suis assignées et qui, une fois retourné en France, me procureront la notoriété et le bien-être auxquels j'aspire.

En débarquant avec ma femme, Ana, nos deux enfants, Lisa et François, âgés de six et cinq ans, accompagnés de notre jeune domestique, le nègre Scipion, j'ai parcouru du regard l'éventail des mornes à demi replié et couvert de forêts jusqu'au sommet. Je me trouvais dans l'état d'esprit supposé de Robinson Crusoé, jeté sans moyens sur une île sans nom, sauf que la mienne en avait un : Isla Luciernaga. A croire qu'elle n'était habitée que par des lucioles, mais nous n'étions pas totalement dépourvus, ni seuls, ce que j'appris par la suite.

Tout, bien sûr, était à faire, et peu de chose à espérer. Dans cette perspective, j'avais pris soin de me pourvoir du matériel nécessaire à créer un lieu de vie, sinon confortable au sens où on l'entend en Europe, du moins capable d'assurer notre survie dans les conditions les moins précaires.

Trois jours et quelques planches nous suffirent pour construire, au pied d'une falaise, sous un gigantesque arbre à pain, une de ces cases qu'on appelle *ajoupas* dans la Grande Ile. Nous accédons à la crique par un sentier dégagé à coups de machette et aménagé. Nous disposons, à l'abri d'une petite barrière de récifs, d'une plagette d'une cinquantaine de toises où pullulent les crabes de terre.

Il fallait un nom à cet endroit, notre seul débouché sur le monde – je n'ose parler de civilisation ! Ana l'a découvert : ce serait Port-Espérance.

Notre confort se résumait à des couchettes : une paillasse de feuilles sèches dans un cadre de bois, des couvertures et des moustiquaires contre le froid et les maringouins qui peuvent transformer une nuit en cauchemar. J'aidai Scipion, qui est assez habile de ses mains sinon de son cerveau, à confectionner un mobilier simple mais pratique, notamment le fauteuil de lianes auquel je tenais pour mes méditations vespérales.

Autour de cette modeste habitation, j'ai organisé un espace suffisamment vaste pour y construire une véranda des plus sommaires, un terrain de jeu pour les enfants et le jardin potager sur lequel règne la reine Ana.

En transportant ici mes pénates, je n'avais pas des ambitions de planteur. J'en avais les capacités mais nullement l'intention. La canne à sucre, le café, le cacao, l'indigo, c'est fini pour moi ! J'en suis écœuré : le simple fait d'écrire ces mots fait resurgir dans ma tête non des images de paix rustique mais des souvenirs de feu et de sang.

Finir ma vie accroché à cette carcasse volcanique où l'on trouve plus de caillasse que de bonne terre ne me disait rien qui vaille et ne m'a jamais traversé l'esprit.

Il n'en allait pas de même pour Ana, du moins au début de notre robinsonade. Un jour que nous pêchions le congre et les crustacés sur les récifs, elle s'est assise sur un rocher et m'a dit :

« Pour la première fois de ma vie je comprends, grâce à toi, ce que signifie le mot *bonheur.* Sans toi, après les épreuves que j'ai traversées, je n'avais plus qu'à me laisser mourir. »

Je reconnaissais dans ces propos le romanesque fataliste propre aux femmes. Il va pourtant de ma faute : je n'aurais jamais dû l'inciter à lire des romans ; elle a adopté leur style de conversation, jusqu'à la tournure syntaxique, avec parfois une bluette de préciosité qui m'exaspère.

Je lui ai répondu sur le même ton, emprunté au célèbre roman de Bernardin de Saint-Pierre, *Paul et Virginie,* dont elle a fait ses délices :

« Nous sommes, toi et moi, liés jusqu'à la mort. Le ciel soit loué, plus rien, à l'heure qu'il est, ne semble devoir menacer nos rapports et notre destinée. »

Je l'ai embrassée dans le cou avec un grand rire.

Depuis que nous avons pris possession de notre thébaïde, Ana se conduit comme cette reine des anciens Taïnos et Arawak, Anacoana, dont elle a adopté les deux premières syllabes pour se faire un prénom. D'emblée, elle a eu la prescience d'occuper la terre de ses origines, alors qu'à l'évidence, semble-t-il, de mémoire d'homme, cette *islote* n'a jamais été occupée par les tribus sauvages, les Espagnols ou les boucaniers.

Je me trompais.

Peu de temps après notre installation, une promenade dans la montagne m'a fait découvrir, à la base d'une falaise de basalte, une caverne aux abords envahis par la broussaille. A ma grande surprise, j'y ai relevé des traces d'occupation humaine : débris de calebasses de terre cuite, pointes de flèches et de lances en pierre et en os, ossements calcinés dans un nid de cendres et, sur les parois de la caverne, des signes indéchiffrables.

Quelques-uns de ces objets ont trouvé place dans le coffret où je range mes trésors de naturaliste. En confortant les supputations d'Ana, ils ont fait sa joie : elle a renoué ainsi avec un cycle dynastique qui s'achève avec elle. Son titre de reine n'est plus usurpé ; il lui fait oublier le grand massacre d'Indiens auquel s'étaient livrés les soudards espagnols et les missionnaires destructeurs d'identités raciales.

Les premières semaines de notre installation ont été plus pénibles que je ne l'avais imaginé.

A peine notre habitation a-t-elle pris forme, un ouragan l'a ravagée. Il a fallu récupérer nos outils pour reconstruire notre *ajoupa* en la consolidant de manière à la rendre propre à affronter les caprices du temps : base de pierre, toiture renforcée maintenue avec des lianes accrochées au sol par des piquets, véranda solidement structurée...

Nous formons, Ana, moi, nos enfants et Scipion, une communauté réduite à sa plus simple expression, dans laquelle règne une entente parfaite qui pourrait servir d'exemple à la Grande Ile.

Nous avons emporté des vivres en suffisance pour que les premiers temps de notre séjour nous ne pâtissions pas de la faim, de la soif et des incommodités dues au climat. Une source découverte à proximité suffit à nos besoins. En cas d'urgence, ma barque me conduit au Cap en quelques heures, en évitant les courants dangereux du bras de mer qui nous en sépare. Par chance, les boutiques sont bien pourvues et l'ambiance de la ville rassérénée, après certains événements dont j'aurai à reparler. Nous trouvons sur place des produits du sol et de la mer qui constituent l'essentiel de notre subsistance.

Je l'ai dit : nous ne sommes pas seuls sur notre *islote*, qualifiée de *déserte* sur les cartes. Notre cohabitation avec les premiers occupants a failli mal tourner.

Un matin, je suis parti en compagnie de Scipion chasser l'agouti, un gibier facile à capturer ou à tirer, qui pullule sur le flanc septentrional.

Nous nous reposions d'une longue marche à travers la montagne lorsque nous fûmes mis en alerte par un froissement de feuilles qui, le vent ayant cessé, nous parut suspect.

Je me levai d'un bond en voyant surgir, sortant comme des ombres sous le couvert des manguiers, cinq ou six nègres à demi nus armés de machettes, de piques et de coutelas. Je laissai tomber mon fusil et levai les bras. Scipion n'eut pas la même précaution : dans sa fuite, il fut harponné par une pique qui le blessa à la cuisse.

Un Noir bâti en athlète, qui paraissait être le chef, s'avança vers moi, s'empara de mon arme et me dit d'une voix rude, en langue créole, qu'il était le maître de cette île et que notre présence était importune.

Dans le même idiome et sur le même ton, je répondis que nous n'avions aucune intention hostile à son égard et que nous souhaitions vivre en bonne intelligence avec lui et ses gens. J'ajoutai que l'île, malgré ses modestes dimensions, était assez vaste pour abriter nos deux communautés.

Il m'écouta sans se départir de sa mine menaçante, peu convaincu, semblait-il, par cette déclaration conciliante.

Lorsque, afin de confirmer mes bonnes intentions, je lui dis qu'il pouvait garder mon fusil, il se dérida. Quand je lui tendis ma pipe et ma blague à tabac, il sourit et baragouina quelques mots me laissant entendre qu'il acceptait mes cadeaux et que nous n'avions rien à craindre de lui.

Il me dit son nom : Aristote. En me montrant son bras droit, amputé du poignet, il me raconta en quelques mots qu'il devait cette mutilation au planteur chez lequel il travaillait comme esclave avec sa famille, dans une habitation de la Grande-Rivière, sur l'arrière-pays du Cap. Avant de s'enfuir, il avait mis le feu à un entrepôt de café, empoisonné les chiens et égorgé le commandeur (le contremaître), qui l'avait dénoncé au *mauvais met'* pour un larcin dérisoire.

Accompagné de sa famille et de quelques Noirs kongo, il était descendu vers la côte, alors qu'on le croyait parti vers les mornes rejoindre d'autres communautés de marrons. Il avait volé, à la faveur de la nuit, une barque de pêcheurs dans la rade du Cap. Les courants l'avaient poussé vers l'Isla Luciernaga, où, le matin, il avait découvert la crique où débarquer. Avant de gagner la montagne, il avait fait couler la barque, de manière à éliminer toute trace de sa présence.

Bien que familier de l'idiome créole, j'eus du mal à suivre le récit de cette aventure, en raison d'un débit précipité, ponctué d'*ayo !* sonores et de gestes du bras valide brandissant mon fusil.

J'entendais de temps à autre Scipion gémir, une main sur sa blessure :

— *Moué pas volé mouri...*

Je lui ligaturai la cuisse et l'aidai à se lever. Aristote me proposa de le faire transporter jusqu'à son village, qui se trouvait à deux pas, où il serait soigné. J'accédai à sa proposition.

Scipion fut introduit dans une case où un vieillard à mine de sorcier défit la ligature, appliqua sur la blessure des feuilles de giraumon, de la pommade de serpent et cracha sur ces remèdes en guise de bénédiction.

Je retrouvai, dans ce village d'une dizaine de cases, les odeurs tenaces de bois brûlé, de cendres froides, d'ordures animales, mêlées à celles de forêt, qui imprégnaient les villages dans lesquels je me rendais au temps où j'étais hébergé par un planteur, monsieur de Noé, non loin de Port-au-Prince, capitale du sud de Saint-Domingue.

Ces marrons semblaient ne manquer de rien. Gibier, fruits et racines étaient abondants dans les parages, et l'eau sourdait de la montagne en maints endroits. Aristote me présenta sa femme et ses six enfants. Je le complimentai sur leur bonne mine et la belle tenue de son village. Mis en confiance, il me fit servir de la cassave, du jus de mangue, et me narra le début de son odyssée.

Avec la complicité du chef de sa tribu, il avait été vendu, ainsi que sa famille, à un négociant arabe. Un carcan au col, ils avaient été acheminés jusqu'à l'île de Gorée pour y attendre le navire négrier qui allait les conduire aux Antilles ou en Louisiane. Ce fut Saint-Domingue.

L'émotion rendait souvent ses propos inaudibles, si bien que je perdis une bonne part de son récit et me réservai de le lui faire répéter plus tard pour en prendre note.

Aristote ne voulait plus nous lâcher, semblait-il. Il nous fit servir de la viande boucanée, de la purée de manioc et de patates. Comme ces mets manquaient de sel et d'épices, je lui proposai de lui en procurer. Il posa sa main valide sur mon épaule pour me remercier et fit signe qu'on me rendît mon fusil.

L'heure avançait et l'orage entortillait son linge sale autour du morne oriental, quand je décidai de prendre congé. Le chef fit confectionner pour Scipion une civière de branches taillées à la machette. C'est sur ce palanquin improvisé porté par deux colosses que mon nègre fit le trajet qui nous séparait de notre demeure, où nous arrivâmes à la tombée de la nuit.

Une pluie tiédasse nous avait accompagnés tout au long du chemin. Persuadée que nous nous étions perdus, Ana tomba dans mes bras en gémissant. Je confiai à nos convoyeurs les quelques sachets de sel, de sucre et d'épices que j'avais promis au chef Aristote. J'y joignis un pochon de tabac.

Après m'être séché devant le feu et avoir confié Scipion à Ana pour qu'elle lui préparât une tisane, je me couchai et dormis comme une souche.

DEUXIÈME PARTIE

1

Idylle traversière

Avant de prendre congé du chef Aristote, je lui avais demandé ce qui lui manquait et le lui avais procuré sur-le-champ. Je me pose souvent à moi-même cette question ; la réponse vient d'emblée : beaucoup de choses, alors que la vie m'a déjà beaucoup donné.

On n'a pas vécu une quinzaine d'années traversées d'amours, d'aventures, de plaisirs et de souffrances, sans être obsédé, le temps de la solitude venu, par des regrets et des remords.

J'ai fêté mes trente-six ans dans mon île, modestement, mais avec la conviction que mes premières années d'adulte, vécues sous les tropiques, auraient de quoi faire un livre.

Je suis venu au monde l'année où Louis-Auguste, alors dauphin de France, épousa une jeune princesse autrichienne, Marie-Antoinette, et où le roi Louis XV, son grand-père, le Bien-Aimé, épuisait ses dernières forces entre les bras de la Du Barry.

J'avais le sentiment, dès mon plus jeune âge, que je ne ferais pas de vieux os dans la ville d'Alençon et dans la maison de famille sur laquelle régnait mon père, devenu veuf prématurément, maître Anselme Delacour, notaire du roi.

Deux raisons m'incitaient à prendre le large. La première était mon goût pour l'« histoire naturelle », qui ne pouvait trouver à se satisfaire qu'à Paris. La seconde était relative à la faute que j'avais commise, à l'âge de dix-huit ans, en engrossant Juliette, une servante de mon âge. Mon père me morigéna, renvoya Juliette et son bagage dans sa famille, et n'eut aucune réticence lorsque je lui révélai mon intention d'aller chercher fortune à Paris pour faire valoir mes goûts et mes talents.

De Juliette et de notre enfant, je n'eus d'autre nouvelle qu'une certitude : mon père avait accompli son devoir en la plaçant dans une famille dont il refusa de me révéler l'identité afin d'éviter que je ne cède à mon propre devoir en cherchant à réparer ma faute, ce que j'aurais fait sans plaisir, Juliette n'ayant été pour moi que le réceptacle des élans de ma jeunesse.

De tout le temps que je passai dans Paris, à des études dont mon père assumait la charge, je fus en proie à une sorte de fièvre maligne et bénéfique à la fois : la passion pour les sciences de la nature. Je dévorais les livres du naturaliste suédois Carl von Linné, rêvais d'herboriser en compagnie de Rousseau et m'endormais en lisant les récits de voyage des pères Labat et Raynal.

Vint le moment où, sans cesser de renoncer aux livres, je songeai à mettre mes tentations et mon érudition à l'épreuve. Les pavés de Paris brûlaient mes semelles, et mes sommeils étaient hantés de plantes et d'animaux rares.

Lorsque je lui annonçai ma décision de voler de mes propres ailes, et pas entre Paris et Alençon, mon père ne suscita aucun obstacle et me donna à la fois son accord et sa bénédiction, ajoutant même qu'il subviendrait à mes besoins. Il n'était pas désolé de me voir fuir Paris et un pays en proie à une révolution dont le notaire royal et son fils pouvaient pâtir.

Je quittai la France en pleine exaltation révolutionnaire et patriotique. Quelques jours après la fête de la Fédération, qui célébrait l'anniversaire de la prise de la Bastille et la proclamation d'une Fraternité universelle, je me trouvais à Brest, dans l'attente d'un navire en partance pour l'Amérique.

Voyager en France par ces temps difficiles n'était pas une partie de plaisir, mais prendre la mer était une aventure pleine de risques : des escadres anglaises croisaient le long de nos côtes et, sabords ouverts et canons pointés, harcelaient nos convois. Rien, pourtant, n'aurait pu me décourager.

Je ne saurais m'attarder sur les conditions de vie de cette traversée, qui allait durer un mois et demi avant l'arrivée à Saint-Domingue, terme de ce voyage d'études.

Je m'intéressai peu aux manœuvres, supportai sans trop en pâtir le régime du bord et affrontai avec fatalisme les alertes occasionnées par des navires anglais ou des forbans, notamment au large des Açores, où nous perdîmes corps et biens une corvette de notre convoi, envoyée par le fond à la suite d'un affrontement avec une grosse unité anglaise.

L'amour et l'amitié allaient se partager la traversée.

Après quelques jours de mer, je liai connaissance avec la fille d'un planteur de la ville de Jérémie, en l'île de Saint-Domingue. Elle était de retour dans sa famille après un séjour à Paris, dont les émeutes l'avaient chassée.

D'apparence frêle et valétudinaire, Sophie Alambre faisait illusion. A l'approche de la trentaine, elle avait gardé la soif de vivre de sa jeunesse dans les îles, et une autorité naturelle qui s'exerçait sur les officiers, contre sa duègne qu'elle appelait familièrement Tantine, et bientôt contre moi.

C'était, en dépit des apparences, une femme bâtie à chaux et à sable. A aucun moment je ne la vis incommodée par le gros temps, le combat, la nourriture du bord, d'où ne venaient pas les moindres risques. Ce qu'elle supportait le plus mal, c'était l'atmosphère confinée de la cambuse partagée avec sa suivante, si bien qu'elle passait plus d'heures sur le pont, le jour et parfois la nuit quand le temps était favorable, que sur sa couchette.

Je faillis renoncer au désir de conquête qui m'était venu à la suite de quelques entretiens familiers, quand j'appris que son père avait décidé de lui faire épouser un planteur voisin, dont la femme avait été enlevée et assassinée par des esclaves insurgés.

Elle ne m'avait pas caché que cette union était contraire à sa nature pétrie de liberté et d'indépendance, mais qu'il fallait bien, à son âge, faire une fin. Pour mieux me convaincre que son cœur et le reste étaient en jachère, elle avait ajouté :

— Au risque de vous choquer, monsieur Delacour, sachez que je compte profiter des années qui me restent avant de devenir un vieux rogaton pour me livrer à tous les plaisirs. J'ai connu, entre Paris et l'Auvergne, où ma famille a un château, autant d'aventures galantes qu'il y a de portes aux Tuileries.

Je pensai qu'elle exagérait, mais cette confidence me mit la puce à l'oreille. Je me dis que si, en fait de portes, elle entrebâillait la sienne pour moi, je ne me ferais pas faute de l'ouvrir à deux battants.

Encouragé par sa franchise, je ne lui cachai pas les sentiments qu'elle m'inspirait et l'envie qui me démangeait de connaître enfin le goût de la passion amoureuse. Elle éclata de rire puis prit une mine austère avant d'ajouter :

— S'il vous plaît, monsieur, qu'il ne soit pas question de passion entre nous ! Je déteste ce mot et fuis cette situation. J'ai gardé le souvenir d'une tragédie racinienne avec la seule et première idylle que j'ai vécue, à l'âge de vingt ans, dans notre château d'Auvergne, avec un blanc-bec qui n'en méritait pas tant. Alors, brisons là, je vous en conjure, et, si je ne vous suis pas indifférente, pour parler franc, faisons l'amour !

Je me sentis sur-le-champ saisi d'une telle pulsion sensuelle que je la pris dans mes bras, l'embrassai dans le cou, les épaules, les lèvres. Elle me repoussa avec un cri et un rire.

— Tout doux, monsieur, ne nous donnons pas en spectacle ! Ce n'est ni l'heure ni le lieu.

— Alors, dites-moi où et quand. Je brûle d'impatience !

— Je vous attendrai la nuit prochaine dans ma cambuse, sur le coup de dix heures. Ma chandelle voilée vous guidera jusqu'à ma couchette.

— Mais... votre suivante ?

— Oh, Tantine ne nous gênera pas. Quand elle dort, même le canon ne pourrait la réveiller. Si cela advenait, j'en ferais mon affaire...

Ponctuel, à mon habitude, je trouvai Sophie nue sur sa couchette. Elle moucha la chandelle avec ses doigts, et la nuit étouffante engloutit nos ébats. Ils ne cessèrent qu'au petit matin, pour renaître la nuit suivante, et ainsi de suite, durant les trois semaines qui restaient à notre convoi pour gagner Saint-Domingue.

Je ne quittais sa couche qu'au petit matin, lorsque le coup de sifflet du quartier-maître jetait les matelots hors de leur hamac. J'étais épuisé en retournant à ma cambuse ; elle était insatiable, quelque peu hystérique, mais même un combat naval n'aurait pu m'arracher à ses bras.

Nos ébats connurent leur apothéose durant une nuit criblée d'étoiles d'une luminescence magique. Nous fîmes l'amour sur le pont balayé par un souffle d'alizé, à même un rouleau de cordages qui n'avait rien d'un matelas de duvet. Je ne l'avais jamais sentie aussi ardente, comme en symbiose avec la beauté sensuelle de cette nuit et le murmure profond montant des vagues phosphorescentes qui se brisaient sur la coque.

Cette nuit-là, je me sentis pénétré de cette passion qu'elle abhorrait. Quand je lui en fis part, elle m'éclata de rire au nez.

— Eh bien, mon petit Julien, me lança-t-elle, tant pis pour vous ! Votre *maladie*, je m'en moque. Dites-vous bien que je ne vous aime pas, que les *exercices* auxquels nous nous livrons n'ont, du moins pour moi, rien à voir avec le sentiment. Prenez-en votre parti ou rompons.

Rompre cette chaîne de plaisirs, me retrouver seul, le nez au vent contre la rambarde ou plongé dans mes livres eût été me condamner à un ennui mortel. Je protestai donc contre cette perspective. Elle ajouta :

— Soit. Vous voilà devenu raisonnable. Sachez cependant que, le moment venu de nous séparer, je ne verserai pas une larme. Nous partirons chacun de notre côté et ainsi la messe sera dite. En revanche, si vos recherches vous mènent à Jérémie...

C'est un autre sentiment qui m'attacha, durant cette traversée, au personnage singulier du père Norbert Durieux : l'amitié.

Ce missionnaire dominicain avait quitté la France à la fois pour sauver sa peau et pour mettre de l'ordre dans un établissement du sud de Saint-Domingue, aux Gonaïves. Pour en faire le portrait en quelques mots, je puis dire qu'il me rappelait, par son franc-parler et sa truculence, le frère Jean des Entommeures de Rabelais, avec, en plus, une foi inébranlable.

Nous avons lié connaissance devant une table d'échecs, un jeu qu'il pratiquait avec une habileté consommée. Contrairement à Sophie, il ne repoussait aucune passion, persuadé que sa vie et son action vouées au bien et à la religion plaisaient au Seigneur.

Ces deux aspects de sa nature faisaient bon ménage dans un esprit monolithique et une carrure de fort des Halles. Etrange paradoxe : son visage massif et vultueux, au nez en forme de courgette, son air rébarbatif au premier abord forçaient la sympathie et donnaient envie de mieux le connaître. Son goût pour la bonne chère et les vins capiteux traduisait un épicurisme de bon aloi car, s'il mangeait et buvait beaucoup, il n'était jamais repu et jamais ivre. Il était convenu avec le capitaine d'un régime de faveur : double ou triple ration et, à chaque repas, une bouteille de médoc, sans compter quelques liqueurs après le dessert.

— C'est ça, me confia-t-il, ou crever à petit feu. Mon corps a ses exigences que parfois ma conscience réprouve, mais la goinfrerie, pour appeler la chose par son nom, fait partie de ma nature et je ne puis l'en dissocier.

Certain soir, peu après que nous eûmes doublé les Açores, il me convia à prendre place près de lui sur une écoutille, et à vider une bouteille de ratafia volée aux cuisines. Je me dis que j'allais manquer mon rendez-vous ordinaire avec Sophie, mais je ne pouvais lui refuser cette faveur.

Je dus subir, durant une heure, un monologue en forme de confession, si je puis dire, qui racontait sa vie de missionnaire à travers les continents. Quand je commençais à somnoler, il me tapait sur la cuisse et bougonnait :

— Tu n'écoutes pas ce que je te raconte, tonnerre de Brest ! Mon séjour au monastère du mont Sinaï, tu parais t'en foutre comme de ta première chausse à cul. Si je t'emmerde, dis-le franchement ! Non ? Ça t'intéresse, vraiment ? Alors, bois un coup. Je disais donc...

Moi, je n'avais en tête que l'image de Sophie, nue sur sa couchette, dans la clarté de la chandelle voilée, et la crainte de devoir affronter sa colère.

Il m'arrivait d'assister aux offices que le père célébrait pour l'équipage et les passagers, sous le château arrière, quel que fût le temps. Ses sermons étaient un régal : il s'en prenait aux matelots qui manquaient d'ardeur et de conviction dans leur tâche, à la Révolution qui l'avait contraint à aller traîner ses grègues aux antipodes, au roi, ce « mollasson », à la reine Marie-Antoinette, cette « perruche perverse », aux planteurs des îles à sucre, ces « bourreaux des nègres »...

Je crois en Dieu, mais les exercices de la foi m'indiffèrent ou m'exaspèrent. J'assistai pourtant avec plaisir aux messes du père Durieux. Lorsque je lui en fis la confidence, il éclata :

— Tu viens aux offices comme au spectacle ! Pour qui te prends-tu, garnement, pour douter de la sainte messe ? Dieu t'a comblé de ses bienfaits et voilà sa récompense . négligence et ingratitude !

Je protestai : ma foi en Dieu était intacte et ma reconnaissance lui était acquise.

— Ta reconnaissance ? Il s'en fout ! Ta foi ? Permets-moi d'en douter. Je sais ce qui te manque pour être en règle avec ta conscience : une bonne confession. Refuse, et tu perdras un ami et un soutien.

J'acceptai à contrecœur et, le lendemain, après une partie d'échecs, je lui racontai des balivernes. Il les goba comme une hostie et me donna son absolution. Je lui rendis sa monnaie par un Pater et un Ave.

Le père Durieux me déçut le jour où je le surpris sur le pont à s'amuser d'un spectacle odieux : le supplice infligé à un requin par des matelots qui l'avaient capturé, non pour consommer sa chair, trop coriace, mais pour se divertir de son agonie.

Allongée sur le pont, la prise, longue de dix pieds environ, était agitée de violents soubresauts. Pour exciter ses réactions, les matelots, après lui avoir tranché les nageoires, plongeaient leurs coutelas dans ses flancs. Elle frémissait encore lorsque l'un de ses tourmenteurs lui ouvrit le ventre. On eut la surprise d'y découvrir, outre les déchets jetés par-dessus bord, une casserole fêlée que le coq reconnut sans peine. Le coup de hache qui lui brisa les vertèbres mit fin à son supplice.

Un autre jeu consistait, après avoir coupé les nageoires de ces monstres, à les relâcher pour le plaisir de les voir tourner en rond sans parvenir à se diriger.

— Je trouve, dis-je au père Durieux, ce spectacle ignoble de la part des matelots et de ceux qui semblent s'en divertir. Martyriser une créature de Dieu, quelle qu'elle soit, ne mérite que mépris.

Il protesta, le visage convulsé :

— Le requin, ce monstre, une créature de Dieu ? Serais-tu tombé à la mer, il t'aurait dévoré. As-tu vu ses mâchoires ?

— La cruauté ne se mesure pas à la dimension des dents, mon père, mais à celle de l'ignorance et de la sottise. Le requin est vorace ? Vous aussi, soit dit sans vouloir vous offenser.

Il rugit en cherchant du regard des témoins de son indignation.

— Ecoutez l'amalgame que fait ce donneur de leçons entre les natures humaine et animale ! Attends, galopin, d'avoir comme moi couru le monde, connu les pires et les meilleurs des hommes, combattu les monstres de l'Apocalypse, pour trancher du Bien et du Mal !

— A beau mentir qui vient de loin !

C'était, de ma part, une réplique superflue et dangereuse. Le père se rua sur moi, me prit au col d'une main et me souffleta de l'autre. Un coup de genou dans le bas-ventre lui fit lâcher prise avec un grognement. Il fallut l'intervention du capitaine pour m'éviter d'être rossé, peut-être jeté par-dessus bord, comme proie pour mes amis les requins.

Nous arrivions en vue des Bermudes, escale bénie des dieux de la mer, avant Saint-Domingue. On trouvait dans cet archipel, découvert par le navigateur espagnol Juan Bermudez et devenu une colonie anglaise, quelques plantations prospères et de bons mouillages.

Dans l'algarade qui m'avait opposé au père Durieux, Sophie m'avait donné raison.

— Ce missionnaire, me dit-elle, est un butor et je le déteste ! Comme vous, je trouve répugnant le supplice que l'on fait subir à ces requins.

Elle avait surpris un autre divertissement des matelots, qui l'avait indignée. Ils capturaient des albatros tombés sur le pont et leur soufflaient la fumée de leur pipe dans le bec pour le plaisir de voir ces *sales bêtes* se débattre et leur donner des coups de bec !

Sophie aimait les animaux, me semblait-il, plus que les hommes. Elle s'intéressait aux ouvrages de sciences naturelles que je lui confiais, et notamment à un écrit récemment paru du comte de Buffon : *Les Epoques de la nature*, illustré de planches en couleur.

J'aurais eu tort de croire que le père Durieux et moi étions devenus des adversaires irréconciliables.

Un soir où, par temps calme, je me promenais sur le pont en lisant un bréviaire scientifique, il se planta devant moi, écarta ses bras et lâcha avec un rire d'ogre :

— Eh bien, petit, tu as sérieusement malmené mes bijoux de famille ! J'ai les bourses grosses comme un melon et du mal à pisser droit.

— Pardonnez-moi, lui répondis-je, mais vous m'aviez agressé. Mon coup de genou a été violent, mais vous aviez eu la main lourde.

— C'est à moi de te présenter des excuses. Je suis d'un naturel un peu vif, j'en conviens, et n'en suis pas toujours maître. Cela dit, tu n'as pas ébranlé mes certitudes. N'y revenons pas. Quand tu auras, comme moi, couru les mers et les continents, tu comprendras que la violence fait partie de la nature humaine. Ce qui est répréhensible quand des hommes s'affrontent dans les révolutions et les guerres est pardonnable quand ils s'amusent à de petits jeux comme ceux auxquels tu as pu assister. Attends d'avoir vu des planteurs jeter leurs nègres à leurs dogues et d'autres nègres écorcher vifs des prisonniers blancs ! Les menus plaisirs de nos matelots te paraîtront anodins.

Il ajouta en passant un bras autour de mes épaules :

— Si tu veux mon avis, je trouve ces jeux stupides. Dieu doit se voiler la face devant de tels spectacles, mais il en a vu d'autres, et moi de même. J'aimerais que nous oubliions cette querelle.

Je consentis à passer l'éponge. Il me pressa à m'étouffer contre sa poitrine de lutteur de foire en m'appelant son *chérubin*, ce qui laissa filtrer en moi un doute sur ses véritables sentiments à mon égard. Je ne pus me défendre de voir en lui une sorte de tartuffe porté sur la bougrerie. Je songeai qu'au cours de ses pérégrinations cet ogre devait se donner du bon temps avec les filles d'auberges et les négrillons. Je l'avais, à diverses reprises, surpris à lorgner la croupe des moussaillons en train de brosser le pont. Je me dis qu'à la première tentative pour me séduire il trouverait à qui parler.

Il tint à sceller la paix par une libation de rhum rapporté de notre escale à Hamilton, aux Bermudes.

— Cadeau du capitaine ! me dit-il. J'ai entamé cette bouteille, mais boire en solitaire m'attriste. Nous allons lui donner le coup de grâce, par charité chrétienne, et je vais en profiter pour obtenir de toi une nouvelle confession. La première était un tissu de fariboles. Si tu as cru que je pouvais être dupe, tu t'es mis le doigt dans l'œil...

A la première gorgée de cette liqueur dont j'ignorais le goût, je sentis comme un petit soleil éclater dans ma gorge, et diffuser sa chaleur dans mes entrailles et dans ma tête.

— Voilà qui va faciliter ta confession, me dit le père. Eh bien, mon *chérubin*, vide ton sac à malices ! Je t'écoute...

Après une autre lampée, je bredouillai sur un ton de parodie :

— Mon père, je m'accuse d'avoir négligé ma prière du matin.

— A d'autres, mon fils !

— Je m'accuse de n'avoir pas fait ma toilette de trois jours.

— Foutaise ! Tiens, bois encore une gorgée, ça t'aidera à vider ton âme de ses insanités. Je peux et je veux tout entendre.

— Mon père, je m'accuse d'avoir regardé des femmes trousser leurs jupes aux poulaines, et d'y avoir pris plaisir.

— Voilà qui est plus intéressant. Tu vois que ça vient avec un peu de bonne volonté. Continue !

— Je suis ivre, mon père, et je crains de fabuler ou de glisser dans la vulgarité.

— Laisse-toi aller ! *In vino veritas*... Je t'écoute.

— Je m'accuse, mon père, d'avoir fait l'amour trois fois la nuit dernière, avec qui vous savez.

— Vraiment ! Et je suppose que tu as pris du plaisir à forniquer.

Je m'esclaffai. Question stupide... Du plaisir ? Comme si j'attendais autre chose de ces rendez-vous nocturnes... Faire l'amour à Sophie n'était pas une obligation matrimoniale et moins encore une corvée. Elle y prenait autant de plaisir que moi. Peut-être davantage.

— Si vous attendez des détails, vous serez déçu, fis-je d'un ton abrupt.

Il avala la dernière rasade, jeta la bouteille par-dessus la rambarde et me dit d'un air sombre :

— Je ne te demande rien de tel, mon garçon. Copuler

hors la sainte institution du mariage est un péché grave, mais il est vrai que vous êtes libres tous les deux.

Il garda le silence quelques instants, le menton sur sa poitrine, les yeux clos sous la bordure de son large chapeau d'un noir pisseux, si bien que je crus qu'il s'était endormi. Je remarquai la crosse du petit pistolet dépassant de sa ceinture près de son bréviaire. Alors qu'aucune mutinerie ne menaçait dans l'équipage, il ne se séparait jamais de cette arme.

— Mon petit, me dit-il, il faut que je te mette en garde contre les tentations de la chair que tu vas devoir affronter. Ton chemin en sera pavé.

— Je suis assez maître de moi pour en éviter les dangers.

— C'est ce que tu crois ! D'autres tentations t'attendent : la paresse, l'attrait de la vie facile et des femmes indigènes, l'orgueil... L'argent, comme le rhum, coule à flots dans les colonies et enivre de la même manière. Tu seras tenté de faire rapidement fortune, comme tous ces oiseaux de proie de la métropole qui fondent sur les îles. Tu trouveras parmi eux des aigrefins qui tenteront de t'entraîner dans des affaires louches...

— Je ne vais pas à Saint-Domingue pour faire fortune, vous le savez bien. Les subsides de mon père pourvoiront à mon entretien, et je n'ai pas le goût du luxe. Quant aux femmes, noires, blanches ou métissées, elles ne m'entraîneront pas dans la débauche.

— Dieu t'entende, mon fils !

Il me parla du système en cours dans nos colonies : la traite des Noirs et l'esclavage, reliquat du *Code noir* édicté par un ministre de l'Ancien Régime, Colbert.

— Comment vas-tu te comporter avec les nègres ? Comme ces bonnes âmes qui voient en eux des frères victimes des négriers et des planteurs ? Comme ceux qui se contentent, sans les malmener, d'utiliser leurs bras ? Comme ces colons pour qui le nègre est une bête de somme, et qui ont sur eux droit de vie et de mort ? Tel que je te connais, tu te rangeras dans la première catégorie, mais gare ! On arrive aux îles avec un bagage d'angélisme, puis, au contact des nègres, de leur inculture, de leur bestialité, de leur paresse, on a vite fait de virer de bord. Certains te parleront de la saleté de leurs esclaves, de leur odeur... Ah ! l'odeur des nègres et des négresses, en ai-je entendu parler... Il faut convenir qu'après avoir coupé la canne ou récolté le cacao durant des heures, en plein soleil, ils ne sentent pas le patchouli, mais n'en serait-il pas de même de leurs maîtres ? On n'est sensible qu'aux odeurs des autres. C'est l'histoire de la paille et de la poutre.

J'admirai que, fin ivre qu'il était, il pût défendre avec tant de clarté et d'éloquence la cause des esclaves, comme le faisait en France l'abbé révolutionnaire Grégoire.

Je lui demandai s'il croyait que les nègres eussent une âme.

— J'avoue, me répondit-il, m'être longuement interrogé à ce sujet. Depuis Christophe Colomb, et même avant lui, l'Eglise les considérait comme des sous-hommes et ne les invitait pas à sa sainte table. Elle a changé d'avis depuis peu. Souviens-toi de Las Casas. Il a remis en cause le dogme séculaire de la bestialité des gens de couleur. Je connais des confrères qui en doutent encore. Moi, j'ai fait mon choix.

— Voilà qui me rassure.

— Ne te méprends pas ! Si les nègres ont une âme, ils ont subi de telles humiliations de la part des Blancs qu'elle a perdu sa virginité originelle. Le jour où ils prendront conscience de leur condition, de leur nombre et de leur force, alors leurs maîtres auront du souci à se faire. Qu'une révolte se déclenche et la révolution ne sera pas loin. On l'a constaté en France.

— Croyez-vous, vraiment, que ce soit possible ?

— Pas possible : probable ! Les colons devraient se méfier. Un soulèvement général des nègres alliés aux sang-mêlé, qu'on appelle aux îles des *gens de couleur*, bien qu'ils se détestent, leur pend au nez.

J'étais informé de cette situation par le livre du père Jean-Baptiste Labat : *Voyages aux îles*, imprimé au début du siècle, consacré principalement aux îles du Vent, les

Caraïbes. Une foule de détails pris sur le vif en agrémentent la lecture. J'avais lu de même le *Supplément au Voyage de Bougainville en Polynésie*, de Diderot, présenté sous forme de dialogue, qui m'avait ouvert les yeux sur les rapports entre sauvages et civilisés. Toutes proportions gardées, ce dernier ouvrage présentait des similitudes avec le monologue du père Durieux.

Quand je lui parlai de Diderot, il sursauta et marmonna :

— Ne prononce jamais devant moi le nom de ce philosophe de merde, de ce mécréant, de ce libertin qui prétend réformer les esprits et refaire le monde ! On aurait dû le laisser crever dans sa geôle de Vincennes !

De crainte de voir une provocation ajouter à sa colère, je n'osai lui demander quels livres de ce philosophe il avait lus, et ce qui justifiait cet avis simpliste. Il me paraissait évident qu'il n'en jugeait que par ouï-dire, comme beaucoup de gens qui se disent au fait de la littérature pour avoir eu connaissance de trois ou quatre noms d'écrivains. Je me bornai à lui faire préciser sa prophétie.

— Je ne veux pas jouer les Cassandre, dit-il d'un ton plus calme, mais je crois à une révolte générale, à un nouveau Spartacus. Il y en eut dans le passé, il y en aura dans l'avenir. Le premier se nommait Makandal...

Il m'apprit que cet esclave originaire du Soudan avait fui dans la montagne à la suite d'un châtiment barbare infligé par son maître : un bras déchiqueté par les chiens auxquels on l'avait jeté. Il avait entraîné quelques congénères, en avait recruté d'autres, et s'était ainsi trouvé à la tête d'une troupe d'une centaine de Noirs qui, pour subvenir à leurs besoins, pillèrent les plantations et firent régner la terreur chez les colons.

On avait fini par le capturer et par ramener ses hommes à la plantation. Condamné à être brûlé vif, ce colosse était parvenu à briser ses liens et à bousculer ses bourreaux, mais il avait été vite maîtrisé pour être jeté sur le bûcher. Pour l'exemple, d'autres nègres avaient été brûlés vifs. Pour chaque esclave supplicié, le roi offrait une prime de six cents livres...

Le père a ajouté d'un air grave :

— Je crains que des disciples de Makandal ne surgissent. Les lettres de mes collègues en mission dans les îles confirment ces craintes. Les colons, bons ou mauvais, paieront pour une fortune mal acquise et pour les mauvais traitements infligés à ceux qui la leur ont procurée par leur sueur et leur sang...

De tels propos n'avaient rien pour me rassurer. Monsieur de Noé, le propriétaire de la plantation du Sud où j'allais m'installer, n'avait pas manifesté dans ses courriers la moindre inquiétude quant à la situation à Saint-Domingue. Les propos du père Durieux semblaient démontrer le contraire.

Il poursuivit son monologue d'une voix pâteuse :

— Tu peux imaginer sans peine dans quel état d'esprit je me trouve quand je suis appelé à fréquenter la belle et bonne société du Cap-Français ou de Port-au-Prince, celle du Nord comme celle du Sud, et que je dois me maîtriser pour ne pas leur cracher leurs quatre vérités à la figure ! Mais le moindre esclandre me mettrait à dos toute la colonie. Faire mine de compatir aux ennuis de ces parvenus, prendre leur parti contre les esclaves marrons m'est insupportable. Entre aboyer avec les chiens ou hurler avec les loups, ma conscience est à rude épreuve. Alors, ce qui surprend quand on connaît mon goût pour la controverse, je préfère me taire. Fais comme moi, mon garçon. Dans ce pays, si l'on veut rester en vie, mieux vaut faire le mort...

Les propos et avertissements du père Durieux m'obsédèrent jusqu'à notre arrivée à Saint-Domingue, au début du mois de novembre, après quelques jours de gros temps sous le tropique du Cancer, au large des îles Bahamas.

Je ne pouvais éliminer de ma mémoire l'image du chef noir Makandal, ce colosse manchot qui avait ébranlé le système colonial avant de périr par le feu. De nouveaux Spartacus allaient-ils jaillir de ses cendres comme des roses noires et ouvrir la voie à d'autres mouvements insurrectionnels ? Le monologue du père Durieux me le laissait craindre.

Quand je livrai mes réflexions à Sophie, elle parut d'abord indifférente, puis perplexe et enfin agressive :

— Et alors ? me dit-elle. Le pleutre que vous êtes a peur de son ombre ! En restant en France, vous risquiez pire, *monsieur le marquis de Lacour* !

Elle avait à plusieurs reprises, me dit-elle, failli être jetée en prison pour avoir tenu des propos jugés outrageants pour la Révolution. Elle avait même été contrainte de porter la cocarde, elle, une *d'Alambre,* de vieille noblesse auvergnate !

— Alors, cessez de gémir ! ajouta-t-elle. Est-ce que je me plains, moi, une femme ? Dites-vous qu'il arrivera ce qui doit arriver. C'est ma philosophie. Elle est sommaire, mais je m'en satisfais.

— Autrement dit, protestai-je, vous me conseillez la politique de l'autruche ? Ce n'est pas la mienne. Je vous rassure : si je n'ai pas une nature de héros, je saurai faire face à toute situation, aussi dramatique soit-elle.

Elle me tourna le dos et soupira en se laissant tomber sur son tabouret pour se teindre les ongles :

— A quoi bon nous quereller, alors qu'il ne nous reste que deux ou trois jours avant de nous séparer ? Vivons-les en bonne intelligence, voulez-vous ?

Elle me répéta qu'elle détestait *mon dominicain* et ne voyait pas ce qui pouvait m'attirer en lui, à part nos beuveries.

— Un sadique, un tartuffe... Son vernis de religion montre le bois. Il est sale et il pue. Quand tu reviens vers moi, j'ai l'impression de respirer son odeur sur ta chemise...

Dans la perspective d'une rupture inéluctable et pour commencer à s'y habituer, elle avait pris une décision unilatérale : espacer nos ébats puis faire abstinence. Nous étions à cette phase ultime de nos rapports quand, l'avant-dernier jour, elle fléchit.

Après le dernier souper dans la capitainerie, où elle s'était montrée, sous l'effet du vin, d'humeur folâtre mais crispée, je la raccompagnai dans sa cambuse, bras dessus, bras dessous. Comme la mer était grosse, elle s'adossa à un mât et m'attira contre elle.

— Julien, me dit-elle dans un souffle, après avoir réfléchi à nos relations, j'ai conclu que nous ne pouvons en rester là, que nous n'avons pas vécu une banale passade et que tout pourrait continuer. J'ai eu tort de me moquer de la passion. Nous n'en sommes pas maîtres.

En mettant ma sincérité à la cape, je lui confiai que je partageais son avis, mais que les circonstances, hélas ! allaient faire obstacle aux sentiments.

— Les circonstances... protesta-t-elle avec feu, j'ai appris à les dominer. Je souhaite te retrouver au plus tôt. Mais toi-même, dis-moi ?

J'avais encore trop présentes en mémoire les images de nos ébats pour la contrarier. Alors que son souffle qui sentait la liqueur de genièvre balayait mon visage, je me maîtrisais pour ne pas l'emprisonner dans une étreinte brutale et lui faire oublier la consigne. La manifestation de mon désir lui parut si évidente qu'elle en prit l'objet entre ses mains à travers l'étoffe et me conjura de la pénétrer, là, debout contre le mât, jupes retroussées.

Pour ne pas ajouter à mes regrets et ne pas profiter d'un moment de faiblesse de sa part, je refusai stoïquement. J'avais observé son comportement au cours du repas : l'abus des vins et des liqueurs avait troublé ses esprits.

Elle souffla d'une voix rauque :

— Comprends bien, Julien, que je ne renoncerai pas à toi. S'il le faut, je traverserai l'île à pied pour te revoir. Où que tu sois, je te retrouverai ! Si tu souhaites te débarrasser de moi, il faudra me tuer, ou alors c'est moi qui te tuerai !

Elle avait trop fréquenté les théâtres, lu trop de romans ou abusé du vin. Ses jupes retroussées, un coup de vent emporta mes hésitations. Je la pris sauvagement. Elle s'évanouit de bonheur dans mes bras.

2

Escale au Cap-Français

Cap-Français, novembre 1791

Au petit matin, après avoir longé l'île de la Tortue, sorte de bouclier naturel pour les ports septentrionaux de Saint-Domingue, notre navire s'engagea dans le bras de mer qui sépare cette petite île de la grande. Soudain, nous vîmes venir à nous une barque de vilaine apparence mais de bon tonnage. Forte de quatre petits canons anglais et arborant nos couleurs, elle vint se frotter à notre coque comme pour solliciter notre aide ou nous témoigner des marques de sympathie.

— Cela ne me dit rien qui vaille, murmura le père Durieux. Cette embarcation sent à une lieue son forban. Ces créatures du diable courent les mers sans commission, pour se livrer au pillage. S'il en est ainsi, ce serait pure folie de sa part. Une simple bordée coulerait corps et biens cette épave.

Je penchais plutôt pour une manœuvre d'intimidation.

— Si tu veux mon avis, ajouta le père, ces gueux, sous prétexte de demander secours, vont monter à bord pour prendre en otage le capitaine par surprise, le couteau sur la gorge, et exiger une rançon. Il doit s'agir d'une de ces bandes de gredins que les Espagnols appellent des *desperados*, et qui sont prêts à tout, même à risquer un suicide collectif pour survivre. Notre capitaine n'est pas un enfant de chœur. Il ne va pas tomber dans le panneau. Nous allons bien nous amuser, mon *chérubin* !

Il entra dans sa cambuse et en ressortit le torse bardé de cartouchières, avec trois pistolets dans la ceinture, comme pour une bataille navale.

— Toi, me dit-il, tu vas rejoindre ta bien-aimée et sa duègne pour leur faire un rempart de ton corps. Si tu as un pistolet, ce sera le moment de t'en servir.

— Je reste ! lui répondis-je. J'étais le champion aux exercices de tir du dimanche, à Alençon. Prêtez-moi un de vos pistolets.

A la première demande, le capitaine avait envoyé l'échelle de coupée et salué le maître forban affublé d'un uniforme de lieutenant français, qui lui avait rendu son salut. Cette brute barbue jusqu'aux yeux, suivie de deux énergumènes en tenue de matelot, engagea un conciliabule dont nous ne perçûmes que quelques éclats.

— Ça va chauffer, me dit le père Durieux. Tu vas te tenir dans mon dos comme derrière une armoire normande, et ne faire feu que si je t'en donne l'ordre.

De derrière cette armoire, j'assistai à la suite des événements, qui ne durèrent que quelques secondes. Un coup de feu parti du château avant blessa le forban à l'épaule. Il s'écroula avec des imprécations, tandis que ses complices dégringolaient par l'échelle et sautaient dans la barque en abandonnant leur chef, maintenu par deux officiers.

Il ne fallut que quelques minutes pour que notre capitaine et ses hommes se rendissent sans coup férir maîtres de la barque, afin de la livrer aux autorités navales.

A bord, ils ne trouvèrent, outre les canons, en tout et pour tout, que trois boulets, dont l'un servait de pilon à broyer la moutarde, quelques mauvais fusils espagnols, des restes de tortue qui puaient et, à leur grande surprise, à fond de cale, quatre négresses et mulâtresses destinées à distraire l'équipage.

La côte, en direction du Cap-Français, semblait taillée à la hache dans la montagne, avec, par endroits, des cabanes de pêcheurs d'où montaient des fumées, et des postes de guet où des soldats brandissaient leur chapeau en guise de salut. Dans l'arrière-pays enfoui dans une brume de chaleur s'entassaient des pitons gigantesques que la forêt envahissait jusqu'au sommet.

Des noms revenaient à la mémoire du père, qui avait déjà fait trois séjours à Saint-Domingue. Il égrenait une litanie :

— La Plate-Forme... La Baie-d'Argent... L'Anse-à-Chouchou... L'Embarcadère... La Pointe-d'Icaque... En droiture, au nord, ce rocher planté dans l'océan n'a pas de nom, à ma connaissance. J'y suis allé plusieurs fois chasser l'agouti et la perdrix. On y trouve aussi des tortues de mer.

Cette île, cette *islote* plutôt, est celle où, une décennie plus tard, j'allais installer mes pénates avant mon retour en France.

A la tombée du jour, notre convoi jeta l'ancre dans la rade du Cap-Français.

Cette cité blanche occupe le débouché d'une vallée et grignote les premières pentes jusqu'à la limite des plantations et des verdures luxuriantes, sous une guirlande de mornes.

Le moment venu de me séparer de mes compagnons de voyage, Sophie et le père Durieux, j'avais l'impression d'avoir à plonger dans un bain d'acide qui me rongerait jusqu'à l'os. L'angoisse de la solitude commençait à m'obséder alors que je fumais ma pipe, accoudé à la rambarde. Ebloui par la féerie de couleurs qui embrasaient le ciel du couchant, je voyais sans plaisir se dessiner les contours de mon futur cadre de vie. Le caractère insulaire de ma nouvelle résidence n'avait rien, au demeurant, qui pût faire sécréter de l'angoisse à mon esprit. C'est la même impression, sans doute, qui m'eût envahi en accostant dans un port de la Baltique, sauf qu'il s'y ajoutait la prescience de créatures avec qui vivre à long terme et d'une nature peut-être hostile qui allaient me retrancher brutalement du monde banal où j'avais vécu jusqu'à ce jour.

Rien de ce que j'avais lu dans des récits de voyages outre-mer qui ressemblât au tableau s'offrant à moi, à peine notre navire avait-il jeté sur les chaloupes son échelle de coupée.

Ce furent d'abord des bouffées de chaleur et d'odeurs fortes suintant du pavé surchauffé, un désordre indescriptible de voitures de toutes sortes, brouettes, palanquins, attelages, de ruées de nègres, de négresses et de négrillons nus s'accrochant à nos basques pour réclamer un *escalin.* Au milieu de cette cohue assourdissante se tenaient immobiles, dans l'attente de passagers, des groupes compacts d'Européens, les hommes en costume blanc ou bis, les femmes en tenue créole chamarrée.

En attendant que cette fièvre tombât, je restai assis sur un coffre, occupé à surveiller les bagages entassés autour de moi. J'avais perdu de vue Sophie et le père Durieux, mais ne m'inquiétais pas : notre séparation ne se ferait pas sans un échange d'adieux dont j'étais ému par avance.

Sophie m'avait prévenu qu'une voiture l'attendrait devant la capitainerie. Le père m'avait annoncé qu'il avait rendez-vous avec ses confrères au presbytère de la cathédrale. Avant de débarquer, il m'avait inondé de conseils.

— Tu auras quelques précautions à prendre une fois sur le quai : rassembler tes bagages, veiller à ce que rien ne manque et à ce qu'on ne te vole pas. Si ton correspondant n'est pas au rendez-vous, tu devras te mettre en quête d'un asile pour la nuit. Tu pourras aller de ma part chez Marie-Rose Bleigeat : elle tient une pension honnête qui donne sur la place d'Armes.

Il me demanda ce que j'avais fait de mon pécule. Je l'avais cousu dans une doublure de ma veste.

— Sage précaution ! En cas d'ennuis, tu sais où me trouver. Je suis connu ici comme le loup blanc.

Comme il voyageait à la légère et n'avait emporté qu'un sac de cuir, il m'avait aidé à descendre mes bagages. Il avait soupiré en me serrant contre lui :

— Je garderai un bon souvenir de toi, Julien. Tu m'as souvent tenu tête, provoqué parfois, mais j'aime ta franchise et ton honnêteté. Dieu veuille que nos chemins se croisent de nouveau, mais j'en doute. Alors, que Dieu te protège, mon ami !

Je l'avais regardé avec tristesse se fondre dans la foule et se retourner pour me faire un signe d'amitié.

J'attendis en vain, durant plus d'une heure, que Sophie vînt me faire ses adieux, presque soulagé qu'elle ne se fût pas présentée. Cet oubli, volontaire ou non, mettait un terme à une situation équivoque que je supportais mal. C'est sans doute ce qu'elle-même avait dû se dire. C'est ainsi, je pense, que finissent la plupart des idylles traversières.

L'œil sur mes bagages, j'attendais que le tumulte et le mouvement prissent fin, dans l'espoir que monsieur de Noé n'aurait pas omis de m'envoyer sa voiture. Deux heures passèrent et la nuit était tombée quand je me décidai, la mort dans l'âme, à me diriger vers l'auberge que m'avait recommandée le père. Un débardeur noir, au torse orné de colliers de dents de requins coiffé d'un chapeau de paille effrangé, accepta contre un pourboire de transporter mes bagages.

L'auberge de Marie-Rose Bleigeat, à l'enseigne de l'Albatros, était proche. Il ne restait que deux chambres ; je retins celle qui donnait sur la place.

La tenancière n'avait rien d'une de ces souillons d'aubergistes que j'avais connues à Brest, dans l'attente de mon navire. Elle était séduisante malgré son âge, mince, élégante et fort avenante. Le nom du père Durieux sonna comme un sésame à ses oreilles.

— Un vieil ami... me dit-elle en allumant un cigare. Je suis surprise qu'il ne m'ait pas encore donné signe de vie, mais ça ne saurait tarder. Il faut dire que je suis aux petits soins pour lui.

Elle s'enquit de ce qui m'amenait à Saint-Domingue et se montra outrée que personne ne fût venu m'accueillir. Elle connaissait de nom monsieur de Noé, « un des plus riches planteurs de l'île », mais c'était peut-être à Port-au-Prince qu'il m'attendait. Elle me demanda ce que je comptais faire. Je l'ignorais.

— Deux solutions, me dit-elle. Par mer, vous avez deux ou trois jours de voyage. Mon mari fait du cabotage. Il pourra vous prendre à son bord. Par terre, c'est plus long et plus dangereux. Il vous faudrait un cheval pour vous, un mulet pour vos bagages, et vous risquez de tomber sur une bande de nègres marrons qui, dans le meilleur des cas, ne vous laisseront que votre chemise.

Je me décidai pour la mer, allai me coucher et dormis dix heures d'affilée. Je passai la journée du lendemain à visiter cette ville qui n'est séduisante que vue du large, en dépit de larges avenues droites plantées de palmiers et de cocotiers mais mal pavées, et de quelques rares monuments : palais du Gouvernement, cathédrale, fontaine de l'Intendance, hôpital doté d'un jardin botanique, et quelques demeures prétentieuses d'officiers et de négociants.

Par précaution, malgré l'envie que j'en ressentais, je me gardai de pénétrer dans le quartier populaire qui développait, en marge de la ville, ses masures et ses cases où grouillait une misérable humanité d'esclaves affranchis.

Au cours du repas pris à table commune, j'appris que des frémissements qui semblaient précéder des mutineries d'esclaves s'étaient produits dans les parages de Limonade et du Gros-Morne, où des champs de canne à sucre et des entrepôts de tabac avaient été incendiés.

Madame Bleigeat, sans cesser de fumer son cigare, son écharpe de soie sur les épaules, m'apprit que le chef des insurgés, Boukman, qu'on venait de capturer, se donnait comme disciple et successeur de ce Makandal, dont le père Durieux m'avait entretenu à bord. Une légende se tissait déjà autour de lui.

Le lendemain, je me rendis au presbytère de la cathédrale Saint-Pierre-et-Saint-Paul pour demander des nouvelles du père Durieux. Le bedeau m'annonça qu'il avait, depuis la veille, pris le chemin de sa communauté, non loin de la frontière avec les possessions espagnoles de Santo Domingo.

L'*Albatros*, le caboteur du capitaine Bleigeat, me déposa à Port-au-Prince, au sud de l'île, après trois jours d'une navigation paisible qui avait contourné la péninsule du Nord. Je débarquai dans une sorte d'apothéose qui ravit le naturaliste que je suis : une nuée de papillons multicolores avait envahi le quai.

La ville me parut plus agréable que celle que je venais de quitter. Plus aérée, plus exotique, elle s'épanouissait, basse et blanche, dans une vaste plaine, le long d'un golfe frangé, sur l'autre rive, par une chaîne de montagnes érodées.

Le montant de mon voyage réglé, je me rendis chez le commandant de la place, l'adjudant-général Huin, pour faire viser mon passeport.

— Ainsi, me dit-il, vous êtes attendu chez monsieur le comte de Noé ? Comment comptez-vous parvenir jusqu'à son domaine ? Si vous êtes dans l'embarras, je vous conseille de prendre la voiture qui doit partir demain livrer son courrier et quelques provisions. Cela ne vous coûtera que le pourboire.

J'arrivais ainsi au bout de mes peines. L'impression de tragique solitude que j'avais éprouvée en débarquant au Cap-Français faisait place à celle d'être enfin maître de ma destinée.

Je m'informai de la situation dans cette province du Sud. Monsieur Huin me rassura.

— Dans certains cantons du Nord, les marrons ont repris leurs mouvements de révolte, mais les autorités envoient des patrouilles et des reconnaissances dans toutes les directions et ont la situation bien en main. Récemment, des meneurs ont été capturés et pendus. Durant votre séjour au Cap, on aurait pu vous montrer leurs potences. Dans notre canton, tout est calme.

Monsieur Huin me proposa la table et le gîte. J'acceptai.

— Monsieur de Noé, me dit-il, m'en voudrait de vous laisser souper et dormir dans une auberge. Nous sommes de vieux amis. Vous avez de la chance : son domaine est un modèle. Il traite ses esclaves avec humanité, ce qui n'est pas le cas, hélas ! de la plupart des planteurs.

Je lui demandai de me parler de Boukman, le chef des insurgés.

— Rassurez-vous, me dit-il. Il faisait partie des meneurs que l'on a capturés. On le garde en prison jusqu'au châtiment final, la hache. C'est un personnage singulier : meneur d'hommes mais aussi *hougan* ou *bocor* – une sorte de sorcier vaudou. Il a déclenché l'insurrection au cours d'une cérémonie au Bois-Caïman. Par son charisme, il a fanatisé des centaines de nègres marrons.

Il m'offrit un cigare et ajouta en se renversant dans son fauteuil :

— Sa capture marquera, je le souhaite, la fin du soulèvement, mais tout risque de reprendre, comme ces feux de savane que l'on croit éteints mais que la moindre étincelle ranime.

Après le souper préparé par son épouse, le commandant me proposa de l'accompagner à un concert nocturne donné, sous le kiosque de la place principale, par un orchestre constitué presque essentiellement de Noirs, qui jouèrent des hymnes révolutionnaires. Le public était composé de familles de colons accompagnées de quelques esclaves, d'un groupe de Petits Blancs, négociants et employés d'administration, de planteurs des environs et de quelques officiers de marine.

Je remarquai dans l'assistance des mulâtresses, belles, majestueuses, vêtues avec une élégance raffinée : robes de mousseline blanche ou écrue, fichu de soie croisé sur la poitrine, chevelure d'un noir intense coiffée du madras... Elles jouaient de leur éventail comme les dames de Paris, mais avec plus de perversité et une flamme dans l'œil quand un homme s'aventurait, sciemment ou pas, sur leur terrain de chasse.

Après les évolutions débraillées de quelques groupes avinés de jeunes colons, la nuit retrouva sa sérénité. D'un quartier populaire proche de l'Intendance montaient le roulement obsédant des tambours et les incantations suraiguës des femmes noires.

Grâce au silence de ma chambre donnant sur un jardin d'où émanaient des odeurs inconnues, grâce aussi à la moustiquaire dont ma couche était pourvue, je dormis huit heures d'affilée.

Au cours de la brève promenade à laquelle il me convia, monsieur Huin me révéla que cette ville portuaire était de création récente.

— Une jeunesse, monsieur Delacour : moins de quarante ans... Notre modeste cathédrale sent encore le mortier frais et notre évêque n'a pas eu le temps d'apprendre le créole.

Je lui demandai ce qu'il y avait avant, sur cette baie vaste et radieuse.

— Avant ne veut pas dire grand-chose, pour la bonne raison qu'il n'y avait rien : quelques cabanes de pêcheurs et un poste de surveillance avec deux soldats. Quand j'ai posé pied sur cette place où nous sommes, on commençait à construire des maisons en pierre. Aujourd'hui Port-au-Prince est presque aussi important que le Cap et la vie y est plus agréable, à ce qu'on dit.

Il se plaignit que la Révolution et la guerre eussent mis un frein à la traite des esclaves.

— Les Anglais en profitent, mais, Dieu merci, le ventre de l'Afrique est inépuisable et j'ai bon espoir que ce négoce reprendra bientôt. La prospérité de notre île et des Antilles en dépend.

Des propos que n'eût pas reniés le père Durieux...

Une carriole à deux roues, conduite par un vieux nègre armé d'un fusil, attendait à la porte du commandant. Par des routes ouvertes de larges fondrières par un orage récent, elle me conduisit en quelques heures au domaine du comte de Noé : les Palmistes. Le temps était aigre-doux, avec de petits nuages voguant sur un souffle d'alizé entre les mornes. L'altitude me révéla des vues profondes sur le golfe de la Gonâve et sur l'île du même nom, où un orage se battait contre le soleil.

Mon conducteur se signa alors que nous arrivions en vue de la plantation.

— Les Palmistes, monsieur, dit-il. Dieu protège cette habitation et les gens qui y vivent.

3

Les Palmistes

Port-Espérance, 1806

Hier, sur la fin de la matinée, nous avons essuyé une belle peur.

Assis sous notre véranda faite de quatre piquets et d'un toit de branches et de palmes solidement arrimé, j'achevais l'écriture des pages qui précèdent, quand des cris et des détonations montant de la crique me firent sursauter. J'envoyai notre nègre s'informer prudemment, et armai mon fusil et mes pistolets. A son retour, d'une voix haletante, les yeux exorbités, il me raconta qu'un groupe de Blancs venait de débarquer et, par jeu, prenait pour cibles des oiseaux de mer.

Pour en avoir le cœur net et afin de leur éviter, s'ils s'aventuraient dans la montagne, de se trouver nez à nez avec les marrons d'Aristote, je décidai d'aller au-devant d'eux pour leur demander s'ils avaient fait escale dans ma crique simplement pour tuer des oiseaux de mer.

En me voyant paraître dans mes vêtements dépenaillés, barbu jusqu'aux yeux, coiffé d'un chapeau de paille effrangé sur tout son bord, fusil en bandoulière, les hommes s'esclaffèrent et les femmes poussèrent des cris d'effroi.

J'entendis leurs rires et leurs sarcasmes :

— Un homme des bois ! Il manquait au décor...

— Ma parole, mais c'est Robinson en personne !

— Il me fait peur !

C'étaient de jeunes hommes et femmes, dont quelques mulâtresses. L'un d'eux s'avança vers moi, s'inclina cérémonieusement, chapeau bas, et me dit d'un ton ironique :

— Monsieur le Sauvage, seriez-vous le seigneur de ces lieux ? Auquel cas nous sommes navrés de troubler votre solitude et vous demandons humblement la permission de nous arrêter sur vos terres, le temps d'un pique-nique.

Une demoiselle ajouta avec une révérence :

— Faites-nous l'honneur de vous joindre à nous et de partager ces modestes agapes, monsieur... ?

Je répondis sur le même ton parodique :

— Baron de l'île de Luciernaga, pour vous servir. Vieille noblesse insulaire. Soyez les bienvenus, et grand merci pour votre invitation. Si vous êtes armés, votre présence me sera d'un grand secours. Moi et mes gens sommes en conflit avec une tribu de nègres marrons. Votre arrivée et vos coups de feu ne leur ont pas échappé. Ils doivent être déjà sur le pied de guerre. Entendez-vous leurs tambours ?

Ils n'entendaient rien, et moi de même, et pour cause.

— Monsieur, dit une dame, nous ne sommes pas venus ici pour nous battre !

— D'autant que vous ne pèseriez pas lourd : ils sont armés de fusils. Le mieux est que vous décampiez au plus vite, sinon je ne pourrais répondre de votre sécurité. Allez donc faire vos agapes à l'île de la Tortue. Vous y trouverez de bons mouillages et ne courrez aucun risque.

Ils ont ramassé leurs paniers, se sont précipités dans leur barque et ont prestement donné de l'aviron vers le large.

La semaine dernière, j'ai rapporté du Cap-Français, où je me fais passer pour un pêcheur de crustacés, quelques exemplaires de la *Gazette de Saint-Domingue*.

La situation dans la Grande Ile s'est détériorée. Le règne de l'empereur noir Christophe Ier ne tient qu'à un fil. Corruption, gabegie, désordre sont à leur comble, mais, paradoxalement, cette ambiance d'anarchie contribue à notre sécurité.

Ana m'a reproché l'accueil impertinent que j'avais réservé à nos visiteurs, et surtout de leur avoir parlé des nègres marrons.

— Si ces jeunes étourdis, me dit-elle, révèlent leur présence, nous risquons de voir débarquer les soldats de Christophe.

— Cela m'étonnerait, lui ai-je répondu. Christophe et ses officiers ont trop de soucis pour s'intéresser à notre *islote.* C'est la révolution dans la Grande Ile, ne l'oublie pas.

Une quinzaine de jours ont passé depuis la visite des amateurs de pique-nique, et rien n'est venu troubler notre bienheureuse solitude...

En cheminant par des sentiers de montagne dans la voiture du courrier, j'avais songé que des jours heureux m'attendaient dans la famille de monsieur de Noé, et que j'allais, en toute quiétude, me livrer à mes activités scientifiques.

Les lectures auxquelles je m'étais livré durant la traversée auraient, s'il en avait été besoin, confirmé ma vocation de naturaliste. En plus des ouvrages dont je m'étais pourvu, j'avais trouvé, dans la petite bibliothèque du capitaine, un avant-goût de ce qui m'attendait. Outre qu'ils m'avaient permis de vaincre l'ennui, ces textes avaient enrichi mes connaissances.

Mon avenir dans cette île ne me donnait guère de souci. Il n'entrait d'ailleurs pas dans mes intentions d'y rester jusqu'à la fin de mes jours : quelques années suffiraient pour recenser les richesses naturelles et en établir un catalogue. Ensuite je retournerais en France, lorsque la Révolution et la guerre auraient cessé.

C'est la pérennité des souvenirs et de l'amitié qui m'avait valu l'occasion et les conditions avantageuses de ce séjour.

Mon père et le comte de Noé s'étaient rencontrés dans un collège de Rouen et avaient découvert leurs affinités en matière de droit civil, une saine curiosité pour les plaisirs de la table et, je me plais à le supposer, pour l'hospitalité de certaines maisons plus ou moins closes.

Leur amitié avait survécu à une séparation qui n'avait nulle apparence de rupture. Ils s'étaient revus en maintes occasions et avaient échangé une abondante correspondance.

Leurs relations s'étaient resserrées lorsque monsieur de Noé avait incité mon père à s'intéresser au négoce du bois d'ébène, qui battait son plein à cette époque. Ils avaient pris des parts sur des navires négriers qui, partant des côtes occidentales d'Afrique, déversaient leurs cargaisons de nègres sur les îles à sucre.

En dépit de quelques aléas – tempêtes, naufrages, épidémies à bord qui obligeaient à jeter une partie de la cargaison humaine aux requins –, ils avaient tiré profit de cette spéculation. Ma mère ne partageait pas la satisfaction de mon père depuis que le saint-père avait décrété que les Noirs avaient une âme et qu'ils étaient des êtres humains à part entière. Je garde le souvenir de leurs querelles, qui n'étaient que de simples controverses à base de philosophie. Celle de mon père pouvait se résumer en un mot : le profit.

J'ignore à quelle occasion monsieur de Noé et son ami eurent l'idée, alors que se précisait ma vocation, de me faire voyager à travers le monde.

Depuis quelques années déjà, le comte était propriétaire du domaine des Palmistes, dans les parages de Port-au-Prince, où il vivait en famille.

Esprit entreprenant mais sujet à des sautes d'humeur, il avait prévu de ne rester à Saint-Domingue que le temps de réaliser son rêve : créer de toutes pièces une plantation, faire construire une maison coloniale, des bâtiments de sucrerie, des entrepôts et des cases pour quelques centaines de nègres.

Il avait trouvé, dans la partie espagnole de l'île et à Cuba, la machinerie nécessaire et du personnel qualifié. Il m'avoua plus tard que son intention initiale était de mettre cette plantation en état de marche, de la confier à un régisseur honnête, ou de la revendre pour regagner la métropole, son château, ses forêts et ses chasses.

Il allait vite changer de cap. La vie de planteur lui plaisait. En quelques années, son domaine était devenu le plus prospère de l'île. C'est de cet engouement que dut naître dans son esprit l'idée de proposer à mon père de me confier à lui pour mettre en pratique mes connaissances livresques.

La réponse de mon père ne s'était pas fait attendre, et la mienne allait de pair : mon départ pour Saint-Domingue fut décidé. Une autre circonstance allait favoriser cette décision unanime. Veuf depuis peu, mon père avait pris sous son aile, et dans son lit, une demoiselle qui n'avait qu'un défaut : ne pas supporter ma présence. L'annonce de mon départ suscita un soulagement général.

Les chiens de la maison furent les premiers à venir me saluer, à peine la voiture du courrier s'était-elle engagée dans l'allée de palmiers menant à l'habitation et qui lui avait donné son nom, les palmistes étant les fruits du palmier.

En me reconnaissant, comme si je tombais du ciel, monsieur de Noé s'avança vers moi, bras écartés, un large sourire dans sa barbiche poivre et sel. Il était dans sa tenue de planteur et coiffé d'un chapeau de paille. C'était, passé la soixantaine, un beau vieillard, mince et élégant dans son maintien et son langage, un peu trop bavard, ce qui ne m'indisposait nullement.

Il me donna une accolade généreuse, me demanda des nouvelles de son vieil ami et fit porter mes bagages dans le pavillon qu'il m'avait réservé, en marge de l'habitation principale. Adossé à un amas de rochers, il était prisonnier des racines d'un arbre géant.

Une main sur mon épaule, il me guida vers la véranda pour me présenter à sa famille : deux de ses neveux, Charles et Victor, des hommes déjà, et sa femme, Ana, métisse ou Indienne pure, d'une beauté un peu austère, encadrée de trois jolies filles au teint légèrement bistré. Elles se prénommaient Chloé, Lydie et Hélène. Monsieur le comte de Noé était féru de grec...

Il lança à une grosse négresse qui n'avait pas daigné quitter son fauteuil :

— Pénélope, apporte des rafraîchissements à mon ami et prépare son logis.

Il se tourna vers moi pour ajouter joyeusement :

— Julien, bienvenue aux Palmistes ! Vous êtes ici chez vous et vous y resterez autant qu'il vous plaira. Pour préserver votre indépendance et vous livrer à vos travaux, vous logerez dans un pavillon, mais, sauf si vous y trouvez un inconvénient, vous pourrez prendre vos repas à notre table. Je puis vous affecter un domestique si cela vous agrée.

Je le remerciai de ses bontés et souhaitai que ma présence ne causât point de perturbations dans cette belle et grande famille.

— Il semble, dit-il en voyant mes joues creuses et mon allure avachie, que cette traversée vous ait éprouvé. Vous allez retrouver en quelques jours vigueur et santé.

C'est la seule allusion qu'il fit à mon voyage et, à aucun moment, au cours de nos premiers entretiens, il ne parut surpris que j'eusse aussi facilement trouvé le chemin des Palmistes.

Avant la fin du jour, la table était mise, mon hébergement en train, la carriole repartie avec le courrier, et j'avais savouré le café et les brioches, sous l'œil d'une marmaille noire qui semblait attendre les miettes. Postée à quelques pas derrière moi, Ana veillait à ce que le service me satisfît.

— Monsieur, m'expliqua-t-elle, a dû s'absenter pour lire son courrier. Il vous rejoindra dans un moment. En attendant, vous pourrez prendre possession de votre pavillon et vous reposer. Prenez votre temps.

Parlant du comte de Noé, elle avait bien dit *monsieur*, au lieu de « mon mari », ce qui me laissa croire qu'elle n'était que sa concubine, encore qu'il me l'eût présentée comme sa femme.

Après deux heures de sieste, malgré une chaleur lourde, je fis un brin de toilette et me vêtis de ce qui restait de propre dans mon bagage. Monsieur de Noé m'attendait sous la véranda en fumant un cigare. Il paraissait soucieux.

— J'aurais aimé, me dit-il, vous annoncer de bonnes nouvelles de France et de Saint-Domingue. Hélas, ce n'est pas le cas.

Il avait trouvé dans son courrier une lettre de Paris, qui lui apprenait la fuite du roi et de sa famille vers la frontière, son arrestation à Varennes et leur captivité. Après une nuit à Meaux, ils avaient été ramenés à Paris sous les quolibets, les insultes, et les menaces de mort de la tourbe jacobine. La nation était en effervescence.

— Je crains le pire pour nos souverains, ajouta monsieur de Noé. Mais pourquoi diable n'ont-ils pas pris davantage de précautions ? Pour ce qui est de notre île, je viens d'être informé du rappel en France du gouverneur général, monsieur de Peinier, et l'envoi de monsieur de Blanchelande pour le remplacer. Peut-être l'avez-vous croisé à bord...

Je l'avais rencontré à la table du capitaine. Il s'était montré réservé quant à sa mission, de crainte, peut-être, d'en dire trop.

— Ma première impression, monsieur, est qu'il est dénué d'énergie.

— Vous m'inquiétez. Où il aurait fallu un César, on nous envoie un Fabius Cunctator, un temporisateur, alors qu'une nouvelle mutinerie des Noirs peut éclater à tout moment.

Je fis état de ma surprise en constatant que son habitation avait échappé à la lame de fond insurrectionnelle qui avait balayé, m'avait-on dit, de nombreuses plantations et coûté la vie à beaucoup de propriétaires.

— Les insurgés, me répondit-il, agissent avec une certaine discrimination : ils ne s'en prennent qu'aux mauvais maîtres, à ceux qui les traitent plus mal que des bêtes de somme, ce qui n'est pas mon cas. Sur mes trois cents nègres, vous n'en trouveriez pas un qui puisse me reprocher des sévices injustifiés ou qui souhaiterait retourner en Afrique.

Tandis qu'il me parlait de sa chiourme avec, semblait-il, une certaine complaisance et une abondance de détails révélateurs de son esprit de justice, je l'observais à la dérobée : c'était un bel homme, en dépit de son âge, sans une ride, avec un teint coloré et un air énergique qui imposait.

Pour la première fois, à la table de l'adjudant-général Huin, j'avais entendu parler du Noir Toussaint-Bréda, un nom qui rappelait la date et le lieu de sa naissance. Monsieur de Noé l'avait acheté une dizaine d'années auparavant, en avait fait son cocher, un intermédiaire dans ses rapports avec les esclaves et son chien de garde, sauf que ce Noir n'avait rien d'un toutou. Son intelligence l'avait fait distinguer par monsieur de Noé, qui lui avait appris à lire et à écrire. Son apparence souffreteuse l'avait fait surnommer en langue créole *Fatras-Bâton*, pour dire qu'il était maigre et déhanché.

Je n'allais pas tarder à faire sa connaissance.

Je parlai à monsieur de Noé de mon entretien avec l'adjudant-général Huin, et de l'estime dans laquelle on le tenait dans le milieu des colons, jusque dans la partie espagnole, plus pauvre que la française, où il était partout cité en exemple. Il me dit avec un sourire satisfait :

— Cette plantation est ma fierté. J'y ai consacré ma conviction, ma fortune et mon énergie. Si mes collègues planteurs, ainsi que les commandeurs qui ont la charge de leurs nègres, avaient agi de même, nous aurions fait l'économie des insurrections passées et de celles à venir.

Il venait d'apprendre, par la *Gazette de Saint-Domingue*, que deux chefs de nègres marrons, Agé et Chabannes, avaient subi au Cap le supplice de la roue.

— Je suis pour l'ordre, me dit-il, mais je réprouve cette sévérité. Comme de Boukman, que l'on vient de décapiter, et de Makandal, on va en faire des martyrs aux yeux des esclaves...

Le personnage de Toussaint, avant même que je l'eusse connu, avait suscité ma curiosité.

On parlait avec une certaine révérence de ce petit-fils d'un roi d'Allada, modeste ethnie du Dahomey : Gaou-Guinou. Il avait vu le jour à Saint-Domingue, dans le domaine de Bréda, près du Cap-Français. Son maître, monsieur Baillon de Libertat, l'avait cédé à monsieur de Noé. Toussaint n'était donc pas un *bossale,* un nègre né en Afrique, mais un créole. Dès sa jeunesse, il avait des contacts avec les Blancs et en avait appris ce qui le distinguait de ses congénères.

Monsieur de Noé, à qui j'en parlai, allait compléter les informations recueillies auprès de monsieur Huin.

— Il y a peu de choses à dire de ses premières années. Toussaint était un nègre ordinaire, un coupeur de canne, puis, en raison de sa constitution précaire, il a été employé à la garde du bétail et enfin comme domestique dans la maison de Baillon, où j'ai remarqué son intelligence. J'en ai proposé un bon prix à son maître, qui, en difficulté d'argent, me l'a cédé.

Des rapports équivoques s'étaient noués entre le maître et l'esclave affranchi. Sans lui retirer sa confiance, monsieur de Noé avait surpris chez lui une nature de chef, qui ne demandait qu'à se confirmer.

— Un personnage à double face, poursuivit monsieur de Noé. Il nous est fidèle, nous protège contre les rebelles, mais entretient avec eux des rapports de race, au point que je le soupçonne d'être le chef occulte des nègres marrons des alentours. Quel parti choisirait-il en cas de soulèvement général ? Je l'ignore et m'en inquiète.

Je fus surpris d'apprendre que Toussaint, avec l'accord de son maître, était en possession d'une modeste plantation de café et d'indigo, cultivée par une vingtaine d'esclaves, et qu'il avait comme régisseur le mari d'une de ses filles, Jasmine, née d'un premier mariage : un créole affranchi qui menait sa barque avec une rigueur exemplaire.

Des esclaves libres devenus planteurs, il y avait de quoi me surprendre !

Un autre personnage m'intriguait : Ana, la concubine du comte. C'est d'elle-même que j'appris, nos rapports devenus familiers, qui elle était et d'où elle venait.

C'était une authentique princesse indienne. Lors du génocide espagnol qui avait accompagné et suivi l'arrivée de Colomb, son ancêtre, la reine des Taïnos, Anacoana, avait résisté à l'envahisseur avec une poignée de guerriers en se réfugiant dans les mornes. Capturée les armes à la main, au cours d'une expédition, elle avait été torturée et brûlée vive.

Le dernier noyau de résistance exterminé, les Espagnols s'étaient trouvés sans main-d'œuvre capable d'assurer leur subsistance. C'est alors que, à l'imitation des Portugais, ils avaient fait venir d'Afrique des navires négriers et, à coups de fouet, avaient forcé ces esclaves à travailler la terre.

C'est ainsi qu'étaient nées les premières plantations.

Rescapés du grand massacre, quelques membres de la famille de la reine martyre avaient gagné en pirogue l'île de Cuba et trouvé refuge chez un planteur de tabac débonnaire de la Sierra Maestra. Ils y avaient fait souche.

C'est là que le comte de Noé, lors d'un voyage destiné à se procurer des plants de tabac, avait rencontré cette jeune fille, princesse indienne non métissée. Il en avait fait l'acquisition, comme de Toussaint-Bréda et, devenu veuf, l'avait choisie pour concubine.

La trentaine proche, elle avait gardé une allure d'adolescente, un visage long, lisse et olivâtre, une taille mince sans être fluette, une élégance naturelle, une chevelure somptueuse, toujours piquée de quelque fleur, sans le madras traditionnel qu'elle ne portait que lors des soirées, comme pour marquer sa différence avec les sang-mêlé.

Elle s'était fait sans peine admettre dans la famille du comte par sa discrétion, son dévouement et sa complaisance pour les caprices de son maître. Monsieur de Noé, ne pouvant guère compter sur ses neveux pour l'aider dans l'administration de son domaine, avait chargé Ana de l'y aider et n'avait pas eu à s'en plaindre. Pour les rapports extérieurs, sa connaissance de l'espagnol et de l'anglais était une aide précieuse.

Monsieur de Noé m'avoua que ses neveux le décevaient.

— Charles et Victor, me dit-il, sont de braves garçons mais je n'en ferai jamais mes successeurs. Ils passent plus de temps à la chasse ou à courir le guilledou qu'avec mes nègres, qu'ils méprisent.

Il soupira :

— Que vais-je en faire ? Des militaires, je suppose...

J'ai vécu aux Palmistes les heures les plus douces et les plus riches de mon séjour à Saint-Domingue.

J'étais jeune, j'étais libre, ma santé était florissante et ma curiosité, toujours en éveil. Mes moyens de subsistance ne me créaient pas de souci, et j'assumais sans contrainte ma mission d'apprenti naturaliste.

J'appris de mon hôte que les montagnes de cette île sont plus hautes que celles qui se dessinent de la côte. L'un des sommets atteint trois mille mètres. Il me donna une idée sommaire de la répartition des cultures : pour la canne, il faut des terres noires et de la marne aux caféiers, alors que le coton préfère les fonds de vallées rocailleux. Il choisissait l'endroit où cultiver avec le plus de chances de réussite le riz, la patate douce, le manioc, le maïs, le tabac, et n'avait, m'affirma-t-il, jamais été déçu.

Dès le début de mon séjour, il avait mis à ma disposition, pour mes randonnées, un cheval prélevé dans le troupeau qui paissait dans un coin de savane et qu'il fallait prendre à la corde, un jeune nègre, Popo, un chien et un fusil.

Chaque matin ou presque, le temps de prendre le déjeuner préparé par la grosse Pénélope encore ensommeillée, de réveiller mon nègre, Popo, et de siffler mon chien, je sautais en selle avec des sacs contenant les récipients où ranger mes collectes battant les flancs de ma monture.

Je partais sans crainte d'avoir à affronter une faune dangereuse, les reptiles venimeux notamment, dont l'île était exempte. Quant aux nègres marrons, monsieur de Noé m'assura que je n'avais rien à en craindre. Toussaint veillait...

Sorti des limites de la plantation qui couvrait des espaces immenses, je pénétrais dans un monde qui avait gardé la luxuriance des origines, au temps où Taïnos et Arawak régnaient en ces lieux.

Je ne me servais de mon fusil que pour tuer l'agouti ou la perdrix que je rapporterais le soir aux Palmistes. Je ne me hasardai pas à tirer sur un des bœufs sauvages qui vivent en troupeau dans les pâturages d'altitude et dont le spectacle est d'une sauvage beauté. Un jour, assis sur une roche, je croquai un de ces monstres qui, à quelques pas de moi, me considérait avec une curiosité qui n'avait d'égale que la mienne. Ma main tremblait un peu, mais la vue de mon fusil à portée de main me rassurait.

Je vouai le même genre de curiosité aux caïmans qui hantent les marigots des basses terres et les estuaires des cours d'eau. Un jour, sur la berge de la rivière Sale-Trou, la bien nommée, je m'avançai au plus près d'un spécimen qui se confondait avec un amas de branchages pourris, à moitié immergés. Il devait mesurer une dizaine de pieds de long et peser son quintal. Mon modèle, endormi ou repu, ne bougea pas tout le temps de la pose, mais, alors que je me retirais, il bondit et m'arracha une botte, dont il ne fit qu'une bouchée.

Il y avait moins de risques à l'observation des tortues, dont on dit que, chez certaines espèces, elles peuvent devenir centenaires. On en trouve encore, mais de moins en moins abondantes, dans le sud de l'île. Je me souviens avoir feuilleté un album dont une gravure montrait trois soldats espagnols juchés sur la carapace d'un de ces monstres.

Je me méfiai davantage des sangliers dont on ne peut éviter la charge qu'en grimpant dans un arbre ou alors en les tuant, ce que je fis à plusieurs reprises. Les neveux de monsieur de Noé, Charles et Victor, raffolaient de leur viande.

Je m'intéressais aux jeux, aux amours et aux mimiques des singes, auxquels je distribuais les reliefs de mon repas. Je parvins à capturer un jeune mâle et à le rapporter à la petite Chloé, qui en fit son compagnon de jeu et le costuma en laquais.

Avec les oiseaux-mouches, de même, le spectacle est permanent autour de leurs nids minuscules qui s'alignent sur des branches. On emploie pour les désigner une onomatopée : les *pipirits*. C'est un plaisir sans fin que de les voir voleter autour des fleurs et des fruits comme de grosses abeilles, avec des battements d'ailes si rapides qu'ils ne sont qu'une tache colorée.

Ces joyaux vivants font les délices de monsieur de Noé. Une fois plumés et éviscérés, il en faudrait une vingtaine pour remplir un sac à plomb. Je préfère quant à moi les regarder papillonner autour d'un hibiscus que rôtir à la broche.

Aucun moment ne valait pour moi celui de la sieste qu'impose la chaleur. Lorsque nous battions la montagne, Popo et moi, nous cherchions, si possible dans les parages d'une rivière pour y faire trempette et rafraîchir notre vin, un coin favorable. Après le repas, je fumais ma première pipe, qui me tombait des lèvres dès que venait le sommeil. Peu à peu, les rumeurs de la forêt s'estompaient dans la grande chaleur de midi : fuite d'un gros lézard dans un fourré, criailleries des singes et des perroquets, roucoulements des tourterelles, pizzicati des oiseaux-mouches... Je m'endormais dans cette symphonie forestière.

Le plaisir que j'éprouvais à herboriser était d'autre nature, mais tout aussi fascinant.

Cette pratique a marqué les débuts de mon activité de naturaliste, dans la campagne normande et aux environs de la capitale. Sans s'éloigner de la vie primaire, elle est plus statique que l'étude de la faune, mais demande autant, sinon davantage, d'observation et de réflexion, d'immobilité et de silence. Ecarter la robe de pétales d'une fleur inconnue, s'imprégner au préalable de sa beauté et de son parfum, interroger le mystère de son intimité, si proche de celle de la femme, me donne des joies subtiles préludant à l'austérité du classement dans mon herbier.

J'avais découvert dans la bibliothèque de cet érudit qu'est le comte de Noé un ouvrage du célèbre botaniste Charles Plumier : *Description des plantes de l'Amérique.* Il m'a servi de viatique pour pénétrer dans ce monde mystérieux. Au cours de son séjour à Saint-Domingue, ce savant, grand voyageur, a collecté à foison des plantes rares dont il a, dans ses gravures, restitué les formes et les couleurs, malgré quelques mouillures dues à un ouragan tropical.

L'une de ces plantes, que je découvris dans les parages des Mornes-Rouges, la *Nymphaea floris,* me rappelait étrangement la sœur d'un de mes amis de collège, qui, au cours de nos ébats, m'inondait de son parfum mais ne soufflait mot.

J'occasionnais une grande joie à Popo lorsque je lui donnais la permission de prendre mon fusil et de tirer quelque gibier que nous rapportions, encore chaud, pour la table du soir.

Il avait une prédilection pour le gibier d'eau, les canards *vingeons,* les vanneaux *armés* ou les échassiers *petpets*... Je prenais plaisir à le voir se harnacher de mon fusil, du sac de cuir contenant la pierre, le monte-ressort, l'épinglette, et des petites calebacites réservées à la poudre et au plomb. Il partait en sautillant comme un sapajou se mettre à l'affût, pénétrer *à châton* dans le marigot, s'immerger à moitié, le fusil au-dessus de sa tête, sans craindre l'attaque d'un caïman.

Monsieur de Noé m'avait dit, à propos des reptiles :

— Vous rencontrerez souvent des serpents et des lézards. Un seul de ces reptiles est dangereux ; la vipère verte, mais elle est rare et fait moins de victimes que les scorpions ou l'araignée cul-rouge, dont le venin, mêlé à de la peau de lézard, guérit les maux de dents. J'ai vu dans notre poulailler une de ces redoutables bestioles s'attaquer à un pintadeau et commencer à lui grignoter la tête. Elle est friande des œufs d'oiseaux-mouches. Si vous en surprenez une dans votre chambre, écrasez-la plutôt que de l'attraper, même avec des gants. L'une d'elles a percé ma botte...

Autre recommandation de mon hôte :

— Evitez de dormir à l'ombre de certains arbres, comme le mancenillier. Vous risqueriez d'y trouver la mort, à ce qu'on dit. Gardez-vous de goûter à ses fruits, qui sont des sortes de pommes odorantes : votre corps deviendrait rouge, votre langue noire et sèche comme du bois, et vous souffririez d'une forte fièvre. On ne connaît qu'un contre-poison : des infusions de racines de québec, mais vous risquez de ne pas en trouver dans les épiceries de Port-au-Prince...

Une des filles de monsieur de Noé, Lydie, possédait un lézard vert apprivoisé, qui répondait à l'appel, aux heures des repas. Elle prétendait pouvoir, à volonté, le faire changer de couleur, comme un caméléon.

— C'est simple, me dit-elle. Regardez...

Elle prit une pincée de tabac et la fourra dans la gueule du reptile, qui passa illico par toutes les couleurs de l'arc-en-ciel avant de revêtir une teinte brunâtre et de se coucher sur le flanc, comme mort.

— Vous voilà bien avancée, observai-je. Vous avez tué cette pauvre bête.

Elle prit une mine contrite avant d'éclater de rire.

— Nous allons le ressusciter ! dit-elle. Je vais lui verser dans la gueule quelques gouttes de jus d'oseille, et vous allez assister à un miracle.

Quelques instants plus tard, le lézard reprenait couleur, s'agitait, puis courait s'abriter sous la commode.

Lydie prit appui sur mon épaule pour se relever, sourit et me tendit ses lèvres, mais c'est sur sa main que je déposai un baiser.

Lydie venait d'avoir quinze ans. Elle était belle comme la *Nymphaea floris* avec, en plus, une odeur de jeunesse qui me troublait.

Durant la traversée, le père Durieux m'avait mis en garde contre l'un des pièges que j'allais trouver à Saint-Domingue : la chaleur. Un seul mot suffit à la définir : torride. Je me disais : « Comment le Normand que je suis, habitué au brouillard, à la pluie et à la neige, va-t-il supporter ce climat ? »

Tout, en définitive, est affaire d'accoutumance. Dès mon arrivée, j'adoptai quelques précautions élémentaires : se vêtir à la légère, éviter de se promener tête nue au soleil, boire fréquemment, éviter les liqueurs fortes, du moins dans la journée, observer une sieste quotidienne... Je suivis ces préceptes et m'en trouvai bien. Je connus ces heures accablantes, où, dans une atmosphère de hammam, la vie semble se retirer du corps en sueur, où l'on se sent incapable du moindre mouvement, où l'on attend le moindre souffle comme un ineffable bienfait...

Le père m'avait informé de deux caprices de la terre et du ciel : les séismes et les ouragans. A l'en croire, si j'échappais à l'un, l'autre me rattraperait...

Je n'attendis pas longtemps la première de ces catastrophes annoncées, et j'en garde un souvenir pénible.

Une nuit, quelques semaines après mon arrivée aux Palmistes, en sentant bouger mon lit, je crus à une facétie des neveux du comte ou aux effets du rhum dont j'avais abusé. Je dus me rendre à l'évidence : j'étais en train de vivre un tremblement de terre.

Les meubles se déplaçaient autour de moi. Je sentais un vertige me gagner comme sur un navire par gros temps, avec la pénible impression de décoller du sol. Un rocher détaché de la pente vint heurter avec un bruit sourd l'arrière de ma caye. De partout montait une rumeur sourde ponctuée de cris venus de l'habitation principale.

Quand je voulus sortir pour porter secours à mes hôtes, je constatai que ma porte et ma fenêtre étaient bloquées. Prisonnier, plongé dans l'ombre, je sentis la panique m'envahir. J'allais enfoncer la porte quand le mouvement décrut puis cessa tout à fait.

En retournant à tâtons vers ma couche, je me blessai à un pied en marchant sur les débris d'un verre ou de ma lampe brisée, je ne sais, et me fis un pansement avec mon mouchoir. Quand Charles vint me délivrer à l'aube, avec un pied-de-biche, je m'informai des dégâts.

— Ils sont minimes, me dit-il. Une source a tari derrière la maison, une crevasse s'est ouverte dans l'allée et nous avons perdu un peu de vaisselle. Toute la maisonnée est saine et sauve. Mais vous-même...

— Ce n'est rien. Je vais me faire soigner. Y a-t-il des victimes parmi vos nègres ?

— Aucune à ma connaissance. Dans le cas contraire, nous le saurions déjà. D'ailleurs, le travail a repris.

Le seul qui eût à souffrir du séisme fut le vieux nègre affranchi, Salomon. Il habitait une *ajoupa* proche de l'habitation de ses maîtres, qui subvenaient à ses besoins. Infirme, incapable de quitter sa chaise roulante, il avait été ballotté d'une cloison à l'autre durant toute la durée du séisme. On l'avait retrouvé accroché à sa chaise renversée. Il redoutait par-dessus tout ces phénomènes, ayant, dans sa jeunesse, été témoin d'un tremblement de terre qui avait fait des centaines de victimes dans l'île de la Gonâve.

Je fis l'expérience d'un ouragan, peu de temps après mon arrivée à la colonie.

Celui dont je veux parler a fait, comme on dit, le tour du compas : éclatant de toutes parts avec une violence redoutable, il a duré une journée et une nuit, avec de brèves accalmies et des reprises fulgurantes.

Rien ne l'avait annoncé, sinon un horizon un peu gras, les vols d'oiseaux affolés tournant avec des cris au-dessus de la vallée et les gémissements, sans raisons précises, des animaux domestiques.

Monsieur de Noé m'avait prévenu :

— Nous allons essuyer un coup de chien. Si la pluie s'ajoute à l'ouragan, nous risquons de gros dégâts. Il y a quatre ans, une coulée de boue a emporté notre maison, mais nous avons eu le temps de nous mettre à l'abri.

Ce jour-là, je m'abstins de courir la montagne et restai dans ma caye pour trier et classer mes collectes, inquiet des brutales foucades qui ébranlaient mes cloisons de planches.

Passé le souper, le vent se mit à souffler avec une violence inouïe. Pour plus de sûreté, je décidai de demeurer dans la maison de mes hôtes. La pluie que monsieur de Noé avait redoutée se déclencha dans un concert assourdissant de coups de tonnerre et des gerbes d'éclairs, comme si des batteries de canons avaient pris notre demeure pour cible.

Nous passâmes une nuit blanche, si l'on peut dire, car nous disposions chacun d'une chandelle, l'ombre, favorable à la panique, risquant d'affoler les femmes en prière, agenouillées devant un crucifix.

Le matin, un spectacle de désolation nous attendait. La partie du toit qui protégeait le cabinet de monsieur de Noé avait été éventrée, livrant passage aux trombes d'eau, qui, malgré nos précautions, avaient endommagé une partie de la bibliothèque et quelques liasses de documents. Le toit d'émondes de ma caye balayé, la pluie diluvienne avait fait le ménage à sa manière, mais j'avais pris soin de mettre à l'abri, dans la maison des maîtres, mes documents et mes collections.

Dans les villages d'esclaves, la situation était pire.

La plupart des *ajoupas* avaient été balayées. Au milieu des champs de canne, de manioc et de cacaoyers, on voyait errer des groupes de nègres et de négresses désemparés qui cherchaient dans la boue ce que l'ouragan n'avait pu emporter.

Par-dessus cette scène pitoyable, un ciel serein et, à l'horizon, une mer éblouissante...

Nous avons passé des jours à réparer les dégâts, à venir en aide aux nègres en puisant dans nos réserves de vivres, et à remettre en état de marche le matériel de la sucrerie.

Nous avons connu par la suite des phénomènes du même type, mais de moindre gravité. Monsieur de Noé se disait « au bord de la ruine », mais il avait de quoi faire face. Il était dans un tel état d'accablement, au lendemain de l'ouragan, qu'il nous annonça au cours du dîner :

— Décidément, on dirait que cette terre ne veut plus de nous. S'il en est ainsi, le mieux est de nous déclarer vaincus, de préparer nos bagages et de prendre le premier bateau pour la France. Avec la revente de notre domaine et de nos nègres, nous aurons de quoi vivre convenablement à Paris durant quelques mois. Si nous trouvons acquéreur...

Il me confia quelques heures plus tard, alors que nous remettions de l'ordre dans son cabinet :

— Sais-tu, Julien, qu'en langue taïno Haïti signifie « Fleur » ? Ah ouiche ! Une fleur, certes, mais vénéneuse et carnivore. Ce *paradis*, comme disent les émules de Rousseau, a trop souvent l'allure d'un enfer. Je suis las de jouer les Sisyphes. Demain, je me rendrai à Port-au-Prince pour négocier la vente de ma plantation. Je ne me cache pas que ce sera difficile.

Le lendemain, la nuit ayant porté conseil, il dit à ses neveux :

— Nous allons réensemencer nos champs de tabac. Il va nous falloir une vingtaine de nègres en plus. Je vais attendre le prochain marché de Port-au-Prince...

4

Cette folle de Lydie…

Au cours d'un repas, un peu à l'étourdie, j'avais engagé avec Lydie, deuxième fille du comte, une conversation sur la musique, alors que je ne suis pas un mélomane. Je ne sais pourquoi, souvenir sans doute d'une affiche lue jadis lors d'une promenade, j'avançai un nom :

— Ah, Monteverdi, quel délice ! C'est le musicien que je préfère.

— Vraiment, monsieur Julien ? me dit-elle d'un air ravi. Vous aimez sa musique ?

— J'en raffole.

Alors que nous n'en étions qu'au rôti, elle se leva d'un bond pour s'asseoir devant son clavecin. Elle fouilla fébrilement dans un chaos de partitions et brandit celle qu'elle cherchait.

— C'est, dit-elle, une transcription d'un madrigal de ce compositeur vénitien : *Ahi ! che morir mi sento.* Il est dédié à l'une de ses amies, la *signora* Adriana. Vous connaissez sans doute ce morceau, monsieur Julien. Je vais vous le jouer...

— Ma fille est folle, soupira monsieur de Noé, la tête entre ses mains. Interrompre un repas pour faire de la musique... Cela ne s'est jamais vu. Cette pauvre enfant se prend pour une virtuose !

— Permettez-moi de vous reprendre, mon ami, dit Ana. Cette petite a du talent. Il ne lui manque qu'un bon professeur et un instrument bien accordé. Celui-ci, monsieur Julien a subi les méfaits du climat.

En écoutant jouer Lydie, j'avais plutôt envie de rire que de mourir, comme Monteverdi pour Adriana. L'interprète, à défaut de talent, mettait beaucoup de sentiment dans son jeu, mais le clavecin lui rendait en grincements ce qu'elle lui donnait en soupirs. Charles et Victor pouffèrent de rire ; Chloé, l'aînée des filles, les fit taire.

Quand Lydie, sans s'offusquer de ce comportement, annonça qu'elle allait poursuivre avec un fragment d'*Orfeo*, œuvre du même musicien, son père tapa du poing sur la table et lui ordonna de reprendre sa place. Elle consentit à se rasseoir avec une grimace et m'interrogea des yeux.

— Vous êtes très douée, lui dis-je pour rompre le silence. J'ai beaucoup apprécié ce passage du madrigal : *Tralala la la*... Vous avez su en rendre toute l'émotion, malgré l'imperfection de l'instrument.

Un regard ironique de mon hôte me fit comprendre qu'il était superflu d'employer ce ton flagorneur. Victor ne se priva pas de persifler :

— J'en ai encore les oreilles qui grincent ! Un clavier qui souffre du catarrhe, manié par des mains engourdies... Pauvre Monteverdi, il doit se retourner dans sa tombe !

Charles surenchérit dans le sarcasme :

— Ma petite cousine, si tu veux être agréable à notre ami, évite-lui ce supplice.

Le visage de Lydie se crispa. Je vis une larme perler au coin de son œil. Elle jeta sa serviette sur la table, se leva et, sans un mot, quitta la table.

Colère de monsieur de Noé :

— Reviens t'asseoir im-mé-dia-te-ment ! Ces manières sont insupportables. Ana, pourrons-nous, enfin, souper tranquillement ?

Il ajouta, s'adressant à moi :

— Julien, je te prie d'oublier cet esclandre et de n'en tirer aucune conclusion prématurée. Ces petites anicroches ne compromettent en rien l'ambiance sereine de notre maison. Ces enfants, en dépit de certaines apparences, s'adorent. Et maintenant, nous allons nous régaler avec ces perdrix que vous nous avez rapportées...

J'avais observé que les deux sœurs de Lydie, Chloé et la cadette Hélène, n'avaient pas bronché, alors qu'Ana avait suivi Lydie dans sa chambre pour la consoler ou la sermonner.

Ce n'était pas la première fois que je constatais, sinon des dissensions, du moins des tiraillements entre cousins et cousines. Ces querelles pouvaient avoir des motifs de race, les filles étant de sang mêlé, mais monsieur de Noé, qui m'en fit la confidence, ne l'eût pas supporté.

Plus tard, Toussaint-Bréda m'apprit à pénétrer l'imbroglio des mélanges interraciaux entre Blancs, Noirs, mulâtres, métis, quarterons, marabouts, griffons, mamelouks, sacatras... Un catalogue si complexe de combinaisons qu'il y a de quoi y perdre son latin !

Toussaint, lui, était d'un noir sans mélange : *authentique,* pour reprendre son expression.

Il me fit comprendre la réserve, pour ne pas dire le mépris, qu'il vouait aux sang-mêlé. Il jugeait cette engeance prétentieuse, arrogante, hypocrite et volontairement oublieuse de ses origines africaines. La plupart se dissociaient de la chiourme des esclaves pour accéder à des emplois valorisants : commandeurs de plantations, administrateurs ou même planteurs, avec, pour les Noirs, plus de dureté qu'un maître blanc.

Je ne sais pourquoi Lydie parut me tenir rigueur de l'incident qui avait marqué son récital, alors que je n'en avais été que le témoin muet enclin à l'indulgence, mais peut-être était-ce de la honte. Toujours est-il que, durant trois jours, je n'eus pas droit à un regard.

Bien que ce comportement ne troublât pas mon esprit, je tins à en avoir le cœur net. Quelques jours plus tard, toilette faite après le retour d'une expédition naturaliste, je la rejoignis sous le manguier où elle lisait dans la dernière lumière du soir.

— Lydie, commençai-je en m'asseyant près d'elle, votre attitude envers moi me confond. Me direz-vous enfin en quoi je vous ai offensée ?

— Mon père et mes cousins m'ont humiliée, et vous, vous...

— Qu'ai-je dit ? Qu'ai-je fait ?

— Rien, justement !

— Que pouvais-je dire ou faire ? Cette attitude aurait paru suspecte. Après tout, je ne suis pour vous ni un fiancé ni un prétendant !

Elle me prit la main et la pressa contre sa cuisse.

— Allons, Julien, ne tournez pas autour du pot ! Il ne m'a pas échappé que vous éprouvez pour moi plus que de l'amitié, sans oser me l'avouer.

La surprise me suffoqua.

— Diable ! Vous aurais-je donné des preuves de ce que vous avancez ?

— Allons, Julien, allons ! Cessez de me dissimuler vos sentiments. Je n'ai pas été dupe de vos clins d'yeux, de vos propos biseautés, de vos gestes discrets mais éloquents. Je suis moins innocente qu'on ne l'imagine. J'ai beaucoup lu : des romans, des comédies, des poèmes, dont j'aurais aimé m'entretenir avec vous. Par exemple des *Liaisons dangereuses*...

— Ce roman n'est pas pour les petites filles, Lydie !

Elle protesta qu'elle n'était plus une *petite fille*, mais une femme, déjà, et qu'elle savait plus de choses sur la vie qu'on ne le supposait. Je la laissai évacuer cet excès de passion juvénile et d'orgueil. Elle avait sans doute deviné des similitudes entre nos relations et celles du vicomte de Valmont et de Cécile de Volange, là où je ne voyais rien de semblable. En était-elle au point d'assumer son rôle d'innocente livrée à la perversion ? Il ne manquait à cette comédie que cette diablesse de Merteuil, mais, en l'occurrence, sa présence ne s'imposait pas.

Excédé de cet entretien qui me mettait mal à l'aise, je me levai et lui dis :

— Lydie, cessez de bâtir un roman avec vos illusions. J'éprouve pour vous une vive amitié, comme pour les autres membres de votre famille, et ne tiens pas à la compromettre par une intrigue qui me mettrait en porte-à-faux. Alors, restons-en là, je vous prie.

Elle s'exclama, au risque d'attirer l'attention sur nous :

— Mensonge ! Lâcheté ! Ne me dites pas que vous aimez cette... cette grosse et vieille négresse que vous avez mise dans votre lit ! C'est ignoble, c'est...

Elle abusait de ma patience, au point que je levai, comme pour la gifler, une main qui demeura en suspens. Lydie me fixa d'un regard provocant et me lança d'une voix grinçante :

— Eh bien, qu'attendez-vous ? Frappez-moi ! Cela me prouvera au moins que je ne vous suis pas indifférente.

— Je ne vous donnerai pas ce plaisir, lui répondis-je. Rompons là. Votre père va vous attendre pour votre leçon de géométrie...

En qualifiant, à tort, Laurette de *grosse et vieille négresse*, Lydie faisait allusion à mes relations diurnes et nocturnes avec une servante qu'Ana avait chargée de mon ménage et de mon jardinet. Volontairement ou non, elle commettait une triple erreur : cette créature était loin d'être obèse et avait tout juste passé vingt ans ; ce n'était pas une Noire mais une mulâtresse, originaire du Soudan, avec du sang arabe.

Quant à me reprocher d'avoir une maîtresse, elle semblait ignorer qu'à mon âge, et plein d'énergie que j'étais, je ne pouvais mener une existence de cénobite. Autour de moi, on ne se faisait pas faute d'avoir des relations ancillaires, à commencer par monsieur de Noé. On ne vit pas dans cette île sans être en proie aux tentations de la chair, si faciles à satisfaire... et à moindres frais quand on possède des esclaves.

Je me souvenais de ce que m'avait dit le comte, après que nous eûmes entretenu une certaine liberté vis-à-vis l'un de l'autre :

— Julien, mon ami, il faudra que tu choisisses dans notre entourage une fille ou une femme pour te tenir compagnie. L'abstinence, dans cette île, est plus qu'une erreur : c'est une aberration et un danger. Moi-même, en dépit de mon âge... Bref ! Dis-moi : as-tu déjà forniqué avec une négresse ou une mulâtresse ?

— A Alençon, et même à Paris, les occasions sont rares.

— Alors, essaie donc. Ces fruits exotiques te changeront des pommes de Normandie et des fraises de Suresnes. Si cela te tente, je puis guider ton choix. Sinon, tu risquerais de tomber sur un fruit blet ou gâté. Dieu merci, dans notre service, toutes les femmes sont saines. Je prends soin de les faire examiner régulièrement par notre médecin de Port-au-Prince, le docteur Lacroix.

— Monsieur, vous êtes bien bon, mais...

— Attends ! Je pensais à Laurette, cette jeune et jolie Soudanaise, garantie sur facture si je puis dire, qu'Ana t'a confiée. Je ne te cache pas, puisque nous sommes entre hommes, que j'ai moi-même éprouvé ses charmes, avant de me laisser séduire par cette autre servante, Manon, une négresse bon teint qui réveillerait un mort.

Avant de me laisser lui répondre, il avait ajouté avec feu, en me prenant le bras comme pour une de nos promenades :

— Ne va surtout pas m'opposer tes convictions religieuses qui, je le sais, sont aussi tièdes que les miennes. Eprouver du remords, battre ta coulpe, serait ridicule. Si tu crois que ton compagnon de traversée, le père Durieux, mène une vie de saint quand il séjourne dans notre île...

Au lendemain de cette conversation, Laurette se présenta dans ma caye pour effectuer son service, à la place de la négrillonne qu'Ana m'avait affectée au début de mon séjour.

Monsieur de Noé aurait pu plus mal choisir. D'emblée, je compris que cette fille n'était pas dupe des fonctions auxquelles on la consacrait, et qu'elle n'y rechignerait pas. Après deux jours d'observation et de réserve, alors que j'émergeais d'un petit somme postprandial, elle poussa ma porte pour me demander si j'avais besoin d'elle.

Elle aurait pu dire, sans me choquer, *envie* plutôt que *besoin*. Je me contentai de lui tendre la main pour l'inviter à me rejoindre sur ma couche. J'étais nu sous la moustiquaire ; elle fit de même. A travers l'étoffe translucide, je la regardai faire glisser ses vêtements : un jupon et un corsage. Elle resta quelques instants immobile, dans l'attitude d'une déesse de l'Antiquité, les mains plaquées sur le bas de son ventre, son regard tourné vers ma virilité triomphante.

Sa peau avait une odeur agréable – seringa ou gardénia, je ne saurais le dire – et la sueur la recouvrait comme d'une rosée. Malgré la chaleur intense, nous passâmes l'après-midi à des ébats auxquels elle apportait, sans que je l'y eusse contrainte, une virtuosité roborative.

Cette première leçon d'amour exotique, qui semblait me promettre de grandes joies, comportait quelques dangers, notamment en me privant d'une part de l'énergie nécessaire à mes recherches. Ce que j'appréciais en Laurette, c'est son mutisme. J'aurais mal supporté de sa part des mièvreries sentimentales. Nous étions conscients, et elle plus encore que moi, que ces relations intimes étaient appelées à ne durer que ce que durent les roses, mais, comme celles-ci étaient artificielles, elles allaient garder leur charme durant des mois et me faire oublier à la fois mes petites maîtresses parisiennes et les étreintes pathétiques de Sophie Alambre.

Nous recevions de temps à autre des gazettes de France.

La Révolution poursuivait son chemin cahoteux. Le pays tout entier était devenu une gigantesque chaudière où les maîtres du jour jetaient tout ce qui rappelait l'Ancien Régime, et dont les vapeurs méphitiques faisaient éternuer les souverains d'une Europe sur le pied de guerre.

L'Assemblée législative avait laïcisé les prêtres et banni la noblesse.

La première de ces mesures avait provoqué un tel tollé que les départements de l'Ouest avaient pris les armes. Sommés de retourner dans leur patrie, les émigrés réfractaires étaient menacés de mort s'ils tardaient trop à obtempérer. Pour comble, les récoltes étaient catastrophiques, les convois de vivres subissant les attaques de bandes armées, et la disette régnait dans les campagnes comme dans les villes.

Pour monsieur de Noé, la pire nouvelle fut l'invasion des Tuileries, où Louis et Marie-Antoinette étaient tenus sous bonne garde, avec l'impression d'être assis au bord d'un volcan.

— Ces gueux de jacobins ! s'exclama-t-il à la lecture des dernières gazettes. La Bastille ne leur a pas suffi : il leur a fallu les Tuileries ! Bientôt, ils réclameront la destitution et peut-être la mort des souverains. Dieu sait que je n'aime guère le gros Louis et moins encore cette coquette de Marie-Antoinette, mais c'est le roi et la reine de France, nom de Dieu ! Les bras m'en tombent...

Je lus après lui ce fatras de nouvelles et appris que la prise des Tuileries s'était accompagnée d'une bataille contre les Suisses, tués ou massacrés, et que le roi avait été contraint de coiffer le bonnet phrygien des révolutionnaires.

— Pauvre France... gémit monsieur de Noé. Elle marche vers l'abîme. Il ne manque qu'une guerre, et c'est l'Europe entière qui glissera dans le chaos.

Monsieur de Noé n'avait fait que parcourir les dernières gazettes. Avec plus de constance dans sa lecture, il aurait appris que la France était en guerre contre l'Autriche depuis des mois, et qu'en septembre, à Valmy, l'armée de Dumouriez et de Kellerman avait contraint à la retraite celle du duc de Brunswick...

Je ne rencontrais Toussaint-Bréda que de temps à autre, pris qu'il était entre les Palmistes et son propre domaine du Nord. Depuis quelques années, monsieur de Noé avait renoncé à lui confier des tâches subalternes, comme celle de cocher ou de responsable du cheptel, pour des fonctions plus valorisantes.

A chacune de ses visites à l'habitation, l'ancien esclave était accompagné d'un de ses neveux, Moïse, un nègre imbu de prétention. Toussaint lui-même ne l'aimait guère, mais appréciait ses vues objectives sur les gens et les événements, sa fidélité à la cause des esclaves et son courage civique.

Depuis que monsieur de Noé m'avait parlé de lui, je ne manquais aucune occasion de bavarder avec Toussaint, homme énigmatique, attaché à son maître par des liens d'affection et à la chiourme par ceux du sang.

Discrètement solidaire, deux ans plus tôt, de l'insurrection déclenchée par les rebelles Boukman, Agé et Chabannes, il semblait soigner son image de personnage équivoque.

Lors de notre première rencontre, un soir où un bel orage tropical l'avait contraint à demander asile pour la nuit à monsieur de Noé, je m'efforçai de dissiper l'impression qu'il semblait faire aux Blancs : celle d'une sorte d'araignée tueuse de colibris. Rien, dans le physique de *Fatras-Bâton*, ne rappelait ces athlètes africains qui, pour la première fois, avaient osé parler de liberté. Il se cambrait pour faire illusion sur sa taille et s'exprimait avec une éloquence un peu précieuse, pour faire oublier son ancienne condition d'esclave et rappeler son ascendance africaine et royale.

Ce qui me surprit, c'est qu'en dépit des imperfections de sa nature il plût aux femmes.

— Va savoir pourquoi, me dit monsieur de Noé, alors que ce nègre n'a rien d'un don Juan. Il a eu onze enfants de sa femme, Suzanne, mais elle ne lui suffit pas. Il lui faut des femmes blanches, et il en trouve, le bougre ! J'ai même appris d'un de ses proches qu'il reçoit des lettres d'amour de certaines épouses de colons ! C'est à croire à quelque particularité de sa nature qui en ferait un étalon.

— Après tout, fis-je, cet autre contrefait, Lauzun, n'était pas non plus un éphèbe grec. Les femmes se pressaient pourtant à son guichet.

J'étais plutôt tenté de croire que la séduction que Toussaint exerçait sur le sexe faible était due au magnétisme de son regard et de sa voix : l'un, froid et fascinant ; l'autre, lente, veloutée, insinuante, avec parfois des rires en forme de roucoulements. Son intelligence aussi pouvait expliquer ses succès.

— C'est vrai, poursuivit monsieur de Noé, qu'il est futé, l'animal ! Il parle peu, mais toujours à bon escient. Dans ses colères, c'est un autre homme : son visage se crispe, sa bouche semble cracher de la lave, son regard étincelle… Je l'ai surpris rarement dans cet état, mais j'en suis resté sur le flanc. Il paraissait animer une cérémonie de vaudou et être habité par un autre personnage qui lui aurait dicté ses attitudes et ses propos. Imagine l'effet qu'il peut faire sur des nègres innocents…

Toussaint était, disait-on, le nègre le plus riche de toute l'île et peut-être de l'archipel des îles du Vent, mais qui aurait pu révéler les origines et l'importance de sa fortune ? On le disait le chef occulte de l'immense troupeau des nègres de Saint-Domingue et le plus apte à fomenter une insurrection générale. Pourtant, lui-même planteur et exploiteur de ses congénères, il n'avait aucun intérêt à voir la situation péricliter.

Monsieur de Noé partageait cet avis.

— A moins, me dit-il, que son état de planteur ne soit qu'un paravent propre à dissimuler ses ambitions... Ce qui semble certain, c'est que, si un soulèvement général des nègres se produisait, il en serait le chef charismatique. Dès lors, nous avons intérêt à le ménager, comme d'ailleurs nous l'avons toujours fait. Il ne peut me reprocher aucuns sévices. Je l'ai même aidé à voler de ses propres ailes en lui vendant à faible prix quelques solides Kongo et de quoi se procurer du matériel.

Le seul reproche que monsieur de Noé eût pu lui faire, c'était quand, deux années auparavant, Toussaint s'était mis en tête de divorcer et d'épouser Chloé, l'aînée de ses filles. Il avait été vertement éconduit.

— Imagine un peu, Julien : cette chère enfant mariée à un nègre plus âgé qu'elle de trente ans ! J'aurais été la risée de la colonie...

Lorsqu'il arrivait aux Palmistes, dans une de ces voitures légères, les *volantes*, qu'il avait fait venir de Cuba, Toussaint ne passait pas inaperçu. Il était revêtu d'une tenue de planteur : vareuse blanche, grosse ceinture de cuir portant deux beaux pistolets anglais, pantalons bouffants plongeant dans des bottes de cuir souple, large chapeau de feutre qui faisait paraître son visage plus étriqué qu'il n'était, avec, en bandeau autour de sa tête, un mouchoir rouge.

Après les événements qui, en 1791, année de mon arrivée à Saint-Domingue, avaient troublé la sérénité de la colonie, et les exécutions qui les avaient accompagnés, les esclaves n'avaient pas renoncé à leurs activités subversives.

Ils avaient tenu, à Mirebalais, une localité située à l'intérieur, au nord-est des Palmistes, une sorte de congrès des

Noirs et des gens de couleur. Ils avaient fait de ce lieu une enclave décrétée indépendante, gouvernée par un mulâtre, ancien officier français dans la guerre d'Indépendance des Etats-Unis d'Amérique : monsieur de Beauvais. Ils avaient repoussé, après des combats sanglants, les troupes loyalistes envoyées contre eux.

La situation avait atteint un tel degré de gravité que l'Assemblée coloniale et le gouverneur général avaient dû, pour venir à bout de ce mouvement insurrectionnel, faire appel aux forces espagnoles de Santo Domingo, qui tenaient la partie orientale de l'île, ainsi qu'à des troupes de la Jamaïque et des Etats-Unis.

La nouvelle avait jeté la panique en France et encouragé la Société des amis des Noirs à poursuivre, en dépit de l'influence des colons sur le pouvoir, son mouvement anti-esclavagiste. L'inquiétude avait gagné la grande et la petite bourgeoisie, qui, comme mon père, avaient pris des parts sur les convois négriers. On envisageait déjà la ruine de certains ports qui vivaient dans une large mesure des bénéfices de la traite.

Un courrier venu de France avait confirmé ces craintes : un décret de l'Assemblée stipulait que, désormais, tout individu, de quelque couleur qu'il fût, était libre dès qu'il avait mis le pied sur le sol de la patrie, ce qui revenait à dire que les esclaves devenaient des citoyens français.

On imagine l'émotion que cette mesure allait susciter dans les colonies : une véritable révolution ! Les insurgés de Mirebalais proposèrent un consensus à l'Assemblée coloniale : ils pouvaient se satisfaire, dans un but de conciliation, de l'affranchissement progressif des esclaves et de l'amnistie pour les chefs de leur mouvement. Proposition rejetée...

Ces événements se produisaient alors que la métropole souffrait d'une grave « crise du sucre ». En vidant les plantations d'une part de leur main-d'œuvre, l'insurrection avait provoqué une raréfaction des importations, non seulement en sucre mais aussi en produits divers.

Des pétitions et des démarches avaient proposé une mesure draconienne : l'envoi d'un corps expéditionnaire pour ramener les esclaves à leur travail. On estimait qu'une force armée de vingt mille hommes serait nécessaire. Cette proposition n'avait trouvé aucun écho en France, et pour cause. Quant à l'Assemblée coloniale, elle avait maintenu et raffermi ses positions.

Paris se contenta, pour faire respecter la légalité et ramener l'ordre, d'envoyer à Saint-Domingue, accompagnée de six mille hommes, une commission civile composée d'un triumvirat : Sonthonax, Ailhaud et Polverel.

Telle était la situation au début de l'année 1793, qui, après l'exécution du roi et de la reine, allait être marquée par la Terreur d'une pierre rouge.

Ces tempêtes n'avaient guère troublé les jours sereins des Palmistes.

Accompagné de mon nègre et de mon chien, je poursuivais mes recherches sans trop m'inquiéter des fumerolles qui montaient du volcan. J'entendais parfois, dans le silence de la montagne, éclater au loin, vers Port-au-Prince notamment, les grondements de l'artillerie et des lueurs d'incendie. Les troupes régulières avaient mis le siège devant la capitale du Sud, tenue par les insurgés.

Je m'étais promis, en ma qualité de naturaliste, de ne pas me fourvoyer dans un conflit où j'avais tout à perdre et rien à gagner. Si les événements me forçaient à adopter une autre attitude, j'aviserais en m'efforçant de demeurer attentif mais en marge, et, le cas échéant, de me défendre, les armes à la main.

Avec la bénédiction de la famille, Lydie exceptée, je connaissais en compagnie de Laurette des heures de plaisir et de bonheur intenses. Sa présence m'était devenue aussi nécessaire que l'air que je respirais, la lumière qui éclairait mes jours et l'ombre propice à nos étreintes.

Cette petite peste de Lydie semblait à tel point entichée de moi qu'elle n'avait pas rendu les armes. Ses approches me laissaient de marbre et mes rebuffades ne la décourageaient pas. Elle avait posé comme postulat que mes relations avec Laurette ne dureraient guère et qu'un jour viendrait où je lui ouvrirais mes bras, mais elle s'impatientait.

Ses spéculations étaient en partie fondées et en partie fausses.

Il n'entrait pas dans mes intentions de m'attacher pour la vie à cette moricaude. Sa disponibilité constante et son humeur égale me comblaient, mais, hormis nos ébats, elle n'avait à m'offrir que ses silences ou un charabia créole qui ne concernait que des banalités quotidiennes. J'aurais aimé que notre cohabitation suscitât des discussions, qu'elle me parlât de sa famille restée au Soudan, des conditions de sa capture et des débuts de sa vie d'esclave. L'y encourager était se heurter à un mur.

Elle me fit pourtant une confidence post-coïtum. Pour répondre à ma requête, elle m'avoua qu'elle avait décidé d'oublier son passé et de se consacrer à la nouvelle famille à laquelle elle était redevable de sa condition d'affranchie. C'est tout ce que j'en pus tirer.

Une curiosité malsaine m'incita pourtant à lui demander si, alors qu'elle était sous la coupe de maîtres moins cléments, elle avait été malmenée et violée. Elle haussa les épaules et éluda la question. Un moment plus tard, alors que nous revêtions nos habits, elle me dit, dans son créole que je traduisis aisément :

— Il faudra te méfier de Moïse. Il tourne autour de moi et cherche à me séduire par des promesses et des menaces. Je lui ai tenu tête jusqu'à ce jour, mais je crains qu'il devienne violent. Il m'enlèvera ou me tuera.

J'éclatai de rire et la rassurai. Domestique aux Palmistes, domaine protégé par Toussaint, elle ne risquait pas ce genre de désagrément. D'ailleurs, je ne le laisserais pas faire.

— Toussaint... murmura-t-elle, se moque bien de moi. Je ne suis pour lui qu'une négresse comme une autre.

Conscient de sa détresse, je lui proposai de parler à Moïse pour lui demander de renoncer à elle. Sa réponse fusa :

— N'en fais rien ! Cela ferait deux morts au lieu d'un.

Des épisodes de l'insurrection amenèrent aux Palmistes, pour demander asile à monsieur de Noé, une famille amie : celle des Bertrand, planteurs à la Croix-des-Bouquets, à quelques lieues au nord de notre habitation.

En une nuit, ils avaient tout perdu. Une bande de nègres ivres et fanatisés avaient incendié leurs récoltes, saccagé leurs installations et pillé leur maison. Ils n'avaient eu que le temps de rassembler quelques bagages pour éviter en fuyant d'être massacrés. Ils souhaitaient rester aux Palmistes le temps de se remettre de leurs émotions avant de se replier chez des parents planteurs d'indigo dans les parages des Gonaïves, puis de gagner le Cap-Français afin de s'embarquer pour la métropole.

Monsieur Bertrand, gros homme volubile, bon vivant et asthmatique, s'excusa de cette intrusion et mit son hôte en garde : s'ils étaient poursuivi par leurs assaillants, on risquait de voir surgir devant les Palmistes une armée de nègres.

— Ne vous inquiétez pas, lui répondit le comte. Vous assurer l'hospitalité est pour moi un devoir. Je suis persuadé que, dans des circonstances identiques, vous auriez fait de même. Nous sommes sous la protection de Toussaint-Bréda.

— Croyez-vous ? Alors, comment se fait-il que ce soit le propre neveu de Toussaint, le nommé Moïse, qui ait déclenché cette attaque ? Il s'est attribué le grade de général et se livre contre les Blancs aux pires violences. S'il récidivait contre vous, j'en serais navré...

— Ce que vous me dites me surprend, mais il est vrai qu'avec cet énergumène il faut s'attendre à tout. J'ai une bonne réserve d'armes et de munitions que je vais faire distribuer à quelques nègres dont je suis sûr. Moïse, s'il se présente avec la torche dans une main et un pistolet dans l'autre, trouvera à qui parler.

Le surlendemain, alors que j'avais Laurette à mon côté pour la nuit, je perçus un bruit de pas dans la boue laissée par la dernière averse, un murmure de voix et, à travers la fenêtre, un jeu d'ombres. J'écartai la moustiquaire, enfilai mon pantalon et entrebâillai la porte. Lourde d'une odeur de pluie, la nuit paraissait calme. J'allais me recoucher, persuadé d'avoir été réveillé par le vent, quand je sentis une main se plaquer sur ma bouche. Un choc à la nuque m'étourdit.

Revenu à moi quelques instants plus tard, je ne distinguai à travers l'ombre, qu'une sorte de ballet accompagné de gémissements.

Je rampai vers le petit meuble où je rangeais mon pistolet, quand un autre coup au visage, plus violent que le premier, me fit de nouveau perdre conscience.

Combien de temps restai-je évanoui ? Je ne saurais le dire. Quand je m'éveillai, ma caye était vide et silencieuse. Je parvins à retrouver ma chandelle et à l'allumer, puis j'appelai Laurette. Le lit était vide. Je me jetai dehors et courus donner l'alerte. En quelques instants, branle-bas général ! Monsieur de Noé réveilla sa famille, ses domestiques, fit allumer des lanternes et distribuer des fusils.

— C'est inutile, dis-je. Les ravisseurs de Laurette avaient des chevaux. J'ai vu des traces dans la boue.

— Laurette ? Pourquoi elle ?

Je lui expliquai que les assiduités auprès d'elle de Moïse avaient trouvé cette nuit leur conclusion : il avait exécuté ses menaces d'enlèvement.

— Moïse... ce brigand ! Il aura de mes nouvelles. Je vais me plaindre dès demain à Toussaint et lui demander que cette fille nous soit rendue.

— Je crains, dis-je, que ce soit inutile...

Par mesure de sécurité, je passai la nuit dans la chambre des neveux, couché dans un hamac, mon pistolet sous l'oreiller, incapable de trouver le sommeil, avec dans la tête des projets de vengeance. J'imaginais Laurette sous la pluie, nue sur un cheval, ligotée, bâillonnée peut-être, jetée pantelante à cet oiseau de proie : Moïse.

Je retournai à l'aube dans ma caye. Tout y était dans un grand désordre, mais rien n'y manquait. Dieu merci, les ravisseurs n'avaient pas emporté mes documents et mes coffrets. Le cœur en berne, je recueillis les effets que Laurette n'avait pu emporter : ses sandales de fibres, ses petits souliers du dimanche ornés d'une fleurette de métal, ses vêtements et, ce qui m'émut plus que tout, le collier de cauris que je lui avait offert et qu'elle n'ôtait que pour se coucher.

Il n'allait se trouver personne pour regretter le départ des Bertrand. Après une quinzaine, la cohabitation était désormais difficile voire insupportable, parfois exaspérante. Monsieur Bertrand était un mauvais homme, attaché à sa position de planteur esclavagiste comme une moule à son rocher. Il en devenait ridicule et pitoyable.

Un soir, au cours d'un souper sous la véranda, monsieur de Noé, ayant appris que celui qu'il hébergeait prenait plaisir à regarder fouetter ou mutiler ses nègres à la suite d'un larcin, faillit sortir de ses gonds. Je vis son visage se crisper et ses mains s'agiter nerveusement sur la nappe.

— Ce sont, avait avoué Bertrand, des punitions conformes au *Code noir*. Pourtant, je ne suis pas d'accord sur un article. Il est absurde de faire trancher un poignet à l'esclave qui a volé un œuf. C'est se priver d'un coupeur de canne et, au prix qu'on demande aujourd'hui pour un Noir, mieux vaut s'en abstenir et se contenter de couper un nez par-ci, une oreille par-là, et les bourses pour une tentative de viol…

Il avait raconté que les circonstances l'avaient pourtant amené à sacrifier une tête de son cheptel.

— J'avais de bonnes raisons, mes amis. Un Mandingue avait injurié et frappé un de mes fils qui avait jeté son dévolu sur une négrillonne de sa famille. Je l'ai fait suspendre à une branche par les pieds, à la manière des Portugais, fouetter et laissé dans cette position jusqu'à ce que mort s'ensuive. J'avoue qu'il était plaisant de le voir se trémousser en hurlant. Les fourmis et les maringouins en sont venus à bout. J'ai bien regretté ce Mandingue : c'était un bon ouvrier, mais, que voulez-vous, les punitions corporelles sont le seul langage que comprennent ces sauvages.

Je me suis levé brusquement, ai jeté ma serviette sur la table et me suis retiré d'un pas ferme dans un fauteuil, au fond de la véranda, pour ne pas en supporter davantage. J'ai entendu pourtant monsieur de Noé répondre, comme si ma retraite lui eût été indifférente :

— Mon cher ami, vos méthodes diffèrent des miennes. Vous semblez oublier que ces *sauvages*, comme vous dites, sont des victimes et que nous devons user de clémence envers eux. Ce sont leur sueur et leur sang qui ont fait de vous un riche planteur. Les mépriser est pure ingratitude, et les torturer pour des peccadilles est indigne d'un être qui se prétend civilisé.

J'ai encore dans l'oreille l'éclat de rire de l'ogre et sa voix d'asthmatique, qui avait monté d'un ton, lancer :

— On voit bien, mon cher ami, que vous n'avez pas, comme nous il y a peu, été en butte à la violence de ces monstres ! Sinon, vous ne raisonneriez pas comme un *philosophe* !

Monsieur de Noé avait répondu d'une voix ferme :

— Qui sème le vent récolte la tempête ! Je réprouve les violences des insurgés, mais elles sont la conséquence de vos fameuses méthodes punitives. Je vous plains, mais je vous désapprouve.

Bertrand ne s'en était pas tenu là. Il avait ricané :

— Je suis informé des rapports *amicaux* qui vous lient à ce brigand Toussaint-Bréda, et de la mansuétude dont vous faites preuve avec vos nègres. On se gausse de votre angélisme. Vous avez trop lu les élucubrations de Diderot, de Rousseau, de l'abbé Raynal, autant de philosophes qui n'ont eu que peu ou pas de rapports avec cette engeance. Rêvez, mon ami, mais le réveil risque d'être rude !

— Les auteurs dont vous parlez, monsieur, peut-être, en les lisant changeriez-vous d'avis...

— A Dieu ne plaise ! Je me flatte de n'avoir pas ouvert un livre depuis le collège, et ne m'en porte que mieux. Les livres ne sont bons que pour les femmes désœuvrées qui en discutent dans leur salon, à l'heure du thé...

— Pour ce qui me concerne, j'ai choisi de faire passer ma conscience avant mes intérêts. Mais vous-même, mon cher, avez-vous une conscience ? C'est la question que je me pose...

J'avais vu Bertrand se lever, repousser sa chaise, arracher sa serviette de son col et s'écrier :

— Je n'entendrai pas un mot de plus, monsieur ! Permettez-moi de me retirer.

— Faites donc, mais sachez qu'en dépit de cette controverse vous ne quitterez cette maison que de votre plein gré.

— Eh bien, cela ne tardera guère !

La fin du souper s'était déroulée, autant que je pus en juger, dans une ambiance morne, personne n'osant souffler mot, sauf Victor, qui, depuis quelques jours, faisait une cour assidue à Sylvette, fille de Bertrand, une grande pintade qui gloussait chaque fois qu'il avançait ses pions. Mme Bertrand s'essuyait les yeux avec son mouchoir, et Ana partageait les restes du dessert entre les négrillons et les chiens. Lydie, vautrée sur sa chaise, fumait un petit cigare.

La famille Bertrand quitta les Palmistes quelques jours plus tard en ne laissant qu'un souvenir agréable : une promesse de fiançailles entre Victor et Sylvette, accordée du bout des lèvres par les parents.

Treize ans ont passé depuis cette soirée, et j'ignore toujours ce qu'il est advenu de cette idylle, les événements qui allaient suivre m'ayant éloigné de la famille de mon bienfaiteur.

Le peu de temps qu'il resta à Saint-Domingue, monsieur Sonthonax, commissaire de la République, parut s'efforcer de démontrer qu'il n'avait pas consenti à y séjourner pour faire fortune, comme la plupart des colons, ni pour jouir du climat. Il venait avec la ferme intention de faire appliquer les décrets du gouvernement, qui semblait décidé, sinon à abolir l'esclavage d'un trait de plume, comme le demandaient l'abbé Grégoire et les Amis des Noirs, ce qui eût bouleversé l'économie insulaire, du moins à le rendre plus humain.

On imagine les remous que ce changement allait produire dans la petite société coloniale, non seulement à Saint-Domingue, mais dans les autres territoires d'outre-mer. On se posait la question : où la Convention voulait-elle en venir ? Il était évident pour tous qu'un affranchissement généralisé et l'obligation de verser un salaire aux anciens esclaves aboutiraient, à brève échéance, à la ruine des plantations, de la traite et du commerce, une situation dont la métropole serait la première à pâtir.

Agé de trente ans, le commissaire Sonthonax, avocat et révolutionnaire inconditionnel, avait de l'énergie et de la conviction à revendre et n'allait pas attendre pour faire parler de lui, et non dans les meilleurs termes.

Il était installé au Cap-Français depuis quelques semaines quand éclatèrent les premières dissensions entre lui et le gouverneur général Galbaud, forte tête lui-même et bien décidé à ne pas jouer les moutons de Panurge.

A la suite d'une querelle concernant l'interprétation des ordres venus de Paris, Galbaud déclara une guerre ouverte à son rival. Une nuit, il fit entourer son domicile par une compagnie à sa solde et en fit le siège. Des coups de feu partirent des fenêtres ; d'autres leur firent écho de l'extérieur. Il y eut des blessés et des morts. Les assaillants durent battre en retraite.

Son coup de force manqué, Galbaud n'eut qu'un recours pour échapper au peloton d'exécution : prendre le large vers l'intérieur. Avec la complicité de quelques colons, il disparut puis, à la première occasion, quitta l'île.

Par sa fuite, il arrachait une épine au pied du commissaire, mais la plaie allait être longue à cicatriser.

Dans les semaines qui suivirent, Sonthonax et les deux autres commissaires firent proclamer de nouveau leurs projets, à l'adresse des Noirs et des gens de couleur insurgés, notamment dans les cantons du Sud, en ces termes : « Tous les esclaves révoltés désireux de profiter d'une amnistie et de jouir de la liberté devront se présenter dans la huitaine... »

Ces événements avaient lieu à un moment difficile pour la France : elle venait d'ouvrir les hostilités contre l'Europe entière, avec des armées populaires mal préparées, équipées à la diable, commandées par des officiers issus du peuple, courageux mais inexpérimentés. La bataille de Valmy avait été un coup de chance ; la suite risquait de tourner à la catastrophe.

A Saint-Domingue, une extrême confusion succéda à l'arrêté de Sonthonax remplaçant l'Assemblée territoriale, composée de colons, par une commission où allaient se retrouver des Blancs et des hommes de couleur. C'est dans les cantons du Sud que l'hostilité à cette mesure allait se manifester avec la plus vive intensité. Nommé commissaire pour cette partie de l'île, Ailhaud y fut accueilli avec des pierres et dut retourner en métropole. Delpech, secrétaire de Sonthonax, le remplaça sans pouvoir apaiser les esprits.

En France, l'écho de ces événements provoqua une levée de boucliers dans le milieu des négriers et des négociants. Ceux de Nantes envoyèrent une pétition à l'Assemblée en réclamant de nouveau une expédition militaire afin de ramener l'ordre dans la colonie. Ils proposaient d'y apporter leur quote-part et même de défrayer le gouvernement de cette dépense, avec usure. En cas de refus, la Grande Ile courait à sa ruine... et eux avec.

Le gouvernement de la République avait d'autres chats à fouetter...

Soucieux de rencontrer cet homme à poigne qu'était Sonthonax, monsieur de Noé l'invita à lui rendre visite et l'assura, prématurément, de sa sympathie. Nous doutions que le commissaire de la République acceptât de faire le voyage, pris qu'il était par une foule de préoccupations ; nous nous trompions.

De retour de Port-au-Prince pour une tournée d'inspection, Sonthonax nous annonça sa venue aux Palmistes. Il conduisait lui-même un cabriolet attelé de deux superbes étalons anglais, accompagné d'une escorte de grenadiers à cheval, en grande tenue et puissamment armés.

Ma première impression fut sévère. Nous nous trouvions en présence d'un nabot de cinq pieds et quelques pouces, au visage taillé dans le granit, aux lèvres minces. Vif comme un gardon, le verbe rude et sans façon, il paraissait peu soucieux de l'opinion qu'on pouvait avoir de lui.

A peine descendu de voiture et avant que monsieur de Noé lui eût présenté sa famille, il demanda à boire et à manger pour lui et son escorte. Il se laissa tomber dans un fauteuil de la véranda, se plaignit de la chaleur dont ils avaient souffert, lui, ses hommes et leurs chevaux, prit un cigare dans la boîte placée en permanence sur la table, et réclama du feu. Manon le lui présenta d'une main tremblante.

Il défit sa veste et se laissa glisser dans son fauteuil.

— Cher monsieur, dit-il, j'ai beaucoup entendu parler de vous au Cap-Français et à Port-au-Prince, et pas toujours dans les meilleurs termes, ce qui plaide en votre faveur. Pour la plupart des colons, votre plantation serait un modèle... à ne pas suivre ! Je tiens quant à moi à vous dire mon estime. Si tous les planteurs de cette île avaient imité votre exemple, cela nous aurait épargné bien des ennuis.

Il avait employé, à la place du mot *ennuis* une expression plus grossière. Après avoir avalé une gorgée de jus de goyave et observé quelques instants de silence, il ajouta :

— Je me suis laissé dire que vous aviez récemment hébergé le planteur Bertrand et sa famille, chassés de leur domaine par des nègres. Serait-il de vos amis ?

— Il l'était, répondit monsieur de Noé, mais nous nous sommes querellés. Il est parti et je n'ai pas tenté de le retenir.

— Vous avez bien fait ! Aux dernières nouvelles, il a choisi de quitter Saint-Domingue pour la Jamaïque. Si ma police avait mis la main sur lui, je l'aurais fait jeter en prison pour maltraitance d'esclaves. C'est un personnage odieux. En fin de compte, c'est bien que nous en soyons débarrassés.

Ils passèrent une heure à bavarder en buvant et en fumant, puis monsieur de Noé lui fit visiter son domaine à cheval et admirer ses cannes dont certaines atteignaient près de deux fois la taille de son visiteur, et sa sucrerie qui était un modèle. Sonthonax le loua pour la bonne tenue des cases et des jardinets qui les entouraient.

Durant cette visite, à laquelle je fus convié, nous étions suivis par des groupes de négrillons. Quand certains s'approchaient de trop près pour toucher son cheval ou son uniforme, le commissaire les repoussait en les menaçant de sa badine.

Contrairement à ce qu'il avait prévu, Sonthonax accepta l'hospitalité pour lui et ses hommes : il resta souper et coucher. Au cours du repas, après des libations de rhum, il se montra volubile. L'entretien porta essentiellement sur le sort des esclaves tels qu'on les voyait dans les salons de Paris, c'est-à-dire sous des couleurs romanesques, ce qui nous fit beaucoup rire.

— En confidence, dit-il d'une voix pâteuse, j'ai quelque peu interprété, sinon trahi, la mission que m'a confiée la République. Elle consistait à rétablir l'ordre et non à améliorer le sort des Noirs, ce que j'ai décidé en attendant l'abolition de l'esclavage. Cela viendra un jour, et sans doute plus tôt qu'on ne le pense.

— Diable ! soupira monsieur de Noé, vous n'allez pas vous faire que des amis...

— Cela m'importe peu. J'en ai mon aise de retrouver ici, mais avec moins d'éloquence, les palabres des clubs, des confréries et de la Convention. J'ai voulu frapper un grand coup et j'en assume les conséquences. Je sais que certains me maudissent comme si j'étais un tyran, mais je persiste et signe.

Au salon, où nous passâmes pour boire des liqueurs de France et fumer des cigares de Cuba, le commissaire se mit à bâiller et à somnoler. Lorsque monsieur de Noé lui proposa d'entendre une sonate de Bach pour clavecin, il répondit avec un gros rire qu'il n'appréciait que la musique militaire. Il ajouta en se levant :

— Monsieur, merci de votre accueil. Vous venez de vous faire un ami et, en cas de nécessité, un soutien.

Il lui glissa quelques mots à l'oreille en tenant dans la sienne la main de son hôte, dont le visage se crispa. Quand il se fut retiré, monsieur de Noé me dit d'un air offusqué :

— Sais-tu ce que m'a demandé ce malotru ? Une négresse pour la nuit ! Ma parole, il prend ma maison pour un bordel ! Il va sans dire que je lui ai refusé cette faveur. Je perdrai peut-être un ami et un soutien, mais l'honneur sera sauf.

Il tourna en rond en mâchouillant son cigare, avant de poursuivre :

— Si tu veux mon avis, mon petit Julien, monsieur Sonthonax, commissaire de la République, ne fera pas long feu à Saint-Domingue...

Quelques mois plus tard, en juillet 1793, rappelé par la Convention, il retarda le plus qu'il put son départ, sous des prétextes plus ou moins fallacieux.

Il m'aurait plu que cet homme, animé au demeurant de bonnes intentions, mais brouillon, poussât le courage jusqu'à décréter l'affranchissement général des esclaves. Il se serait fait l'ennemi de quelques centaines de colons mais l'ami de plusieurs centaines de milliers de nègres et d'hommes de couleur. De plus, il aurait laissé son nom dans l'histoire.

Il avait sans doute oublié qu'à notre époque il est dangereux de rester, comme on dit vulgairement, le cul entre deux chaises...

5

Une cascade au fond d'un bois

Port-Espérance, 1806

Ana avait son secret. Je l'ai surpris récemment et en suis encore abasourdi.

Depuis que j'avais rencontré cette jeune Indienne aux Palmistes, où elle vivait en concubinage avec monsieur de Noé, déjà presque un vieillard, je savais qu'elle avait appris à lire et à écrire, et qu'elle était moins naïve que la plupart des négresses, Laurette exceptée, qui assuraient le service.

A Cuba, où elle était née en 1761 ou 1762 – on ne savait au juste –, son maître, un des plus importants planteurs de tabac de cette île, l'avait remarquée pour ses qualités physiques, son intelligence et sa curiosité. Il l'avait confiée au précepteur de ses enfants, un vieux capucin attaché à la famille depuis des lustres.

Elle avait pris goût à la lecture, puis à l'écriture, avait lu des livres qui l'avaient informée de la tragique destinée des Indiens des Caraïbes. Elle avait parachevé ses connaissances par des souvenirs, des légendes, des traditions recueillis auprès de quelques vieux Taïnos, les derniers à avoir préservé l'intégrité d'une culture transmise oralement, de génération en génération.

Ma surprise était venue de ce retour de chasse où, arrivant plus tôt que je ne l'avais prévu, je la vis occupée à griffonner sur un petit cahier. Elle l'avait refermé vivement et replacé dans le coffret où elle rangeait ses bijoux. Rougissante, elle m'avait demandé ce qui motivait mon retour prématuré.

J'en étais resté là, mais avec dans l'esprit un soupçon de mystère que je me promis d'élucider à la première occasion. Elle se présenta le lendemain, à l'heure de la sieste. Je sautai de mon hamac proche de celui où elle dormait, les enfants ayant choisi de se reposer dans une cabane que je leur avais bâtie dans les ramures d'un pin.

J'ouvris le coffret avec la clé qu'elle cachait dans une boîte de fer placée à la fourche d'un poteau soutenant la véranda. Il ne contenait pas les trésors de Golconde mais, outre la pacotille, une liasse de feuillets recouverts d'une écriture large et appliquée. Le peu que je lus me révéla qu'il s'agissait d'une sorte de saga écrite en espagnol, une langue qu'elle maîtrisait mieux que la nôtre. Elle y traitait de l'histoire de son peuple anéanti, de ses dieux et de ses coutumes.

Comme j'avais une connaissance suffisante de la langue de Cervantès, je me plongeai dans cette lecture.

J'appris qu'à l'origine d'Haïti, ancien nom de Santo Domingo, deux ethnies se partageaient l'île : Taïnos et Arawak. Elles vivaient en bonne intelligence, malgré quelques conflits tribaux sans importance, leurs véritables ennemis étant les Caraïbes cannibales, qu'elle qualifiait de *monstros sanguinarios*.

Lorsque Colomb débarqua, il crut avoir découvert les premiers rivages de l'Inde ou ceux du paradis terrestre : une population accueillante et généreuse qui vivait nue comme aux premiers matins du monde, des fruits et du gibier à profusion, une végétation luxuriante... Plusieurs caciques, expliquait Ana, se partageaient cette terre que le navigateur nomma Hispaniola (la Petite Espagne).

Ana se disait originaire du pays Maguana, situé au centre de l'île, dans les montagnes de Cibao. Au temps de Colomb, le roi de cette contrée, Caonabo, avait pour épouse la reine Anacoana, « célèbre, écrivait Ana, pour son énergie et sa beauté ».

Suivait une digression maladroite sur la vie et les mœurs de ces indigènes qui se nourrissaient de manioc, de maïs, de fruits, de poisson et de gros chiens d'élevage qui, cuits à feu doux, dans une enveloppe d'argile, étaient, disait-elle, un *régal.* Ils vivaient dans des huttes rondes, couchaient dans des lits suspendus entre deux arbres, les ancêtres de nos hamacs. Leurs artistes travaillaient dans le bois des figurines grotesques de dieux animistes dont Ana déclinait, avec délectation, semblait-il, les noms et les fonctions spécifiques.

J'appris, au cours de cette première lecture subreptice, que dans les premiers temps les rapports entre Espagnols et Indiens avaient été idylliques, hormis quelques réserves de la part de missionnaires pudibonds. Cette nouvelle Arcadie était aux yeux de Colomb une *maravilla,* une merveille. Avec les débris de la *Santa María,* une de ses caravelles éventrée par les récifs, il avait fait édifier une modeste forteresse : la Navidad, premier système défensif européen du Nouveau Monde.

Arrivé en octobre 1492, il avait quitté l'île en janvier de l'année suivante avec ce qui restait de sa flotte. Il avait fait promettre à la poignée d'hommes qu'il abandonnait de se conduire honnêtement avec les Indiens.

Promesse de Gascon... A peine Colomb eut-il le dos tourné, le chef laissa à ses soldats les coudées franches. Ce fut pour les indigènes le début d'un long martyre. Les Espagnols soumirent les indigènes aux travaux forcés dans les mines d'or du Cibao, jouirent de leurs femmes et de leurs filles, pillèrent leurs réserves de vivres. Les missionnaires, pêcheurs d'âmes, punirent les sauvages réfractaires.

Indigné de ces traitements, le roi Caonabo et la reine Anacoana prêchèrent la révolte, l'une des premières, à ma connaissance, dans les colonies. Elle ne tarda pas à se transformer en guerre, puis en massacres. A son retour, accompagné d'une petite armée, Colomb découvrit le désastre : aucun de ses hommes n'avait survécu et, de la Navidad, il ne restait que des cendres.

Il fit édifier une nouvelle forteresse qu'il baptisa du prénom de la reine : Isabella. Lorsque Caonabo vint s'y frotter, face aux arquebuses et aux bombardes auxquelles il ne pouvait riposter que par des lances, des arcs et des frondes, il vit fondre ses troupes. Capturé, le chef insurgé fut envoyé en Espagne pour y être sacrifié solennellement, à la reine et à Dieu.

Colomb croyait en avoir terminé avec ces sauvages ; il n'en était rien.

Il apprit qu'il lui restait à soumettre une femme, la reine *hermosa y heroica* Anacoana, qui avait rameuté ce qui restait de ses troupes au cœur du pays. Colomb lui fit la chasse et finit, après des semaines, par la capturer pour l'envoyer, enfermée dans une cage, à la reine Isabella, qui la fit pendre, comme elle l'avait fait du roi.

La main d'Ana devait trembler pendant qu'elle racontait cette épopée, car j'eus du mal à déchiffrer certains passages écrits fiévreusement.

Lorsque le successeur de Colomb, Nicolas Ovando, accosta à Hispaniola, il n'y avait plus de bras pour travailler la terre et plus d'âmes à conquérir. Les Indiens qui n'avaient pas été massacrés avaient été déportés en Espagne pour cultiver les domaines des seigneurs d'Aragon et de Castille.

Un million d'Indiens environ peuplaient Haïti à l'arrivée des premières caravelles ; lorsque Colomb quitta Hispaniola, il n'en restait que quelques centaines. Conscient des richesses qu'il pourrait à la longue tirer de cette île, le nouveau gouverneur décida d'imiter les Portugais et de la faire cultiver par des nègres de Guinée. Un premier lot de cinq mille têtes fut importé pour cette tâche, avec la bénédiction de la reine et de l'Eglise.

Certains des Indiens rescapés étaient parvenus, au dire d'Ana, à échapper au servage en gagnant en pirogues l'île la plus proche, Cuba, et à demander asile. Ils avaient fui la condition d'esclaves ; on les y replongea. Parmi eux, les ancêtres d'Ana, dont une fille de la reine Anacoana.

J'allais poursuivre ma lecture lorsque surgit ma compagne. Elle s'avança vers moi avant que j'eusse le temps de replacer les feuillets.

— Pardonne-moi, lui dis-je, si j'ai cédé à la curiosité.

— Je ne t'en tiens pas rigueur, me répondit-elle. Un jour ou l'autre, tu aurais eu connaissance de ce récit. Mon intention était de te le faire lire, une fois terminé.

Elle m'expliqua qu'outre le fait que ce texte fût *personnel* comme une saga familiale, ce n'était qu'un mauvais brouillon, dont elle avait un peu honte. Je lui répondis que peu m'importaient le style et la syntaxe. Ce récit levait pour moi le voile sur le passé de Saint-Domingue et les origines d'Ana. Je lui demandai si elle permettrait que je lise la suite. Elle y consentit et me pria de me montrer indulgent.

— De retour en France, lorsque j'en aurai fini avec cette lecture et que j'aurai mis ce récit au propre, je le ferai imprimer, et tu deviendras célèbre.

— Cela m'importe peu, Julien. Je serai peut-être morte bien avant.

— Qu'est-ce qui te fait dire ça ? Rassure-toi : nous avons encore de nombreuses années à vivre ensemble. Qu'est-ce qui t'a mis cette idée en tête ?

— Les *loas*, Julien. Les esprits...

J'étais moins certain de notre survie que je voulais bien le lui faire croire.

A la mort du despote Dessalines, en octobre 1806, quelques mois avant la rédaction de ces lignes, l'ancien esclave Henri Christophe lui avait succédé et s'était déclaré le maître de l'île, avec le projet de faire de Saint-Domingue le premier royaume noir souverain et indépendant de la planète. Nous risquions de nous retrouver sur notre *islote*, en cas de conflit entre les Français et les Noirs, au cœur d'une guerre ouverte, avec, dans le bras de mer qui nous séparait de la capitale du Nord, le passage des navires de combat.

Lorsque, pour assurer notre subsistance, je monte dans ma barque à voile pour gagner le Cap, je prends soin de revêtir une tenue banale et de filer doux, persuadé que la moindre maladresse risquerait de m'être fatale.

La guerre qui faisait rage en Europe allait avoir des conséquences dramatiques pour Saint-Domingue.

Les navires qui partaient pour la France, ou en venaient, étaient pour la plupart arraisonnés par la marine britannique. Les denrées s'entassaient dans les magasins et les entrepôts des plantations ou des ports, ce qui laissait entrevoir la ruine prochaine du commerce colonial.

L'humeur de monsieur de Noé s'en trouva affectée. Il avait été contraint de se débarrasser à contrecœur, en les revendant à Cuba et à Porto Rico, d'une centaine d'esclaves et de leurs familles, dont il était devenu difficile d'assurer la subsistance. Sa sucrerie et sa rhumerie tournaient à bas régime. A chacune de ses visites à Port-au-Prince, une fois par semaine, c'était le même constat : aucun navire marchand n'était venu prendre livraison de ses marchandises. Seuls de rares Anglais ou Danois se hasardaient sur nos côtes et achetaient au plus bas prix.

— C'est la fin d'une belle aventure... soupirait-il. Tout marchait à souhait avant la venue de ce trublion de Sonthonax et nous aurions pu éviter cette insurrection en montrant plus d'humanité avec nos esclaves. Jamais nous ne retrouverons la prospérité de jadis. Beaucoup de colons ont renoncé et sont repartis. Je ne tarderai pas à faire de même.

Ses neveux, Charles et Victor, avaient pris les devants et s'étaient engagés dans l'armée. Leur oncle n'avait pas regretté cette décision : ils ne lui étaient d'aucune utilité.

Autre inconvénient pour nous des guerres en Europe : le projet des Espagnols d'envahir la partie française de l'île et de nous en chasser. Ils y étaient encouragés par l'exécution du roi et de la reine, qui avait bafoué leurs convictions royalistes.

Une déclaration du gouverneur espagnol de Santo Domingo, don Joaquin Garcia, avait accru nos inquiétudes : il protégerait, au besoin par les armes, les Français demeurés fidèles à la royauté. Si ce n'était pas une déclaration de guerre, cela y ressemblait fort.

Toussaint avait changé le nom de Bréda pour celui de Louverture, sans que je puisse expliquer l'adoption de ce sobriquet. Il avait pris le titre de général, avec comme seconds Jean-François et Biassou. Il cachait de moins en moins sa vénération pour le roi martyr.

Nous le vîmes un soir, escorté d'un peloton de dix cavaliers, s'arrêter devant notre véranda pour saluer monsieur de Noé et sa famille, sur le chemin de son quartier général de Port-au-Prince.

Révérence gardée, il me rappela, en descendant de sa *volante*, les négrillons que l'on déguisait à Versailles pour le service des dames de la cour : tricorne noir à plumet rouge, uniforme français avec épaulettes et médailles... Il avait à sa botte un jeune officier d'ordonnance dans la même tenue que lui et, dans sa voiture, deux négrillons, sans doute les derniers-nés de sa femme, Suzanne.

Il nous apportait une nouvelle stupéfiante.

Devant le ponche créole et les bananes grillées que nous servit Manon, il resta debout, remuant en tous sens, comme si le plancher brûlait la semelle de ses bottes. Il accepta un cigare et, l'œil perdu dans les volutes bleuâtres, dit d'une voix contractée :

— Vous et moi, monsieur, vouons, une vénération profonde et sincère à la mémoire de notre roi martyr. C'était, en dépit de certaines faiblesses, un grand souverain. L'âge venu, il aurait supprimé le *Code noir* et rendu la situation des esclaves plus humaine. Je combattrai de toutes mes forces les hommes qui ont causé sa perte. Sonthonax et sa clique paieront pour ce crime inexpiable.

Il ajouta, comme s'il s'agissait d'un corollaire évident :

— Je vais donc mettre ma troupe au service des autorités espagnoles pour venger notre souverain. Ce n'est pas de gaieté de cœur que j'ai pris cette décision, mais je la dois à ma conscience.

Il avait reçu une lettre de don Joaquin Garcia lui demandant son concours ; il avait accepté.

— Que pensez-vous de ma décision, monsieur ? Ai-je agi sagement ?

— Je n'ai pas à te juger. Tu as fait ce que te dictait ta conscience et non tes intérêts.

Réponse sèche et sans appel. Je lus une déception sur le visage du vieux nègre, qui devait s'attendre, sinon à de l'enthousiasme, du moins à une approbation. Il vida d'un trait son verre de ponche, fit claquer ses bottes, salua et se retira sans un mot. Alors qu'il remontait dans sa *volante,* je pris mon courage à deux mains pour l'aborder.

— Général, lui dis-je, peut-être êtes-vous au courant du récent méfait de votre neveu, Moïse. Il a fait enlever une servante de monsieur de Noé, nommée Laurette. J'aimerais savoir...

Il me coupa sèchement la parole.

— J'ignore ce dont vous me parlez, de même que les actes de mon neveu. J'ignore d'ailleurs où se trouve cet individu, pour lequel je n'ai que mépris. Serviteur !

Je retrouvai monsieur de Noé dans tous ses états. Effondré dans un fauteuil, il marmonnait :

— Si je m'attendais à ces nouvelles... Toussaint se faisant appeler, je ne sais pourquoi, Louverture, Toussaint général, Toussaint rallié à nos ennemis... En poussant trop loin sa fidélité au roi Louis, il se rend coupable de trahison. As-tu remarqué qu'il ne mêle pas la reine à ses dévotions ? Il lui a toujours reproché d'avoir mené le royaume à sa ruine et d'avoir déclenché la Révolution.

Ce qui m'était apparu au cours de ce bref entretien, c'étaient la fatuité, la morgue et l'insolence de cet ancien esclave envers un ancien maître auquel il devait son ascension. A plusieurs reprises, des expressions en idiome créole lui avaient échappé et lui avaient fait retrouver l'accent de ses origines serviles.

J'allais me retirer pour me livrer dans ma caye à mes travaux, quand monsieur de Noé, affectant un air mystérieux derrière son sourire, me glissa à l'oreille :

— Mon garçon, dis-moi : où en es-tu de tes relations avec Lydie ?

— Ma foi, monsieur, lui ai-je répondu, elles sont on ne peut plus normales.

— *Normales*, vraiment ? C'est bien ce qui me fait souci. Allons, ne fais pas l'innocent. Tu sais mieux que quiconque que cette enfant est éprise de toi. Ne me dis pas que cela t'a échappé ! Alors, parlons entre hommes. Que pensestu d'elle, *vraiment* ?

— Vous me mettez dans l'embarras. Je dois dire que...

— Allons, pas de réponse dilatoire ! Si tu nourris pour ma fille un sentiment autre que de l'amitié, ne crains pas de me l'avouer. Lydie, je te rappelle, va sur ses dix-sept ans. Elle est un peu jeune encore, mais je ne vois aucun obstacle à une idylle entre vous, et, si vos sentiments sont à l'unisson, à un mariage.

Je me servis un verre de rhum pour faire passer l'émotion que ces propos suscitaient en moi et je balbutiai :

— Ma foi, monsieur... euh... cette proposition me surprend et me flatte. Je n'y vois qu'une objection, mais elle est de taille : je n'ai aucun moyen de subsistance en dehors de l'aide aléatoire de mon père et de votre générosité, sans lesquelles je me trouverais en fâcheuse situation. Dans ce cas, envisager un mariage me semble... euh... me semble pour le moins hasardeux.

Il éclata de rire et me tapa sur l'épaule.

— Rassure-toi, mon garçon ! Je pourvoirai à vos besoins, du moins dans l'immédiat. Cette maison est la tienne, dois-je te le rappeler ? Les qualités et les défauts de Lydie ne m'ont pas échappé. Elle est exigeante et capricieuse, mais elle a le cœur généreux et, quoi qu'en pensent mes neveux, elle est bonne musicienne.

Je n'osai lui révéler qu'à tout prendre j'eusse préféré Chloé, qui allait sur ses vingt ans et avait d'autres agréments au plan physique et mental, mais elle avait été promise à un lieutenant de dragons cantonné à Port-au-Prince, qui attendait, pour confirmer sa demande, l'héritage d'un oncle qui n'en finissait pas de mourir dans le Poitou. Quant à la cadette, Hélène, c'était encore une enfant, dissipée mais charmante.

— Je ne te cache pas, reprit-il, que Lydie a été fort irritée de tes rapports avec cette pauvre Laurette. Elle s'est crue laide, sotte, capricieuse. Ana et Chloé ont eu du mal à la consoler.

Capricieuse, Lydie ? Certes. Laide et sotte, sûrement pas. Ma réserve tenait à ma situation mais aussi au fait qu'il me déplaisait d'être séduit et mis au pied du mur, alors que je m'accommodais fort bien de mon célibat.

— Tu as les cartes en main, conclut monsieur de Noé. A toi d'engager la partie. Sache qu'un refus de ta part ne changerait rien à l'affection que je porte au fils de mon vieil ami, maître Delacour...

Au contraire de mes prévisions, j'attendis des semaines avant que Lydie, qui avait elle aussi les cartes en main, et encouragée par son père, attaquât la partie.

Nullement pressé de l'entendre me déclarer sa flamme et me dicter ses conditions, j'en pris à mon aise. Envoyé pour affaires à Port-au-Prince ou à Léogane, je faisais en sorte de rester plusieurs jours d'affilée pour rendre visite à madame Irma, veuve d'un pêcheur de langoustes, convertie à la prostitution à domicile, en veillant à la qualité de sa clientèle.

Je trouvai de plus une compensation à ma solitude et un exutoire à ma jeunesse et à mon énergie, en puisant dans le vivier de la chiourme quelque belle et jeune négresse que je récompensais généreusement de ses services.

Le samedi, après le souper, échappant aux parties de biribi ou d'échecs, je prenais, à travers les champs de canne, de manioc et de tabac, le chemin menant à un village nègre, sous une falaise qui rappelait les murailles de Jéricho.

Je passais là, accueilli et toléré sans marques de joie ni réserve, quelques heures qui me changeaient agréablement de l'ambiance un peu convenue et ennuyeuse des Palmistes. Allongé sur une natte de jonc, je distribuais le tafia, le rhum et le tabac dont je m'étais pourvu et assistais aux palabres, aux danses et aux jeux jusqu'au milieu de la nuit, et souvent au-delà.

L'ensemble musical était des plus sommaires : des instruments de percussion de toutes tailles, de tonalités variées, et de grosses flûtes de bambou. Les exécutants pouvaient en jouer durant des heures, jusqu'à tomber d'épuisement.

En ai-je entendu, des *bamboulinas*, des *chicas*, des *calendas*, jusqu'à en avoir, sur le chemin du retour, les oreilles bourdonnantes, comme si un essaim d'abeilles nichait dans ma tête ! Après une libation de tafia, de rhum, et quelques bouffées de tabac noir, j'avais l'impression de me trouver au fin fond d'une de ces forêts d'Afrique où je rêvais d'aller un jour traîner mes grègues.

Cette musique, ces chants venus du fond des temps et de l'espace, ces gesticulations répétitives et envoûtantes d'hommes et de femmes en transe, ces odeurs fortes de corps en sueur, dans la chaleur et parfois le lourd crépitement de la pluie tropicale, me plongeaient, comme sous l'effet d'une drogue, dans un état second. Je sentais mon identité de Blanc civilisé fondre comme une motte de beurre de cacao au soleil.

J'étais bien en Afrique, oui, en compagnie de Joseph, originaire du Dahomey, d'Adeline, venue d'une tribu proche de Goa, d'Antoine, le Mandingue athlétique, de Diane, minuscule et délicate Wolof, dotée d'une poitrine qui aurait pu servir de moule pour une coupe de champagne, comme celle, disait-on, de madame de Pompadour...

Derrière cette chiourme qui retrouvait pour quelques heures un semblant de liberté, émergeaient pour moi des images de grandes forêts, d'immenses savanes, de marigots, de fleuves géants. Ces Noirs, dans leurs chants et leurs danses, devaient voir ressurgir les images perdues de leurs origines.

Ces gens, je les aimais. Je leur pardonnais leurs larcins, leur impertinence, leur paresse, la grossièreté de leurs manières, pour ne voir en eux que des victimes pathétiques.

Au cours de ces soirées, je buvais et fumais sans trêve. Parfois, sous le coup de l'ivresse, torse nu, je me mêlais aux danses jusqu'à l'épuisement, sans qu'on trouvât ma présence insolite.

Je garde en mémoire le souvenir confus d'une nuit où, alors que je venais de me livrer à une de ces exhibitions, une jeune négresse à demi nue était venue se blottir contre moi comme une chatte amoureuse. Cette bossale, originaire du pays des Azenègues, sur le fleuve Sénégal, se nommait Anita.

Elle m'avait réclamé du rhum ; je lui en avais fait boire quelques lampées à ma gourde. Elle avait aussitôt sombré dans une sorte d'hébétude heureuse. J'avais contre ma poitrine la sienne, ronde, lisse et luisante comme un bronze sous la pluie, et, le long de ma hanche, son corps souple, dénudé jusqu'à la naissance du pubis.

Minuit passé, quand j'avais décidé de me retirer, elle s'était accrochée à moi pour me suivre. Nous n'avions esquissé que quelques pas au-dehors, quand elle m'avait fait comprendre que nous ne pouvions en rester là. Libérée du lambeau de pagne qui lui ceignait les reins, elle m'avait attiré vers un buisson où j'en avais joui jusqu'à tomber de fatigue et de sommeil.

C'était, je m'en souviens, peu après l'enlèvement de Laurette et le départ de la famille Bertrand. Comme la place de cette servante était à pourvoir, je demandai à monsieur de Noé la permission de prendre Anita à mon service. Il y consentit sans réserve. Restait à la convaincre, elle ou sa famille. Quelques cadeaux suffirent.

Je compris très vite que je n'avais pas fait le bon choix. Nos rapports intimes me comblaient : Anita, comme Laurette, était soumise à tous mes désirs, sans que j'eusse à engager des préliminaires fastidieux, comme avec les femmes blanches, madame Irma en particulier, très sensible à ces égards. En revanche, sotte, capricieuse et de nature indépendante, elle ne supportait pas la moindre sujétion dans son service, et, considérant comme une tâche humiliante de faire mon ménage ou de s'occuper du jardin, elle s'absentait des demi-journées sans m'en demander l'autorisation.

Quand j'informai le commandeur de la plantation, le mulâtre Julius, de ma déconvenue, il me révéla que cette garce, dont il avait joui dans le passé, avait un galant dans sa tribu. Il me dit, en frappant le creux de sa main avec sa chicotte :

— Je connais le moyen de la rendre plus docile.

J'écartai avec indignation cette méthode. La mienne était plus humaine : me passer de ses services. Je le lui fis comprendre sans la brutaliser et ne souffris guère de cette rupture. Outre qu'une servante ne m'était pas indispensable, j'avais le choix d'une remplaçante pour la nuit dans la brigade de négresses et les mulâtresses de la maisonnée...

L'affaire traînant en longueur entre Lydie et moi, monsieur de Noé me fit souvenir de ce qu'il appela abusivement mon *consentement*, alors que je n'avais fait que promettre de réfléchir. J'avais donc envisagé sans conviction, face à un avenir incertain, de me lier pour la vie à une fille que je n'aimais pas *vraiment*. Quant à faire de Lydie ma maîtresse, en attendant des jours plus propices à une union, je n'osais y penser : c'eût été trahir la confiance de mon bienfaiteur et entraîner des complications.

Un soir, après une partie d'échecs, monsieur de Noé me prit à part et me dit :

— Mon cher Julien, tu sais l'affection que j'ai pour toi, mais voilà : je me trouve comme Œdipe devant le sphinx. Tu ne sembles t'intéresser qu'à tes collections… et aux négresses. J'aurais aimé que, de temps à autre, sans vouloir me poser en confesseur, tu t'ouvrisses à moi d'esprit et de cœur.

— Si j'avais le moindre souci, monsieur, vous en seriez le premier informé. Ce n'est pas le cas. Si je suis avare de confidences, je vous garde ma confiance pleine et entière. Cette réserve est dans ma nature, et je vous prie de ne pas considérer ce travers comme un manque de confiance envers le second père que je vois en vous et que je vénère.

— Soit… Pourtant, il semble que tu aies oublié la promesse que tu m'as donnée de faire ta cour à Lydie. Elle attend avec impatience que tu t'y décides.

— Je vous ai fait part des inconvénients concernant ma situation. Dois-je vous les rappeler ?

Il haussa les épaules, et me dit en rangeant les pions sur l'échiquier :

— Ce ne sera pas nécessaire. Cependant… hum… je dois te communiquer une nouvelle qui risque de mettre un terme à tes hésitations. Un confrère, monsieur Abeille, m'a fait part du souhait de son fils, Auguste, d'épouser Lydie. J'ai réservé mon accord sous des prétextes fallacieux : la jeunesse de Lydie, l'incertitude de la situation générale… Pour tout te dire, je n'ai guère de sympathie pour ce prétendant. Il parle des nègres d'une façon méprisante. J'avais l'impression de l'entendre réciter certains articles du *Code noir*.

L'indignation me crispa les poings. Que monsieur de Noé, qui prétendait me considérer comme son fils, pût user d'un chantage aussi grossier pour forcer ma décision m'ulcérait. Envisager un mariage entre Lydie, belle comme un hibiscus, et Auguste, laid comme un crapaud et stupide, était une aberration.

Je me retins de faire part à monsieur de Noé de mon sentiment sur ce projet et me contentai de lui promettre une réponse à brève échéance. Il me fallait, d'une manière ou d'une autre, prendre une décision. Il s'en présentait deux : épouser Lydie ou, renonçant aux Palmistes, me retrouver dépourvu. La première m'offrait la perspective d'une chaîne dorée ; la seconde m'ouvrait les portes d'une dangereuse liberté.

Lydie n'allait pas tarder à trancher à sa manière ce nœud gordien.

Les jours de grosse chaleur, j'avais pris l'habitude d'aller, en fin de journée, passer une heure ou deux près d'une cascade, à un quart d'heure de marche de l'habitation. Il fallait, pour y accéder, suivre un sentier capricieux qui, passé une savane grouillante de reptiles et crépitante d'insectes, s'engouffrait dans une forêt profonde et fraîche pour aboutir à la cascade.

Des esclaves libres avaient installé dans les parages leur village de cayes de torchis et leurs jardinets, si bien que je me trouvais rarement seul en cet endroit où régnaient calme et fraîcheur dans le grondement des eaux sauvages. J'y rencontrais surtout des nègres et des négrillonnes qui se livraient à leurs jeux et des femmes qui lavaient leur linge dans le bassin, sous d'énormes manguiers dont les fruits écrasés répandaient une odeur de térébenthine.

Un soir, alors qu'un dernier rayon de soleil revêtait les crêtes de la Selle d'une lumière couleur d'abricot, je m'apprêtais, après un dernier bain, à regagner mes pénates, quand j'eus la surprise de voir Lydie, assise sur une roche, pieds nus dans l'eau du bassin, sa tête contre ses genoux remontés.

Je m'avançai vers elle et lui demandai ce qu'elle faisait là.

— Ce que vous y faites vous-même, me répondit-elle. Est-ce interdit ?

— Certes non ! Je suis simplement surpris de ne pas vous y rencontrer plus souvent. Il se fait tard. Je vais vous ramener aux Palmistes.

— Pas avant de m'être baignée... si vous permettez. Cette eau est fraîche, mais je ne suis pas frileuse. Je me suis amusée à vous regarder jouer avec les négrillons et les négrillonnes. Ils vous ont adopté, semble-t-il. Le tableau était à peindre...

Sans s'interrompre, elle enveloppa sa chevelure dans un madras et fit glisser sa robe. Je protestai :

— Vous n'allez pas vous baigner nue ?

— Si cela vous gêne, détournez-vous ! Je ne vais tout de même pas plonger tout habillée. Venez donc me tenir compagnie. Je nage mal et ce bassin est profond.

J'obtempérai de mauvaise grâce, en évitant de porter mon regard sur sa nudité. Lorsque, après une brève baignade, nous avons regagné la berge, le site était déjà plongé dans une pénombre crépusculaire. Elle grelottait, et me demanda de l'essuyer avec ma chemise et de la frictionner avec une poignée d'herbe sèche. De la voir nue et offerte, de laisser mes mains, parcourir, parfois avec rudesse, cette chair souple, d'entendre son souffle précipité et ses gémissements de plaisir me troublait au point que je pouvais difficilement lui dissimuler le désir que trahissait une protubérance éloquente. Elle s'en aperçut et se mit à rire en séchant avec son madras quelques mèches encore humides.

— Eh bien, lui dis-je, qu'y a-t-il d'amusant ?

— Je vois bien, répondit-elle, que vous avez envie de moi. Alors, faites cesser vos scrupules et passez à l'acte !

Elle se redressa, prit ma tête entre ses mains et posa ses lèvres sur les miennes en murmurant :

— Allons, Julien, tu me désires, ne le nie pas. Alors prends-moi et qu'on en finisse avec cette situation qui me ronge.

Une réplique stupide me vint aux lèvres.

— Mais, Lydie... votre père... s'il apprenait...

Elle me mordit une oreille et y glissa :

— Mon père... Mon père... Il serait ravi d'apprendre que nous avons enfin franchi le pas. D'ailleurs il est tout à ses amours avec Manon et ce que je puis décider ou non lui importe peu. Je suis même certaine qu'il nous donnerait son absolution.

C'était un dialogue fastidieux pour un acte qui eût demandé silence et concentration. Soulagé d'avoir objecté une réserve morale, je m'abandonnai sans frein au désir qui me pressait.

Sur le chemin du retour, ma vareuse jetée sur les épaules de Lydie qui grelottait, je songeais aux premiers locataires du paradis terrestre, sauf que le serpent et la pomme avaient manqué à la scène et que nous n'aurions pas à affronter la colère du Père éternel.

Monsieur de Noé nous foudroya du regard et nous lança :

— Eh bien, vous en prenez à votre aise ! Cela fait une heure que nous vous attendons. J'ai même fait préparer les lanternes pour partir à votre recherche. D'où venez-vous donc ?

— Mille excuses, père, répondit joyeusement Lydie. Nous sommes allés nous promener à la cascade. La nuit nous a surpris. Ne prenez pas cela au tragique. Nous ne sommes plus des enfants...

En revenant à ma caye, après une partie de dominos avec Ana, je songeai que l'affaire n'allait pas en rester là et que j'allais devoir assumer les conséquences de ma faiblesse. J'avais étourdiment donné dans le panneau monté par Lydie, peut-être avec la complicité de son père, et j'allais vivre, me disais-je, mes derniers jours de célibat et de liberté.

Certes, j'aurais dû repousser les avances perverses de cette petite peste, mais je ne suis pas de bois, et mal armé pour résister aux pièges de la chair. D'autre part, en repoussant les avances de Lydie, j'aurais fait d'elle une ennemie irréconciliable et perdu l'affection de son père.

Le piège refermé sur moi, j'allais donc entrer dans la famille de mon bienfaiteur. A tout prendre, ce n'était pas un parti à dédaigner : Lydie, quoique perverse, était belle, intelligente, et la fortune de son père, quoique grevée par la situation générale, garante de mon avenir, n'était pas négligeable. Restait à savoir si notre ménage allait résister à la disparité de nos caractères.

En proie à ces spéculations, je me tournais et me retournais sur ma couche sans arriver à m'endormir, quand le grincement de ma porte me prévint d'une visite. Je vis sans surprise une ombre s'avancer, écarter ma moustiquaire et se glisser contre moi.

Monsieur de Noé dut de nouveau, avec regret, se séparer d'un autre contingent de nègres qu'il céda à un planteur mulâtre des environs. Ayant échappé aux incendies et aux massacres, il avait remis sa plantation en activité et livrait ses produits aux négociants anglais qui faisaient escale à Port-au-Prince.

Il ne garda qu'une centaine d'esclaves et, pour le service de la maison, Manon, trois servantes et Popo, qui m'était utile pour mes prospections.

Le premier sacrifié fut le vieil infirme, Salomon.

Assis dans sa chaise roulante, il n'était plus utile à rien, encombrant et d'un entretien onéreux. Monsieur de Noé s'en expliqua :

— Je ne l'ai pas mis à la rue, comme on dit, mais dans un hospice de Port-au-Prince, avec sa fille pour prendre soin de lui. Il ne m'en coûtera que quelques sous par jour...

L'hospice en question, je le connaissais pour l'avoir visité en compagnie du docteur Lacroix, médecin de la famille, et en avais gardé un triste souvenir. C'était un hangar en marge du port, où l'on entassait le rebut de la main-d'œuvre des plantations : malades, infirmes, vieillards. Ils couchaient parfois à plusieurs, par manque de place, sur le même matelas de *cabasse*, des feuilles de canne, et nourris comme des chiens.

Je regrettais, plus encore que monsieur de Noé, cette décision.

J'avais eu avec ce vieillard, dans les premiers temps de ma vie aux Palmistes, des entretiens qui m'avaient éclairé sur le système esclavagiste. C'est une piqûre d'araignée rouge qui avait occasionné sa paralysie des membres inférieurs et en avait fait une épave.

Il avait tenu, lors de notre première rencontre, à me montrer le haut de son corps. C'était un véritable catalogue de cicatrices, de marques au fer rouge portant les initiales des propriétaires et de lacérations au fouet.

Dans un français approximatif, il m'avait raconté sa vie dans diverses plantations des Grandes et des Petites Antilles, de quoi faire la matière d'un martyrologe.

Indépendant de nature, ce descendant d'un chef wolof passait pour une forte tête et avait connu tous les châtiments. Rattrapé lors de sa première fugue, il avait été plaqué au sol, les membres attachés à des piquets. Après cinquante coups de chicotte qui lui avaient arraché la peau, et du piment dans ses blessures pour accroître la douleur, il avait été laissé pour mort.

Une autre absence, qui avait duré un mois, lui avait valu d'être déchiqueté par des dogues et d'avoir les oreilles tranchées. On aurait fait de même pour les jarrets, s'il n'avait été un vigoureux coupeur de canne.

Acheté par monsieur Bertrand, Salomon avait subi un nouveau supplice le jour où, s'étant rebellé contre le commandeur, il lui avait arraché sa chicotte. On l'avait fouetté et émasculé, au prétexte qu'il importunait une négresse qui s'en était plainte. Eugène, le fils de Bertrand, avait conservé ses bourses pour s'en faire une blague à tabac.

Lorsque je lui demandai naïvement s'il n'y avait pas de recours possible contre ces brutalités, il avait ri : le *Code noir* interdisait aux nègres d'ester contre un planteur... Ils n'avaient d'autre recours contre l'injustice que la rébellion.

Il existait à Port-au-Prince un office de bourreau pour l'exécution des hautes œuvres.

Salomon avait gardé en mémoire le tarif des supplices : entre cinq livres pour couper les oreilles, percer ou arracher la langue, et soixante pour pendre le condamné, le jeter au bûcher ou le supplicier sur la roue : il y avait toute une gamme de châtiments. L'injustice et l'horreur codifiées et tarifées...

C'est Salomon qui avait attiré mon attention sur l'étrange conformité entre son maître et le patriarche des Ecritures.

Planteur lui-même, vigneron et amateur de bons vins, dont il avait tendance à abuser, le vieux Noé de la Bible, un jour qu'il était ivre, s'était mis à danser nu sous sa tente. Lorsque deux de ses trois fils, Sem et Japhet, l'avaient surpris, ils avaient crié au scandale et dissimulé d'une couverture la nudité de l'ivrogne. Sa lucidité retrouvée, Noé avait remercié les deux sauveteurs de sa dignité mais maudit le troisième, Cham, qui n'avait pas daigné intervenir, et l'avait expédié en Afrique. Une nouvelle race était née de cet exil : elle était noire et, plus tard, jugée inférieure par les Européens, serait vouée à l'esclavage.

Détail singulier : monsieur de Noé avait lui aussi trois enfants, sauf que c'étaient des filles.

De tout le temps qu'avait duré le séjour des Bertrand aux Palmistes, on n'avait pas vu paraître le vieux Salomon, qui, d'ordinaire, se tenait sous le figuier ombrageant sa caye. Trop de mauvais souvenirs le hantaient.

Peu de temps après leur départ, monsieur de Noé m'avait appris, sans plaisir, que Chloé, renonçant au petit lieutenant de dragons de Port-au-Prince, qui tardait trop à se déclarer, s'était promise à Eugène, fils de Bertrand, qui avait fait aux Palmistes une apparition si peu remarquée qu'il était sorti de ma mémoire.

J'ai gardé le souvenir d'un entretien avec monsieur de Noé, au sujet des esclaves, de la pigmentation singulière de leur épiderme et de la répulsion qu'elle pouvait provoquer.

— La couleur noire, me dit-il, est pour nous un signe de malheur ou de malédiction. On appelle nos soucis des idées noires. D'une situation délicate, on fait un tableau noir. Une caisse noire n'est pas signe d'honnêteté. Dans la tradition chrétienne, la couleur noire est signe de mort et de deuil, alors qu'en d'autres civilisations, c'est le blanc... Cela tient sans doute à l'opposition entre le jour et la nuit, l'un tissé de certitudes et l'autre de mystère.

La conversation dévia vers la condition d'esclave, liée principalement, de nos jours, à la race noire.

— Je vais te lire, me dit-il, un texte que j'ai retrouvé il y a peu. Il renouvelle l'anathème de Noé contre son fils, Cham l'Africain. Il est d'un certain Rousselot de Surgy, un auteur du temps de Louis XIV.

Il alla le chercher dans sa bibliothèque et en entreprit la lecture :

— Ecoute bien, mon garçon ! Cela vaut son poids de sottise : « Les nègres ont l'âme aussi noire que leur peau. Tout sentiment d'honneur, d'honnêteté, d'humanité est étranger à ces barbares. Ils n'ont nulle idée, nulle connaissance. Sans le don de la parole, ils n'auraient de l'homme que la forme. Chez eux, ni raisonnement ni esprit ni aptitude à des études abstraites. Leur intelligence est inférieure à celle de l'éléphant... » Je passe quelques lignes pour en venir à la conclusion : « La force peut seule les contenir dans le devoir. La crainte est le seul motif qui les fasse agir... La brutalité, la cruauté, l'ingratitude, voilà ce qui forme leur caractère, leur naturel pervers, leurs inclinations vicieuses... »

Il posa le livre sur ses genoux et me demanda si je voulais entendre la suite. Ecœuré, je n'en avais nulle envie. Il s'exclama :

— Voilà, mon garçon, comment, jadis et encore aujourd'hui, on juge les Noirs ! La malédiction du papa Noé n'a pas été oubliée. Ce que certains de ces écrivains peuvent être aveugles et sots !

— Et mal informés surtout. Cet auteur a dû composer son livre sans quitter Paris ou Versailles, d'après les balivernes des voyageurs en quête de pittoresque plus que d'humain. Voilà un texte qui justifie le *Code noir* et que n'eût pas renié monsieur Bertrand !

— Sans doute. J'avoue qu'il m'est arrivé de faire administrer des châtiments corporels à certains esclaves, mais seulement pour de fortes têtes et après des fautes graves. Il en est des Noirs comme de nous : certains ne connaissent d'autre loi que la chicotte. Le mal est universel ; il ne choisit pas sa race. Te souviens-tu, toi qui as beaucoup lu, que les Espagnols, lorsqu'ils ont conquis le Mexique et le Pérou, trouvaient comme alibis à leurs atrocités la violence et la cruauté des Aztèques ou des Incas adonnés aux sacrifices humains ? Avec la bénédiction de la plupart de leurs missionnaires, ils ont répondu à ces pratiques rituelles par des massacres !

Monsieur de Noé me rappela à ce propos que le roi Louis XIII, poussé par un sentiment humain, s'était refusé à autoriser le trafic des Noirs. Il n'y avait consenti que lorsque les gens d'Eglise et les premiers colons lui eurent fait comprendre que l'esclavage en ferait de bons chrétiens et que l'économie y gagnerait.

— Ce pauvre roi, ajouta-t-il, naïf et influençable comme un enfant de chœur... S'il avait assisté à un marché d'esclaves ou avait traversé l'océan sur un navire négrier, peut-être n'eût-il jamais donné son accord.

Je ne pus m'empêcher de marquer ma surprise.

— Pardonnez-moi, monsieur. Ces idées généreuses ont de quoi surprendre de votre part. Vous avez choisi, il me semble, de vous intégrer à ce système, alors que vous auriez pu, sans quitter la France, gagner votre vie d'une manière plus... respectable. A l'évidence, c'est le travail des esclaves qui est à la base de votre fortune...

Il m'avoua, non sans une pointe d'exaspération, qu'il avait cédé au *mirage des Iles*, avec la perspective d'une fortune facile et rapide. Pourtant, il n'avait pas à battre sa coulpe : il n'avait fait que céder aux impératifs du système. C'était cela ou retourner au pays et cultiver ses choux !

Il précisa :

— Comprends-moi, Julien. Dans l'obligation de payer ma main-d'œuvre, je me serais incliné sans barguigner, mais je ne pouvais le décider de mon propre chef sans risquer de passer pour un dangereux révolutionnaire parmi mes collègues. Ils m'auraient brisé et ruiné. La loi du profit est terrible...

Cette digression m'a éloigné de mes soucis personnels. J'y reviens sans plaisir.

L'épisode de la cascade, en me mettant au pied du mur, avait pour moi l'avantage de me délivrer de mes hésitations. Désormais, tout était simple : j'allais épouser Lydie.

Lorsque je lui fis ma demande, monsieur de Noé me prit dans ses bras, l'œil embué, m'appela son fils et m'assura que j'avais pris la bonne décision et fait le meilleur choix. Il ne restait plus qu'à décider de la date des fiançailles. Je faillis répondre que rien ne pressait, mais c'eût été retomber dans mes stériles temporisations. Je me pliai donc aux décrets du sort avec une compensation : Lydie était une maîtresse très convenable.

6

Les aigles noirs

Port-Espérance, 1806

Ces temps derniers, nous avons connu quelques alertes. Les navires anglais croisent fréquemment dans le bras de mer qui sépare notre *islote* de la Grande Ile. Ils détachent parfois une chaloupe pour venir faire de l'eau et récolter quelques fruits. Fort heureusement, l'accostage est si périlleux et notre habitation si difficilement accessible qu'il nous suffit d'éviter de faire de la fumée pour ne pas être dérangés.

Que pourrions-nous redouter ? Notre présence n'a rien d'illégal et ne cause de gêne à personne. Il n'empêche : à plusieurs reprises, des matelots se sont aventurés, fusil à l'épaule, dans les parages de notre caye. Je frémissais à la pensée que, notre présence découverte, ils eussent pu s'en prendre à Ana, à Lisa et, en cas de résistance, se livrer au pillage ou, pire, au massacre.

Prévoyant le pire, je me tenais à quelque distance au-dessus de notre logis, après avoir pris soin d'envoyer ma famille chercher refuge dans une caverne voisine.

Le seul incident notable qui ait marqué ces brèves incursions est la perte de notre chien. Apercevant un soldat en train de ramasser des mangues, il nous a échappé pour lui courir après. Un coup de feu suivi d'un gémissement m'a fait comprendre que j'avais perdu mon compagnon de promenade et notre vigile. Ce jour-là, il s'en était fallu de peu que notre sécurité ne fût compromise : il eût suffi que le soldat décidât de se mettre à la recherche du propriétaire de l'animal. La brièveté de son incursion nous épargna sa visite.

Certains soirs, à des dates déterminées par le cycle lunaire, nous laissons les enfants à la garde de Scipion pour aller, Ana et moi, rendre visite à la tribu du chef Aristote.

A cette occasion, nous assistons à des spectacles de danses, de chants d'Afrique et au festin qui les accompagne. Habituée aux bals dans le salon des Palmistes, Ana, au début, appréciait modérément ces exhibitions, dont certaines, au moment des transes, la rebutaient. Peu à peu, elle y a pris de l'intérêt, au point que je dois la retenir pour qu'elle ne se mêle pas à ces gesticulations.

Il nous arrive assez souvent de passer le reste de la nuit dans un hamac ou emmitouflés devant le feu, dans le grand silence de la montagne, sans craindre les maringouins, peu nombreux à cette altitude.

Avec sa permission, j'ai poursuivi la lecture de la saga de ma compagne. Elle allait m'apporter des révélations surprenantes concernant son odyssée.

J'ai survolé rapidement les épisodes marquant sa fuite en l'île de Cuba, consécutive aux mauvais traitements que sa famille avait reçus d'un planteur des cantons du sud de Saint-Domingue. Poussée par une tempête à l'extrémité de la péninsule, dans les parages de Baracoa, leur barque avait échoué sur des récifs. Abrités du soleil et de la pluie par des auvents de palme, les réfugiés avaient passé des jours à rechercher des vivres.

Un matin, ils avaient été surpris par des Espagnols, qui, les ayant pris, de loin, pour des nègres marrons, avaient failli les faire déchiqueter par leurs dogues. Capturés sans résistance, ligotés, ils avaient été conduits à l'habitation du maître des lieux, le señor Vasquez, qui demeurait sur les pentes septentrionales de la Sierra Sagua. Une aubaine : ce n'étaient pas des nègres mais des Indiens, vestiges vivants des Taïnos. De véritables reliques humaines...

Les affaires du señor Vasquez ayant périclité à la suite de dilapidations effrénées, Ana et les siens avaient été de nouveau jetés sur un marché d'esclaves, à Santiago, la capitale de l'île.

A la recherche de nouveaux nègres, monsieur de Noé s'était présenté comme acquéreur d'une cinquantaine de têtes pour défricher et mettre en valeur des terres récemment acquises. Son attention ayant été attirée par une adolescente d'une beauté sculpturale, de type indien, à peine colorée, qu'il avait disputée à un planteur de la Jamaïque. Comme elle faisait des difficultés pour se séparer de sa famille, il avait dû faire l'acquisition du lot pour une somme importante.

Revenu dans son domaine des Palmistes, monsieur de Noé avait fixé la famille indienne sur une parcelle en friche destinée au tabac, et avait affecté Ana au service de sa maison. Quelques années plus tard, l'épouse de monsieur de Noé ayant décédé, Ana la remplaça à sa table et dans son lit. Elle lui était reconnaissante de lui avoir évité une humiliation : la marque d'estampage, et de l'avoir affranchie.

J'ai eu peine à suivre les méandres de ce récit plein de digressions, de redondances, d'obscurités, en me disant que j'en éprouverais bien d'autres, le moment venu de mettre au propre ce fatras qu'elle-même, de temps à autre, complète et peaufine.

Ce matin, le temps est gris et doux comme celui d'un automne en France, avec, parfois, une lourde bouffée d'alizé qui nous apporte, avec des vols d'oiseaux de mer, l'odeur du large.

Nous allons manquer de viande fraîche. Au début de l'après-midi, si la pluie nous épargne, j'irai en compagnie de Scipion et du nouveau chien, cadeau du chef Aristote, chasser le cochon sauvage, l'agouti et la perdrix.

Les guerres en Europe avaient comme corollaire l'abandon de nos colonies, livrées à leur sort. Dans l'état pitoyable où elle se trouvait, notre marine était impuissante face aux énormes escadres anglaises et espagnoles. C'est dire que ces terres lointaines allaient à vau-l'eau et qu'elles étaient à prendre.

Nos ennemis n'allaient pas s'en priver.

Les Anglais avaient débarqué, presque sans coup férir, devant Port-au-Prince, y avaient mis le siège et avaient envahi la quasi-totalité de la partie sud de l'île. Menée tambour battant et enseignes déployées, cette opération faisait suite à la requête de colons français émigrés en Angleterre qui, à défaut de patriotisme, avaient conscience de leurs intérêts. Pour les sujets de Sa Majesté britannique, l'occasion était trop belle et trop facile pour la laisser passer.

Il leur aurait été loisible de prendre possession de toute la partie française de l'île, mais c'eût été se heurter aux prétentions espagnoles venues de l'autre bord. Dès lors, que restait-il de la présence française dans la plus prospère de nos colonies ? Quelques ports et quelques villes : un reliquat symbolique.

Nous reçûmes aux Palmistes la visite d'un officier anglais, le lieutenant-colonel Whitelocke, escorté d'une vingtaine de tuniques rouges. Débarqué à Jérémie la semaine précédente, il faisait la tournée des plantations pour annoncer aux colons qu'ils relevaient désormais de la Couronne britannique et de l'autorité directe du nouveau gouverneur.

Cette visite n'avait rien pour nous surprendre.

Quelques jours auparavant, monsieur de Noé avait accueilli un confrère des environs, monsieur Venaud de Charmilly, venu lui annoncer un projet de convention avec le gouverneur de la Jamaïque, sir Williamson, pour la maîtrise des insurrections de Saint-Domingue et le rétablissement de l'esclavage sur les bases du *Code noir*.

Monsieur de Noé l'avait reçu comme un chien galeux. Collaborer avec l'Anglais était pour lui une trahison.

Informé de cette réponse courageuse mais dangereuse, le lieutenant-colonel Whitelocke ne lui en avait pas tenu rigueur, ajoutant que, si ce choix lui avait été proposé à lui, il eût sans doute fait de même. Il se contenta de visiter la plantation et ses installations. Convaincu que tout était en ordre, il repartit en promettant que nous n'aurions pas à nous plaindre des autorités d'occupation.

— Peut-être, me dit monsieur de Noé, aurais-je dû, étant donné ses bonnes intentions à notre égard, lui proposer de dîner ou du moins lui offrir un rafraîchissement. J'ai dû passer à ses yeux pour un butor, mais, après tout, je m'en moque. Comment oublier que les Anglais sont nos ennemis ?

Je ne pouvais lui donner tort.

Whitelocke avait débarqué à Jérémie ; le commodore Ford fit de même au môle Saint-Nicolas, au nord de l'île, achevant ainsi l'occupation d'une partie de nos territoires, au risque de mécontenter les autorités de Santo Domingo. Ces dernières avaient à leur tour envoyé à la curée leurs hordes de soudards castillans, qui, sans observer la retenue des Anglais, avaient envahi la région du Cap-Français.

Le général Toussaint Louverture était à leur tête.

Il s'était fait assister pour cette campagne de ses deux fidèles lieutenants : Biassou et Jean-François.

Le premier, un vulgaire chef de bande, s'était illustré par ses violences lors de l'insurrection de Boukman, en 1791.

L'autre, un bel officier, ne différait du premier que par son allure quasi aristocratique et ses bonnes manières. Ils avaient sans complexe, de même que le neveu de Toussaint, Moïse, fait allégeance au président de l'audience de Santo Domingo, don Garcia Moreno. Cette horde avait pour mission, en prenant possession de ce que leur laissaient les Anglais, d'assurer la protection des colons fidèles à la mémoire du roi martyr.

Toussaint mena son armée d'un train d'enfer le long de la côte, fit le tour de la péninsule du Nord et termina sa chevauchée infernale aux Gonaïves, lieu de sa naissance et de sa jeunesse. Il installa son quartier général dans une localité de montagne, Marmelade.

A l'abri de ses fortifications, le Cap-Français s'était tenu à l'écart de l'invasion. Décidé à ne pas regagner la France, le commissaire Sonthonax lançait des appels de détresse inaudibles, et pour cause : depuis huit mois, pas un navire français n'avait montré son beaupré. Il voyait poindre à l'horizon, pris en tenaille entre les forces anglaises et espagnoles, l'abandon total de notre île.

Le commissaire de la République avait confié à monsieur Genest, délégué français aux Etats-Unis, qu'il ne savait que faire.

— Nous disposons d'une dizaine de milliers d'hommes, et avons des armes en suffisance, mais nous manquons de munitions, de vivres, et même du papier nécessaire à l'administration...

Au sud, dans l'attente de l'assaut final des Anglais, Port-au-Prince avait résisté, mais avait fini par rendre les armes. Pour monsieur de Noé, qui aimait cette ville où il avait de nombreuses relations, ce fut un déchirement.

— Nous n'avons pas vu venir la tempête, me dit-il. Tout était trop calme. Nous payons aujourd'hui le prix de notre imprévoyance. Alors qu'il en était encore temps, j'aurais dû vendre notre domaine et retourner en France, au risque d'affronter le nouveau régime, ou rejoindre les émigrés à Londres, bien que ma conscience me l'eût reproché.

Je tentai de le rassurer en lui disant que la guerre ne durerait pas une décennie, que nous étions à l'abri des événements, mais il ne m'écoutait pas. Il ajouta :

— Je regrette de t'avoir incité à épouser Lydie. Puisqu'il en est encore temps, je te rends ta parole. L'avenir est trop incertain pour te lier à ma famille.

Je protestai. Il poursuivit :

— Le mieux, pour toi, est de quitter cette île et de partir pour l'Amérique, où tu trouveras un navire à destination de la France. Je t'y aiderai. Si tu persistais dans ton intention d'épouser Lydie, vous pourriez vous retrouver plus tard.

— Que me dites-vous là, monsieur ? Vous savez fort bien que Lydie refuserait de me laisser partir et que je ne puis nier mon engagement. Avec votre permission, je vais donc rester parmi vous. Je puis vous être plus utile qu'en allant collecter des fleurs. Votre santé, monsieur...

— Eh bien, quoi, ma santé...

— Elle nous donne à tous des alarmes. Avez-vous oublié que la semaine passée, votre cœur...

— Mon cœur est capricieux, certes, mais, Dieu merci, il ne me trahira pas encore. Me prends-tu pour un vieillard égrotant ?

Il était mi-plaisant, mi-sérieux, en prononçant ces dernières paroles, mais je savais bien, et nul ne l'ignorait dans la maisonnée, que nous avions du souci à nous faire. Le docteur Lacroix était d'ailleurs de notre avis : la moindre émotion un peu forte pourrait donner tort à ce bel optimisme.

Je m'en tins donc à ma décision de rester aux Palmistes, moins pour y poursuivre mes recherches que pour veiller au grain. Lydie me sut gré de ce choix et ne s'en montra que plus tendre, en dépit de la remise aux calendes de nos fiançailles.

Après une période de tergiversations, le mouvement abolitionniste faisait en France des pas de géant. Danton, avec son éloquence légendaire, n'avait cessé de combattre les tenants du *Code noir*, et de stigmatiser négriers et colons.

En février 1794, alors que la Terreur battait son plein, la Convention nationale avait accueilli des députés de Saint-Domingue : deux Noirs, un homme de couleur et un Blanc. Quelques semaines plus tard, coup de théâtre : l'Assemblée décrétait l'abolition de l'esclavage sur tous les territoires d'outre-mer, avec une arrière-pensée : que cette mesure puisse servir d'exemple et mette dans l'embarras les colonies anglaises et espagnoles.

L'événement donna lieu à une cérémonie patriotique en la cathédrale Notre-Dame, rebaptisée par Robespierre « temple de la déesse Raison ». Elle fut suivie d'une terrible nouvelle : les Anglais venaient d'occuper la Martinique et quelques autres îles du Vent.

Ils s'apprêtaient à fondre sur Saint-Domingue.

Quelle ne fut pas notre surprise, un matin de mars, en voyant, dans le fond de la vallée encore noyée de brume, un étrange cortège conduit par un officier à cheval, escorté d'une escouade de soldats noirs, fusil en bandoulière et en vareuse blanche, coiffés d'un simple bandeau orné d'une plume...

Nous reconnûmes Toussaint à sa tenue de général : tricorne au plumet écarlate et lourdes épaulettes dorées. Il montait un cheval blanc : *Bel-Argent*.

Il mit pied à terre, ôta son couvre-chef et s'inclina cérémonieusement devant monsieur de Noé.

— Mon maître, dit-il, votre serviteur vient vous présenter ses respects. Alors que je séjournais aux Gonaïves, l'idée m'est venue de vous rendre visite. Je courais le risque de tomber en route sur un parti d'Anglais, mais la providence nous a épargné cette rencontre.

— Sois le bienvenu, répondit monsieur de Noé. Cette maison est toujours la tienne, dois-je te le rappeler ?

— Vous avez toujours été pour moi comme un père, monsieur, je ne l'oublie pas. Ma fidélité et mon soutien vous sont acquis.

Je m'attendais à une embrassade. Ils s'en abstinrent. Monsieur de Noé distribua des ordres pour la préparation d'un repas digne de cet illustre convive.

Après avoir porté quelques santés avec le meilleur rhum de la plantation, le général nous informa d'une nouvelle renversante : il avait renoncé à servir Sa Majesté catholique et rendu ses galons au commandant général don Joaquin Garcia.

— Diable ! dit monsieur de Noé, voilà qui me surprend. Je te voyais déjà gouverneur de Santo Domingo.

Sourire de Toussaint...

— Vous me flattez, monsieur, mais cela n'entrait pas dans mes ambitions.

Il nous exposa les motifs qui l'avaient poussé à déserter l'armée espagnole. Malgré les services qu'il avait rendus à cette nation et en dépit des honneurs dont on l'avait comblé, on lui avait préféré, pour la conduite des opérations, son second, Biassou, jugé plus jeune et plus énergique que lui. Cette humiliation lui avait été insupportable. Il avait renvoyé ses galons au commandant général.

— De plus, monsieur, ajouta-t-il, j'avais honte, de cette horde de brigands pilleurs et violeurs qui se moquaient de la discipline. Et puis, pour tout dire, je répugnais à me battre contre des Français.

— Ces sentiments t'honorent, mais, à ce qui m'a été rapporté, tu n'as pas épargné nos concitoyens des Gonaïves.

Toussaint se gratta les joues d'un air embarrassé.

— J'en conviens, soupira-t-il, mais cette ville et ses environs étaient devenus un repaire d'esclavagistes. J'ai fait quelques exemples, et tout est rentré dans l'ordre.

J'intervins, dans un élan de flagornerie :

— Mon sentiment, général, est qu'un jour vous serez maître de cette île et que vous y ferez régner la justice. Tout le confirme : vos dons naturels, votre bon sens, vos qualités de meneur d'hommes, votre habileté politique... Je crois même qu'un jour, grâce à vous, Saint-Domingue sera une nation indépendante.

Je surpris un regard de monsieur de Noé destiné à me faire comprendre ce que ces propos avaient d'outrancier. Toussaint leva les bras en éclatant de rire.

— Vous tirez des plans sur la comète, monsieur Delacour. Je puis vous assurer que jamais de telles ambitions ne me sont venues à l'esprit. Je vais continuer à me battre contre les esclavagistes. La lutte sera longue et difficile, mais nous vaincrons, et je serai fier si mon nom reste attaché à cette victoire. Nous devrons d'abord nous débarrasser de Biassou, comme nous l'avons fait de Jean-François. Ils n'ont pas les qualités de leurs ambitions.

Au cours du repas, je me remémorai les propos d'un planteur ami de Sonthonax, qui avait fait du vieux Noir un portrait au vitriol. Toussaint, disait-il, avait répandu sur son concurrent, Biassou, des propos infamants et noué des intrigues pour le discréditer auprès des autorités espagnoles. Il avait proposé ses services aux Anglais sans cesser de donner des marques d'allégeance aux Espagnols. Il s'était vanté d'actes héroïques imaginaires pour se faire valoir et en tirer des subsides.

A propos des Gonaïves, la version du planteur différait de celle de Toussaint.

Après avoir pris la ville d'assaut, il avait procédé à un massacre de colons et, lui qui se prétendait royaliste, avait fait flotter sur la forteresse le drapeau de la Révolution. Selon le planteur, Toussaint Louverture n'était qu'un rapace, un *aigle noir* pour qui toute proie était bonne à saisir. Un fourbe, un criminel... Courageux ? Pas même ! Il n'était fort que de la faiblesse de ses adversaires et de ses ennemis. Il ne se disait solidaire des gens de sa race que pour mieux les asservir, le moment venu. Il l'avait bien montré sur ses propres domaines...

Que fallait-il retenir de ce fatras ? Ragots, calomnies ou témoignages fiables ? Je m'interrogeais. Ce personnage était-il une sorte de Janus au double visage : celui du champion des esclaves et celui du profiteur ? Celui du héros ou celui du bandit ? Ou partait-il de ce principe, vieux comme le monde, que la fin justifie les moyens ?

J'avoue que, durant des jours, j'allais tourner et retourner ces questions dans ma tête sans parvenir à une conclusion cohérente.

Au cours du repas, Toussaint se répandit en opinions doctrinales contre les partisans de l'esclavage. Il avait une vision lucide mais sommaire de la situation. Ce qui est certain, c'est qu'il avait lu dans leur intégralité les soixante articles du *Code noir*, de même que les décrets de l'Assemblée constituante et de la Convention.

J'ai gardé en mémoire l'essentiel de ses propos, malgré son élocution précipitée et hachée, souvent en créole truffé de bizarres interjections :

— Vous avez appris comme moi, monsieur, que la loi française déclare libre tout homme qui pénètre sur son territoire. Depuis que l'Eglise a admis que nous avons une âme, nous sommes donc des êtres humains à part entière. Il me semble dès lors logique que nous profitions de cette liberté. Eh bien, non ! Les colons ont décidé qu'il ne pouvait en être ainsi...

— Il y a des exceptions, protesta monsieur de Noé, et je me flatte d'en être !

— Soit, monsieur, mais vous n'êtes pas la majorité. La France refusant d'appliquer les principes qu'elle a elle-même édictés, nous sommes en droit de lui demander des comptes et, si nous n'obtenons pas satisfaction, de nous rebeller, au besoin de prendre les armes.

Sur la fin du repas, ayant abusé des vins de France, il avait bredouillé une sorte de pathos aux accents prophétiques :

— Sachez, monsieur, que je suis l'instrument de la justice et de la vengeance divines, et que mon ambition est de voir un jour la liberté et l'égalité régner sur cette île.

Il avait reçu du gouverneur général, monsieur Laveaux, une lettre le félicitant d'avoir renoncé à servir la Couronne d'Espagne et comptant sur lui pour l'aider à chasser les envahisseurs, d'où qu'ils viennent.

— Ce sera mon premier souci à dater de ce jour, monsieur, j'en fais le serment. J'ai des hommes, des armes et des munitions. La France est pour nous une mère ingrate, mais je la défendrai.

Je lui demandai d'où lui venait ce surnom : *Louverture.* Il éclata de rire.

— On m'a raconté, dit-il qu'un commissaire de la République, apprenant mes succès militaires, aurait déclaré : « Ce vieux général noir fait *l'ouverture* partout où il passe avec son armée. » Le mot m'a plu. Je l'ai adopté.

Nous avons appris à quelque temps de là par le docteur Lacroix, au cours d'une de ses visites routinières, une nouvelle qui dut réjouir Toussaint et donner des ailes à cet *aigle noir* : la Convention venait, après d'interminables débats, de décréter l'abolition de l'esclavage.

— Je me réjouis de cette décision, me dit monsieur de Noé, mais nous allons en faire les frais. Comment allons-nous, dépourvus d'argent liquide, avec des réserves pleines à craquer et qui se gâtent, être capables de rémunérer nos nègres ? Mais, après tout, à mon âge, que m'importe ? J'aurai connu cette grande victoire humaine avant de passer l'arme à gauche.

Toussaint ne s'était pas attardé aux Palmistes. Il nous avait quittés dans l'après-midi, ivre et tenant avec peine à cheval, malgré les dangers d'une marche de nuit à travers la montagne, en affirmant qu'il pouvait fort bien dormir en selle sans risquer de chuter. Il nous avait présenté son secrétaire, un prêtre, l'abbé Coisnon, naguère précepteur de ses enfants.

La cinquantaine passée, il avait déjà, avec ses épaules voûtées, sa démarche hésitante, ses cheveux grisonnants sous la perruque de mauvais crin, l'allure d'un vieillard. Il émanait pourtant de ce meneur d'hommes une énergie juvénile qui faisait de sa troupe d'environ quatre mille Noirs un modèle de cohésion et de discipline.

Avant de mettre le pied à l'étrier, il nous avait lancé d'un air joyeux, en caressant l'encolure de Bel-Argent :

— Mes amis, je ne tarderai pas à vous donner de mes nouvelles : le temps de botter le cul aux Anglais et aux

Espagnols, et de les expulser. Ensuite, place à la politique...

Imitant un nègre convaincu que l'abolition allait résoudre ses problèmes, il avait ajouté en créole, avec des grimaces :

— *Moé plus esclave, moé plus travayé. Li Noir pas besoin. Li mangé patate, li mangé banane. Blanc mangé pain, li travayé.*

Une traduction ne me paraît pas nécessaire...

Parfois, dans les semaines et les mois qui suivirent, lorsque je levais les yeux au ciel, je m'attendais à voir se détacher d'un morne et fondre jusqu'à nous, ailes largement déployées, un vol d'aigles noirs.

L'accord dont nous étions convenus, monsieur de Noé et moi, quant au sage parti de remettre la date de nos fiançailles en raison des événements, allait susciter la surprise et la colère de Lydie.

Son père m'avait chargé de lui annoncer cette décision. Lorsque je le fis, en prenant Lydie dans mes bras, elle blêmit, se détacha brutalement de moi, et, me tournant le dos, se mit à grignoter la croix d'argent de son collier. J'avais supposé qu'elle accepterait ce contretemps comme Ana l'avait fait avant elle : avec philosophie. Ah, ouiche ! Elle allait me détromper.

L'orage éclata avant même que j'eusse le temps de lui donner les motifs de cette résolution.

— Encore une de tes manœuvres dilatoires... me dit-elle d'une voix grinçante. Je suppose que tu auras encore de bonnes raisons à me fournir, mais sache que je ne suis pas dupe. Tu m'acceptes comme maîtresse mais tu me récuses comme femme. Serais-tu déjà las de moi ? Eh bien, je t'écoute !

Elle se laissa tomber dans un fauteuil. Lorsque je m'agenouillai devant elle et tentai de lui embrasser la main, elle me repoussa vivement en s'écriant :

— Debout, s'il te plaît !

D'une voix calme, je lui donnai les motifs de cette décision. Le fait que l'idée vînt de son père parut la rasséréner.

— Il n'empêche, fit-elle. Cela est absurde ! Je sais que nous vivons des moments difficiles, mais qui ne risquaient en rien de compromettre nos fiançailles et notre mariage. Sache que, quoi qu'il advienne et quoi que tu en penses, je refuserai de vivre séparée de toi.

— Douterais-tu qu'il en soit de même pour moi ? Hélas, nous ne sommes pas maîtres des événements.

— Au moins pouvons-nous leur tenir tête ou les contourner. On arrive à faire dévier le cours des rivières et des torrents et, si le navire est sûr, on arrive à lui faire braver les pires tempêtes.

Lydie m'avait entraîné sur son terrain de prédilection : le sentiment, avec toute sa batterie de métaphores. Elle y était imbattable, quitte à s'abandonner à un romanesque de pacotille. Je la sentis si tendue que je n'osai la contrarier, de crainte de voir se briser en elle le ressort qui la soutenait au bord de la crise de nerfs.

Je dus lui promettre d'intervenir auprès de son père pour que la date de nos fiançailles fût maintenue. Il haussa les épaules et soupira :

— Je reconnais bien là ma fille. Eh bien, soit ! puisqu'il le faut, nous en passerons par sa volonté. Reste à souhaiter que je sois présent à cette fête.

Comme je me montrais choqué de cette restriction, il me parla de la dernière visite du docteur Lacroix.

— Je suis plus malade qu'il n'y paraît, Julien. Si j'en crois notre médecin, il me reste quelques semaines à vivre, deux mois tout au plus. Il ne te cachera pas mon état si tu le lui demandes, mais pas un mot à Ana et aux filles. Je ne veux pas leur occasionner un chagrin prématuré.

J'eus un entretien avec le docteur Lacroix, en qui j'avais confiance. Avant de céder à l'attrait de l'exotisme, il avait exercé ses talents dans la marine, à Bordeaux et à Nantes et se flattait d'avoir soigné quelques personnages célèbres de ces provinces. Une fois par semaine, il se rendait aux Palmistes pour une visite contractuelle. Il auscultait toute la famille, nos serviteurs, les Noirs malades ou blessés de la plantation et pratiquait parfois des accouchements. Comme il était toujours de bonne humeur et aimait plaisanter, les Noirs l'avaient surnommé Docteur-Sourire.

Quand je lui demandai de me révéler le véritable état de santé de son principal patient, il hocha gravement sa grosse tête coiffée d'une couronne de cheveux prématurément blanchis et essuya son lorgnon.

— Je puis vous révéler que ce vieil ami est plus gravement malade que vous et lui-même ne le supposez.

— Le cœur ?

— Le cœur, oui, mais il y a autre chose : un squirre à l'anus, dont il souffre depuis des mois, sans m'en avoir rien dit. Aujourd'hui, toute intervention serait vouée à l'échec. D'ailleurs, les Anglais ont volé le matériel qui m'aurait été nécessaire.

— Combien de temps lui reste-t-il à vivre ? Il m'a parlé de deux mois tout au plus.

— Tout ce que je puis vous dire, c'est qu'il ne sera plus là pour fêter Noël.

Le mal dont souffrait monsieur de Noé s'aggrava dans les jours qui suivirent la dernière visite de Lacroix.

En l'espace de deux semaines, il avait perdu une vingtaine de livres. Comme il n'avait jamais eu de tendance à l'embonpoint, il était quasiment réduit à l'état de squelette. Pour nous rassurer, il refusait de garder le lit, conservait sa belle humeur et s'efforçait de vivre sans changer ses habitudes.

Chaque matin, il partait inspecter son domaine, s'entretenait avec Julius, visitait ses nègres malades. Il avait renoncé à faire à pied cette démarche pour monter dans une carriole attelée d'un mulet. Lydie ou moi l'accompagnions.

Vint le jour où il dut renoncer à ces promenades, qui occupaient deux à trois heures de la matinée. Elles lui permettaient de voir et de toucher au plus près la réalité de ses gens et de ses biens. Il faisait pitié. Lorsqu'il s'essayait à sourire, son visage se craquelait comme un vieux parchemin.

— A force d'insister, me dit Ana, j'ai fini par apprendre la vérité sur l'état de notre malade. Je m'inquiète surtout pour ceux qu'il va laisser à sa mort.

Pour ce qui la concernait, elle pourrait trouver sans peine à se placer chez un autre planteur de nos amis, mais qu'allait-il advenir des filles, Hélène, encore adolescente, et Chloé ?

— Sachez, lui dis-je, que je ne les abandonnerai pas. Je tiendrai ma promesse d'épouser Lydie, et peut-être, à nous deux, avec vous si vous y consentez, nous pourrons maintenir le domaine en exploitation. Si nous n'y parvenons pas, je retournerai en France avec mon épouse et avec ses sœurs si, d'ici là, elles n'ont pas trouvé un parti.

Nous n'avions pas à nous soucier des deux neveux de monsieur de Noé, Charles et Victor : ils défendaient nos couleurs, au Cap, dans ce qui restait de la petite armée française.

— Dieu vous entende, me dit Ana.

Et elle m'embrassa.

Notre malade souffrit tant, au cours de la semaine qui suivit, que nous souhaitions, le docteur Lacroix en premier, qui lui administrait des doses d'opium, qu'il en finît au plus tôt. Conscient du caractère inexorable de son état, monsieur de Noé nous prodiguait consignes et conseils. Il avait pleinement confiance en Julius et comptait sur lui pour assurer la bonne marche de la plantation après sa mort.

Monsieur de Noé mourut dans les premiers jours de septembre, après quelques jours d'atroces souffrances.

Il avait sollicité la présence du docteur Lacroix et d'un prêtre. Ils étaient venus dans la même voiture et avaient accompli leurs offices respectifs. Il avait insisté pour vivre ses derniers moments non dans sa chambre mais sous la véranda, de manière que son ultime regard fût pour son horizon familier : la grande vallée ouvrant sur les lointains de la mer, les mornes où des aigles tournoyaient au milieu des nuages, et, entre les deux, l'espace paisible de la plantation d'où montaient les chants des nègres coupeurs de canne.

Nous avions compris que la fin était imminente quand il se mit à délirer en prononçant des mots sans suite.

Ana lui avait fermé les yeux, l'avait fait ramener dans la pénombre de sa chambre pour faire sa toilette funèbre, le vêtir de son plus beau costume et lui nouer un chapelet entre les mains.

J'avais admiré le courage de cette jeune femme : elle n'eut pas une larme, alors que Chloé, Lydie, Hélène, de même que Manon et les autres domestiques s'abandonnaient à leur chagrin. Durant toute la journée, cela avait été un défilé incessant d'esclaves de la plantation, les femmes jouant leur rôle de pleureuses, certaines avec conviction, d'autres avec talent. Monsieur de Noé avait été un bon maître.

En raison de la chaleur, nous avons dû sans attendre inhumer le corps de monsieur de Noé à l'arrière de la maison, dans le bois d'eucalyptus où il aimait se promener, seul ou avec ses chiens. Comme il souhaitait, disait-il, être au plus près de sa terre, nous l'avons simplement enveloppé d'un linceul. Nous avons respecté cette autre volonté : pas de pierre tombale mais un simple tertre planté d'une croix de bois, portant dans un cartouche son nom et les dates de sa naissance et de sa mort. Ana y déposa quelques fleurs et le fit limiter par une bordure de pierre. C'était le moins que l'on pût faire. Monsieur de Noé n'avait pas le goût des solennités post mortem.

Le lendemain, persuadé qu'il serait sensible à cette attention, j'envoyai Julius, escorté de quelques nègres armés de fusils, apporter à Toussaint la triste nouvelle. J'avais fait de même, par courrier, pour les neveux. C'était une mission dangereuse, mais je ne pouvais y renoncer. Entre les Palmistes et les Gonaïves, la contrée était parcourue par des bandes de Noirs déserteurs, qui ne faisaient pas la différence entre Anglais et Français.

Les jours passèrent sans que cette escorte reparût. Un matin, un nègre émergea de l'allée de palmistes et vint s'abattre sous la véranda. Je reconnus Anibal, un Wolof de l'atelier du tabac. Ses vêtements étaient en lambeaux ; il portait des blessures au visage et sur le corps. Une rasade de rhum lui fit retrouver ses esprits et la parole.

Ce qu'il parvint à nous raconter nous fit frémir d'horreur. L'escorte avait été attaquée sur le retour, dans les parages des Vervettes. Une bande d'une cinquantaine de nègres étaient tombés sur eux comme la foudre. Ils en avaient abattu quelques-uns, mais tous les hommes de Julius avaient été massacrés. Lui, Anibal, n'avait survécu qu'en faisant le mort. A travers ses paupières mi-closes, il avait assisté à des scènes d'horreur, que la décence m'interdit de détailler.

Je le fis transporter dans la caye restée libre du vieux Salomon et le confiai à Manon, afin qu'il fût soigné et ne manquât de rien.

J'avais implicitement relayé monsieur de Noé pour veiller sur la plantation. Lorsque Anibal fut de nouveau sur pied, je lui confiai le rôle de commandeur, en remplacement de Julius.

Personne n'y trouva à redire, comme si cela allait de soi. Les nègres m'avaient adopté. Je partais rarement dans mes prospections naturalistes sans passer par les larges allées qui traversent les champs de canne. Le coffret que je portais en bandoulière m'avait fait surnommer Docteur-Valise. Il est vrai que l'on faisait parfois appel à moi pour des maux bénins, que je soignais par les plantes, avec plus ou moins de succès.

Aidé par Ana et Lydie, je me plongeai dans les registres du planteur un peu négligent qu'avait été monsieur de Noé. Il passait plus de temps à la lecture des gazettes et des philosophes qu'à apurer sa comptabilité. Quand je lui en faisais grief, il réagissait avec vivacité.

— Fiche-moi la paix ! Je consacre beaucoup de temps à mes affaires et m'en tire assez bien pour qu'on n'ait rien à me reprocher.

J'éprouvai une surprise désagréable en constatant l'existence de prêts à des amis planteurs, dont il avait, intentionnellement ou non, omis de réclamer le remboursement, ou encore de dettes qu'il avait oublié d'honorer, sans doute par étourderie. Il possédait en France des immeubles dont les locataires faisaient attendre le paiement de leur loyer depuis des années.

Lydie gémissait :

— Nous ne viendrons jamais à bout de cette situation. Pourquoi a-t-il toujours refusé le secours d'un secrétaire ?

Nous avions l'impression de sonder un puits sans fond d'où n'émergeaient que des ombres et d'où montaient des odeurs nauséabondes.

— Nous courons à la ruine… soupirait Lydie. Si l'administration coloniale s'intéresse à ces paperasses, nous risquons un procès et la confiscation de nos biens.

Je la rassurai de mon mieux : l'administration, en pleine déliquescence, avait d'autres soucis que la comptabilité des colons. Alors que nous n'évoquions plus cette perspective, je fus le premier à lui rappeler ma promesse de l'épouser. Elle n'y fit pas obstacle, ajoutant que nous nous passerions de fiançailles, une cérémonie qu'elle jugeait superflue étant donné nos rapports.

C'est le curé de Port-au-Prince qui vint nous donner sa bénédiction dans l'intimité, le décès de monsieur de Noé étant trop récent pour envisager un grand mariage.

J'aurais aimé que ce fût le père Durieux qui vînt nous unir, mais il avait dû quitter Saint-Domingue et je n'avais pas de nouvelles de lui. Il m'avait sûrement oublié, tout comme cette relation de traversée, Sophie Alambre, dont le souvenir brûlait encore en moi comme la lumière du saint sacrement.

Je constatai que monsieur de Noé, s'il n'avait pas cédé au mirage des Iles, aurait pu mener en France une existence de nabab, à condition que les jacobins l'eussent ignoré. Les actions qu'il avait contractées auprès des compagnies négrières de Nantes, Bordeaux et La Rochelle se montaient à des sommes importantes. Il était propriétaire, à Paris et à Rouen, de quelques immeubles qui auraient pu lui assurer une fin de vie princière. Il était de ces favoris de la chance dont le laxisme, l'incompétence ou les deux ensemble n'entament en rien le plaisir de vivre et constituent même une sorte de paravent contre les revers de l'existence. La providence favorise parfois les innocents.

Nous recevions de temps à autre, indirectement, des nouvelles de Toussaint.

Il semblait désireux de justifier son surnom de Louverture. Par ses harcèlements et ses coups de main, il s'efforçait de rendre l'occupation anglaise précaire. Il jouait avec habileté de la surprise, évitant les affrontements directs avec les tuniques rouges et leur artillerie, devant lesquelles il n'aurait pu tenir. L'idée l'avait effleuré de tenter un assaut contre Port-au-Prince. Il y avait sagement renoncé, mais la reconquête de cette capitale du Sud devait l'obséder.

Passé la cinquantaine, ce diable d'homme paraissait infatigable et doué du don d'ubiquité. Faisait-on courir le bruit qu'il allait se rendre à Petit-Goâve ? Il se trouvait avec sa troupe à l'Anse-à-Veau. Le croyait-on en train de traverser la montagne de la Hotte ? Il fêtait, à Baynel, la prise de canons anglais. Les détachements que l'ennemi envoyait à sa rencontre revenaient bredouilles ou décimés après une embuscade.

C'est ainsi que se forge une légende. La réputation acquise sur les champs de bataille est moins pérenne que les escarmouches qui ont pour théâtre le grand large de la forêt ou de la savane. La première se transmet par des livres que peu de gens liront ; la seconde par voie orale, et tous l'écouteront.

Nous apprîmes par le docteur Lacroix que le général Biassou avait été tué dans les parages du Cap-Français, au cours d'un engagement contre une colonne commandée par un officier de Toussaint. Restait pour le vieux général noir à poursuivre et à châtier l'autre de ses anciens lieutenants, Jean-François. Il avait la rancœur tenace.

Jean-François avait reçu du gouverneur général Laveaux un message lui demandant de rompre son engagement avec les autorités espagnoles ; il y avait répondu par la négative, avec l'insolente fierté d'un pur Castillan. Il ne croyait pas au mirage de l'abolitionnisme et avait écrit : « J'y croirai lorsque les Blancs consentiront à donner leurs filles en mariage à des Noirs. »

Il se trouva en fâcheuse position lorsque le traité de Bâle imposa à l'Espagne la cession de la partie orientale de Saint-Domingue à la France. Renonçant à se soumettre, il effectua encore quelques fières ruades. Avant d'évacuer la cité frontalière de Fort-Dauphin, c'est à lui que les Espagnols, reconnaissants de ses bons offices, remirent leurs canons.

Ce traité, qui scellait la paix entre la France et l'Espagne, allait faire du général Jean-François le principal adversaire de Toussaint pour la défense de la cause abolitionniste. Leurs vues différaient sur ce chapitre, mais essentiellement pour des questions de préséance. Après la mort de Biassou, ils restaient, pour les autorités françaises, les seuls interlocuteurs fiables et armés.

Toussaint s'émut de la rumeur selon laquelle Jean-François aurait eu des entretiens avec le commandant anglais de Mirebalais. Si elle était exacte, il aurait en face de lui deux ennemis au lieu d'un. Il y avait de quoi se faire du souci.

Il fut soulagé d'apprendre, peu après, que Jean-François, personnage versatile, renonçant à une alliance avec les Anglais, était revenu aux Espagnols et avait pris avec eux la route de l'Espagne. Il exulta lorsqu'il découvrit que son navire avait été pris au large des Bahamas par des pirates et que l'on n'avait pas de nouvelles de lui.

La page tournée, débarrassé de deux compétiteurs, Toussaint allait poursuivre sa lutte et tenter de libérer une fois pour toutes l'île des Anglais.

Monté sur son cheval blanc, Bel-Argent, sans relâche sur le qui-vive, il ne tenait en selle, disait-on, que par l'opération du Saint-Esprit. Payant de sa personne en toute circonstance, il donnait à ses hommes l'exemple du sacrifice.

Les autorités révolutionnaires ne se montrèrent pas ingrates envers cet ancien esclave, certes fidèle au roi martyr et longtemps attaché au système esclavagiste, mais qui venait de donner des marques de fidélité à la France.

Il accepta l'invitation qui lui fut faite par la Convention d'envoyer à Paris, pour y être éduqués et instruits aux frais de la République, deux de ses enfants adolescents, Isaac et Placide.

Cette faveur insigne allait s'accompagner de quelques autres bienfaits : un grade de général, un titre de co-gouverneur de Saint-Domingue, un sabre d'honneur, des distinctions diverses, des présents en objets d'art et en caisses de vin.

Le gouverneur général Laveaux avait de bonnes raisons de ménager cet auxiliaire.

Au cours d'une tournée d'inspection, il avait été enlevé par un groupe de rebelles qui l'avaient brutalisé et caché dans la montagne comme otage. Informé de ce coup de main, Toussaint avait monté une expédition et, après une bataille qui lui avait occasionné des pertes sérieuses, l'avait délivré.

Toussaint se heurtait souvent au scepticisme des Noirs qui doutaient d'être un jour des citoyens libres. Lors d'un entretien avec des esclaves affranchis, il avait jeté dans une jatte de terre une poignée de grains de haricots noirs et une pincée de blancs. Il avait déclaré, après les avoir mélangés :

— Regardez bien, mes amis, et dites-moi ce que vous voyez. Je ne vois quant à moi que des haricots noirs avec, ici et là, quelques blancs. Il en est de même pour notre île : beaucoup de Noirs et très peu de Blancs. Alors il faut renoncer à subir passivement des humiliations et à accepter de tendre vos fesses au fouet. Le temps de notre esclavage est terminé. Nous sommes des citoyens libres. Si l'on s'avisait de vous priver de votre liberté, que feriez-vous ?

— Nous nous battrions pour la défendre !

— Jusqu'à la mort ?

— Jusqu'à la mort !

Toussaint avait le don, par le symbole et quelques phrases banales, de ranimer chez ces créatures frustes les feux de la colère et l'espoir de la vengeance. Il le faisait dans cet idiome créole que ses congénères comprenaient mieux que le français.

Je me souviens de propos qu'il m'avait tenus jadis à ce sujet :

— Mon grand regret, monsieur Julien, c'est de ne pas écrire et parler correctement votre langue, malgré l'éducation que m'ont donnée les religieux. Il y a un mot, en français, pour dire qu'on écrit comme on parle...

— Phonétiquement.

Il avait répété trois fois ce mot difficile pour lui, comme pour le graver dans sa mémoire, et avait ajouté :

— Vous allez me juger bien prétentieux, monsieur Julien, mais j'aimerais raconter ma vie. Tant d'événements et de personnages l'ont traversée et tant d'autres vont peut-être le faire qu'il y aurait matière à un livre, mais je devrais me faire aider. Un jour peut-être, la retraite venue, si Dieu me prête vie...

Ces événements, il n'allait pas les subir mais les susciter, avec des intentions précises : faire respecter le décret d'abolition, donner à Saint-Domingue une Constitution, devenir gouverneur général, avec, en filigrane, cette idée qui avait l'aspect d'une utopie : l'indépendance.

Une République noire... La première du monde ! Il en rêvait. Il n'ignorait pas qu'il aurait à affronter non seulement la France qui n'accepterait pas de gaieté de cœur de se séparer de la plus riche de ses colonies, mais aussi des puissances négrières, qui verraient là une provocation et un exemple néfaste à leurs propres intérêts.

Et pourtant, lui, Toussaint, avait gardé une sorte de nostalgie diffuse des temps révolus où les colons étaient les maîtres de la Grande Ile. Il est vrai qu'il n'avait pas connu la rigueur et la cruauté des commandeurs, la chicotte et l'estampage. Recueilli par monsieur de Noé, il avait bénéficié d'un régime de faveur.

Il m'avait parlé longuement de cette île qui, avant les troubles intérieurs et les guerres extérieures, ruisselait de richesses. Qu'il soit un jour le maître de Saint-Domingue, et il ferait en sorte que son rêve se réalisât.

— On pourrait, me dit-il, produire des céréales, le blé notamment, que la colonie importe à grands frais des Etats-Unis, les Blancs préférant le pain à la cassave. On pourrait, en développant l'élevage, se passer du beurre salé de la Nouvelle-Angleterre. Pourquoi a-t-on accordé si peu d'intérêt à la culture des épices, qui ont fait la richesse des îles Mascareignes ? De même pour le miel...

Alors que nous faisions quelques pas dans le jardin d'Ana, il m'avait confié qu'il rêvait d'une rose qui aurait la couleur noire.

— Vous qui êtes un savant, croyez-vous que ce soit possible ?

— On a créé de nouvelles variétés de roses, mais jamais encore de cette couleur. Rien ne dit pourtant que ce soit irréalisable. Si l'on y arrive et que je sois encore de ce monde, je ferai en sorte qu'elle porte votre nom...

La fortune de Toussaint avait profité de sa gloire. Certains avançaient même qu'elle était la plus considérable de l'île côté français, la partie espagnole étant peu productive.

Je savais qu'entre Plaisance et Grande-Rivière il était propriétaire d'un domaine important, mais j'ai longtemps ignoré qu'il en eût d'autres dans les parages des Gonaïves.

Comment s'était-il procuré ces terres ? En expropriant des planteurs émigrés en Grande-Bretagne au cours des premières insurrections ? Grâce à l'or volé aux Espagnols lorsqu'il était leur général ou à des subsides des autorités françaises ? Je n'ai pu en avoir le cœur net.

Le traité de Bâle ayant mis l'Europe l'arme au pied, la noria des navires avait repris. Ils nous apportaient du courrier, des soldats, des fonctionnaires et diverses marchandises qui nous faisaient défaut ; ils repartaient chargés de notre sucre et des autres produits de la colonie qui s'étaient entassés durant des mois dans les magasins. J'imagine ce qu'eût été la joie de monsieur de Noé au spectacle de cette reprise.

En France, la chute de Robespierre et de Fouquier-Tinville avait sonné le glas de la Terreur. Dans les territoires de l'Ouest, la rébellion royaliste s'essoufflait et l'expédition des émigrés à Quiberon avait été un échec sanglant. Promu général en chef de l'armée d'Italie, Napoléon Bonaparte volait de victoire en victoire pour contraindre l'Autriche à revenir à la frontière naturelle du Rhin. Devenu célèbre, il avait épousé une capiteuse créole de la Martinique, Joséphine Tascher de La Pagerie, veuve du vicomte de Beauharnais, mort sur l'échafaud.

La fin de la tyrannie avait ressuscité les démons réactionnaires. On avait vu sortir des coulisses d'étranges créatures nostalgiques de l'Ancien Régime, muscadins, merveilleuses, chevaliers du poignard, et la Terreur blanche succéder à la rouge. Le nouveau gouvernement, le Directoire, naviguait au jugé entre les courants et les récifs.

Aux Palmistes soufflait un vent nouveau.

La conduite de la plantation m'incombant pour la plus grosse part, je ne trouvais plus de temps à consacrer à mes recherches. Levé avec l'aube, je parcourais le domaine à cheval puis m'enfermais dans le cabinet de monsieur de Noé pour les comptes et le courrier. La chaleur y était insupportable, malgré le plumasseau qu'un négrillon somnolent agitait au-dessus de ma tête.

Lydie avait dû renoncer à m'aider, du fait d'une grossesse qui la ravissait mais l'indisposait. J'avais, pour m'assister, fait appel à un mulâtre, Sosthène, que j'avais déniché à Léogane. Il savait lire, écrire et surtout compter, ce qui m'épargnait certaines corvées. J'avais en Anibal un commandeur sérieux, actif et humain.

Un matin d'août, j'étais occupé à lire une gazette de France proclamant les victoires de Bonaparte en Italie et son entrée dans Milan, lorsqu'un groupe de grenadiers à cheval se présenta. Ils venaient de la part du général Toussaint Louverture, porteurs d'un message.

Toussaint se trouvait à Port-au-Prince d'où il me conviait à un rendez-vous pour la fête appelée à célébrer l'éviction des Anglais du général Whitelocke. Je lui transmis mon accord, avec mes respects.

Lorsque j'informai Lydie de cette invitation, elle refusa de m'accompagner, sous prétexte que ce voyage constituait un risque pour sa santé et celle de notre enfant. Hélène, en revanche, bondit de joie lorsque je lui proposai de me suivre. C'était, pour cette belle adolescente de seize ans, sa première apparition *dans le monde.*

Nous partîmes de bon matin, dans le chant des colibris, des mangos et des tourterelles. Le reliquat de la pluie tropicale de la veille accrochait ses nuages au sommet des mornes, entre lesquels se dessinait une frange de mer éblouissante.

En chemin, je laissai les rênes de notre cabriolet à Hélène et lui parlai de Port-au-Prince, qu'elle connaissait peu.

Elle trouverait, lui dis-je, une ville de près de vingt mille habitants, animée d'une vie intense, notamment dans les quartiers proches du port, où, malgré une entrée dangereuse pour les navires de fort tonnage, le trafic maritime avait repris. Le centre était partagé en îlots appelés *carrés*, et une vingtaine de rues. La plupart des maisons étaient en bois, avec une saillie qui protégeait les trottoirs. Je promis de lui montrer le port, la cathédrale, l'arbre de la Liberté, le palais du Gouvernement, la place d'Armes, la fontaine, les boutiques et quelques belles demeures de pierre...

Le trajet nous prit moins de deux heures.

Quand nous arrivâmes, la chaleur était déjà pesante, malgré les premiers souffles d'alizé qui caressaient les pentes verdoyantes. Nous longeâmes les quais qui sentaient le goudron, les épices et le tabac. Des dames blanches ou métissées, à la toilette chamarrée, coiffées du madras, attendaient dans leurs cabriolets, sous une ombrelle tenue par un négrillon, les passagers du vaisseau qui venait de jeter l'ancre.

Les rires étouffés, les exclamations de surprise d'Hélène me ravissaient. Elle m'avoua qu'elle avait longtemps souhaité cette visite. Son père la lui avait promise mais n'avait pas tenu parole. La dernière fois qu'elle avait fait ce voyage, elle n'avait pas douze ans et ses souvenirs étaient confus.

Je lui avais confié une escarcelle contenant quelques *escalins* à distribuer aux négrillons qui n'allaient pas manquer de nous harceler. Ils furent bientôt une nuée, si bien que je dus les menacer de ma badine pour qu'ils nous laissent avancer.

A peine étions-nous entrés dans le palais, Hélène alla de surprise en ravissement. Notre présence avait suscité la curiosité de la foule qui se pressait dans le salon de réception, une immense salle ornée de lambris, de fresques naïves, de candélabres et de meubles somptueux. On fit à ma compagne compliment sur sa grâce juvénile et sa toilette préparée par Ana. Certains la prirent pour mon épouse ; il est vrai qu'on pouvait s'y tromper, car elle était presque aussi grande que moi, qui suis de bonne taille, avec des allures de femme, malgré une certaine gaucherie.

Toussaint, en grand uniforme, la poitrine constellée de médailles et d'une cocarde, coiffé d'une perruque poudrée à blanc, les yeux embués d'émotion, nous serra contre sa poitrine.

— Je regrette, me dit-il, que mon maître ne soit pas de cette fête, mais il est chaque jour présent dans mes pensées. Votre venue me console de son absence. Vous êtes ici chez vous. Permettez que je vous présente à quelques notables...

Il se posait moins en général qu'en gouverneur *in partibus*. Autour de lui, comme dans son bol de haricots, les Blancs et les mulâtres étaient rares et formaient des groupes, peut-être des clans.

Je passerai sur les détails de cette réception digne de la métropole, sur le repas princier et les discours suivis de toasts, qui dura tout l'après-midi et s'acheva par un bal animé par un orchestre de musiciens blancs, noirs et mulâtres.

J'avais vainement cherché des yeux Chloé et le jeune lieutenant, qu'elle avait épousé quelques mois avant le décès de monsieur de Noé. J'appris qu'il avait été muté à Fort-Dauphin, où elle l'avait suivi. Hélène en fut fâchée, mais oublia vite sa déception.

Au cours de cette soirée dansante, je constatai avec plaisir que ma compagne était l'objet de sollicitations de la part de fils de colons et de jeunes militaires, et qu'elle exécutait à ravir les danses que lui avaient apprises Lydie et Chloé. Elle jouait avec virtuosité de son éventail pour accepter ou refuser une invitation.

Lorsque je lui demandai si elle avait fait son choix parmi ces danseurs, elle me jeta un baiser sur la joue et m'avoua son dépit : aucun ne lui plaisait vraiment. Elle les jugeait prétentieux, bavards, lourdauds, parfois insolents.

— Aucun, vraiment ?

Elle haussa les épaules : un seul avait retenu son attention, un officier de dragons ou de grenadiers, elle ne savait, qui lui avait récité un poème de Ronsard : *Mignonne, allons voir si la rose...*

Toussaint s'était proposé de nous héberger, mais j'avais réservé une chambre à l'auberge du Pot d'Etain, en marge du port. Je ne tardai pas à m'en repartir : durant toute la nuit, la rue retentit de chants et de querelles d'ivrognes ; notre couche avachie nous changeait des matelas de cardasse des Palmistes, et l'absence de moustiquaire nous livra aux attaques des maringouins et autres bestioles.

Le lendemain, à sa requête, je retrouvai Toussaint dans son cabinet, entouré de son secrétaire, l'abbé Coisnon, de trois officiers et d'une négresse qui agitait le plumasseau en fumant la pipe.

M'ayant fait asseoir, il me dit d'un air grave :

— Monsieur Julien, si j'ai tenu à vous voir en particulier, c'est en raison d'un danger qui vous guette.

Il me révéla que le Sud n'avait pas été purgé entièrement des bandes de nègres rebelles, peu nombreux mais redoutables. Agissant pour leur propre compte, ils vivaient de pillage et se livraient parfois à l'incendie et au massacre. La semaine passée, une plantation de la Caye-Carnière avait reçu leur visite ; ils avaient tout détruit de fond en comble, violé les femmes et les filles, tué les maîtres et leurs domestiques...

— Je ne voudrais pas, me dit-il, qu'il vous arrive la même chose. Je connais bien le chef de ces bandits, Socrate, surnommé Sans-Nez, mutilé par un planteur pour un larcin. Il a trouvé refuge, avec une centaine de Noirs, aux Mornes-Rouges, un endroit pas très éloigné des Palmistes. J'ai tenté de le déloger, mais il est campé là comme dans une forteresse.

— Que pourrait-il nous faire ? Il n'a pas à se plaindre de nous, que je sache ?

— Détrompez-vous. Monsieur de Noé a été contraint de le faire fouetter par Julius. Ce devait être pour une faute grave, car mon maître n'usait pour ainsi dire jamais de ce châtiment. Il a quitté les Palmistes pour aller je ne sais où. Cela remonte à deux ou trois ans, mais il n'a pas dû oublier.

Il ajouta :

— Vous allez devoir rester sur le qui-vive. Je vais vous confier une vingtaine de mes hommes bien entraînés et armés. Leur hébergement et leur entretien seront à votre charge. Il faudra prévoir des patrouilles, de nuit et de jour, de nuit surtout. Autre conseil, mon ami : si ces misérables vous attaquent, faites taire votre conscience et tirez sans vous poser de questions. Eux n'hésiteront pas.

Il me dit en prenant congé :

— Quoi qu'il advienne, sachez que vous aurez toujours mon soutien. Pardonnez-moi de ne pas vous retenir plus longtemps : je dois présider un conseil...

Sur le chemin du retour, je cachai mes inquiétudes à Hélène. Elle, d'ordinaire réservée, pépiait comme un colibri. Elle m'avoua qu'elle avait gardé un souvenir ébloui de la réception, du repas, et surtout du bal. Elle avait appris à danser la valse et en était encore tout étourdie.

— Dis, Julien, reviendras-tu bientôt à Port-au-Prince ?

— Cela se pourrait.

— M'emmèneras-tu ?

— Peut-être...

Nous arrivâmes aux Palmistes à la tombée du jour, suivis de peu par le groupe de vingt hommes promis par Toussaint et commandés par un jeune lieutenant noir, Nestor. Au cours du souper, j'avertis la famille et notre secrétaire, Sosthène, du danger que nous courions, afin d'éviter toute imprudence.

— Il faut que nous soyons prêts, au cas où ces bandits nous attaqueraient. Je veux que vous ayez tous, pour vous défendre, un fusil et un pistolet. Nous allons procéder à des exercices.

— Je sais me servir d'une arme, dit Ana.

— Moi, fit Lydie, j'apprendrai.

— Et moi de même... ajouta Hélène.

7

Cette nuit-là…

La prudence aurait voulu qu'Ana, Manon et les deux filles de monsieur de Noé aillent trouver refuge à Port-au-Prince pour se mettre sous la protection de Toussaint. Elles s'y opposèrent, disant que j'aurais plus que jamais besoin d'elles. J'eus tort de ne pas insister.

Chaque jour, je leur imposais des exercices de tir, sous la conduite du lieutenant Nestor. Ce n'était pas pour elles une épreuve mais un plaisir. Peu habile au maniement d'une arme, quelle qu'elle soit, j'y participais moi-même, mais sans grand succès. Popo, lui, faisait assaut de réussite avec Ana.

Tout semblait calme, comme d'ordinaire. Bien qu'informés par Anibal, notre commandeur, de l'éventualité d'une attaque, les Noirs poursuivaient leur tâche, et nous n'eûmes pas à regretter la moindre défection. Il est vrai que, les affaires ayant repris, nous avions affranchi de nombreux esclaves et, en attendant des mesures plus précises, conçu un système de rétribution pour les meilleurs de nos *ouvriers*.

Je ne tardai pas à surprendre, entre Hélène et Nestor, l'éclosion d'une idylle. Au cours des exercices de tir, il lui témoignait plus d'attention qu'aux autres et répétait ses conseils avec des frôlements équivoques. Lorsque j'alertai Ana, elle me répondit avec son flegme ordinaire :

— Croyez-vous que cela m'ait échappé ? Eh bien, qu'y pourrions-nous trouver à redire ? Qu'Hélène se plaigne de ces assiduités, et alors nous aviserons.

Lydie se montra plus sévère.

— Ma sœur n'a pas repoussé les avances des Petits Blancs de Port-au-Prince pour s'enticher d'un Noir, même avec du galon ! Ana, il va falloir mettre fin à ce manège.

— Je ne suis pas votre mère, Lydie, et toi tu es sa sœur. Alors, à toi de lui parler.

J'intervins avant que le débat aille plus loin. Il serait prématuré d'attacher de l'importance à ce qui pouvait n'être qu'un jeu. Après tout, Nestor n'était pas un nègre comme les autres ; il était beau, il était officier...

— Et il a une voix agréable, ajouta Lydie, nous le savons tous, mais c'est un nègre !

Un soir, accompagné au clavecin par Hélène, Nestor nous avait chanté un air créole d'une ample voix de baryton. Je me souviens des paroles ; je les ai notées sur un calepin.

C'est li mo lé, c'est li ma prend
Li pas mandé la chaîn' dorée
Li pas mandé mouchoir madras
C'est li mo lé, c'est li ma prend
Papa dit oui, maman dit non...

Ces jours de plaisir et de gaieté, ces petites fêtes auxquelles se mêlaient parfois quelques Noirs de l'escouade, étaient comme un espace de temps suspendu au-dessus du vide. Une sorte de sursis.

Les reconnaissances que Nestor envoyait dans la zone des Mornes-Rouges ramenaient des observations inquiétantes : elles avaient surpris des Noirs armés de machettes ou de bâtons, d'autres de fusils, qui progressaient par petits groupes ; lorsqu'ils s'arrêtaient, ils entonnaient des hymnes en langue africaine et clamaient des menaces contre les Blancs ; certains soirs, ils célébraient le vaudou, avec des sacrifices d'animaux...

Le chef d'une de ces patrouilles n'avait pas eu de peine à reconnaître le chef Socrate Sans-Nez et sa femme qui, à l'en croire, était une créature monstrueuse, une tarasque, une ogresse du noir le plus pur.

Un mois se passa sans la moindre alerte, au point que j'envisageai de licencier Nestor et son escouade.

Aujourd'hui ressemblait à hier. C'était la même ambiance sereine. De la plaine déclive descendant vers la rivière montaient les chants des coupeurs de canne, auxquels répondait, venant du bassin de la cascade, celui des lavandières qui portaient un monceau de linge sur leur tête en fumant la pipe.

Dans les premiers jours de l'automne, alors que je revenais de Léogane, où j'avais livré un chargement de sucre et de rhum en compagnie d'Anibal et de Sosthène, je trouvai sous la véranda le nègre responsable de la rhumerie, venu nous avertir que quelque chose se tramait : il ne savait quoi au juste. Il avait vu des Noirs défiler à la queue leu leu sur une crête.

— Combien étaient-ils ?

Il écarta trois fois ses mains pour signifier qu'ils étaient une trentaine, ajoutant qu'ils pouvaient être suivis de quelques autres.

Lorsque je fis part au lieutenant de ce rapport, ses traits se crispèrent. Les quelques mots qu'il échangea avec le Noir confirmèrent nos craintes : ces mouvements annonçaient ce que nous redoutions. Je glissai quelques *escalins* dans la main de ce brave homme et lui demandai de rester vigilant.

— Nous allons, dis-je à Nestor, distribuer ce qui reste de nos fusils à quelques coupeurs de canne. En cas d'attaque, ils se trouveront sûrement en première ligne. Nous aurons ainsi le temps de préparer la riposte.

Nestor ne partageait pas cette façon de voir.

— A mon avis, observa-t-il, l'attaque se fera sur deux fronts. Un groupe se dirigera vers l'habitation, tandis qu'un autre tentera d'incendier les ateliers et les réserves. Ne vous faites pas trop d'illusions, monsieur Delacour : vos nègres, même ceux qui ont un fusil, prendront la fuite à la première alerte.

— Vous avez raison, lieutenant. Le mieux est de les prévenir, afin qu'ils se dispersent dans la nature avec leur famille, pour éviter un massacre. Ce que je comprends mal, c'est pourquoi Socrate s'attaquerait à une plantation où ses congénères sont traités convenablement.

— Ces brigands, monsieur, sont le rebut de notre race. Ce sont pour la plupart des nègres marrons qui ont tous ou presque subi des sévices de la part des planteurs. Ils incendient, ils brûlent par vengeance. Je me suis laissé dire qu'en Europe le même phénomène se produit. Votre société a sa lie, la nôtre a la sienne, mais leurs procédés ne diffèrent guère.

Nestor ajouta :

— Nous avons une chance : avoir été prévenus et être à même de riposter. Quand cette bande se sera retirée, je crains qu'il ne reste pas grand-chose de vos champs, de vos ateliers et de vos magasins. Nous essaierons de sauver au moins votre maison et vos gens. Les brigands vont sûrement, en donnant l'assaut, tenter d'incendier le toit avec des torches. Si la pluie ne se met pas de la partie, il faudra l'arroser d'abondance.

C'est ce que j'ordonnai le soir même, persuadé que les événements allaient se précipiter. Durant des heures, nos Noirs se relayèrent pour escalader des échelles et inonder la toiture qui, sans cette précaution, eût brûlé comme de la bagasse. Un bel orage tropical nous eût épargné cette corvée pénible, mais le ciel était sans nuages.

Nous avions décidé, Nestor et moi, d'organiser un tour de garde dans notre habitation et aux alentours immédiats. Je lui proposai de passer les trois premières heures de la nuit postés sous la véranda, lui sur un côté et moi sur l'autre, Popo et un autre domestique veillant sur l'arrière avec les chiens. Ana nous apporta du café, du rhum et quelques tranches de cassave avec de la marmelade. Nous nous abstiendrions de fumer, pour ne pas servir de cibles.

La première heure de nuit fut calme. De temps à autre, une sauvagine traversait la cour, un oiseau de nuit passait avec un cri rauque, se perchait sur une poutre de la véranda et repartait se réfugier dans le manguier.

A la fin de la deuxième heure, je commençais à m'assoupir quand les gémissements des chiens me réveillèrent. Un coup de feu tiré dans l'allée de palmistes leur succéda, accompagné d'une légère fumée. Il fut suivi d'un silence angoissant. Je m'attendais d'un instant à l'autre à entendre la nuit éclater comme le feu d'artifice du 14 Juillet, à Port-au-Prince.

Je me tenais accroupi derrière le fauteuil de vannerie, le canon en travers de mes cuisses, deux pistolets chargés dans ma ceinture, quand je perçus des hurlements et des lueurs d'incendie montant de la plantation et des cayes des ouvriers.

Ma première victime fut un Noir vêtu de son seul pantalon de toile, qui s'était aventuré dans la cour. Il tournoya sur lui-même en gémissant. Le temps de recharger, un groupe d'assaillants avait surgi de derrière la caye du vieux Salomon, porteurs de torches qui s'envolèrent pour retomber sur le toit en ne provoquant que de la fumée.

J'abattis trois d'entre eux. Une pique, partie je ne sais d'où, traversa le dossier du fauteuil et ne fit que m'effleurer le cou. En revanche, un choc à l'épaule, suivi d'une impression de brûlure, m'avertit qu'un projectile venait de me toucher, sans me priver de l'usage de mon bras.

Je constatai avec un âpre plaisir qu'une dizaine de corps, dont certains bougeaient encore ou rampaient dans la clarté des dernières torches, gisaient sur le sol.

Dans l'odeur âcre de la poudre brûlée et de la fumée qui m'enveloppait, je me sentais pénétré d'un étrange vertige comparable à l'ivresse : le même sans doute que devaient éprouver ces bandits. Chaque fois que j'atteignais ma cible, un petit rire d'orgasme me secouait. Je n'aurais jamais imaginé, moi qui ne prenais une arme qu'à contrecœur, que j'aurais un jour un plaisir fou à tirer sur des êtres humains.

Postés dans les parages de la maison, les hommes de Nestor se livraient à une fusillade nourrie, sans parvenir à briser l'assaut des brigands qui, au jugé, pouvaient être une trentaine.

Je profitais d'un instant de répit pour recharger mes armes, quand je vis un nègre, sautant par-dessus la balustrade, surgir en face de moi en brandissant sa machette à bout de bras. Un coup de feu parti de l'intérieur arrêta son élan. Lorsqu'il s'abattit contre moi, je ne vis de lui, à travers l'ombre, que ses yeux révulsés et l'éclat de sa denture. Il émit une longue plainte, vomit du sang sur ma vareuse et se laissa glisser sur le sol. Je l'achevai en lui coupant la gorge du tranchant de mon coutelas.

La bataille sembla marquer une trêve. Notre toiture ayant résisté aux torches, je me dis que l'habitation était sauvée, de même que ses occupants.

En revanche, l'incendie paraissait avoir gagné toute la plantation. C'était un spectacle d'une tragique beauté. La rhumerie n'était plus qu'un lourd brasier coloré de bleu. Le feu s'était répandu dans les champs de canne entourant la sucrerie et les petites cultures. Il montait de cette vision d'apocalypse des clameurs et des coups de feu, la plupart des Noirs ayant refusé de fuir. Je songeai avec une angoisse prémonitoire au spectacle que nous allions découvrir à l'aube.

En respirant l'odeur de sucre brûlé montant jusqu'à nous, je songeai au mot cruel du ministre anglais William Pitt : « Les Français en seront réduits à sucrer leur café avec du caramel... »

Nous eûmes la confirmation que tout danger était écarté, du moins provisoirement sans doute, en voyant les hommes de Nestor revenir à nous avec leurs blessés et leurs morts, au nombre d'une dizaine.

Une mauvaise surprise m'attendait lorsque je pénétrai dans la maison : Lydie, postée à une fenêtre, avait reçu une balle dans la poitrine et n'avait pas repris connaissance ; mon secrétaire, Sosthène, avait été tué d'un projectile en plein front. Nestor et les autres défenseurs étaient indemnes. Chargé de surveiller les arrières, Popo dansait sur place en hurlant : il avait abattu trois assaillants. Il fallut achever les chiens blessés.

Nestor se proposa pour soigner Lydie. Il avait quelques connaissances en matière de chirurgie, et la balle n'avait pas pénétré profondément. Il demanda de l'opium ; je lui donnai ce qui restait de celui qui avait servi à calmer ce pauvre monsieur de Noé.

— Pensez-vous, lui dis-je, que ces brigands vont revenir ?

— J'en serais surpris. Ils ont eu trop de pertes et ont manqué leurs objectifs principaux : incendier la maison et massacrer ses occupants. Mais je ne puis l'affirmer. Il va falloir passer le reste de la nuit sur le qui-vive. Nous allons avoir besoin de café…

La mort dans l'âme, je repris ma position et passai des heures sinistres à regarder brûler la plantation, où seules émergeaient les structures des ateliers et des entrepôts.

Qu'allions-nous devenir ? Me séparer de cette famille était inconcevable. Je devrais, au mieux, m'embarquer avec elle pour la France ; au pire, tenter de reconstituer notre plantation, pour ainsi dire, repartir de rien. J'éprouvai soudain de la détestation pour cette terre maudite qui, après m'avoir comblé d'émotions délicieuses, se comportait comme une marâtre.

Ma gratitude envers Toussaint, me disais-je, persisterait jusqu'à la fin de mes jours : nous lui devions la vie.

Nous n'interrompîmes notre veille, repus de café, qu'au moment où les premières strates de nuages s'épanouirent en éventail derrière les mornes de la Selle. Mon plaisir, lorsque j'allumai un premier cigare dans la fraîcheur de l'aube, fut ineffable. Nous avions presque tout perdu en une nuit, mais nous étions saufs.

Nestor et Hélène passèrent une partie de la matinée à soigner Lydie, à veiller sur elle, à s'occuper des blessés de l'escouade et à enterrer les cadavres avec l'aide de quelques Noirs rescapés de l'incendie et du massacre, qui avaient fait de nombreuses victimes, morts et blessés. Le reste de la journée y fut consacré.

— J'ai l'impression, me dit Nestor, que Socrate n'a pas envoyé contre nous l'intégralité de ses hommes, sinon nous aurions tous été massacrés. Peut-être a-t-il été impressionné par notre résistance.

Le lendemain, je passai une partie de la matinée à parcourir la plantation, escorté de quelques soldats, fusil à la bretelle.

Une part seulement de nos Noirs avaient suivi nos conseils. Ils revenaient par petits groupes et se lamentaient devant le sinistre et le massacre. La quasi-totalité des cayes avaient été livrées aux flammes, et on y voyait encore des cadavres calcinés, égorgés ou mutilés, dont l'odeur se mêlait à celle de la fumée.

Sous un ciel déjà blanc de chaleur montaient des clameurs de détresse. Devant le cadavre décapité d'une jeune négresse, un chien blessé gémissait à fendre l'âme. Seuls avaient été épargnés les potagers, mais ils avaient souffert des bourrasques infernales.

Je me demandais ce qu'allaient devenir les survivants si nous décidions de renoncer à rétablir l'activité du domaine. Je répugnais d'avance à les revendre à d'autres planteurs, d'autant que la plupart étaient libres et que je n'ai rien d'un négrier. En parcourant les structures encore intactes de la sucrerie et de la rhumerie, je me dis qu'avec une mise de fonds importante on pourrait faire redémarrer ces ateliers.

Nestor interrompit mes réflexions en dirigeant sa badine vers un gros mombin au feuillage rissolé. Au pied de cet arbre gisait une négresse à demi brûlée, dont le ventre ouvert laissait se répandre ses entrailles. Les brigands avaient arraché l'enfant à son ventre et l'avaient étouffé avec le cordon ombilical. Un peu plus loin, à la limite d'une forêt de pins, quelques nègres pendus par les pieds à des branches avaient été saignés comme des porcs et un autre, empalé.

Comme nous revenions, écœurés, en longeant une parcelle de tabac réduite en cendres, Nestor s'arrêta pour me dire :

— Je vais devoir vous quitter, monsieur Delacour, mais pas sans vous avoir livré une confidence à propos d'Hélène et de moi. Si vous m'y autorisez, j'aimerais lui faire ma cour.

— Vous avez mon accord sans réserve, lieutenant, mais c'est celui de sa mère adoptive qui compte. Nous en reparlerons avant votre départ. Un conseil de famille en décidera.

Je le laissai prendre les devants. Un Noir nommé Baptiste, superbe Cantor de Guinée au crâne ras, qui passait, de par sa sagesse, pour une sorte de fédérateur, chef de notre Babel noire, s'avançait vers moi, son chapeau sur la poitrine. Je lui demandai ce qu'il me voulait.

Il me confia qu'il avait entrepris de faire le compte des victimes. Il se montait à une vingtaine d'esclaves, plus six ou sept brigands. Il se disposait à faire jeter les cadavres à la rivière, ce dont je le dissuadai, estimant qu'il valait mieux, par mesure d'hygiène, les enterrer. Il en convint.

Il m'interrogea sur mes intentions. D'autres planteurs se seraient contentés, pour utiliser leur jargon, de revendre le *cheptel* rescapé et de prendre un navire pour la métropole avec leur magot.

— Que crois-tu, lui dis-je, qu'eût fait monsieur de Noé ?

Il me répondit sans la moindre hésitation :

— Il n'aurait pas baissé les bras, monsieur Julien ! Il nous aurait rassemblés et nous aurait priés de reprendre le travail.

— Cela demande réflexion, Baptiste, mais je ne puis décider seul. C'est à la famille de le faire. Quant à moi, je n'écarte pas cette possibilité.

Il me montra le ciel, au-dessus de la Selle.

— Regardez ces nuages, monsieur Julien. Ils annoncent de la pluie pour ce soir. Demain, les champs seront noyés et attendront de nouvelles semailles. Si vous êtes prêt, nous le sommes aussi.

Les semences et les plants, je savais où les trouver : à Cuba, chez d'anciennes relations de monsieur de Noé. Ce serait ma première préoccupation, si la famille en était d'accord.

Je remontai en selle et m'apprêtais à rejoindre Nestor avec une éclaircie dans le cœur, quand des cris et des bruits de salves me firent sursauter. Je jurai le saint nom de Dieu et donnai de l'éperon à ma monture, quand un coup de feu éclata près de moi. Blessé au poitrail, mon cheval se déroba sous moi en hennissant. Je vidai les arçons, m'abattis contre un arbre et perdis connaissance.

8

Les Mornes-Rouges

Combien de temps suis-je resté inconscient ? Je ne puis m'en souvenir. Plusieurs heures, sans doute, car la seule image qui subsiste dans ma mémoire est celle d'un chemin de terre boueux, dans une pénombre de fin de journée. Autant qu'il m'en souvienne, j'étais jeté en travers d'un mulet, pieds et poings liés, comme un vulgaire gibier. J'avais tenté à plusieurs reprises de me libérer, mais la douleur était si intense que, de nouveau, je perdais connaissance.

Ce n'est que le lendemain, au petit jour, que je retrouvai mes esprits. J'étais toujours immobilisé par des cordes de sisal, attaché à un pieu, sous un appentis sur lequel crépitait la queue d'une averse nocturne.

J'étais seul. De temps à autre, dans ce qui restait de pénombre, je voyais déambuler des ombres vêtues d'une culotte de toile bise ou blanche, au front enturbanné d'un foulard rouge. Je ne tardai pas à comprendre que j'étais prisonnier de Socrate et de sa bande. Où ? Comment le savoir ? En pleine forêt de pins, en tout cas, reconnaissable à l'odeur.

Etre encore en vie ne me rassurait guère. Une idée atroce me traversa l'esprit : j'allais être torturé, sacrifié peut-être. J'eus une pensée pour les miens : qu'étaient-ils devenus ?

Je brassai dans ma tête ces réflexions angoissantes quand une négresse qui fumait une pipe de maïs, accompagnée d'un Noir portant le fusil à la bretelle, s'avança vers moi. Elle libéra mes poignets et me tendit une cruche et une écuelle de terre cuite contenant une bouillie de manioc de laquelle émergeait un morceau de viande.

— Toi manger, me dit-elle. Toi beaucoup besoin forces. Toi boire tisane.

Je n'avais pas le moindre appétit mais ma gorge était sèche comme de l'écorce d'eucalyptus. J'avalai la tisane, qui avait un goût de miel. La négresse ajouta avec un gros rire que j'avais eu « beaucoup chance ». Elle arracha le pansement que Nestor avait posé sur ma blessure à l'épaule, le renifla avant de le jeter et marmonna quelques mots en créole pour dire que c'était une broutille et que je n'en mourrais pas. Elle me fit un emplâtre d'herbes qu'elle attacha avec un lien de fibre puis examina l'autre blessure, celle que je m'étais faite à la tête en tombant de cheval. Elle lui parut bénigne.

— Toi, pipi ? me demanda-t-elle.

Je m'étais déjà soulagé dans ma culotte, mais j'acceptai cette proposition qui allait pour quelques minutes de plus me délivrer de mes liens. Le fusil du nègre dans les reins, j'urinai derrière un bouquet d'épineux et profitai de cette pause pour observer les alentours.

Je n'eus aucun mal à reconnaître un piton des Mornes-Rouges où, naguère, en compagnie de Popo et d'un chien, j'allais herboriser et chasser l'agouti. Je me dis qu'en escaladant la pente qui dominait le camp j'aurais pu apercevoir au loin l'habitation des Palmistes. J'en eus le cœur meurtri.

Mon appentis se situait à proximité d'une excavation naturelle à l'ouverture béante protégée par un vaste auvent d'émondes tressées. Il brûlait près de l'entrée une torche de bois-chandelle qui tirait de la pénombre un caïman naturalisé plaqué contre la roche. Autour de cette caverne, qui devait être le logis de Socrate et de sa famille, s'éparpillaient des cases couvertes de latanier abritant des femmes qui, la pipe aux lèvres, pilaient le maïs, épluchaient des patates ou faisaient cuire la cassave dans des fours de terre.

A la mi-journée, l'appétit revenu, je me décidai à avaler le contenu de l'écuelle et à boire une nouvelle cruche de tisane. Etait-ce l'effet de cette boisson, mes douleurs marquèrent un répit. En revanche, j'étais en proie à une somnolence d'où me tirait le gardien chargé de me surveiller et de vérifier la solidité de mes liens.

Au cours de la nuit qui suivit, malgré les chants d'Afrique et le grondement sourd des tam-tams, je dormis comme une souche. Ma guérisseuse me réveilla le matin venu en m'apportant un bol de chocolat et une tranche de cassave, que je dévorai.

Des heures passèrent, de plus en plus chaudes, sans que l'on parût prêter attention à ma personne, ce que je pris pour un signe favorable. Si l'on avait décidé de ma mort, me disais-je, je ne serais déjà plus de ce monde. Restait à savoir le sort qu'on me réservait. C'était moins pour le mien que je me faisais du souci que pour celui de ma famille adoptive, avec une interrogation obsédante : d'où avaient pu sortir les derniers agresseurs, alors que la maison et les parages semblaient purgés de leur présence ?

Je n'allais pas tarder à en être informé.

Au soir du troisième jour de ma captivité, alors que le camp baignait dans la clarté violette annonçant une pluie tropicale, mon gardien me libéra des liens qui enserraient mes mains et me fit signe de le précéder.

Une centaine de pas séparaient mon appentis de la caverne où logeaient le chef Socrate et sa famille. En cours de route, une idée absurde me harcela : me retourner, bousculer le gringalet qui me suivait, lui arracher son arme, faire feu entre mes chevilles pour faire sauter mes liens, et débouler au galop sur la pente. L'audace me manqua, mais aussi la certitude de réussir cette évasion. Faible comme je l'étais, je ne serais pas allé bien loin.

Le chef de la tribu, Socrate Sans-Nez, m'attendait, vautré dans un fauteuil à bascule volé sans doute dans une habitation livrée au pillage. Un négrillon armé d'un époussetoir de plumes chassait autour de lui les mouches dont j'étais moi-même importuné. Du tuyau de sa pipe, il me fit signe d'avancer.

Avec son nez en carton, son visage balafré, son crâne nu sur lequel s'étalait une longue cicatrice rosâtre, il était pathétique mais hideux. Il portait à l'épaule une marque d'estampage.

Il resta un moment à se balancer, sans un mot, en exhalant la fumée, avec un mince sourire, comme si mon état pitoyable avait de quoi provoquer la dérision. Il finit par me dire en créole, d'une voix aux accents rauques et profonds :

— Eh bien, Docteur-Valise, êtes-vous satisfait de notre hospitalité ? Vous savez que chez nous, en Afrique, la règle est de recevoir convenablement nos hôtes, quels qu'ils soient et d'où qu'ils viennent.

Négligeant de répondre à ce que je tenais pour une boutade, je lui demandai ce qu'étaient devenus les occupants de notre habitation. Il me répondit avec humeur qu'il l'ignorait.

— Vous vous moquez ! lui dis-je. Vous le savez mieux que personne.

Sourcils froncés, il me répondit d'un ton âpre que j'en aurais des nouvelles quand il le jugerait opportun. Je compris qu'il devait considérer comme un supplice de m'en priver, ce en quoi il voyait juste. Quand je tentai de m'informer des conditions de cette deuxième attaque, il se montra plus prolixe.

A ma grande stupeur, il me révéla qu'au cours de l'attaque de nuit, trompant la vigilance de Popo et de ses chiens, une dizaine de ses nègres étaient parvenus à se glisser dans l'espace laissé vide entre le plancher et le sol : une sorte de cave dans laquelle nous conservions au frais quelques denrées et du matériel.

Je me mordis les lèvres de dépit : c'était bien le dernier endroit où nous aurions eu l'idée de les débusquer ! Je lui demandai ce qu'il comptait faire de moi.

— Vous auriez pu m'achever, lui dis-je. Pourquoi ne pas l'avoir fait ? Allez-vous me livrer en pâture à vos nègres ?

L'indignation altéra ses traits et ses mains se crispèrent sur les accoudoirs, comme s'il allait se lever et bondir sur moi. Il se contenta de répondre d'une voix grinçante :

— Nous prenez-vous pour des cannibales ? Retirez ces propos, sinon je pourrais me montrer moins complaisant.

— Alors, qu'attendez-vous de moi ?

Il avait appris, je ne sais comment, que j'avais quelques notions de chirurgie. Comme une dizaine de ses nègres avaient reçu des blessures que les méthodes des sorciers étaient impuissantes à guérir, il avait décidé de m'en charger.

A mon tour de sourire. Je protestai :

— On vous a raconté des sornettes, Socrate ! Je suis incapable d'extraire une balle, et d'ailleurs je ne possède ni instruments ni opium ni pansements.

Il dirigea le tuyau de sa pipe vers l'intérieur de la caverne.

— Vous trouverez là tout ce qui vous sera nécessaire. Nous avons fait ces emplettes dans votre habitation. Nous en avons même rapporté tout ce qui vous appartient et qui, je crois, vous est précieux.

— Mes coffrets, mes collections, mes écrits et mes livres ?

— Tout est là ! Il n'y manque que vos effets, mais je peux y remédier. J'ai du choix dans mon portemanteau... Alors, que décidez-vous ? Je vous préviens qu'un refus de votre part aurait des conséquences regrettables...

Que pouvais-je répondre ? Je donnai mon accord à ce contrat draconien, mais avec un codicille : le Docteur-Valise n'était pas un Docteur-Miracle. Il faudrait compter sur des aléas. Il haussa les épaules en grommelant et me demanda ma parole de soigner les siens en mon âme et conscience ; je lui demandai la sienne pour obtenir la vie sauve.

— Je vais faire mieux, ajouta-t-il : vous serez libéré de vos liens, mais resterez sous surveillance. Il faudra vous y faire. Mes hommes recevront la consigne de vous abattre à la moindre tentative d'évasion. Comme on dit en France : « A bon entendeur, salut ! »

Je fus long à revenir de ma surprise. Alors que je m'attendais à être confronté à un sauvage sanguinaire, je me trouvais en présence d'un chef d'esclaves marrons aux manières courtoises, sinon policées, au langage relativement châtié, que j'ai expurgé d'expressions et de tournures typiques. Cela augurait favorablement de ce séjour forcé. Restait à savoir si je pourrais honorer ma parole. Et là, je comptais sur la providence pour me venir en aide.

Avant de me faire reconduire à mon logis, Socrate Sans-Nez tint à me présenter son épouse, Bernarda. Il lui demanda de me servir une platée de poisson de rivière et de la bouillie de mil.

On n'avait pas exagéré, naguère, en me décrivant cette matrone comme une sorte de Gargamelle. C'était une négresse du plus beau noir, d'une taille supérieure de quelques pouces à celle de son époux, avec des bras musculeux comme des racines de mombin, des mamelles apparentées à des pis de vache et des fesses ballottant sous le pagne comme des vagues sur un récif. Sur ce corps d'ogresse, un visage rond et plein, gracieux malgré des lèvres larges et épaisses comme des tranches de pastèque.

Bernarda remplit son office avec soin, veilla à ce que je ne manque de rien, de rhum surtout, dont j'abusai. Je me surpris à rire en songeant à ce pauvre Gulliver hébergé à Brobdingnag, dans la boîte à poupée d'une géante. Mon rire déclencha celui de mon ogresse et gagna Socrate.

Il fallut deux nègres pour me ramener à ma bauge, où je m'effondrai pour un long sommeil.

Le lendemain, je dus passer à l'acte, ce qui me laissa perplexe. Je redoutais que, avec une main engourdie à la suite de ma blessure à l'épaule, la moindre maladresse ne fût interprétée comme un geste volontaire de malveillance.

Socrate m'avait affecté une caye qui, pour n'être pas luxueuse, était plus confortable que mon galetas. J'y retrouvai ma pharmacopée de campagne, mes instruments de dissection, outre mes coffrets et ce qui les accompagnait.

Malgré la présence de deux anges gardiens, j'appréciai qu'on me laissât libre d'aller et venir.

A défaut d'opium, dont le reliquat avait servi au lieutenant Nestor pour soigner ses soldats, je fis avaler une forte dose de rhum à mon premier patient et parvins, non sans une grosse suée, à extraire la balle logée entre deux côtes. J'eus plus de difficultés avec le second, une sorte de brute, qui, me voyant penché sur lui avec mon scalpel et mon bistouri, me sauta à la gorge, si bien qu'il fallut le ligoter pour que je puisse opérer.

Certains de mes patients, ceux qui portaient des blessures à l'arme blanche, furent plus faciles à soigner. Je nettoyais leurs plaies avec de l'alcool brut ou les cautérisais au fer rougi, ce qui leur arrachait des hurlements.

Dans la soirée, après cette journée épuisante, Bernarda m'amena une de ses filles affectée d'une blessure au pied, qui, malgré les ingrédients du sorcier, pommade de serpent et poudre de giraumon, ne guérissait pas. Je nettoyai la plaie et la recouvris d'un onguent.

La mère me confia qu'elle-même souffrait d'une constipation opiniâtre. Je lui ordonnai une thérapeutique des plus sommaires : avaler de l'eau savonneuse. Elle s'en trouva si bien que, trois jours plus tard, elle me récompensa d'une embrassade bouche à bouche, qui faillit m'étouffer.

Je croyais en avoir fini avec cette corvée lorsque Socrate m'amena son cheval, un bel étalon marqué de l'estampage d'un colon. Ce pauvre animal souffrait d'une plaie de mauvaise apparence dans laquelle des mouches vertes avaient déposé des œufs devenus des vers. Je me souvins du remède que je tenais d'un de nos nègres : du suc d'aloès cavalin, de la cévadille en poudre ou, à défaut, du jus de citron ou d'oranges amères.

Quelques jours plus tard, la plaie s'étant refermée, l'étalon avait retrouvé son allant et son propriétaire m'avait renouvelé sa confiance.

Le bouche-à-oreille ayant fait office d'argus, je constatai avec inquiétude que ma clientèle prenait de l'importance,

Après une semaine de soins quotidiens, je me trouvai dépourvu des quelques médicaments de ma pharmacopée et contraint de me rabattre sur les recettes empiriques du sorcier qui, heureusement, m'avait à la bonne.

Les amabilités que me témoignait Socrate, les soins que me prodiguait son épouse auraient pu faire de moi une sorte de sybarite, si l'incertitude dans laquelle on persistait à me maintenir quant au sort de ma famille eût cessé de m'obséder au point de me tirer de mon sommeil.

Une nuit, un bruit de pas sur le tapis d'éclisses me réveilla en sursaut. Dans la clarté de la lune, je vis une ombre massive pénétrer dans ma caye sans avoir alerté mes gardiens. Je reconnus Bernarda et me demandai ce qu'elle me voulait à cette heure indue. Elle se contenta, accroupie à mon chevet, de me regarder avec dans la gorge un ronronnement de chatte.

Elle prit le temps de ranimer le feu que j'entretenais au centre de ma caye pour éloigner les moustiques autant que pour lutter contre la fraîcheur, et se retira en laissant derrière elle une odeur musquée.

A chacune de mes rencontres avec Socrate, je le conjurais de me donner des nouvelles des miens. Ce harcèlement l'importunait, mais il finit par me confier que l'attaque diurne contre les Palmistes s'était soldée par un échec : sur les dix hommes qui s'étaient cachés sous la maison, deux seulement étaient revenus, avec des blessures que j'avais dû soigner. L'un d'eux, je m'en souviens, avait eu un lambeau de chair arraché au mollet par un des chiens qui n'avaient pas été massacrés.

Socrate détestait ces animaux. Alors qu'il était l'esclave du señor Lopez, à Camagüey, en l'île de Cuba, son maître possédait quatre molosses issus du chenil du vicomte de Noailles. C'étaient des bêtes monstrueuses, de la taille d'un veau d'une semaine. Entraînés à sentir le nègre à un quart de lieue, ils pouvaient, d'un coup de mâchoires broyer la jambe d'un homme et, en s'acharnant sur lui, le déchiqueter. Pour les exciter, on leur jetait un nègre surpris à marauder ou accusé d'avoir été rebelle aux ordres.

Il appela un de ses gardes et lui demanda de baisser son pantalon. Il manquait à une fesse un morceau de chair de la largeur d'une main et les cuisses présentaient des lacérations.

— Depuis, ajouta Socrate, quand je trouve un chien sur ma route, même si c'est un bichon égaré, je l'assomme à coups de bâton.

J'insistai pour qu'il m'expliquât ce qui avait occasionné l'échec de cette deuxième tentative contre les Palmistes. Il ne mit aucune bonne volonté à me donner satisfaction, comme s'il avait honte de cet échec.

Il me raconta que ses nègres étaient intervenus à l'heure la plus chaude, alors que la maison semblait observer la sieste. Ils ignoraient que le lieutenant Nestor avait, avec ce qu'il lui restait de son escouade, organisé un tour de garde. Trois de ces brigands avaient un fusil. Ils avaient abattu une sentinelle mais la riposte avait été immédiate : une salve partie des fenêtres. Ce qui restait des assaillants s'était empressé de disparaître.

J'exhalai un profond soupir de soulagement. Dieu merci, ma famille et nos domestiques étaient indemnes, ainsi que Nestor, à ce qu'il semblait. Restait à savoir ce qu'ils étaient devenus. Attendaient-ils une troisième attaque ou s'étaient-ils repliés sur Port-au-Prince, en laissant tout, la plantation, la maison et les Noirs à l'abandon ?

Je voulus apprendre de même les raisons qui avaient motivé ce que je considérais comme un acte guerrier. Lorsque je posai la question à Socrate, il parut gêné. Il se leva, bourra lentement sa pipe, l'alluma, puis se rassit et observa un long silence.

— Je ne vous apprendrai pas, me dit-il, que la condition de nègre marron est aussi pénible que précaire. Ce n'est pas par plaisir que j'ai choisi d'être un homme libre. J'y fus poussé par la brutalité de mes maîtres et les atrocités dont j'étais le spectateur. Contrairement à mes congénères, j'ai entendu parler du *Code noir* par le prêtre qui m'avait en secret appris à lire et à écrire, et qui fait de l'esclave pire qu'une bête de somme. Je pourrais vous en réciter certains articles, car ma mémoire est bonne. Eh bien ! mes maîtres violaient ce code. Ils le faisaient impunément, du fait que les esclaves ne peuvent avoir recours à la justice, qui est toujours du côté des Blancs. Alors, quand on a comme moi le sens de l'honneur, il ne reste que la fuite, la rébellion et la vengeance.

Je ne pus me retenir de lui faire observer que, si sa rébellion pouvait se justifier, il l'appliquait avec une rare cruauté.

— Je ne fais, me rétorqua-t-il, que répondre à la violence par la violence. Il y a un proverbe qui dit : « Œil pour œil, dent pour dent. » C'est notre loi, et ce serait celle de nos ennemis s'ils parvenaient à nous capturer.

— Acceptez de mettre bas les armes et j'interviendrai auprès des autorités pour obtenir une amnistie.

Je me déclarai surpris qu'il eût choisi pour exercer sa vengeance un domaine comme les Palmistes, où le *Code noir* était lettre morte, où les esclaves étaient traités avec humanité et en grande partie affranchis. Il parut soudain embarrassé.

— Pour tout vous dire, j'ai voulu braver Toussaint Louverture, qui est attaché à cette plantation. Vous pouvez y voir un défi contre ce chef noir. Il s'est acoquiné avec les Blancs, a ses propres esclaves et les traite comme des chiens.

— Cette bravade pourrait vous coûter cher. Toussaint ne vous la pardonnera pas. Attendez-vous à des représailles. Que ferez-vous lorsqu'il enverra contre vos guerriers un millier de bons soldats bien armés ?

Il soupira :

— Eh bien, s'il faut nous battre, nous nous battrons, et s'il faut mourir, nous mourrons...

J'avais dans ma captivité beaucoup de temps libre. Socrate m'avait permis d'aller herboriser dans une plaine humide voisine de son camp, où je trouvai des plantes rares. Je ne m'en privai pas et, sous la surveillance de deux Noirs, je consacrais à ces prospections tout le temps que je jugeais utile.

Je passai des heures paisibles à lire des ouvrages que les guerriers noirs avaient rapportés avec mon bagage.

Lorsque le chef venait me rendre visite, histoire de bavarder, il feuilletait ces ouvrages et tentait de les déchiffrer. Je l'y aidais patiemment, conscient qu'il considérait le livre comme un objet magique capable de changer la marche du monde. Je devais être pour lui le sorcier blanc qui, ayant accès à la connaissance, détient un pouvoir supérieur au sien et à celui du *bocor*.

Il me confia qu'il souhaitait que ses enfants pussent profiter de ma présence pour acquérir quelques notions d'écriture et de lecture. J'adhérai à cette initiative. Moi, Julien Delacour, peut-être membre de l'Institut en puissance, devenu le maître d'école de négrillons...

Socrate prit la balle au bond et libéra une vaste caye propre à abriter mon école. Il fit confectionner par ses hommes un pupitre, m'offrit un fauteuil Louis XV au dossier éventré, volé je ne sais où, et, en guise de tableau noir, quelques planches mal ajustées sur lesquelles je pourrais écrire avec du charbon.

— Pourquoi, me dit-il, m'a-t-on donné ce nom ridicule, Socrate, alors que mon véritable nom est N'Doula ? J'aimerais savoir où l'on a pêché ce surnom et quel personnage il cache.

Je lui parlai du philosophe de l'Antiquité grecque, de sa vie exemplaire et de sa mort tragique. Il en conçut, me sembla-t-il, un sentiment de fierté que je jugeai dérisoire.

Ma salle de classe jouxtait un parc livré aux cochons sauvages. Il en venait de mauvaises odeurs, et surtout des grognements et des couinements qui perturbaient mon enseignement.

Je me trouvai bientôt à la tête d'une vingtaine de négrillons, filles et garçons, dont les turbulences, les premiers jours, m'obligèrent à des sanctions d'une sévérité bénigne. Très vite, je parvins à leur imposer respect et attention, puis à découvrir des sujets portés à la curiosité. Ceux-là, je les gardais après les cours pour des leçons particulières.

Socrate me témoignait sa gratitude par des cadeaux : une bonne paillasse montée dans un châssis sur pieds pour éviter les scorpions, et des bouteilles de rhum dont il m'arrivait d'abuser certains soirs où je me sentais en proie à des idées noires.

Un soir, Socrate m'annonça qu'on allait célébrer la cérémonie du vaudou, et m'y convia. Je n'y consentis qu'avec un sentiment mitigé : d'une part, la curiosité m'incitait à accepter ; d'autre part, je redoutais de devoir assister à un sacrifice humain et de ne pouvoir intervenir.

Je me souvenais du récit qu'un planteur, ami et voisin de monsieur de Noé, m'avait fait d'une de ces fêtes qu'il avait qualifiées de *dionysiaques*.

— Elles plongent les participants, m'avait-il dit, dans une sorte de coma mystique, un délire de possession théomaniaque, un dédoublement de la personnalité. Ce mot, vaudou, vient d'une expression africaine, *vaudoun*, qui signifie *esprit*.

La cérémonie se déroulait dans la vaste case largement ouverte, proche du camp, qui servait d'ordinaire aux palabres. Sur la fin de la journée, après une lourde averse tropicale, nous nous y rendîmes par petits groupes. Pour ne pas me distinguer, j'avais pris la tenue ordinaire : une simple culotte blanche et un bandeau rouge autour de la tête. Presque aussi nombreuses que les hommes, les femmes avaient revêtu des tuniques à bordures brodées et coiffé de jolis madras à cornes. Les plus jeunes, dont certaines élancées comme des statues grecques, avaient la poitrine nue.

Un orchestre, composé de tambours de différentes dimensions, de flûtes de bambou, certaines fort grosses, de cloches de fer et de calebasses remplies de grains, nous accueillit par un tintamarre assourdissant. Accroupi sur le sol, un vieil homme achevait à la poudre blanche le dessin d'un *vévé,* sorte de figure propitiatoire indéchiffrable.

Socrate m'avait prévenu : cette cérémonie serait placée sous l'égide d'une déesse africaine de l'amour, Erzulie-Yeux-Rouges. Cette Vénus noire était dotée d'une singulière réputation : une liberté de mœurs qui pouvait entraîner aux excès.

Prévenu, je m'attendais au pire, un sacrifice humain excepté, cette pratique étant devenue obsolète.

Le premier détail qui frappa mon attention fut l'autel constitué d'une longue table d'éclisses de bambou, sur laquelle s'entassait un bric-à-brac insolite : vaisselle et chandeliers, cruches et bouteilles de rhum et de tafia, statuettes taillées dans le bois, bijoux de pacotille, peaux de reptiles...

La nuit chaude et humide était éclairée par des bois-chandelles et des lampes à huile accrochées aux poteaux. Ma soif étanchée par quelques rasades de rhum, un premier cigare grillé, je ressentais de plus en plus intensément les effluves du mystère. D'une oreille attentive, j'écoutai l'inintelligible credo du célébrant, le *hougan,* et les réponses, sous forme de glapissements, de sa commère, la *mambo.*

Durant quelques heures, plongé dans la célébration d'un mystère remonté du fond des âges, j'allais observer un équilibre instable entre rêve, réalité et cauchemar. Après quelques pas d'une danse frénétique, des femmes, jeunes et adultes, soudain prises de transe, se roulaient dans la poussière, yeux exorbités, écume aux lèvres, gémissant et hurlant. On sacrifia un cochon noir en prolongeant son agonie, on but son sang, dont on se barbouilla le visage et la poitrine. Une négresse comparable par sa corpulence à Bernarda débita, en se trémoussant, une litanie où revenait souvent le mot *loas,* pour dire qu'elle était possédée par les esprits.

Dans l'état de zombie où je me trouvais plongé, je n'aurais su dire si les poulets que brandissaient des femmes étaient vivants ou s'ils avaient été égorgés, si le sang dont on aspergeait mon torse et mes cuisses était celui du porc ou de la volaille. Je me dis aujourd'hui, en écrivant ces lignes, qu'il devait y avoir des rapports entre ces rites et les spectacles donnés secrètement à Paris par les convulsionnaires de l'église Saint-Médard.

Lorsque je vis surgir un groupe de jeunes Noirs armés de machettes et de piques, qui mimèrent une danse guerrière en s'arrêtant devant moi pour me menacer, je compris confusément que cette cérémonie pouvait avoir un autre but que de célébrer la déesse Erzulie-Yeux-Rouges, et qu'il s'agissait peut-être d'une veillée d'armes.

De toute la durée de la fête, assis comme Bernarda sur un tapis d'éclisses, avec entre nous le chef Socrate Sans-Nez trônant sur mon fauteuil de maître d'école, je ne cessai de boire et de fumer. De temps à autre, ces excès m'incitaient à me jeter dans le tourbillon, mais une main invisible me retenait cloué au sol.

Je m'attendais, sans crainte ni répulsion, que ce sabbat finît en copulation collective et que je fusse contraint d'y satisfaire pour ne pas risquer d'irriter Socrate. Il n'en fut rien. A la danse guerrière succéda une dernière sarabande, sans qu'un seul instant les musiciens eussent cessé de tambouriner et de flûter. Socrate, d'un signe, mit fin à cette fête sauvage.

Sur le chemin du retour, alors que je chancelais à travers l'ombre, je sentis une main se poser sur mon épaule et une voix de femme me souffler à l'oreille :

— Petit Blanc, moi faire l'amour avec toi, tu veux ?

Enlacé par les bras musculeux de Bernarda, je tentai de me dérober, mais elle était plus forte que moi. Sans interrompre son rire d'ogresse, comme si elle s'apprêtait à me dévorer, elle m'entraîna vers un boqueteau de fougères, arracha mes frusques et, sans s'offusquer de mes molles réticences, me chevaucha avec des hennissements de pouliche en chaleur. J'en demande pardon à Dieu, mais je finis par céder et, comme elle, à y prendre plaisir.

Je passai la matinée dans ma caye, vautré sur mon grabat, malade à crever. A chacune de mes tentatives pour me lever, une main invisible y faisait obstacle et je replongeais dans un coma nauséeux et une odeur de vomi.

Quand je me levai, le soleil était au zénith et la journée, blanche et torride. Après une aspersion d'eau tiède, j'ôtai mes vêtements souillés et me recouchai pour ne m'éveiller qu'à la tombée du jour, harcelé par des nuées de maringouins, de mouches vertes et de papillons multicolores.

Ce fut Socrate qui me tira de ma dernière somnolence.

— En ne vous voyant pas paraître, me dit-il, j'ai pensé que vous étiez mort. Comment avez-vous supporté les épreuves de cette nuit ? Pas très bien, on dirait...

— C'était, lui répondis-je, une expérience digne d'intérêt mais éprouvante. Je ne regrette rien. Je pourrai désormais parler du vaudou en connaissance de cause.

— Vous devez avoir faim, mon ami. Suivez-moi. Bernarda nous a préparé du marcassin aux épices et des bananes frites.

Il faisait frais et presque nuit dans la caverne. Des tiges de bois-chandelle brûlaient sur une sorte d'autel domestique, dans le fond. Je me gavai de bananes et bus une cruche entière d'eau claire. Socrate m'observait en silence, l'air grave, en jouant avec la garde de son coutelas.

— Monsieur Julien, me dit-il d'un ton cérémonieux, c'est sans doute le dernier repas que nous partageons. J'ai décidé de vous libérer.

Je m'essuyai les lèvres d'un revers de poignet et me levai, la mine perplexe. Il sourit et ajouta :

— Vous semblez ne pas croire à ma décision, et peut-être la regretter ! Alors, vous ne me gardez pas trop rancune de vous avoir enlevé ? Vous ne pouvez rester plus longtemps parmi nous. Pour votre sécurité, mieux vaut partir dès demain. A l'heure qu'il est, les troupes de Toussaint marchent sur nous avec de l'artillerie.

Ses traits se contractèrent quand il ajouta :

— Il risque d'y avoir un grand massacre dans les jours qui viennent. Pour nous, monsieur Julien, c'est la fin. Au lever du jour, les femmes et les enfants quitteront le camp pour aller se cacher loin d'ici. Quant à moi, je sais ce qui m'attend si je suis pris vivant : la pendaison ou la roue. Peut-être assisterez-vous au spectacle...

Il eut un triste sourire avant d'ajouter :

— Vous allez donc rejoindre les vôtres à Port-au-Prince. Ils sont tous en bonne santé. Si vous choisissez de vous rendre aux Palmistes, vous y retrouverez madame Ana. Elle a refusé de partir. C'est absurde ! On ne se sacrifie pas pour des ruines...

Après une nuit hantée par les danses et les chants d'Afrique des guerriers, je rassemblai mon bagage et fis mes adieux à mes élèves. Le chef me pressa contre sa poitrine et Bernarda inonda mon visage de larmes. Elle me tendit un sac de fibre contenant de la cassave, des restes de marcassin et une gourde d'eau.

Après ces adieux, la gorge serrée par l'émotion, je m'enfonçai dans la forêt de pins en direction des Palmistes. Elle débouchait sur une vaste savane où pesait déjà, entre les cactus et les cierges géants, la chaleur suffocante de la matinée. Lézards et serpents fuyaient à mon approche, des nuées de papillons et de moucherons s'ébattaient autour de moi, et un crépitement ininterrompu d'insectes montait des immensités d'herbe sèche.

Après avoir escaladé les pentes abruptes des mornes, il me fallut deux bonnes heures pour arriver. En traversant le domaine, je constatai avec joie que de petits groupes de Noirs s'étaient remis au travail. Ils déblayaient les champs des végétaux calcinés, les ateliers des détritus laissés par l'ouragan de feu, remontaient les structures des cayes où la vie semblait déjà avoir repris. Mon cœur se serrait quand je les entendais chanter, plaisanter et que je les voyais me saluer en agitant leur chapeau. Plus que la nôtre, cette race a le pouvoir d'absorber la fatalité comme le sable le fait des pluies d'orage, et d'en faire naître l'espoir.

Quand, aux abords du premier village, ils me virent arriver en titubant après ma longue marche, ils s'avancèrent vers moi avec des cris de joie, touchèrent mes bras et ma chemise comme pour s'assurer que j'étais bien vivant, me firent boire et m'escortèrent en chantant jusque dans la cour. S'ils n'agitaient pas de palmes, comme pour l'entrée du Christ à Jérusalem, c'est que toutes avaient brûlé.

L'un de nos chiens qui avaient survécu au massacre vint à ma rencontre en traînant la patte et en gémissant de plaisir. Je vis se dessiner sous la véranda, à travers un brouillard de larmes, la silhouette gracile d'Ana.

Elle courut vers moi et tomba dans mes bras.

TROISIÈME PARTIE

1

Le maître de l'île

Port-Espérance, 1806

Il ne m'a pas fallu dix ans pour que s'amorce, se développe et s'affirme en moi une mutation.

En cette décennie, l'apprenti naturaliste arrivé à Saint-Domingue avec son bagage d'illusions exotiques, pétri de naïveté, a été son propre témoin d'une rupture progressive mais inéluctable d'identité.

J'aurais pu, à défaut d'expérience, en profitant de mes connaissances en matière de sciences naturelles, tenter de me frayer une voie, sinon vers la richesse, du moins vers la notabilité, mais je n'en avais ni le goût ni l'ambition.

Si les événements n'y avaient pas semé des traverses, il m'aurait été loisible, après avoir épousé Lydie, de prendre la direction des Palmistes, de devenir ainsi l'un des plus riches planteurs de l'île, de postuler pour une sinécure dans l'administration territoriale, et peut-être de figurer dans l'Assemblée coloniale. En poussant plus loin cette prospective, j'aurais pu, fortune faite et reconnu par mes pairs comme leur représentant, mettre mes biens insulaires en gérance et retourner en France vivre entre ma famille « le reste de mon âge », pour paraphraser Du Bellay. J'avais la certitude que l'Institut m'ouvrirait ses portes après la publication de mes travaux de naturaliste. Peut-être me serais-je intéressé à la politique.

Des ouragans ont balayé ces fumées. La seule ambition que le Robinson que je suis devenu puisse encore nourrir est de quitter cette île au plus tôt et par quelque moyen que ce soit.

Dieu merci, si j'y parviens, je ne me trouverai pas dans le besoin. Mon père m'a laissé en héritage de quoi mener une vie exempte de soucis financiers.

Nous nous sommes fait un ami d'Aristote, chef de la tribu des nègres marrons.

Il vient souvent nous rendre visite, moins pour échanger des nouvelles, rares sur ce coin de terre, que pour palabrer sur tout et sur rien en fumant quelques pipes ou mes cigares qu'il apprécie.

Nous avons fêté, dans son village, la naissance du dernier de ses enfants, une fille, par un festin qui a duré une nuit entière, mêlé de chants et de danses d'Afrique. Pour la circonstance, j'étais allé dans la Grande Ile me procurer un collier d'argent pour le nourrisson, du rhum et quelques denrées propres à agrémenter le repas.

Aristide m'avait demandé *ex abrupto* le nom de ma mère.

— Elle se prénommait Ginette, mais mon père l'appelait Ginou.

Il s'était exclamé :

— Ginou ! Ah, Ginou ! Si tu permets, c'est le nom que je donnerai à ma fille, et tu seras son parrain.

Nous avons dansé avec les Noirs au son du tam-tam et des flûtes de bambou. Ana nous a régalés d'une chanson espagnole apprise dans sa jeunesse à Cuba. J'ai répondu par la chanson de Fabre d'Eglantine : *Il pleut, il pleut, bergère.* Nous avons beaucoup bu, et pas seulement de l'eau de source : le gallon de rhum de quatre pintes ou huit chopines rapporté du Cap-Français a suffi à peine à nos libations.

Je dois confesser avoir pris très tôt le goût des liqueurs fortes, avec une préférence pour le rhum, devenu pour moi, de même que le tabac, une sorte de drogue. J'en abuse souvent, sans que ces excès m'incitent à la violence. Pris de boisson, je serais plutôt du genre aimable et volubile. Ana se montre accommodante : c'est le seul défaut qu'elle puisse me reprocher.

Avec sa permission, j'ai poursuivi la lecture de ses Mémoires. Le plaisir et l'intérêt qu'ils me procurent s'accompagnent d'indulgence pour ses ellipses, ses redondances et certains détails qui n'ont d'intérêt que pour nous.

J'ai ressenti de l'émotion à découvrir les circonstances qui lui ont fait rencontrer monsieur de Noé. Si j'en crois le portrait en miniature qu'a fait d'elle, à la fin de son adolescence, un artiste de Santiago de Cuba, elle avait alors tout l'éclat de sa beauté. Aujourd'hui, plus âgée que moi d'une dizaine d'années, elle jouit encore de toute sa vénusté.

J'ai refermé le cahier aux pages couvertes d'une écriture appliquée, scolaire et raturée d'abondance, mouchetées en marge de quelques petites étoiles d'encre.

En rejoignant ma famille, j'allais éprouver une grande joie et une amère déception.

Dieu merci, Lydie et Hélène s'étaient bien remises de leurs épreuves. En revanche, j'appris que mes espoirs de paternité avaient été contrariés. Lors de la seconde attaque des Palmistes, Lydie avait fait une chute qui avait interrompu sa grossesse. Le lieutenant Nestor l'avait fait transporter en cabriolet à Port-au-Prince. Il était temps : un jour de plus, et elle aurait elle-même succombé. Elle était enceinte de quatre mois d'une fille qui fut enterrée dans le bois d'eucalyptus, près de la tombe de monsieur de Noé.

Hélène, plus robuste que sa sœur, avait mieux supporté les événements. Elle ne me surprit guère lorsqu'elle m'annonça son intention d'épouser son lieutenant, au risque de susciter la réprobation et le mépris de la bonne société coloniale. Toussaint, en revanche, était ravi de cette union : il voyait en elle une occasion d'humilier ces tartuffes.

En retrouvant Lydie, j'attendais des effusions de sa part ; quand je m'assis sur le bord de son lit, elle me fit grise mine et me reprocha, sinon de l'avoir laissée des semaines sans nouvelles, du moins de n'avoir pas tenté de m'évader.

— J'y pensais sans cesse, lui répondis-je, mais c'était impossible, surveillé que j'étais en permanence par des gardiens qui avaient l'ordre de m'abattre à la moindre tentative.

Ella parut convaincue et me demanda d'oublier ses soupçons.

— Ils le sont déjà, ma chérie. Nous allons songer maintenant à reconstruire notre vie. Puis-je compter sur toi ?

Elle eut cette réponse dilatoire :

— Je m'y efforcerai.

Elle ajouta en me prenant les mains :

— Julien, j'ai une autre triste nouvelle à t'apprendre : je ne pourrai plus avoir d'enfants. Le chirurgien de l'hôpital et le docteur Lacroix ne m'ont laissé aucun espoir. Si donc tu décidais de renoncer à moi, je ne t'en voudrais pas.

Je me dressai d'un bond :

— Tu es folle ! Je suis navré de cette nouvelle, mais comment peux-tu me prêter de telles intentions ? C'est insensé, c'est...

Elle tenta maladroitement de se justifier, disant qu'elle redoutait que je ne l'eusse épousée que mis au pied du mur par l'annonce de sa grossesse, afin d'éviter un scandale et de risquer de perdre l'amitié de son père.

— Tu te fais une idée fausse de la situation, lui dis-je. Si j'ai hésité à répondre à tes avances, c'est que mes conditions de vie étaient instables et que je n'étais pas certain de pouvoir t'assurer une existence décente. Tu fus une maîtresse adorable avant de devenir une épouse exemplaire. Je ne regrette rien et jamais, depuis notre mariage, l'idée ne m'est venue d'avoir commis une erreur en trahissant mon vœu de célibat.

Elle repartit d'un ton boudeur :

— Soit, nous verrons bien...

Ses propos manquaient de chaleur. Elle ne répondit pas au baiser que je lui donnai, comme si un doute persistait dans son esprit quant à mes sentiments. J'attribuai cette disposition aux événements qu'elle avait traversés ; ils justifiaient ma compassion.

Je lui parlai d'Ana et de la situation difficile dans laquelle elle se trouvait après la destruction du domaine.

— Je ne puis la plaindre ! bougonna Lydie. Ma belle-mère est une entêtée. Elle n'a plus rien à faire aux Palmistes, où elle s'accroche comme si elle y était née. Nous avons consenti, Chloé, Hélène et moi, à lui abandonner en partie la propriété du domaine, mais aujourd'hui, que va-t-elle en faire ? Mon père aurait vendu cette ruine et serait retourné en France. Pourquoi ne le fait-elle pas ? Qu'est-ce qui la retient ? Qu'en dis-tu, toi ?

Je lui fis un tableau de la situation.

Lydie n'avait pas tort, mais il fallait comprendre Ana : grâce à monsieur de Noé, elle avait connu là les plus belles années de sa vie, et voulait sans doute rester fidèle à la mémoire de son époux et à ces lieux. Elle s'était mise en quête, auprès de planteurs du voisinage, de subsides afin que l'activité reprenne au plus tôt. C'était une sorte de défi, mais elle semblait avoir la volonté et les moyens de l'assumer.

— Peut-être, ajoutai-je, Ana a-t-elle fait le bon choix. Avec la centaine d'esclaves qu'il lui reste, elle peut envisager l'avenir sous des auspices favorables. Elle a promis à ses nègres qui ne le sont pas encore de les affranchir et de leur verser un salaire. Elle souhaite construire une infirmerie, une école...

Lydie éclata de rire.

— Du roman, Julien ! Du roman pour vieilles dames...

Le lendemain de mon arrivée à Port-au-Prince, je demandai audience au général de brigade Toussaint Louverture. Je le trouvai entouré d'un aréopage d'officiers emplumés, dont il exigeait qu'ils fussent en tenue, le moindre relâchement étant sanctionné.

Il m'embrassa et s'exclama :

— Heureux, Julien, de te revoir indemne ! Hier, au retour des Gonaïves, j'ai appris que tu avais échappé à cette brute sanguinaire de Socrate Sans-Nez. Dieu merci, il est aujourd'hui hors d'état de nuire. Il faudra me raconter comment tu as fait pour te tirer de ses griffes. Soupons ce soir en tête à tête. Je veux tout savoir.

Je rencontrai dans la cour du palais le lieutenant Nestor, qui avait accompagné Toussaint aux Gonaïves. Il était en train d'examiner son cheval. Je l'invitai à boire un verre dans un bouchon voisin.

Devant un ponche au jus de goyaves, je lui posai la question qui m'obsédait, à savoir comment s'était déroulée l'attaque contre les nègres des Mornes-Rouges.

— La contrée, me dit-il, est débarrassée de cette vermine. Nous avons employé les grands moyens : trois cents hommes et de l'artillerie, mais il a suffi d'une salve de canons pour jeter la panique dans la tribu. J'ai assisté à l'opération et n'aurais cédé ma place pour rien au monde. Quel spectacle ! Ces brigands fuyaient de partout. Nous en avons tué une bonne centaine.

— Des femmes, des enfants ?

— Non : Socrate avait pris soin de les disperser.

Nestor avait reçu une consigne : ramener Socrate vivant. Il l'avait découvert dans son repaire souterrain, entouré de sa femme, de ses enfants et de quelques fidèles. Il n'avait pu les capturer qu'en les enfumant dans leur tanière, comme des renards.

Je m'efforçai de cacher mon émotion en lui demandant quel sort on avait réservé aux prisonniers.

— Le supplice et la mort, me répondit-il. Ils doivent passer en jugement demain, mais l'affaire sera vite expédiée. On attend la foule pour assister au spectacle. Cela devrait te réjouir.

Je ne m'attendais certes pas à une mesure de clémence pour le chef de ces brigands, mais mon cœur se serrait à l'idée qu'ils allaient être torturés sur la place publique, comme au temps de l'Inquisition. Je ne pouvais oublier leurs méfaits, pas plus que leur hospitalité. S'il n'eût tenu qu'à moi, je les aurais condamnés à la détention jusqu'à la fin de leurs jours, mais, à la réflexion, c'eût peut-être été pire.

Toussaint m'invita à le suivre dans une petite pièce jouxtant son cabinet. Presque entièrement occupée par une table pour six à huit personnes, elle était ornée d'un grand miroir, du portrait d'un officier de l'Ancien Régime qui ressemblait au maréchal de Turenne, et de fleurs à profusion sur des consoles ou des guéridons. La chaleur était supportable.

Je n'avais pas revu Toussaint depuis quelques mois. Il me sembla qu'il marchait voûté, avec difficulté, et que son visage s'était creusé, mais, ajoutant à son autorité naturelle, son regard avait gardé intensité et fascination, et son élocution s'était affermie.

Il me fit servir du rhum, avec ce commentaire :

— Celui-ci vient de ma plantation du Petit-Goâve. J'ai veillé personnellement à sa fabrication. C'est mon préféré. Puisque tu es, je crois le savoir, un connaisseur, dis-moi, sans flagornerie s'il te plaît, ce qu'il t'inspire.

Je fis tourner la liqueur dans mon verre, la humai longuement, pris le temps de la savourer en jouissant de l'impatience de Toussaint.

— Fort bien ! fis-je, mais d'une subtilité, euh... peut-être trop accusée. Je veux dire : pas assez long en bouche, trop... volatil.

— Est-ce tout ?

— Non, hélas : la saveur de mangue est un peu trop marquée.

Il éclata de rire et fit claquer sa main sur mon épaule.

— Je te prends à mon service pour ma cave, Julien ! Tu feras un fameux sommelier ! Pour ce qui est de ce rhum, tu as raison : on doit pouvoir l'améliorer. En tout cas, je tiendrai compte de ton appréciation.

Des négrillons costumés comme pour un festin à Versailles nous servirent le bouillon de tortue avec des tranches de pain de froment grillées.

A peine étions-nous assis, Toussaint me demanda comment s'était déroulé mon séjour aux Mornes-Rouges. Il s'attendait sans doute à un lamento, au récit pathétique de mes angoisses et de mes épreuves ; ébahi d'apprendre que j'avais été bien traité, il ponctuait mon récit de sourdes exclamations : « Ça, par exemple... Tiens, tiens... Ça n'est pas possible... » Lorsque je parlai des *bonnes manières* de mes hôtes, il fronça les sourcils. Je le rassurai :

— Je ne me fais pas d'illusions. Un Petit Blanc ordinaire aurait été torturé et massacré, mais Socrate voyait en moi un savant, une sorte de médecin dont il pourrait tirer profit.

Il s'écria en frappant du poing sur la table :

— Et tu as donné satisfaction à ce brigand !

— Que pouvais-je faire d'autre ? Lui refuser mes services m'aurait condamné. J'ai le sens de l'honneur mais pas le goût du sacrifice inutile.

— As-tu seulement tenté de lui fausser compagnie ?

Je répétai ce que j'avais confié à Lydie. Il accepta ma justification plus aisément qu'elle ne l'avait fait elle-même.

— J'avais pensé, dit-il, à te faire témoigner contre ce monstre, mais, à la réflexion, j'y ai renoncé. D'ailleurs, il est trop tard : ils ont déjà été jugés. Lui, sa femme et ses acolytes seront exécutés dans la semaine.

J'avais la gorge serrée en lui demandant quel châtiment on leur avait destiné.

— La mort, évidemment. Nous avons fait une vingtaine de prisonniers. Ils seront pendus. Bernarda de même, mais le hic sera de trouver une potence et une corde assez solides pour cette outre de graisse de plus de deux cents livres ! Nous avons réservé à Socrate un régime spécial : la roue. Ce brigand nous a fait perdre trop d'hommes et a failli massacrer ta famille. Nous ne devons pas avoir la moindre indulgence à son égard.

— Que fera-t-on des enfants ?

— Ils seront vendus comme esclaves. Si tu en avais les moyens, tu pourrais en acheter quelques-uns.

Pour ne pas l'indisposer, je me gardai de lui parler de mon école et des bontés que la dame Bernarda avait eues pour moi, le soir du vaudou.

Les négrillons nous servirent, avec un médoc de grand cru, une platée d'écrevisses fortement pimentées. Toussaint ne fit qu'y goûter ; je m'en gavai. Je savais qu'il suivait un régime spartiate et ne dormait que deux ou trois heures par nuit.

Je lui demandai de me parler de la situation à Saint-Domingue, qui avait retrouvé son unité originelle depuis le retrait des autorités espagnoles. Elle était, me dit-il, *tragique*. La plupart des plantations avaient été détruites par des bandes rebelles, et le Trésor public était à son plus bas niveau. La plupart des colons ne subsistaient qu'en cultivant eux-mêmes leurs terres, en l'absence de la main-d'œuvre habituelle. On avait envisagé la reprise de quelques plantations grâce à des fonds publics, mais la tâche était immense et les moyens dérisoires.

— Nous vivons des temps difficiles, dit Toussaint, et l'avenir est sombre. Nous éliminons une bande, une autre la remplace. C'est un travail de Pénélope. Si la métropole ne nous envoie pas dix mille soldats, nous sommes foutus !

Le gouverneur Laveaux, son ami, était retourné en France pour sensibiliser le gouvernement à ces problèmes. Le terrible Sonthonax, inconditionnel de l'abolition générale, était revenu au Cap-Français avec l'intention de faire appliquer ses principes.

— Je n'ai rien contre, Julien. Ce sont des idées généreuses, mais, pour le moment du moins, inapplicables. Les colons prétendent n'avoir pas les moyens de faire de leurs esclaves des ouvriers agricoles salariés.

Dans la partie orientale de l'île, occupée naguère par les Espagnols, le général Rochambeau avait fait office de gouverneur et d'attaché militaire, mais sans la force armée qui lui eût été nécessaire pour maintenir l'ordre. Ses méthodes brutales envers la population l'avaient fait rappeler à Paris.

Après les écrevisses, les négrillons nous servirent des perdrix rôties aux herbes, puis un régal : des langues de perroquet *à la poulette* entourées d'une crème de patates douces.

Toussaint avait l'air pressé d'en finir. Il fit rouler sur la nappe une bille de mie de pain et soupira :

— Je suis las, Julien. Tu ne peux imaginer les efforts que je dois faire pour n'en rien laisser paraître. Je vis dans une tension constante et cela ne me vaut rien. Vois-tu, mon ami, je viens d'avoir cinquante-cinq ans.

— L'âge de la retraite pour un homme qui a tout donné à sa cause.

Il évacua sa morosité dans un grand rire et avala cul sec un dernier verre de médoc.

— La retraite ? Tu en as de bonnes... Tout reste à faire dans ce foutu pays, tout ! Et tu voudrais que j'abandonne ?

Il se coula sur la table et me dit à voix basse :

— Julien, je connais ton sens de l'honneur. Alors, ce que je vais te confier, tu le garderas pour toi. Lorsque je suis en service ou que je suis attablé avec des notables, j'ai le choix, en les observant, entre le panier de crabes et les mangroves à caïmans de l'Artibonite. Je ne suis entouré que de trous du cul, de médiocres ou de gredins, qu'ils soient blancs, noirs ou mulâtres, ces derniers étant les pires ! Des incapables, des sournois, à la fois corrompus et corrupteurs. Une belle engeance...

— Mais vos officiers ? Ils vous sont fidèles, il me semble.

— Mes officiers ? Parlons-en ! La plupart ne savent ni lire ni écrire et ne parlent que le créole. Lorsqu'ils sont en campagne, j'ai du mal à leur imposer la discipline et une conduite humaine. Pour eux, guerre égale massacre ! J'en ai cassé quelques-uns, mais c'est risquer de déclencher une mutinerie.

— Vous avez malgré tout une satisfaction : le pouvoir.

Il éparpilla quelques brisures d'un rire sarcastique pardessus son bras replié.

— Le pouvoir... Le pouvoir... Laisse-moi rire ! C'est une duperie. Comment peut-on l'exercer sereinement quand on sait que des complots se trament dans l'ombre et qu'un pistolet m'attend au coin d'une rue ou durant une cérémonie ?

Il goûta du bout des doigts les cacaos confits et ajouta :

— J'espère que tu assisteras au supplice des brigands des Mornes-Rouges. J'y serai moi-même, malgré la répulsion que j'en éprouve à l'avance. Ces spectacles me sont odieux mais nécessaires.

J'aimerais effacer de mon souvenir les images des supplices auxquels je dus assister. Malgré ma réprobation, Lydie et Hélène décidèrent de m'accompagner.

On avait dressé sur la place d'Armes des échafauds et une estrade pour les notables. Durant la journée qui précédait les exécutions et une partie de la nuit, des bruits de marteaux avaient retenti.

En raison de la chaleur, les supplices avaient été prévus pour la soirée. Un cordon de troupes commandé par le lieutenant Nestor à cheval et une fanfare de nègres cernaient les échafauds : l'un pour la roue, les autres pour les pendaisons.

Le supplice par la corde des nègres marrons ne suscita guère d'intérêt. Le public, blasé de ce genre de spectacle, ne se réveilla que lorsque vint le tour de la dame Bernarda. Elle apparut dans sa majesté de matrone, accueillie par des rires et des propos graveleux. Les mains attachées dans le dos, trébuchant dans sa tunique blanche, elle promenait un regard égaré sur la foule et l'estrade des notables, à croire qu'une main compatissante l'avait droguée. Lorsque, sans un mot ni un geste de rébellion, elle se laissa mettre la corde au cou, je tentai en vain de capter son attention, mais il semblait qu'elle fût déjà dans un autre monde.

Quand elle retomba lourdement en faisant chanceler la potence, des rires et des sarcasmes fusèrent, d'autant qu'étant donné sa corpulence elle tardait à s'immobiliser.

Après ce supplice, je regardai Lydie. Elle se tenait raide sur son banc, lèvres serrées, regard fixe. Hélène, quant à elle, vibrait de tout son être et riait lorsqu'un nègre mettait du temps à succomber. Son regard allait de l'échafaud à son beau lieutenant, auquel elle adressait avec son mouchoir des sourires et des signes.

Le deuxième acte de la tragédie comportait une scène dont je n'avais pas été informé : la décapitation d'un Noir athlétique, accusé d'avoir volé et malmené un marchand de drap, à Caye-Garnière. Il fallut que le bourreau et ses aides s'y missent à quatre pour le maîtriser. Il hurlait un nom de femme : *Clara* ou *Cora*, je ne sais.

La place d'Armes était, si j'ose employer cette expression, noire de monde lorsque la fanfare attaqua un hymne révolutionnaire, la *Marche lorraine*, pour accueillir le personnage unique du troisième acte de la tragédie : Socrate Sans-Nez.

Accueilli par des bordées de lazzis et des jets de fruits pourris, il sauta du véhicule et, repoussant les aides du bourreau, s'avança vers l'échafaud, dont il monta les degrés d'un pas ferme. La pourriture vert rosâtre dont il était couvert des pieds à la tête ne parvenait pas à le rendre ridicule. Détail atroce : comme il avait été privé de son appendice en carton bouilli, on ne voyait de son nez que les cavités nasales, ce qui lui faisait un masque de squelette.

Lui, on ne l'avait pas drogué, une faveur qu'il eût sans doute refusée. Il se mit à tourner d'un pas tranquille autour des instruments de son supplice : la croix de Saint-André où il allait avoir les os brisés, et la roue posée à l'horizontale, à quelques pieds du plancher, où il serait exposé le temps que durerait son agonie.

Il se planta devant le bourreau qui attendait, les mains posées sur sa barre de fer, qu'il eût achevé son inspection, et lui éclata de rire au nez ou peut-être lui cracha au visage. Il termina sa ronde en se postant face aux soldats et à la foule pour une harangue en créole dont les termes m'échappèrent mais qui suscita des rires, des vivats et quelques chants séditieux.

Je fermai les yeux et retins mon souffle lorsque, sans résistance, il se laissa attacher à la croix, bras et jambes écartés, pour recevoir les premiers coups. Le public dut se sentir frustré des gesticulations, des plaintes ou des hurlements qu'il attendait. Ce n'est qu'au moment où la barre de fer lui écrasa la poitrine que le condamné, soudain cambré, émit un grognement de sanglier blessé.

Il semblait inconscient lorsque les aides déposèrent ce lambeau de chair tuméfiée, inerte, ruisselant de sang, sur la roue où allait prendre fin son agonie.

J'avais fini par rouvrir les yeux, comme s'il était de mon devoir d'accompagner jusqu'à la fin le supplice de cet homme qui détestait la société des Blancs mais avait eu pour moi des sentiments généreux.

A constater la façon dont il exerçait son pouvoir sur les siens après les avoir fanatisés, dont il avait organisé sa rébellion et créé une sorte d'harmonie dans la petite communauté dont il était responsable, je me disais que, si l'on avait fait preuve envers lui de justice et de clairvoyance, il aurait pu devenir un chef militaire et égaler en courage et en honneur les généraux issus de la Révolution. La société coloniale lui avait fourni les arguments et les armes dont il s'était servi pour la combattre. Il y avait trop de vindicte en lui pour qu'il s'interdît de la libérer. On croyait avoir fait un exemple en le suppliciant ; on en avait fait un martyr.

La barbarie, pensais-je, est universelle. Comment accepter que ce qui porte le nom vénérable de justice dépasse souvent en cruauté l'acte qu'elle prétend punir ?

Où avais-je lu ces belles paroles ? Chez Voltaire, Diderot ou l'abbé Raynal ?

Toussaint nous avait affecté, pour notre séjour à Port-au-Prince, la demeure d'un de ses secrétaires parti pour la capitale du Nord. Cette maison en bois d'un étage, proche de la zone portuaire, nous convenait, et le mobilier laissé en place nous suffisait. Elle était entourée d'un jardinet planté d'hibiscus, de daturas et de ces majestueux poinsettias qui ressemblent à des oiseaux. Il avait souffert de quelques semaines d'abandon, mais notre domestique noire, Manon, l'a ranimé.

En dépit d'un climat tropical plus rigoureux que celui du Nord, du mauvais état de ses rues et de ses trottoirs, de son ambiance de sous-préfecture, j'aimais cette ville ouverte sur une baie qui passe pour une des plus vastes et des plus belles au monde.

Après bien des vicissitudes, elle avait connu une expansion rapide depuis la date de mon arrivée, en 1791. De nombreux planteurs dépossédés de leurs biens par les rebelles y avaient trouvé refuge et fait construire des maisons sur les premières pentes. Du coup, on avait vu s'ouvrir dans la ville boutiques, cabarets, auberges et bordels. Un palais somptueux, un théâtre, une bibliothèque, une fontaine monumentale étaient sortis de terre en quelques années.

La Révolution avait rebaptisé cette ville Port-aux-Crimes, mais, pour tous, c'est l'ancienne appellation qui avait prévalu. La paix ayant ramené vers sa baie des navires de toutes nations, le port connaissait un trafic intense. Entrepôts et magasins avaient envahi la côte.

J'aurais aimé que Lydie, au retour de la place d'Armes, me livrât ses sentiments sur les horreurs auxquelles elle avait assisté. Lorsque je l'interrogeais, c'était bouche cousue. Je n'insistai pas. En revanche, je me gendarmai pour qu'elle consentît à me laisser partager son lit, mais j'eus vite l'impression, en accomplissant mes devoirs d'époux, de lui imposer une corvée. Les beaux élans dont elle me gratifiait naguère avaient fait place à un morne consentement.

Une nuit, alors que ses fleurs avaient passé depuis une semaine, je constatai qu'elle avait saigné. Quand je lui en fis l'observation, elle me répondit :

— Rien de surprenant, Julien. Il paraît que ce climat dérègle souvent le cycle menstruel.

Je lui proposai néanmoins de consulter le docteur Lacroix ; elle s'y refusa. J'insistai ; elle me rabroua, disant que je n'entendais rien aux mystères de la féminité. Je m'abstins de lui reparler de ce désagrément et décidai de faire chambre à part.

Dieu merci, la ville m'offrait suffisamment d'occasions d'épancher mon énergie vitale. Je n'eus aucun scrupule à en profiter.

Dire que le général de brigade Toussaint Louverture avait plusieurs épines à chaque pied est un euphémisme. Si ce n'eût pas été une image, il aurait eu du mal à marcher.

La plus douloureuse était celle qui concernait le reliquat de l'occupation par les Anglais de la partie occidentale de l'île. Le général Maitland, qui tenait encore, arbitrairement, des localités importantes comme le môle Saint-Nicolas et Jérémie, semblait attendre la décrépitude de l'occupation française comme un vautour se prépare à fondre sur sa proie.

Chasser par les armes ces importuns présentait le risque de voir le cabinet de Londres demander des comptes et envoyer ses vaisseaux faire une démonstration de force devant notre île, qui nous eût mis dans l'embarras. Toussaint jugeait une négociation préférable.

Revenu depuis peu à la colonie après avoir participé à la pacification de la Vendée, l'irascible révolutionnaire Sonthonax, ancien page de Marie-Antoinette, puis chef d'état-major de Hoche, ne fit pas long feu. Ses méthodes brutales, ses utopies dangereuses l'avaient fait rappeler par le Directoire quelques mois plus tard.

Monsieur d'Hédouville débarqua à son tour avec une mission précise : régler au mieux le différend avec les autorités anglaises, que Toussaint aurait pu mener à bien sans lui.

Les deux généraux, Toussaint et Maitland, n'allaient pas tarder à se rencontrer. L'entrevue eut lieu au Cap-

Français, dans la splendide maison que Toussaint y avait fait construire. Il s'était fait accompagner du lieutenant Nestor, qui, à son retour, m'informa des résultats de cette conférence.

Il me parla de la grande salle illuminée de lustres, de la vaisselle en porcelaine chinoise, des domestiques en livrée Ancien Régime, des musiciens noirs qui avaient joué des musiques de Haendel et de Dowland. La bonne société de la capitale avait été mise à contribution. Pendant trois jours, on avait banqueté et dansé.

— Toussaint, me rapporta Nestor, s'est rengorgé lorsque d'Hédouville, en l'appelant gouverneur, lui avait révélé qu'on parlait beaucoup de lui à Paris, non seulement dans les cabinets ministériels et les ambassades, et qu'il y serait accueilli avec les honneurs réservés à un chef d'Etat. Il lui en avait apporté la preuve par quelques gazettes. « La France, lui dit-il, sait ce qu'elle vous doit... »

— Et qu'a répondu Toussaint ?

— Il a brisé la tige d'une plante posée devant lui, l'a déposée sur la nappe et a répliqué : « Je répondrai à votre invitation quand ceci pourra faire un navire... »

Les entretiens concernant le retrait des troupes anglaises, en revanche, avaient failli mal tourner. Maitland avait réagi aux exigences d'Hédouville par ces mots :

— Monsieur, dois-je vous rappeler que mon gouvernement a refusé de reconnaître votre République ? Je ne puis donc traiter avec son représentant. En revanche, rien ne m'interdit de le faire avec le général Toussaint, que vous avez qualifié de *gouverneur*. Il est le seul interlocuteur valable.

Humilié, monsieur d'Hédouville s'était retiré.

L'affaire n'allait pas en rester là. Maitland tenait à son choix : pour lui, le maître de Saint-Domingue, c'était Toussaint, gouverneur ou pas. Il le convia à un nouvel entretien, qui eut lieu une semaine plus tard au môle Saint-Nicolas.

— Le représentant de l'Angleterre, me dit Nestor, a bien fait les choses. Il a rameuté la population et envoyé une procession de notables accueillir son hôte. L'entrevue a eu lieu sur la place d'Armes, où l'on avait dressé des tentes ornées des pavillons des deux nations.

Le résultat de cette conférence, qui rappelait celle du Drap d'or, me réjouit : Maitland acceptait de rendre les places qu'il occupait, mais non sans laisser percer des menaces à peine voilées contre la France, qui, en cas de nouveau conflit, devrait se méfier de la marine anglaise, « maîtresse de toutes les mers du monde ».

Il avait ajouté :

— Général Toussaint, je vous conserve ma sympathie. Si vous éprouvez quelque ennui avec la métropole, nous serons prêts à vous soutenir. Je connais les difficultés de la France et l'impuissance où elle est de vous apporter son aide.

— Des propos hypocrites et maladroits. Comment Toussaint y a-t-il répondu ?

— Heureux de s'en tirer à si bon compte, il n'a fait que remercier Maitland de sa confiance et de son cadeau d'adieu : de la vaisselle en faïence anglaise Delftware. Il m'a confié qu'il n'était pas dupe de ces propositions d'aide, qui ne sont qu'un encouragement à peine masqué à la trahison. La « perfide Albion » mérite bien cette mauvaise réputation...

Toussaint avait remercié le général anglais de son présent par une promesse : il l'avait assuré de l'immunité des émigrés français qui décideraient de quitter l'Angleterre pour s'installer à Saint-Domingue.

L'envoyé du Directoire ne resta que peu de temps dans l'île. Arrivé en mars 1798, monsieur d'Hédouville en repartit en octobre, pour ainsi dire la queue entre les jambes et persuadé que le véritable maître de l'île, son gouverneur de fait, était Toussaint.

D'autres tracas allaient pour moi faire un calvaire de ce séjour à Port-au-Prince. Notre place eût été aux Palmistes, auprès d'Ana, mais Lydie n'était guère disposée à y retourner.

Je rencontrai le docteur Lacroix au cours d'une réception au consulat américain et lui parlai de ma récente odyssée des Mornes-Rouges et de l'état de santé de Lydie, qui ne cessait de m'obséder.

— Vous me mettez dans l'embarras, me dit-il entre deux libations de champagne. Il est vrai que certaines femmes subissent des dérèglements dans leur cycle menstruel du fait du climat. Pour ce qui concerne votre épouse, je ne puis me prononcer sans l'avoir auscultée.

— Encore faudrait-il qu'elle y consentît, mais nous ne pouvons l'y contraindre. Son humeur s'est gâtée depuis sa fausse couche. Elle s'en prend à moi comme si j'étais responsable de cet accident.

— C'est un phénomène courant. Une fausse couche engendre une frustration qui peut dégénérer en humeur agressive. Vous allez revenir à la charge et tenter de la persuader de se faire examiner. Sa vie est peut-être en jeu.

Le soir même, quand j'eus fait part à Lydie de cet entretien, elle riposta vivement. De quoi m'étais-je mêlé ? Elle semblait, sciemment ou non, avoir oublié qu'elle était ma femme et que sa santé m'importait au plus haut point. J'en venais à me dire que je n'avais été pour elle qu'un caprice et qu'elle souhaitait me rejeter après avoir été comblée, comme un enfant se débarrasse d'un jouet devenu sans intérêt.

Elle ajouta d'une voix aigre :

— Je refuse que ce vieux chimpanzé me tripote avec ses grosses pattes !

Durant quelques jours, je ne sus quel parti adopter. Le docteur Lacroix vint de lui-même frapper à notre porte. Il resta un moment à observer par la fenêtre Lydie en train de lire sous le figuier du jardin. Il me demanda de faire venir Manon et la pria de lui apporter les linges intimes de sa maîtresse qu'elle n'avait pas encore lavés, ainsi que son dernier drap de dessous. Il ajusta son lorgnon, examina ces pièces et soupira :

— C'est bien ce que je craignais, monsieur Delacour. Votre épouse souffre d'une infection. Je crains que le mal soit trop avancé pour qu'il puisse être traité avec efficacité. Il aurait fallu s'y prendre un mois plus tôt. Il faut absolument que j'en aie le cœur net. Dites-lui que je l'attends dans sa chambre.

Je me dérobai lâchement.

— Tâchez vous-même de la convaincre. Moi, j'y renonce...

De la fenêtre, j'assistai à la rencontre et m'attendis à des éclats. J'ignore quels propos ils échangèrent, mais ce que je vis me stupéfia : Lydie se leva et jeta son livre à la figure de Lacroix. Il ne broncha pas, la força même à se rasseoir, s'installa près d'elle et lui parla. Je vis avec surprise le visage crispé de Lydie se détendre et un triste sourire effleurer ses lèvres. Il lui saisit la main ; elle se leva et le suivit.

L'auscultation achevée, le médecin me prit le bras et me dit :

— Soyez courageux, mon ami. Je crains d'être arrivé trop tard. Si votre épouse se tire de ce mauvais pas, ce sera un miracle. Avez-vous la foi ? Alors priez, bien que je doute de l'efficacité de cette méthode. Quoi qu'il en soit, je vais soigner notre malade. Elle est consentante.

— Que lui avez-vous dit pour la convaincre ?

— Que ma femme souffrait de la même affection, mais en plus grave, et que je l'avais guérie. C'est une fable, mais l'essentiel est qu'elle y ait cru.

Il ordonna des injections, des bains, des poudres et des pilules, le repos absolu, des sommeils prolongés et des siestes...

— Quant à vous, mon cher, soyez affectueux et évitez de la contrarier. Vous aurez sûrement à affronter sa colère, mais ne le prenez pas à cœur : elle se calmera d'elle-même.

Il ajouta en prenant congé :

— Je puis vous assurer qu'elle vous a conservé son affection, malgré les apparences. Ce qui lui a été le plus sensible, c'est de ne plus pouvoir devenir mère. C'est un drame pour beaucoup de femmes, mais la vôtre l'assume très mal...

Moi qui n'ai jamais cru aux miracles, je m'accrochai à cette perspective. Des fragments de prières bourdonnaient dans ma tête et mes yeux s'embuaient lorsque je l'entendais gémir dans sa chambre ou que je voyais soudain ses traits s'altérer. Son comportement envers moi avait changé : elle supportait mal mes absences, attendait mon retour avec impatience, me serrait dans ses bras comme si je revenais d'une expédition et s'intéressait aux nouvelles que je lui rapportais du palais. Ses humeurs étaient plus sereines. Parfois même je la surprenais à plaisanter avec la grosse Manon ou la disputer gentiment en jouant aux cartes.

Elle me fit une confidence :

— Julien, *mon chéri*, j'ai du mal à accepter l'idée que je ne verrai jamais la France. Tu m'as si souvent parlé d'Alençon et de Paris que j'ai l'impression d'y avoir vécu. Je devrai désormais me contenter de ces images.

Je feignis l'indignation pour riposter :

— Quelle idée ! Le docteur Lacroix est formel : il y a du mieux dans ton état. Tu seras bientôt guérie et nous pourrons alors envisager de partir. D'ici Noël, tu te promèneras en calèche aux Champs-Elysées, tu iras à l'Opéra, nous recevrons des amis...

Je mentais, persuadé que ces images pourraient l'aider à supporter son mal. Une petite graine d'espoir, me disais-je, peut changer le cours du destin. En fait, je n'en croyais rien et Lacroix n'osait plus imaginer une guérison, même miraculeuse. Je priais parfois, mais sans la moindre conviction. Quand je lui demandai combien de temps elle pouvait espérer vivre, il haussa les épaules.

— Tout ce dont je suis certain, c'est qu'elle ne verra pas fleurir les plantes qu'elle a semées.

Une quinzaine plus tard, un matin, j'allai prendre des nouvelles dans sa chambre et constatai qu'elle s'était agitée durant son sommeil, et que les draps étaient souillés de sang et de pus. Elle avait les yeux ouverts et un étrange rictus déformait son visage. Je fermai ses paupières, m'effondrai en larmes à son chevet et appelai Manon pour qu'elle lui fît une dernière toilette.

Si vous venez un jour à Port-au-Prince, vous pourrez découvrir, au fond de l'allée d'ifs du cimetière, entre quelques chapelles austères et prétentieuses, une simple dalle de marbre portant les noms de Lydie Delacour et du comte de Noé, avec les dates de leur naissance et de leur mort.

Nous avions décidé, Lydie et moi, de ne pas tenir sa belle-mère informée de sa maladie, afin de ne pas ajouter l'angoisse à ses soucis quotidiens. Ce n'est qu'une semaine plus tard que je m'y résolus.

Ana n'avait jamais eu pour sa belle-fille qu'une affection dépourvue de chaleur, alors que Lydie était la préférée de son père. Que lui reprochait-elle ? Ses caprices, son caractère impérieux, le mépris qu'elle vouait à l'Indienne qu'elle était. Envers la domesticité, elle se montrait souvent injuste.

J'avais redouté de trouver Ana, sinon dans le besoin – elle avait de quoi subsister – mais accablée par son travail et ses responsabilités.

J'avais tort.

A peine avais-je mis pied à terre, elle se précipita vers moi, m'embrassa et, entre deux éclats de rire, me reprocha sans aigreur d'avoir été avare de courrier.

— Pourquoi reviens-tu seul ? me dit-elle. Lydie aurait-elle refusé de retourner aux Palmistes ?

Avec beaucoup de ménagement, je lui racontai la maladie de Lydie, sa longue et douloureuse agonie, et sa mort. Elle sursauta, soupira :

— Lydie... Lydie, morte... Pauvre petite...

Puis, haussant le ton :

— Pourquoi ne m'as-tu pas prévenue ? J'aurais pu l'assister. C'est insensé, c'est... monstrueux !

— J'aurais dû te prévenir, en effet, mais ni moi ni elle ne l'avons souhaité, afin de t'épargner de nouveaux soucis. D'ailleurs, ta présence n'aurait rien changé.

Je lui fis part de mon intention de faire transférer les restes de son époux à Port-au-Prince. Elle y consentit, avec un regret : qu'ils ne reposent pas aux Palmistes, leur lieu de vie privilégié.

J'avais pensé ne rester que le temps de cette visite. J'y demeurai trois jours et ne le regrettai pas.

Je fis, en compagnie d'Ana, une visite à cheval de la plantation qui, modestement, avait repris bonne apparence, avec une centaine de Noirs, travailleurs volontaires pour la plupart et donc rémunérés, ce qui les attachait au domaine et stimulait leur énergie.

— Nous avons, me dit-elle, reconstruit nos ateliers et les cases détruites par l'incendie. Je me suis procuré au comptoir de Léogane des plants et des graines. Aujourd'hui, tous nos nègres ont un toit et de quoi subsister. Je crois qu'ils m'aiment bien, à part quelques fortes têtes dont je n'hésiterai pas à me séparer à la moindre incartade. J'assiste à leurs palabres et à leurs fêtes. Il m'arrive même de danser et de chanter avec eux. Si tous les planteurs avaient fait de même, nous aurions évité bien des catastrophes.

Les Palmistes vivaient, pour ainsi dire, à l'ombre des fusils. Ana en avait fait distribuer à quelques Noirs dont elle était sûre. De quoi dissuader d'autres bandes de s'en prendre de nouveau à sa plantation. Elle n'avait gardé à son service que le commandeur Anibal, un jardinier qui faisait office de cocher, et trois servantes.

Au cours du souper sous la véranda, Ana me confia qu'elle avait été l'objet d'une attention empressée de la part de monsieur Rossignol, un colon propriétaire de plusieurs plantations dans les parages de Jacmel, au sud de la péninsule. Veuf depuis peu, il avait souhaité un compagnonnage ou un mariage dans lequel ils eussent tous deux pu trouver leur compte.

Elle me dit en allumant un petit cigare :

— J'hésite à prendre une décision. D'une part, mon veuvage est trop récent et, d'autre part, comme tu peux le constater, je me tire assez bien d'affaire toute seule.

Elle avait informé de cette éventualité sa belle-fille Chloé, l'épouse du fils de Bertrand, officier civil au Cap-Français.

— Cette pécore se moque bien de ce que je vais devenir, car seul l'intéresse l'héritage de son père.

Elle avait fait de même auprès d'Hélène, qui, tout occupée de ses amours avec son lieutenant noir, ne lui avait pas répondu. Quant à Lydie, elle avait une excuse à son silence. Moi-même, informé de cette démarche, je n'avais pas réagi, absorbé que j'étais par la maladie de mon épouse.

— Alors, lui demandai-je, que vas-tu décider ?

— J'hésite encore. Monsieur Rossignol est un parti intéressant. Assez bel homme, courtois, la cinquantaine... Qu'en penses-tu, toi ?

Ce que j'en pensais, je n'osai le lui révéler. Au cours de la matinée, en cheminant vers les Palmistes, je me disais que notre double veuvage pourrait avoir une issue heureuse si nous décidions d'unir nos vies. De beaucoup de malheurs peut naître du bonheur. Je considérais cette hypothèse comme un acte dicté par la raison plus que par la passion.

J'avais pu, depuis ma venue aux Palmistes, sept ans plus tôt, évaluer les qualités de cette jeune femme : sa fidélité, sa discrétion, son efficacité dans la tenue de la maison, mais aussi apprécier sa beauté, que les années n'avaient pas encore altérée. J'avais acquis la certitude que monsieur de Noé eût approuvé cette union.

Je me gardai de toute allusion à cette éventualité, mais, à certains détails infimes dans son comportement, je n'avais pas de peine à deviner que cette idée lui était venue à elle aussi.

Elle me parla de ses belles-filles, de Chloé surtout, qui, à court d'argent, la pressait de régler la succession.

— Cette affaire, me dit-elle, me dépasse et m'importune. Mon mari ne me tenait pas au courant de ses comptes, si bien que je suis plongée dans un labyrinthe inextricable. Monsieur Rossignol m'a proposé son aide. Que ferais-tu à ma place, si tu tenais autant que moi à rester aux Palmistes ?

Je lui avouai mon embarras, mais, en tant que veuf de Lydie, j'avais voix au chapitre. Il me semblait qu'entre s'attacher aux Palmistes, avec les soucis que cela risquait de lui causer, et devenir une des grandes dames de Saint-Domingue, toute hésitation était superflue.

Elle écrasa son cigare et soupira :

— C'est moins simple qu'il n'y paraît. Je n'en dors plus.

Elle me confia qu'elle allait, dans un mois environ, recevoir une nouvelle visite de son prétendant. Il viendrait accompagné d'un jeune naturaliste fraîchement arrivé de France, Michel-Etienne Descourtilz, dans l'intention, comme moi-même, de prospecter les richesses végétales et animales de Saint-Domingue.

— Si tu juges intéressant de rencontrer ce futur savant, me dit-elle, rejoins-nous.

Aucune obligation ne me retenant à Port-au-Prince, j'acceptai. Hélène, devenue majeure, pouvait fort bien se passer de moi, tout occupée qu'elle était à ses amours avec Nestor et, à ce que je crus comprendre, enceinte de ses œuvres. Ils étaient jeunes, ils étaient beaux, ils auraient devant eux un avenir radieux lorsque la paix et le calme seraient revenus dans cette île. Restait à fixer la date de leur mariage ; je leur en laissai le choix et conseillai à Hélène de se rendre aux Palmistes pour annoncer à sa belle-mère l'événement et sa grossesse.

— Tu t'y rendras avec ton fiancé, lui dis-je. Pour faire sa demande, qu'il n'oublie pas les gants blancs, le bouquet et son plus bel uniforme. Ana est sensible à ce genre d'attention.

Aussi vagues que mal rémunérées, mes fonctions au palais du Gouvernement de Port-au-Prince me laissaient du temps libre et un avantage inestimable : pouvoir y renoncer quand je l'aurais décidé. Je ne roulais pas sur l'or, mais j'ai toujours su me contenter de ce que la vie pouvait me donner.

Toussaint m'avait dit entre deux portes :

— Je souhaite que tu demeures près de moi, car ta présence peut m'être précieuse, mais en restant libre de partir si des événements t'y obligent.

— A quel titre serai-je employé ?

— Mettons... comme conseiller, si cela te va. Ne t'attends ni à une sinécure ni à un pactole. Tu seras libre d'aller et de venir, mais je tiens à être prévenu de tes absences.

Il m'avait affecté un hébergement dans le palais, mais je ne lui cachai pas que je préférais la demeure modeste que j'avais habitée avec Lydie, et les services de Manon à ceux d'un valet de chambre.

Mon temps de présence au palais était des plus souples. J'arrivais tôt le matin, restais dans mon cabinet jusqu'aux heures chaudes, à regarder voler les mouches, après avoir consulté les gazettes arrivées par le dernier navire français, pour en communiquer l'essentiel à Toussaint. Je quittais le palais à la cloche de midi pour n'y retourner qu'après une longue sieste et y demeurer jusqu'à la tombée du jour, et parfois assez tard, lorsque Toussaint conviait ses officiers civils à quelque médianoche.

La mort de Lydie m'avait contraint à observer une continence d'un mois, qui me parut durer une éternité. Jeune que j'étais et peu enclin à observer l'austérité d'un cénobite, j'éprouvais le besoin d'épancher mon énergie dans le commerce des femmes.

Deux à trois fois par semaine, par hygiène autant que par nécessité, je me rendais dans ces maisons closes installées dans les ruelles menant au port. Elles étaient abondamment pourvues en négresses, en métisses et en femmes blanches raflées en France pour aller, disait-on « peupler les colonies », et qui, contraintes ou volontaires, avaient suivi une voie moins honorable.

Ma fréquentation de ces mauvais lieux, en dépit des mises en garde du bon docteur Lacroix, ne dura que le temps de recevoir ce qu'on appelle avec élégance, dans les allées de Versailles, un « coup de pied de Vénus ». Je mis des semaines à m'en remettre, malgré les soins d'un Docteur-Feuille, un sorcier de la Croix-des-Bouquets, qui traitait ce mal d'intempérance avec des lotions et des onguents végétaux moins dangereux dans leurs effets secondaires que le mercure du docteur Lacroix.

Cette pitoyable péripétie me guérit pour un temps de ces dangereuses fréquentations où je laissai une bonne part de mes émoluments. On pourrait me faire observer que Manon aurait pu pallier mes exigences charnelles, mais, outre que je me refusais à marcher sur les brisées de ce pauvre monsieur de Noé, elle avait pris l'apparence d'une Vénus hottentote.

C'est alors que le clerc d'un tabellion, que je rencontrais fréquemment au cabaret ou à l'auberge, me fit part, entre deux verres de clairin, de la découverte qu'il avait faite d'une *perle*, et non en pêchant des huîtres.

La dame Agathe Laumont était veuve, depuis trois ou quatre ans, d'un maître nautonier qui faisait du cabotage entre Port-au-Prince et Jérémie, et dont la barque à voile avait sombré corps et biens au large de Trou-Forban.

Impécunieuse au point de ne pouvoir envisager un retour en France, elle avait décidé de parer à son dénuement en faisant valoir les attributs de son sexe, que la mort du nautonier avait laissés en jachère. Leur attrait était loin d'être négligeable, malgré une discrète tendance à l'embonpoint, ce qui n'était pas pour me rebuter. Elle évoluait avec une grâce de tanagra entre la trentaine et la quarantaine, proche de la première le jour et de la seconde au lever.

Elle avait eu l'idée ingénieuse de créer une sorte de cercle composé de messieurs de la bonne société, donc, en principe, exempts de maladies sexuelles transmissibles, ce qui mettait ces élus, au nombre d'une dizaine, à l'abri d'une mauvaise surprise. Ils jouissaient en outre, grâce à une organisation des rendez-vous qui leur évitait des rencontres importunes, d'une discrétion absolue.

Je fus le onzième de cette sorte de club et n'eus jamais lieu de m'en plaindre.

La dame habitait dans un *carré* du nord de la ville, un charmant pavillon de bois peint en vert et rose, peu éloigné du centre pour qu'on pût s'y rendre à pied, et assez distant pour passer inaperçu, d'autant que sa porte ne s'ouvrait, en général, que la nuit venue, et par l'arrière.

Agathe avait à son service une jeune et gracieuse mulâtresse, Yolande, chargée de la réception, ainsi que de l'intérim quand madame avait ses fleurs. Ainsi, la clientèle était assurée de ne jamais faire chou blanc.

Je n'ai pas honte de le dire : je coulai dans ce havre de plaisir des heures qui comptent parmi les plus agréables de mon existence. Reçu comme un ambassadeur, le conseiller privé du général Toussaint que j'étais y trouvait une table frugale mais soignée, des vins capiteux, une ambiance de boudoir et une atmosphère plaisante grâce aux épaisses frondaisons qui entouraient ce logis.

Que de nuits ardentes je passai là, dans une sérénité exempte de grands sentiments, auprès d'une maîtresse docile, inventive, sans la moindre trace de vulgarité dans ses épanchements tarifés ! Yolande ne répugnait pas, certains soirs, lorsque madame avait son pompon, de mêler à nos ébats la fraîcheur de sa jeunesse.

Je ne sais quelle indiscrétion révéla à Toussaint le secret de ces sorties nocturnes. Loin de paraître offusqué, il m'en fit compliment. Je n'aurais pu, me dit-il, faire un meilleur choix. Lui-même, naguère, avait eu des assiduités pour la belle Agathe. Il souhaitait des confidences sur nos ébats. Je me montrai réticent.

Le général Toussaint Louverture… Toussaint, chef charismatique de la race noire… Toussaint, premier gouverneur général virtuel de Saint-Domingue…

Il jouait avec les grandes puissances un jeu diplomatique subtil mais dangereux dont j'avais été long à déceler les motivations et les buts, qui étaient de prendre une revanche sur la race blanche, de libérer l'île de toute tutelle étrangère et de fonder ainsi la première République noire du monde. Ambition utopique ? Comment les grandes puissances : France, Angleterre et Espagne, accrochées à un système colonial qui les avait enrichies, pourraient-elles tolérer cette provocation ?

Toussaint menait un jeu équivoque. Tantôt il faisait mine d'ôter son masque, déclarait que l'ordre serait rétabli et que l'activité des plantations reprendrait lorsque le Directoire se déciderait à envoyer un corps expéditionnaire important. Tantôt il proclamait que l'on n'aurait nul besoin des Français pour venir à bout des rebelles et qu'il se faisait fort de remettre les Noirs au travail.

Il passa les bornes de l'impudence le jour où il écrivit à Bonaparte, le héros des campagnes d'Italie, une lettre commençant par cet envoi : « Du Premier des Noirs au Premier des Blancs. » On imagine la stupéfaction du Corse devant cette phrase qui traduisait une ambition démesurée de la part d'un ancien esclave qui osait se comparer à César... ou à Bonaparte !

Nouvelle provocation, et de taille : il fit élaborer une Constitution de soixante-dix-sept articles dévoilant une volonté manifeste d'indépendance ! Il exigea ma collaboration afin de traduire son charabia qui mêlait le français au créole, d'éliminer des outrances dangereuses et de rectifier une syntaxe fautive. Je ne pouvais lui refuser mon aide sans risquer de perdre son amitié et son soutien.

Nous avons passé des nuits à rédiger ce brûlot. Il me lançait en me tapant sur l'épaule, vif comme un gardon alors que je tombais de sommeil :

— C'est moins agréable qu'une nuit avec madame Agathe, hein, mon garçon ?

Ça l'était beaucoup moins. C'était même exténuant. J'avais des sueurs froides en songeant qu'avec ce nouveau défi Toussaint était en train de creuser sa tombe. Considérer les Français comme des occupants illicites était s'en faire des ennemis.

Il avait réussi à se débarrasser de Sonthonax, qu'il considérait comme un dangereux révolutionnaire ; il s'apprêtait à réserver le même sort au gentil d'Hédouville, qui n'était selon lui que l'ombre d'un Directoire occupé à ses guerres.

J'avais appris que monsieur d'Hédouville, naguère général de division dans la répression de l'insurrection vendéenne, avait reçu des consignes précises des directeurs : chasser les Anglais, relancer l'économie, faire respecter la Constitution française, assurer l'ordre, unifier les deux parties de l'île et stimuler l'activité des plantations à Santo Domingo...

Sa seule réussite avait été l'éviction des derniers occupants anglais de Maitland, mais il n'y était parvenu que grâce à la complicité de Toussaint. Lorsqu'il avait voulu se mêler de remettre la production agricole en activité, Toussaint avait dressé contre lui, sournoisement, les esclaves devenus des travailleurs.

Pour provoquer son départ, il avait fomenté une insurrection de Noirs commandés par son neveu, Moïse, et par un de ses meilleurs officiers, Christophe, contre le général mulâtre Rigaud, commandant militaire des provinces du Sud et allié d'Hédouville.

Amer, épuisé, conscient de son impuissance, l'homme du Directoire avait repris la mer en octobre 1798, non sans avoir proclamé que l'indépendance de cette île était une utopie et qu'il fallait à tout prix ramener les Noirs à leur condition précédente.

Peu après le départ de monsieur d'Hédouville, Toussaint avait écrit au président des Etats-Unis, John Adams, alors engagé, contre l'avis de la population, dans une guerre de course contre la France. Il lui proposait un accord destiné à rétablir l'ordre dans la navigation et le commerce, et s'engageait à faire respecter le pavillon de l'Amérique. Dans le même temps, Londres, satisfait des bonnes conditions dans lesquelles Maitland s'était retiré, décidait de rétablir le commerce entre Saint-Domingue et la Jamaïque.

Toussaint était bien, désormais, le maître de l'île.

Au début de l'année 1799, j'obtins sans peine de Toussaint la permission de m'absenter durant quelques jours pour assister à l'entrevue d'Ana avec son prétendant.

Il faisait presque nuit quand j'arrivai aux Palmistes, après avoir essuyé en cours de route un violent orage. Monsieur Rossignol et sa suite avaient déjà installé leurs pénates dans la maison et les pavillons, si bien que je dus, en attendant mieux, me rabattre sur la caye occupée jadis par le vieux Salomon et sa fille.

Monsieur Rossignol, un quinquagénaire robuste au visage encore juvénile, d'allure et de langage châtiés, me déplut par ses airs protecteurs et une autorité qui ne semblait tenir qu'à son physique. Il était accompagné d'un de ses rejetons, Christian, petite brute sournoise de dix-huit ans, pour qui tout ce que disait son père était parole d'Evangile. Il avait amené avec lui un secrétaire, ancien avocat au Cap-Français, et quelques serviteurs, dont un colosse de Guinée qui lui servait de cocher, de majordome, et ne se séparait jamais du fusil de fabrication anglaise dont il était fier.

Je ne portai d'intérêt qu'au naturaliste dont Ana m'avait parlé, Michel-Etienne Descourtilz, neveu de monsieur Rossignol. Après que nous nous fûmes salués, je compris qu'il en était de même pour lui. Il avait fait ce voyage avec un projet : recenser les richesses végétales et animales de l'île, et une ambition : lancer l'idée d'un lycée colonial au Cap-Français.

Je me réjouis par avance du compagnonnage scientifique qui pourrait s'instaurer entre nous. Michel avait mon âge, à quelques mois près, teint frais, regard vif et franc, chevelure d'une blondeur slave qui laissait le front largement dégarni.

Je feignis de prendre intérêt au discours que nous tint monsieur Rossignol sur les cours du sucre et du cacao, qui étaient à la hausse. Quand il eut terminé, Michel Descourtilz me glissa à l'oreille :

— Mon oncle a une fâcheuse propension à se prendre pour un économiste, alors que ce n'est qu'un boutiquier. Au demeurant, le meilleur des hommes, du moins pour sa famille. C'est à lui que je dois ce voyage et ce séjour. Je lui en suis reconnaissant, ce qui ne m'empêche pas de le juger pour ce qu'il est.

Une telle franchise envers un interlocuteur qu'il ne connaissait quc depuis deux heures me surprit, mais me donna une bonne opinion de lui, d'autant que, pour ce qui concernait l'oncle, j'étais de son avis.

Il ajouta en me touchant l'épaule :

— J'ai la certitude que, vous et moi, nous avons quelques points communs et beaucoup à nous dire.

A peine avions-nous pris place devant un chemin de table composé de fleurs, de verdure et de fruits, monsieur Rossignol convia son neveu à nous conter sa traversée. Il protesta :

— Comme s'il s'agissait d'une nouvelle odyssée ! Que vous dire ? Nous avons eu notre lot de gros temps, de chaleurs lourdes et de femmes légères, de querelles entre matelots et de repas dans la cabine du capitaine. Cela ne mérite pas que je m'y attarde.

— En revanche, tu aurais beaucoup à raconter sur ton escale à Cuba et tes bonnes fortunes à Santiago. Tu t'es offert du bon temps, à ce qu'il paraît.

Michel Descourtilz haussa les épaules et répondit sèchement :

— Cela, mon oncle, n'intéresse que moi.

— Allons donc ! Il n'y a pas à cette table d'oreilles qui puissent être choquées, n'est-ce pas, ma chère Ana ?

— Faites donc, Michel, répondit-elle.

Michel Descourtilz nous apprit qu'il régnait dans cette île une licence effrénée, à laquelle n'échappaient pas les religieux. Il avait assisté à une messe et gardait le souvenir d'un spectacle pittoresque et indécent : des femmes de colons accroupies à même les dalles, sur des tapis, et celles du peuple sur des nattes de paille, toutes se frappant la poitrine en clamant leur *mea culpa*.

Il entreprit sans conviction, à la demande de son oncle, de raconter comment, dans cette île de Cuba, on faisait la cassave et quelles étaient les productions légumières et fruitières. J'interrompis cette logorrhée qui ne nous apprenait rien, en lui demandant s'il avait eu le loisir d'herboriser. Ce fut non. En revanche, il s'étendit sur la traversée entre Cuba et Saint-Domingue, dans une chaloupe pontée qui avait menacé de sombrer à diverses reprises sur une mer démontée, si bien, dit-il, qu'il avait l'impression d'être allongé dans un cercueil flottant. Il parla avec émotion des lames « couvertes de poudrain d'un blanc de neige » et des « mornes bleuâtres, aux approches du Cap-Français ».

Tiens, pensai-je, ce naturaliste serait-il poète ?

Je n'avais pas tardé à déceler en monsieur Rossignol un inconditionnel du système esclavagiste datant du *Code noir*. Au cours de la conversation qui avait suivi l'odyssée de son neveu, il ne nous en apporta pas le démenti.

Deux de ses plantations, qui avaient compté en période de plein rendement pas loin de sept cents nègres, avaient subi les attaques de bandes rebelles commandées par le mulâtre Villatte. La troisième, la plus importante, avait été préservée de ces méfaits par une organisation militaire stricte. Chaque matin, à cheval, il passait en revue les vingt hommes de la milice qu'il avait rassemblée, et faisait hisser les couleurs.

— Nécessité fait loi, dit-il. Je ne jouis pas comme vous, ma chère Ana, de la protection du général Toussaint. Cette milice me coûte les yeux de la tête, mais c'est cela ou risquer la ruine et peut-être le massacre de ma famille.

— Vous oubliez les dogues, père ! lança Christian.

— Je ne les oublie pas, mon fils. Il est vrai que j'ai fait dresser une meute de ces molosses pour la chasse aux nègres marrons. Les résultats ont dépassé mes espérances. Plus de fuites ni de risques de mutinerie ! Pour parler comme les Romains, c'est la paix armée...

J'objectai timidement que ces pratiques étaient illégales. Il m'adressa un sourire narquois.

— Quand on baigne dans l'anarchie, mon garçon, chacun adopte ses propres lois. Les miennes ont fait leurs preuves et j'en suis fier.

— Nous en sommes tous fiers, oui ! approuva Christian.

— Sans doute, rétorquai-je, mais certains colons devraient faire leur examen de conscience avant de se vanter d'une réussite qu'ils ne doivent qu'à leurs esclaves.

Se sentant visé, et pour cause, monsieur Rossignol prit la mouche.

— Ma conscience, jeune homme, est en paix. Mes nègres sont plus heureux qu'ils ne l'étaient dans leurs forêts et leurs marigots. Ils pourraient vous le confirmer.

— Si les Noirs se sont rebellés, monsieur, c'est qu'ils y étaient poussés par l'inhumanité de certains de vos collègues, qui les traitaient comme du bétail.

Monsieur Rossignol s'essuya les lèvres et laissa son poing retomber sur la table.

— Vous et vos philosophes ne parviendrez pas à me dissuader que le nègre n'est guère plus évolué qu'un chimpanzé, qu'il est incapable de tenir un raisonnement logique et de prendre la moindre initiative. De plus, il est paresseux et il n'y a que la chicotte pour l'obliger à travailler.

— La chicotte ! La chicotte ! s'écria cet imbécile de Christian. Ils ne connaissent que ça.

Je sentis le rouge de la colère me monter aux joues. Mes mains se crispèrent sur la nappe. J'étais sur le point de me lever quand, d'un regard et d'un mouvement des lèvres, Ana me fit signe d'en rester là. Monsieur Rossignol, quant à lui, tenait à poursuivre sa diatribe. Persuadé par mon silence de sortir à son honneur de cette controverse, il fit monter sa voix d'un ton et lança vers moi un regard en biais :

— Jeune homme, je déteste les donneurs de leçons qui ont encore la poussière de Paris au revers de leur veste !

J'eus la surprise d'entendre Ana prendre ma défense d'une voix calme.

— Si vous faites allusion à monsieur Delacour, sachez qu'il est arrivé dans cette île peu après vous et qu'il la connaît aussi bien que vous.

— Peut-être, ma chère, mais il n'a été qu'un observateur. S'il avait quelques centaines de nègres à son service, il raisonnerait sans doute autrement. J'admets qu'il y a des exceptions dans cette race, mais elles ne font que confirmer la règle. Le général Toussaint, notamment, émerge du lot, mais il n'a qu'une idée en tête. Que dis-je ? Une utopie : l'abolition. Laissez-moi rire...

— Oui, fit Christian, laissez-nous rire.

— Cette discussion, ajouta Ana, n'a pas de sens. Vous raisonnez en colon et monsieur Delacour, en humaniste. Un mur vous sépare. Pour ma part, je...

Conscient que la maîtrise de cet entretien lui échappait, monsieur Rossignol lui coupa sèchement la parole.

— Je sais, ma chère ! Vous avez adopté les idées nouvelles en faisant de vos esclaves des travailleurs libres. Eh bien, j'ai le regret de vous dire que vous courez au naufrage, alors que mes plantations sont en plein rendement. Et ne me donnez pas *votre Toussaint* en exemple ! Dans ses propres domaines, il traite ses nègres avec plus de rigueur que moi. Un nègre exploitant ses congénères... quel paradoxe !

Je devais bien convenir que ce bougre avait raison : Toussaint était un esclavagiste avéré. J'aurais pourtant dû répondre que le revenu qu'il tirait de l'exploitation de ses domaines par une main-d'œuvre servile était destiné à la bonne cause : celle de l'émancipation des Noirs.

Je me gardai d'exposer cet argument que mon contradicteur aurait jugé spécieux, et me contentai, en savourant les abricots confits du dessert, d'écouter, d'une oreille en apparence distraite, de nouvelles vaticinations de cet énergumène dont Ana envisageait de faire son époux.

J'en retins le seul point sur lequel il était d'accord avec Toussaint : l'ordre ne serait rétabli qu'avec l'envoi d'une expédition par le gouvernement français.

Ils allaient être comblés...

Nous terminâmes la soirée dans le salon. Michel Descourtilz distribua les cigares rapportés de Santiago de Cuba et s'assit dans le fauteuil voisin du mien.

— Eh bien, me dit-il avec un sourire complice, j'ai l'impression que vous avez, pour parler vulgairement, jeté un fameux pavé dans la mare aux grenouilles. J'aurais dû vous prévenir que mon oncle déteste la contradiction.

Je lui répondis que, quant à moi, en bon républicain et démocrate, j'étais au contraire ouvert à la controverse, même si la lumière ne devait pas en jaillir. Je lui exprimai à mots couverts ma déception de ne l'avoir pas entendu prendre parti.

— C'est, me dit-il, pour deux raisons : je ne veux pas me priver à la fois de l'affection de mon oncle et de l'amitié que j'éprouve pour le personnage généreux que vous êtes. D'autre part, je suis novice en la matière et mon opinion n'aurait eu que peu d'intérêt.

Je cherchai Christian des yeux. Il se trouvait dans le fond du salon, avachi dans son fauteuil, les mains croisées sur son ventre, paupières mi-closes, devant un verre de marasquin, et à la bouche le cigare qu'il ne se décidait pas à allumer à la chandelle. Ana et monsieur Rossignol se tenaient accoudés au clavecin. J'aurais payé cher pour connaître la nature et le contenu de leurs propos.

Michel m'inonda de questions sur la flore et la faune de l'île. Je trouvai en lui l'interlocuteur idéal pour ce genre d'entretien. Sa curiosité était insatiable.

— J'ai prévu, me dit-il, de ne rester à Saint-Domingue que deux à trois mois, mais j'ai l'impression qu'une année ne suffirait pas à ma mission. Puis-je compter sur votre aide ?

— Elle vous est acquise, dans la mesure de mes moyens. Il faut dire que vous arrivez au mauvais moment. Il faudra, à chacune de vos prospections, vous faire accompagner d'une escorte armée. Le pays est dangereux.

— J'avoue que je ne suis pas très courageux, mais il arrive que la circonstance fasse le héros. Bah ! à la grâce de Dieu...

J'avais envisagé de rester trois jours aux Palmistes mais je pris la décision de repartir le lendemain. Quand je l'annonçai à Ana, sur un ton un peu froid, elle ne s'en montra pas surprise.

— Je te comprends et je t'approuve, me dit-elle. Une plus longue cohabitation avec monsieur Rossignol aurait risqué de provoquer de nouvelles frictions qui m'auraient mise dans l'embarras.

— Je te laisse donc avec ton fiancé et te souhaite beaucoup de bonheur.

Elle protesta vivement : il n'était pas son *fiancé* et elle avait de bonnes raisons de penser qu'il ne le serait jamais.

— Ça, par exemple... Comment expliquer ce changement de cap ? Tu vas divorcer avant de te marier ?

— Ne plaisante pas, Julien. La discussion que vous avez eue hier m'a ouvert les yeux sur la véritable nature de cet homme. Les idées qu'il défend me sont odieuses. Au cours de notre conversation hier soir, je lui ai dit mon intention de créer un dispensaire et une école pour mes Noirs. Il m'a ri au nez et m'a répondu qu'un vétérinaire suffirait et qu'un bon commandeur valait tous les maîtres d'école.

— Eh bien, je vais repartir d'un cœur léger. Je ne tarderai pas à revenir, et nous parlerons de nous.

— Reviens vite ! Je me sens si seule dans cette grande bicoque...

Elle m'attira contre elle et m'embrassa sur les lèvres avec une fougue qui me bouleversa.

— Dois-je considérer ce geste comme une déclaration ?

— Prends-le comme il te plaira.

Je lui fis observer que Christian, de son fauteuil à bascule, ne nous quittait pas des yeux. Son père serait informé dans l'heure. Elle me répondit par un autre baiser.

— Si tu savais, dit-elle, comme je m'en moque...

Au moment de remonter en selle, je réussis à convaincre Michel Descourtilz de me rendre visite à Port-au-Prince, où je pourrais le présenter à Toussaint, à Hélène et à Nestor. C'était à un jour de marche environ de l'habitation des Rossignol.

— Nous parlerons, lui dis-je en plaisantant, des fleurs et des *petits-z-oiseaux*. Quand je vous montrerai le fruit de mes recherches, vous aurez l'impression d'avoir fait escale au paradis...

2

Les naturalistes

Le début de l'année 1799 me réserva une impression angoissante : celle de me trouver à la crête d'un volcan en train de libérer des fumerolles annonciatrices d'une éruption.

Les échanges commerciaux de l'île avec l'Angleterre et les Etats-Unis avaient pris un tour favorable. Première étape : l'autorisation par les autorités de la Jamaïque de nous rouvrir ses ports. La guerre de course terminée entre la France et l'Amérique, Toussaint attendait la visite du consul Stevens. Les relations commerciales et diplomatiques reprenaient sous un ciel serein.

A Saint-Domingue, Toussaint avait obtenu du gouverneur civil en titre, monsieur Roume, qu'il se vantait d'avoir *mis dans sa poche,* qu'il lui confiât l'autorité sur les provinces du Sud, avec Port-au-Prince pour capitale. Cette victoire supposait une occupation difficile, les mulâtres s'étant rendus maîtres de plusieurs places ; elle fut sanglante.

Un matin de février, en la cathédrale de Port-au-Prince, Toussaint monta en chaire et s'en prit avec véhémence aux sang-mêlé. J'étais présent à sa demande et avais pris note de son sermon, qui n'était qu'une longue diatribe, truffée de symboles.

— Pour aujourd'hui, proclama-t-il avec emphase, je ne fais que lever la main gauche contre nos ennemis. Lorsque ce sera le tour de la droite, ils seront anéantis... Les goinfres que vous êtes, assis autour d'une table, accaparent les meilleurs morceaux. Celui du milieu vous tente, mais vous n'osez y toucher, de peur de vous brûler. Ce plat porte un nom : le mien. Que le plus hardi ose y porter la main ! Il s'y brûlerait...

Parlant du mulâtre André Rigaud, son pire adversaire, qui avait eu l'impudence de déclarer qu'« on ne pouvait tirer la moindre farine d'un sac de charbon », il s'écria :

— Rigaud a raison, mais ce qu'il oublie de dire, c'est qu'avec le charbon, on fait du feu, et qu'avec ce feu, on forge les armes !

L'occupation des territoires concédés par Roume fut suivie d'une répression féroce. Une quarantaine de propriétaires mulâtres furent massacrés ; on en arrêta des centaines ; ceux qui purent s'échapper allèrent se réfugier dans l'ancienne colonie espagnole.

Originaire des Cayes, âgé de trente-huit ans, André Rigaud s'était battu avec les insurgés d'Amérique dans un corps de chasseurs volontaires. Blessé au siège de Savannah, il s'était retiré à la Guadeloupe, où il avait laissé macérer en lui sa haine des Anglais et son mépris pour les Noirs.

De retour à Saint-Domingue, il avait participé à l'éviction des troupes du général Maitland et avait été le complice de Toussaint pour diverses expéditions armées contre des planteurs réfractaires aux nouvelles mesures d'humanisation de l'esclavagisme.

Peu à peu, il avait vu s'agréger autour de lui l'élite des sang-mêlé et avait fait figure de porte-drapeau, avec une ambition : le retour aux principes du *Code noir*, mais sous le règne des hommes de couleur, plus aptes, selon lui, à diriger l'économie. Son influence dans le Sud avait acquis une telle ampleur que Toussaint en avait pris ombrage et, fort de l'appui du gouverneur, monsieur Roume, l'avait combattu par les armes.

Ce duel faisait l'affaire des Blancs ; ils en plaisantaient entre eux.

Informé des propos tenus en chaire par Toussaint, Rigaud cria à la calomnie, adressa lettre sur lettre à son adversaire et suggéra de régler leurs différends par une conférence. Elle eut lieu au palais du Gouvernement et faillit tourner au pugilat.

Ce colloque orageux marqua le début d'une guerre civile. Aux troupes de Rigaud allaient s'opposer celles de Toussaint, commandées par son neveu, Moïse, et un jeune officier aux dons prometteurs, Jean-Jacques Dessalines. Les colons prenaient des paris, comme aux courses, mais la lutte était par trop inégale, avec un avantage pour Toussaint, dont les troupes étaient plus nombreuses, mieux aguerries et dotées d'armes achetées aux Américains.

Lors de la prise par les hommes de Toussaint du Grand-Goâve, le lieutenant Nestor reçut une balle qui lui fractura l'humérus. Ramené à Port-au-Prince une semaine plus tard, il attendit sur son lit la date fixée pour son mariage avec Hélène de Noé, qui risquait d'être célébré en même temps que le baptême, sinon plus tard, et d'ajouter ainsi au scandale que suscitait cette union insolite. La cérémonie eut lieu dans la chapelle du palais, en toute intimité.

Ana s'était décidée à faire le voyage. Durant toute la célébration, elle tint ma main dans la sienne et se tournait vers moi pour me sourire. Je pris son attitude pour un encouragement à passer moi-même à l'acte. Les événements n'y étaient guère favorables, la guerre entre Rigaud et Toussaint s'achevant dans une fête sauvage de destructions, de massacres et d'atrocités diverses, mais nous avons choisi une date et l'avons respectée.

Nous avons nous aussi fait passer Pâques avant les Rameaux, puisque nos noces charnelles se déroulèrent le soir même, dans mon logis.

La guerre civile s'acheva avec la prise de Jacmel, après plusieurs semaines de siège. C'était la seule ville que Rigaud eût encore en sa possession. L'affaire fut rude, cette cité étant protégée par de fortes défenses, mais rondement menée. C'est sur un tapis de cadavres et de blessés que les vainqueurs y pénétrèrent.

Les gazettes de France venaient de nous apprendre que le Consulat, après le coup d'Etat du 18 Brumaire (novembre 1799), avait abrégé l'existence du Directoire et fait se lever dans le ciel brumeux une nouvelle étoile : celle du général Bonaparte, que ses victoires en Italie contre les troupes autrichiennes avaient porté au pinacle. Il fut nommé premier consul, avec la haute main sur l'armée chargée de défendre la capitale.

Toussaint demeura perplexe en apprenant la nouvelle. Au cours d'une conférence qui réunissait monsieur Roume et le consul Stevens, je l'entendis déclarer :

— Je crois que Bonaparte est un républicain sincère, mais il faut attendre qu'il ait fait ses preuves pour en décider. S'il manifeste de bonnes intentions à notre égard, nous les lui rendrons au centuple...

J'attendis qu'il poursuivit par un « sinon... », mais il s'en abstint. Il avait une autre idée en tête, dont il fit part au gouverneur.

— Comment pouvez-vous, monsieur Roume, vivre sereinement dans ce marais d'intrigues et de complots qu'est le Cap-Français ? J'aimerais vous avoir près de moi, à Port-au-Prince, qui est la véritable capitale de cette île. Le climat naturel et l'ambiance politique y sont plus sereins que dans le Nord. A nous deux, grâce à des contacts quotidiens, nous ferions de la belle ouvrage...

La proposition parut séduire monsieur Roume, mais il ajouta :

— Hélas, général, j'aurais volontiers satisfait à cette requête, qui me flatte, mais, voyez-vous, ma mission s'achève. Je viens de recevoir l'ordre de retourner à Paris au plus tôt.

Quelques mois après notre mariage, Ana m'apprit qu'elle était enceinte. Elle m'avait prévenu, avant la cérémonie :

— Tant qu'il en est encore temps, Julien, je veux des enfants. Ceux que monsieur de Noé, du fait de son âge, n'a pu me donner, je les attends de toi.

Je partageais cet espoir, mais avec une réserve : la situation politique instable ne m'incitait guère à procréer. Quoi qu'il en fût, j'avais hâte de savoir à qui allait ressembler le petit-fils ou la petite-fille de maître Anselme Delacour, ex-notaire du roi, et premier rejeton du fils prodigue qui avait renoncé à prendre la succession du cabinet d'Alençon. Plus que jamais j'avais le désir intense de revenir en France pour y établir ma famille sur des bases plus stables et prospères.

Ce fut une fille. Elle naquit entre les mains du docteur Lacroix, pour ainsi dire avec le siècle, au début de l'année 1800. Nous la fîmes baptiser en présence d'Hélène, de Nestor, eux-mêmes parents d'une fille, et de mon nouvel ami, Michel Descourtilz. Toussaint avait annoncé sa présence, mais ne put tenir parole. Il accepta néanmoins d'être le parrain. L'honneur d'être la marraine fut pour Hélène.

Nous donnâmes à ce premier enfant le prénom d'Elisabeth. Pour la commodité, nous transformâmes en Lisa.

Ma petite Lisa, ma chérie... A l'heure où j'écris ces pages, dans notre *islote*, à l'ombre de notre manguier, elle fait ses premiers bâtons sous la direction d'Ana.

Durant la période troublée que nous venions de traverser, j'avais assisté à la montée en puissance d'un officier noir, confident et soutien de Toussaint : Jean-Jacques Dessalines.

C'était un *bossale,* un nègre né en Afrique et déporté, tout jeune, aux Antilles, avant d'être racheté par un planteur de Grande-Rivière, à Saint-Domingue. C'était un coupeur de canne infatigable, mais aussi une forte tête, ce qui lui avait coûté à plusieurs reprises le supplice de la chicotte.

En 1791, évadé de Grande-Rivière, il s'était joint aux insurgés de Boukman à la mort de ce chef rebelle, puis à Toussaint, qui commandait alors les hordes espagnoles de Santo Domingo. Toussaint en avait fait un officier de son état-major, avec une consigne : mettre un frein à son goût inné pour la violence.

Au temps des premières frictions avec les troupes du général Maitland, Dessalines s'était distingué dans divers engagements, ce qui lui avait valu un grade et des épaulettes de général. Désormais, sa voie était tracée : il allait marcher dans l'ombre du grand chef noir.

La guerre ouverte contre le mulâtre André Rigaud allait confirmer ses dons : intelligence, courage, rigueur envers ses hommes... Il s'attacha à mériter son surnom : le Terrible.

Toussaint appréciait sa fidélité, mais se méfiait de lui. J'assistai un soir, après le conseil, à une altercation entre eux. Après une campagne dans les parages des Cayes, le général se vantait d'avoir mené une *bonne guerre.*

— Je sais ce que tu appelles une *bonne guerre*, lui rétorqua Toussaint d'un ton âpre. A ce qu'on m'a dit, cette expédition n'a été qu'une suite de violences. Tu as torturé, mutilé, massacré soixante-dix Blancs et laissé leurs corps pourrir au soleil !

— M'as-tu assez répété que le Blanc est l'ennemi et qu'il faut l'exterminer ?

— Comment peux-tu être assez sot pour ne pas faire la différence entre guerre et massacre ? Encore un exploit de ce genre et tu retourneras couper les cannes. J'ai dit qu'il fallait émonder l'arbre et non le déraciner ! Mets ça dans ta caboche et abstiens-toi de faire du zèle, sinon gare à toi !

J'ai pu, à cette occasion, voir de plus près ce colosse de plus de six pieds de haut, large d'épaules, qui arborait l'uniforme avec une élégance teintée d'ostentation. Il portait au visage des traces d'anciennes cicatrices, une petite moustache dont il semblait prendre le plus grand soin, et son regard avait une fixité fascinante.

La fortune avait été le corollaire de ses exploits militaires.

Il s'était fait construire, au sud des Gonaïves, à Saint-Marc, une demeure en pierres de taille de vastes dimensions et d'un luxe insolent. Une terrasse à colonnade ouvrait sur l'horizon des mornes et de la mer, avec en filigrane la grande île de la Gonâve, à moitié déserte. Il avait installé dans ce palais son épouse, une Noire discrète et complaisante, et leur fille, Célimène, un prénom qui rappelait le personnage du *Misanthrope*.

Entre deux campagnes, le général Dessalines faisait les honneurs de sa résidence à ses collègues officiers et à quelques notables dont il s'attachait la fidélité à force de festins, de présents et de charisme. Son homme de confiance, Boisrond-Tonnerre, individu obséquieux, le suivait partout comme son ombre.

J'imagine qu'il devait certains soirs, face à des crépuscules de feu et de sang, en fumant un cigare, Célimène sur ses genoux, songer à cet autre palais : celui qu'occupait Toussaint, sur la place d'Armes, à Port-au-Prince...

Je ne puis passer sous silence une péripétie de la longue amitié qui allait me lier à Michel Descourtilz.

Un jour où nous nous étions aventurés, à la recherche de papillons rares, dans une vallée de la montagne de la Selle, nous avons été surpris par un orage. Pour échapper aux trombes d'eau qui risquaient de l'accompagner, et nous retrouver au plus vite à Port-au-Prince, nous avons décidé de longer le lit d'un torrent à sec.

Nous nous trouvions au creux d'une faille, entre deux falaises vertigineuses, quand un grondement nous fit dresser l'oreille.

— Tiens, dit Michel, l'orage se rapproche.

— Non, lui répondis-je, c'est le torrent qui se réveille.

Il nous fallait dénicher au plus vite un endroit où nous abriter des eaux furieuses qui allaient dévaler de la montagne. Une encoche entre deux murailles naturelles se présenta. Nous étions en train de l'escalader en nous accrochant aux rochers et aux arbustes, quand une énorme masse liquide se rua vers nous avec le bruit de mille tonnerres.

Michel parvint le premier à se mettre hors d'atteinte quand, au moment de franchir l'espace qui me séparait de lui, ma boîte se détacha de mon épaule et dégringola jusqu'à la berge, où elle resta accrochée à une fourche de racines mortes.

En rétrogradant, j'étais parvenu à me ressaisir de mon trésor, quand les premières giclées d'eau m'inondèrent. Le temps de remettre ma boîte en bandoulière, une vague énorme me submergea.

Cramponné aux racines, j'allais perdre pied et me laisser entraîner, quand Michel vint à mon secours. Au risque de glisser sur la mousse, il descendit vers moi et me tendit son bâton, auquel je m'aggripai. En s'arc-boutant des deux pieds contre une roche, il m'aida à sortir de cette dangereuse position.

En suivant le lit du torrent, j'avais oublié les risques que nous courions, avec cet orage qui avait éclaté sur les sommets. Sans l'intervention de Michel, on aurait retrouvé mon corps désarticulé après des chutes de rocher en rocher, ou on l'aurait en vain recherché.

Autant qu'il m'en souvienne, nous avions ce jour-là enrichi notre collection d'un superbe papillon bleu de Prusse, le *Mycelia aracynthia,* ainsi que de quelques *busqués* et porte-queues, moins rares mais tout aussi chatoyants.

Il me vient encore des sueurs froides quand je me dis que le déluge aurait pu emporter cette collecte exceptionnelle.

Michel, ayant pris ses distances avec son oncle et sa famille, sans pour autant rompre avec eux, avait loué à Port-au-Prince un étage dans la maison habitée par une vieille dame et un planteur dépossédé de ses biens par la guerre.

Il avait fait d'une des trois pièces de ce logis modeste un cabinet de collectionneur. En quelques semaines, il avait exploré la région entre ville et montagnes et en avait rapporté quelques spécimens rares. Il était fier de ses papillons, mais aussi des autres insectes et des oiseaux qu'il avait naturalisés.

Je l'entends encore me dire :

— Cet oiseau est un *tangara-quatre-yeux.* Remarque bien cette couronne grisâtre, ses œufs couleur cannelle et vert pâle. Et ce minuscule *mango doré,* que j'ai capturé dans le jardin : un joyau...

J'en étais ébloui. D'autres variétés de volatiles s'alignaient sur des étagères : une majestueuse buse aux ailes rouges, un moucherolle *tête-floue* en tenue de deuil, un chardonneret...

Il avait une manière élégante pour les anesthésier avant de les tuer :

— Tu leur glisses une goutte de rhum dans le bec et ils meurent dans les délices de l'ivresse. Les tuer avec une arme, je m'y refuse : leur plumage en souffrirait.

Il était très fier de sa dernière capture : une couleuvre *madeleine* fine comme une liane, du plus beau vert, longue de près d'une toise et qu'il avait eu du mal à faire tenir dans une bonbonne.

— Je n'ai pas eu de difficultés à capturer ce reptile, me dit-il, car il est inoffensif. Il dormait au soleil, enroulé sur la branche d'un manguier. Sais-tu qu'il se nourrit de ces petits lézards qu'on appelle des *anolis* ? J'en ai trouvé un dans son estomac...

Je me montrai admiratif qu'il pût, au milieu de la tourmente qui agitait les terres du Sud, se livrer en toute sérénité à ses collectes. La providence, pensais-je, protège les innocents.

— Je regrette, me dit-il, que tu ne sois pas suffisamment disponible pour m'accompagner.

— J'ai mon travail et ma famille. Mon temps libre, je le consacre désormais à ma femme et à notre petite Lisa. Ana me verrait d'un mauvais œil battre la campagne, au risque de tomber sur des brigands.

A ma requête, Toussaint avait affecté à Michel Descourtilz, pour ses campagnes de prospection, quatre Noirs armés. Cette précaution s'avéra judicieuse. Un jour, dans les parages du Trou-d'Enfer, ils avaient été surpris par une patrouille qui les avait mis en joue. Ce n'est qu'en criant le nom de Toussaint que Michel avait pu se tirer de ce mauvais pas.

— J'ai eu chaud, déclara-t-il, mais il en faudrait davantage pour me décourager.

Un jour, au cabaret, en veine de confidence, il m'avoua qu'il avait laissé en France sa jeune épouse et leur fille âgée de six mois, et qu'elles lui manquaient cruellement.

— Si la solitude et la continence te pèsent vraiment, lui dis-je, je connais le moyen d'y remédier.

Je lui parlai d'Agathe Laumont et lui expliquai où la trouver. Il mit un peu d'hypocrisie dans ses réserves, disant qu'il n'avait jamais trompé sa femme et qu'il n'allait pas commencer, dût-il en pâtir. Il finit par convenir que ces rendez-vous ne tiraient pas à conséquence et qu'on ne pouvait parler d'infidélité pour ce qui n'était qu'une thérapie.

Monsieur Rossignol, en dépit de ses rodomontades, jouait de malchance.

Dans les derniers jours de juillet 1800, à la suite d'une cérémonie de vaudou qui les avait surexcités, une bande de Noirs marrons ivres avaient fait irruption dans une de ses plantations proche du fleuve Artibonite. Ils avaient abattu une patrouille à la machette et, avec les fusils qu'ils avaient récupérés, massacré une partie des esclaves, y compris femmes et enfants.

Depuis, monsieur Rossignol et sa famille vivaient dans une angoisse permanente. Cette faille dans le système défensif de ses biens et cette insulte à son autorité lui étaient insupportables. Il attendait, avec une impatience qui s'accroissait de jour en jour, l'expédition promise par le Consulat et qui tardait à paraître.

A cette même époque, Michel Descourtilz faillit être victime d'une nouvelle inclémence du climat : un déluge d'une autre nature que celui que nous avions affronté ensemble faillit l'emporter.

Il traquait le canard dans des marigots à caïmans, entre le fleuve Artibonite et l'habitation de son oncle, quand le ciel s'était brusquement couvert et avait libéré une pluie diluvienne.

Il lui fallut, pour traverser le marigot et regagner ses pénates, faire appel à un nègre qui travaillait dans un champ d'indigo, qui le porta sur ses épaules. Il avait suivi son sauveteur jusqu'au village voisin, englouti dans une brume épaisse et gluante. Le lit de l'Artibonite avait disparu sous la crue subite, et, dans les cases, les Noirs avaient de l'eau jusqu'aux genoux.

Il avait passé la fin du jour et la nuit dans un arbre. A travers la clarté brumeuse, il avait vu, autour de son perchoir, grouiller la faune ordinaire des marigots : caïmans, batraciens, et flotter des cadavres d'animaux sauvages ou domestiques. Il avait dû repousser le compagnonnage redoutable d'une énorme araignée qu'il avait fini par écraser avec son bâton.

La décrue ne s'était amorcée qu'au petit matin. Il grelottait dans ses vêtements humides et sentait les premières atteintes de la faim, quand un nègre l'aida à descendre de sa branche et l'invita à l'accompagner jusqu'à sa case, où il lui servit une écuelle de bouillie de maïs.

Autour de lui, dans sa décrue, la rivière avait laissé des champs dévastés, des cadavres d'animaux, des débris de cases. Un caïman s'acharnait sur un mouton à l'agonie, qui bêlait lamentablement. Il se trouvait, sans le moindre repère, dans un monde de brume et de boue.

Dans son malheur, il n'avait pas oublié sa mission de naturaliste.

— J'ai cherché et fini par retrouver l'araignée dite *cul-rouge*, que j'avais estourbie. Elle était encore vivante. Je l'ai achevée sans trop la malmener, dans l'intention de la faire figurer dans ma collection.

Il me la montra. C'était un spécimen superbe d'une de ces tarentules larges d'une main, dont la piqûre peut tuer un homme. J'avais appris que leur venin, qui ressemble à du blanc d'œuf et s'effrite au contact de l'air, était utilisé par les sorciers pour guérir les maux de dents, comme on peut le faire avec les lézards grillés et réduits en poudre.

Cette pharmacopée naturelle venue du fond des temps, riche d'expérience, m'intéressait, et de même Michel.

— Je me propose, me dit-il, de constituer un catalogue de cette médecine empirique, quitte à causer quelque surprise en le présentant à l'Institut...

Les rapports entre Michel et Toussaint avaient de quoi me surprendre. Qui m'eût dit que mon maître prenait autant d'intérêt aux sciences naturelles, je ne l'eusse pas cru. Il en était venu, à la suite de quelques entretiens, à considérer avec faveur l'idée de Michel de fonder un lycée colonial, qui pourrait être installé à Port-au-Prince, de préférence au Cap-Français.

— J'ai constaté, me confia Michel, que Toussaint fait des efforts louables pour s'intéresser à l'éducation et à la science. Si cet homme a un jour le pouvoir dans cette île, un de ses premiers soucis sera d'éduquer son peuple. En aura-t-il le loisir et le temps ? Il est âgé et sa santé, à ce qu'on dit, donne des inquiétudes.

Il avait remarqué que Toussaint lui parlait par ouï-dire mais avec une certaine révérence des philosophes et des écrivains français. Il détestait Montesquieu, adepte du *Code noir*, mais portait aux nues Diderot, Rousseau et Voltaire.

Il enviait parfois ses deux fils, Placide et Isaac, qui buvaient à la source, dans la métropole, les bienfaits de la science et de la littérature, en présence de leur mentor, l'abbé Coisnon.

Des événements qui se déroulaient en France, nous n'avions de nouvelles, par le courrier et les gazettes, qu'avec un mois ou deux de retard. Elles n'avaient rien de réjouissant, du moins pour ce qui concernait les colonies : aucun député indigène ne figurait dans les assemblées ; des talons rouges échappés à la guillotine ou de retour d'exil, comme Barbé de Marbois, Guillemin de Vaivre, Moreau de Saint-Méry, tenaient avec arrogance le haut du pavé et figuraient au Conseil d'Etat.

La décision du Consulat de renouer des rapports commerciaux avec les Etats-Unis, en lui coupant l'herbe sous le pied, ne faisait pas l'affaire de Toussaint. Le traité de Mortefontaine rendait caduques les bonnes relations que la colonie entretenait avec le président Adams, plus soucieux d'avoir affaire avec le premier consul qu'à un ancien esclave, fût-il général et gouverneur virtuel.

Bonaparte avait adressé au peuple de Saint-Domingue une proclamation par laquelle il s'engageait à respecter la liberté et l'égalité des Noirs. Il avait pris la décision d'envoyer sur l'île trois commissaires, porteurs, à l'intention de Toussaint, d'une lettre dans laquelle, faisant mine d'oublier l'infamante Constitution élaborée par Toussaint, il confirmait ses fonctions de capitaine général, mais seulement pour ce qui concernait la partie française, alors que Toussaint venait de se déclarer maître de la totalité du territoire insulaire.

Lorsque Bonaparte apprit ce coup de force dont Toussaint n'avait pas daigné l'informer, il décida de prendre le taureau par les cornes. Le « Premier des Blancs » allait donner une leçon de conduite politique à celui qui osait se proclamer le « Premier des Noirs » !

Nestor avait accompagné le capitaine général dans sa marche sur Santo Domingo. Il me raconta à son retour l'entrée de l'armée dans l'ancienne capitale espagnole.

Précédé de trompettes et d'un timbalier, Toussaint, chevauchant en tête d'une garde patricienne de quelques centaines de cavaliers en grand uniforme, fit une entrée digne de César après le passage du Rubicon. *Alea jacta est...*

J'avais, malgré les détails fournis par Nestor, du mal à imaginer le « roi Toussaint », le « Bonaparte de Saint-Domingue », comme le surnommaient ses laudateurs, dans cette scène digne d'un opéra. Lorsqu'il avait franchi la grande porte de l'*Audiencia*, sa tenue d'apparat, son cheval blanc harnaché d'argent lui avaient été nécessaires pour faire illusion sur son âge, sa laideur et son apparence valétudinaire.

Nestor m'assura pourtant que cette entrée solennelle avait été un véritable triomphe. Ce qui restait des autorités espagnoles chargées d'expédier les affaires courantes avait rendu hommage à cet illustre visiteur. Au cours des réceptions en son honneur, de belles señoritas s'étaient empressées autour de lui, et les quelques nuits qu'il avait passées dans cette ville n'avaient pas été uniquement occupées par le sommeil ou le travail. Certaines de ces créatures, me confia Nestor, lui avaient offert des chemises brodées à ses initiales.

Ces fastes ne pouvaient faire illusion sur la situation.

Toussaint avait compris que la liberté pouvait être pour les Noirs un bienfait pire que le mal. Face à cette porte qui s'ouvrait devant eux, leur premier geste avait été de poser leurs outils de travail et de se livrer à la paresse et aux plaisirs, comme pour rattraper des siècles de servage.

Prise à la légère et généralisée, cette mesure risquait de mener à la ruine les colonies, à commencer par notre île.

Toussaint en avait si bien conscience qu'il n'avait pas hésité à encourager les planteurs à revenir sur leurs domaines et à en poursuivre l'exploitation en observant les mêmes règles qu'auparavant.

Devenue mon épouse, Ana se trouvait à la croisée des chemins et dans une situation délicate. Un soir, alors que nous sirotions un ponche à la goyave en écoutant la pluie crépiter sur le toit de la véranda, elle me confia qu'elle allait devoir prendre une décision : vivre avec moi à Port-au-Prince ou retourner, seule ou non, aux Palmistes.

Elle repoussa la formule intermédiaire que je lui proposais et qui ne changeait rien à celle que nous avions connue : elle dans sa plantation et moi auprès de Toussaint.

— Et nous voir une fois toutes les lunes ? Merci bien ! La solitude, j'en ai eu ma part durant des mois. Alors n'en parlons plus. J'attends ta décision. Quelle qu'elle soit, je m'y tiendrai.

Comme nous n'étions pas dans l'urgence, je la lui fis attendre en me disant que les événements décideraient peut-être pour nous. Affranchi depuis environ deux ans, l'ancien commandeur, Anibal, était devenu l'homme de confiance d'Ana et exerçait avec célérité, à défaut de compétence, la charge de régisseur, sans qu'elle eût à se plaindre de ses services. Rien ne s'opposait donc à ce qu'elle le maintînt dans ces fonctions, d'autant que Toussaint avait renouvelé, malgré l'élimination de la bande des Mornes-Rouges, son aide militaire avec un contingent d'une dizaine d'hommes qui patrouillaient en permanence et assuraient des gardes de nuit.

A un an passé, notre petite Lisa se portait à merveille : un peu fluette mais énergique et capricieuse. Ana lui avait confectionné une robelette de mousseline blanche aux franges à motifs brodés de rouge et de vert en forme de fleurs et d'oiseaux.

J'étais au comble du bonheur lorsque, à mon retour du palais, sans m'attarder au cabaret ou dans le cabinet de

Michel Descourtilz, je filais d'un trait à mon logis, où je savais qu'un double sourire m'attendait et que quatre bras se tendraient vers moi.

Je fus plus heureux encore lorsque, moins de deux ans après notre mariage, Anna m'annonça qu'elle était de nouveau enceinte...

3

L'expédition

Port-Espérance, 1806

Il m'est de plus en plus difficile de me procurer du papier et de l'encre au Cap-Français. La pénurie est partout et porte sur tout, au point que nous en sommes pour ainsi dire réduits à vivre en autarcie. Mais allez donc fabriquer du papier !

L'assassinat, au cours d'une embuscade, de Jean-Jacques Dessalines, ancien lieutenant de Toussaint, suivi de l'accession au pouvoir d'Henri Christophe, a déclenché des troubles qui rendent malsaine et dangereuse l'ambiance de la ville. A chacune de mes visites, qui se font de plus en plus rares, je suis soumis à des contrôles humiliants. J'ai dû à plusieurs occasions graisser la patte à de petits chefs pour qu'ils me libèrent.

Malgré les tragiques événements que nous avons traversés, Lisa a atteint ses six ans sans nous causer d'alerte sérieuse. En revanche, son frère cadet, François, nous a donné des soucis, au point qu'à plusieurs reprises nous avons cru le perdre. Aujourd'hui, à près de cinq ans, bien qu'un peu indolent et taciturne, il semble tiré d'affaire.

Nous avons subi ces derniers jours l'invasion de visiteurs indésirables : une colonie de crabes de terre ou de ravine. La saison de la ponte venue, ils descendent en flot pressé vers la mer, changent de carapace et remontent vers l'intérieur. A cette époque, ils grouillent partout et investissent notre abri. Nous en trouvons dans nos lits et jusque sur notre table.

Ana a décidé de fêter mon anniversaire par un festin.

Elle a chargé notre Noir, Scipion, d'aller à la recherche de la tortue qu'elle avait l'intention d'accommoder comme dans sa jeunesse, à Cuba. La capture de ces chéloniens est relativement aisée et leur chair est très appréciée des gourmets, mais l'espèce se raréfie, après les massacres qu'en ont faits, souvent par plaisir, les marins et les corsaires de tout poil.

La tortue marine que Scipion a réussi à capturer pesait un peu plus de cent livres. Il l'a surprise une nuit où, sortant de la mer, elle rampait sur la plage pour aller pondre. Il l'a retournée, pendant qu'il venait nous prévenir, et nous a rapporté les œufs qu'il lui a laissé le temps de pondre, et dont les enfants sont friands.

Scipion a participé jadis à des pêches aux tortues marines, à l'embouchure de la rivière Ester, où abondent les caïmans. Tandis qu'elles montent dormir à la surface, on les capture à l'aide d'un nœud coulant ou d'un harpon. Il est plus commode de les prendre sur la plage, le moment venu de la ponte.

J'ai encore dans l'oreille, et ne pourrai l'oublier, le sifflement de notre prise lorsque Scipion a entrepris de lui couper la tête avec son coutelas. Ma sensibilité ne va pas jusqu'à m'émouvoir au spectacle d'un animal sacrifié à nos besoins, mais il arrive que j'en éprouve du regret et que je détourne la tête au premier sang.

Scipion nous raconta avec une volubilité perverse qu'ainsi décapitée une tortue peut agoniser une demi-journée, et qu'il est plaisant de voir remuer ses pattes. Ana l'a aidé à détacher le plastron de la carapace pour extraire les viscères et le cœur encore palpitant. Elle en a jeté la plus grande partie, ne gardant, pour le préparer, que le meilleur. La cuisson s'est faite sur la plage, à feu doux, à même la carapace tapissée d'herbes aromatiques.

Nous avons fait bombance jusqu'à la nuit et bu les deux bouteilles de médoc qu'Ana avait gardées pour l'occasion. Après un dessert de mangues et de goyaves, nous y sommes allés de notre chanson : Scipion, celle qu'il a dédiée à sa *doudou* perdue ; Ana, une complainte étrange venue des temps où la reine Anacoana faisait la guerre aux Espagnols, et moi, une rengaine à la mode : *Plaisir d'amour*, qui lui a tiré des larmes.

Je la surprends parfois dans son sommeil à s'agiter en marmonnant des phrases dans cette langue oubliée. Quand je lui propose d'en prononcer quelques mots, elle s'y refuse, comme pour préserver un trésor dont elle serait la gardienne.

Il devait être minuit passé et les enfants s'étaient endormis à même le sable, enroulés dans une couverture, quand nous avons décidé de rompre le charme et de regagner nos pénates.

Ce matin, j'ai envoyé Scipion porter au chef Aristote les reliefs de notre repas et la deuxième bouteille, que nous avions à peine entamée.

L'étoile de Bonaparte touchait à son apogée.

Depuis que l'Espagne nous avait rétrocédé la Louisiane, les rêves de domination qui semblaient l'obséder prenaient une dimension vertigineuse. Celui qu'il n'avait pu concrétiser lors de sa campagne d'Egypte, une conquête digne d'Alexandre, revenait avec une nouvelle ambition : un Empire français en Amérique.

Saint-Domingue faisait ombre à ces perspectives radieuses.

En septembre 1800, il avait envisagé une expédition : une escadre d'une dizaine de vaisseaux de haut bord, sous le commandement de l'amiral Ganteaume. Elle quitterait Brest avec quelques milliers de soldats sous les ordres du général Sahuguet. Cette flotte était prête à prendre la mer quand l'ordre arriva d'annuler, pour des raisons que j'ignore. Ce ne serait que partie remise.

Alors que Toussaint traduisait en actes les premiers articles de sa Constitution, Bonaparte effectuait les préparatifs d'une seconde expédition.

En juillet, le général de brigade Vincent, officier de race blanche fidèle à Toussaint, se rendit à Paris pour confirmer au Consulat la mise en application de ce texte constitutionnel dont Bonaparte avait reçu l'annonce comme un soufflet. Saint-Domingue, le plus riche de nos territoires d'outre-mer, devenu la proie de ces nègres ! Pas même un protectorat ! Il y avait de quoi réagir violemment.

J'avais eu maintes occasions de rencontrer Vincent dans le cabinet de Toussaint. Son comportement me surprit.

Arrivé à Saint-Domingue à titre d'émissaire du Consulat, il avait été traité comme un espion, jeté en prison et malmené. Avait-il, du fond de sa cellule, médité sur le destin fabuleux du « Bonaparte des Antilles » ? Libéré, il s'était attaché aux basques de Toussaint et avait participé à l'élaboration de la Constitution.

Avant de quitter Port-au-Prince – innocence ou flagornerie ? –, il avait dit à son nouveau maître sa confiance dans cette mission : en révolutionnaire épris de liberté, le premier consul se montrerait pour le moins attentif à sa démarche.

La réaction de Bonaparte, nous ne tardâmes pas à la connaître.

Par une lettre du 18 novembre, il annonçait à Toussaint sa décision d'envoyer à Saint-Domingue une expédition de grande envergure placée sous le commandement de son beau-frère, époux de Pauline, le général Leclerc, avec les titres de capitaine général et de premier magistrat.

La nouvelle fit à Toussaint l'effet d'une gorgée de poison. Il réunit d'urgence son conseil et, dans un silence de mort, donna connaissance de la lettre du premier consul.

— Qu'allons-nous faire ? dit-il. Allons-nous laisser détruire notre œuvre ? Bonaparte envoie contre nous quelques milliers d'hommes, mais nous avons des centaines de milliers de nos congénères prêts à prendre les armes pour les rejeter à la mer !

— Alors, demanda Dessalines, ce sera la guerre ?

— La guerre, répondit Toussaint, cela fait des années que nous la menons...

Il n'empêche. La lettre du premier consul mit Toussaint sur le flanc, au point qu'il dut s'aliter et garder la chambre durant trois jours. Nous avons eu des craintes pour sa santé : à son âge, une forte commotion émotive pouvait lui être fatale.

Il décida d'aller méditer durant une semaine, en compagnie de quelques conseillers, dans sa résidence proche des Gonaïves, un lieu dont il était originaire et dont il avait envisagé de faire la capitale du Sud.

Je me retrouvai avec plaisir, par une lumineuse journée de décembre, dans cette somptueuse demeure entre mer et montagne, où dominait une ambiance de tribu africaine.

La femme de Toussaint, Suzanne, régnait avec une autorité de patricienne sur une nombreuse domesticité : servantes, jardiniers, palefreniers, cochers, et une ribambelle de négrillons. Par sa stature et son embonpoint, elle me rappelait la dame Bernarda, avec, en plus, des toilettes excentriques et des fards qui donnaient l'impression qu'elle voulait faire de chaque jour une fête. Elle truffait sa conversation d'expressions pittoresques en langue créole.

Je revenais, en compagnie de Nestor, d'une tournée d'inspection à travers les territoires du Sud et présentai mon rapport à Toussaint.

Certaines plantations, celles de monsieur Fontenille à Limonade, de monsieur Charrette au Bois-de-Lance, de monsieur Croiseuil au Quartier-Dauphin, avaient repris leur activité pour le sucre, le tabac, le café et le coton, dont la culture avait été récemment introduite dans l'île. Beaucoup d'autres, en revanche, restaient encore en jachère, à croire que l'abolition était une dangereuse utopie.

Les plantations de Toussaint auraient pu passer pour un modèle du genre. Il est vrai que ses régisseurs menaient les noirs à la chicotte.

Après avoir eu connaissance de mon rapport, il me dit :

— Beau travail, Julien. Nous sommes sur la bonne voie. Bientôt, notre île aura retrouvé sa prospérité, et nous pourrons songer à l'émancipation totale de nos gens.

J'appris quelques jours plus tard la mort du général Moïse.

Toussaint détestait son neveu, dont l'exaspéraient le caractère indiscipliné, la cruauté qui en faisait l'émule de Dessalines, et des ambitions qui le dépassaient. Ils luttaient pour la même cause mais avec la main sur la crosse de leur pistolet quand survenait une divergence. Toussaint avait décidé de se séparer de cet hurluberlu en apprenant qu'il avait fait massacrer inutilement une centaine de Blancs dans le Nord. Toussaint avait envoyé Dessalines lui régler son compte. Affaire vite expédiée : Moïse avait été fusillé.

Je soupçonnais Toussaint d'avoir voulu, par ce geste, donner des gages au général Leclerc. Ce n'était pas un fin stratège en matière de politique, mais il y avait en lui une rouerie triviale qui en faisait office. Restait à savoir si le général français en serait dupe.

J'avais rencontré Moïse quelques mois plus tôt, au cours d'une cérémonie au palais, à laquelle Michel Descourtilz avait été convié à ma demande.

Le jeune général, en abordant mon ami, lui avait dit l'intérêt qu'il prenait aux sciences naturelles et avait souhaité avoir avec lui un entretien sur ses recherches. Michel l'avait invité à visiter son cabinet. Moïse avait paru passionné par les travaux du naturaliste. Il voulait connaître le nom des plantes, leur équivalent en latin, et avait feuilleté longuement les planches en couleur du célèbre savant français, Tussac. Il s'intéressait au jardin botanique de l'hôpital, qu'il tint à visiter en notre compagnie, en nous suggérant de l'enrichir de nos propres découvertes.

A aucun moment, au cours de cette rencontre, nous n'avons vu transparaître dans ce personnage élégant, aux belles manières, au langage subtil, le monstre qui donnait de la tablature à son oncle. Michel et moi étions même persuadés que, sans les querelles qui les opposaient, il aurait pu succéder au vieux chef.

J'avais, quelques jours auparavant, remis au commissaire de la République, Philippe Roume, un message de Toussaint lui demandant de témoigner du comportement de Moïse.

Monsieur Roume avait tout lieu de s'en plaindre : quelques mois plus tôt, Moïse l'avait fait arrêter arbitrairement à son domicile du Cap-Français. Le commissaire, drapé de son écharpe tricolore, lui avait lancé :

— Vous, les Noirs, vous voulez ma tête ? Eh bien, la voici !

Moïse l'avait emprisonné durant une semaine dans une case au toit crevé par les pluies. Monsieur Roume me confia que cette captivité avait été pour lui un supplice pire que la mort, qu'il s'attendait chaque matin à subir.

Ce vieux serviteur de la République avait épousé une jeune mulâtresse des Antilles, dont il était fort épris et qu'il m'invita à rencontrer au cours d'un repas. C'est à cette occasion qu'il me fut donné de consommer un plat typique préparé par la dame : des sortes de beignets de la grosseur d'un doigt, dont je me régalai sous l'œil narquois de mes hôtes.

— Que dites-vous de ce mets ? me demanda monsieur Roume.

Je donnai ma langue au chat. Lorsqu'il m'avoua posément que je venais de manger des vers de palmiste, je faillis avoir une nausée.

— N'ayez crainte, me déclara en riant madame Roume, c'est un plat très apprécié dans mon île. On fait dégorger les vers dans du jus de citron avant de les faire griller à la broche. Il en reste. Si le cœur vous en dit...

Mon cœur s'y refusa et elle eut la courtoisie de ne pas insister.

Je fus surpris d'apprendre que monsieur Roume était un savant amateur. Il m'invita à visiter ce qu'il appelait son *athanor* : un modeste laboratoire de chimiste où il se livrait à des expériences sur les minéraux de l'île. Je me souviens que le ménage vivait en compagnie d'un gentil animal gros comme un chat, une civette qui répondait au nom arabe de Zabâd.

Une autre digression m'amène à parler d'une visite que nous fîmes, Michel et moi, à l'auberge de Marie-Rose Bleigeat, au Cap-Français. L'idée me vint de demander à cette dame si elle avait entendu parler d'une certaine Sophie Alambre, dont le souvenir brûlait encore dans ma mémoire. Elle m'informa que la demoiselle avait épousé un émigré, qui l'avait ramenée en France après la ruine de sa plantation. Je fis sur ce souvenir une croix définitive.

J'avais eu le temps, au cours du repas, de m'entretenir avec monsieur Roume de la situation de la colonie. Il se déclara satisfait de la venue de l'expédition du général Leclerc, dont il connaissait le début de carrière prometteur, dans l'ombre de son beau-frère Bonaparte.

A vingt ans, en compagnie du jeune général corse, il avait participé au siège de Toulon, les autorités, demeurées royalistes, ayant fait appel aux Anglais. Trois ans plus tard, il avait accompagné Bonaparte en Italie, puis l'avait assisté lors du coup d'Etat de Brumaire annonçant l'avènement du Consulat sur les ruines du Directoire.

Alors que le premier consul préparait l'expédition de Saint-Domingue, Leclerc revenait d'une campagne en Allemagne, où, sous le commandement de Moreau, il s'était distingué dans la prise de Hohenlinden. Il n'avait pas tardé à confier à son ancien compagnon les sentiments qu'il éprouvait pour la troisième des trois sœurs de Bonaparte, Marie-Paulette, qui se faisait appeler Pauline. Il demanda sa main ; Bonaparte tergiversa : il avait de l'amitié pour ce jeune officier, mais il le trouvait agité, vantard, et sans avenir prestigieux. Il ambitionnait, pour cette beauté qu'était sa sœur, un prince italien, un baron allemand ou, à la rigueur, un ministre.

La famille avait déjà repoussé les prétentions du riche propriétaire d'une savonnerie d'Aubagne, du général Andoche Junot et du directeur d'une publication, *L'Orateur du Peuple*, et député à la Convention, Stanislas Fréron.

C'est pourtant ce dernier qui avait failli emporter la palme. Bel homme à tournure d'Ancien Régime, aimé des femmes de la bonne société, il était devenu l'amant de Pauline et n'attendait que la décision du conseil de famille des Bonaparte pour l'épouser

A l'arrivée de cette course, c'est un concurrent inattendu qui l'emporta : le général Leclerc. Par sa persévérance, il avait vaincu tous les obstacles. Pauline répandit quelques larmes dans l'épaule de son amant et se plia à ce choix draconien avec d'autant moins de chagrin qu'il avait été prévu que son cher Stanislas l'accompagnerait à Saint-Domingue, mais sur un autre navire et pour d'autres fonctions que de lui faire sa cour.

En montant à bord de l'*Océan*, le général Charles-Victor Leclerc songeait à l'armée de Noirs qu'il allait tailler en pièces en quelques semaines. Quant à Pauline, accoudée à la rambarde, elle rêvait des îles dont sa belle-sœur Joséphine, originaire des Antilles, lui avait parlé et qu'elle voyait peintes sur les paquets de café : elle était entourée de servantes noires et de négrillons, sous la véranda d'une grande maison de planteur dominant la mer des Antilles. Joséphine l'avait rassurée : on ne trouvait plus de cannibales dans les parages.

C'était la première fois que le couple embarquait sur un vaisseau de ces dimensions : trois cents pieds de long, trois ponts, cinq étages, des centaines d'hommes d'équipage en plus de deux mille soldats, avec des cales lestées de vivres pour deux mois, un énorme parc de boulets et des tonneaux de poudre à canon. L'*Océan* était escorté de sept bâtiments armés en guerre et d'une nuée d'embarcations chargées de soldats. Stanislas Fréron avait embarqué sur le *Zélé*.

La paix régnant entre les deux nations, on avait mis à la voile sans crainte d'une attaque des navires anglais. Quant aux corsaires, on n'imaginait pas qu'ils eussent l'audace de venir se frotter à cette armada. Pauline rêvait d'abordages, de combats au sabre et au pistolet contre les pirates ; elle allait en être pour ses frais.

Leclerc, lui, ne rêvait pas.

Enfermé dans sa cabine, il consultait les documents confiés par le premier consul. L'un d'eux retint particulièrement son attention : il concernait le recensement des productions insulaires avant les troubles de 1791 occasionnés par la révolte des esclaves.

Il marmonnait, en parcourant ces feuillets :

— Etonnant ! Je n'en crois pas mes yeux. 790 usines à sucre… 3 000 indigoteries… 789 plantations de coton, 2 000 de café, 50 de cacao… Et des distilleries, des tuileries, des tanneries, des fours à chaux… Cette île était un pactole !

Autant d'activités qui, pour la plupart, avaient sombré dans la nuit tragique de la révolution noire. D'autres feuillets, moins réjouissants, témoignaient de la ruine progressive et, semblait-il, inéluctable de cette richesse.

Au cours du souper dans la cabine du comte Louis-Thomas Villaret-Joyeuse, l'amiral qui commandait la flotte, le général Leclerc dit à ses officiers :

— Grâce à nous, cette colonie va retrouver sa prospérité passée. Que l'on ne compte pas sur moi pour en laisser le profit aux nègres. Ces sauvages seraient d'ailleurs incapables d'en faire bon usage.

— C'est le but de cette expédition, mon général, intervint Ferrari, son aide de camp. Pourtant… je suis moins optimiste que vous. Ces *sauvages*, comme vous dites, vont nous mener la vie dure. Ils sont cent fois plus nombreux que nous, ils ont des armes dont ils savent se servir, et à leur tête un chef qui n'est pas un nègre du commun : Toussaint Louverture.

Le général-comte Jean Boudet ne partageait pas cette crainte.

— Ce n'est pas le nombre qui compte, fit-il, mais la valeur militaire. Ces nègres n'ont aucune notion de stratégie, pas d'artillerie, alors que nous en avons en abondance.

Il rappela que, dans nos colonies des Indes, le gouverneur général Dupleix, avec une centaine d'hommes et quelques canons, avait dispersé les immenses armées des nababs et leurs éléphants de guerre.

— De plus, ajouta-t-il, Toussaint est un vieil homme. Il jouit encore d'un certain prestige, mais s'effondrera au premier revers, et je ne vois aucun de ses officiers capable de lui succéder.

Leclerc l'approuvait.

— Dites-vous bien, mes amis, que nous ne subirons pas le sort qu'ont connu les précédents envoyés de la République : Sonthonax, Laveaux, d'Hédouville, Roume... Notre corps d'armée saura faire respecter le drapeau français !

On attendait le jugement du général Donatien de Vimeur, comte de Rochambeau. Il avait participé, aux côtés des insurgés, à la libération des Américains du joug des Anglais et, avait été gouverneur de Saint-Domingue. Mieux à même que ses pairs d'apprécier la situation que l'on allait trouver dans cette île, il était moins optimiste que Leclerc et Boudet, mais moins pessimiste que Ferrari.

— Les Noirs que nous aurons à combattre, dit-il au risque de choquer, défendent leur liberté comme notre peuple a défendu la sienne par la Révolution. Certes, ils n'ont ni stratèges de valeur ni artillerie digne de ce nom, mais leur foi en la victoire est inébranlable et ils sont prêts à lui sacrifier leur vie. J'ai la conviction que nous finirons par vaincre cette insurrection, mais nous éprouverons de lourdes pertes. Ces nègres se battent sur un terrain qui leur est familier, alors que les nôtres en ignorent tout. Il faudra aussi compter avec le climat qui vous changera de celui de l'Italie ou de l'Allemagne. Les fièvres, mes amis, les fièvres sont un ennemi redoutable, et nous ne pourrons espérer le vaincre par les armes. Si vous m'en croyez...

Il fut interrompu par une apparition resplendissante.

— Pardonnez-moi, dit Pauline. La houle m'empêche de dormir et me lève le cœur. De grâce, vite, un cordial, sinon je meurs !

Je tiens les détails de cette réunion d'un aide de camp de Leclerc, le lieutenant Verdier, rencontré quelques jours après le débarquement. Il avait accompagné son récit de confidences sur la conduite de cette poupée vivante : Pauline Leclerc.

Quelque temps avant le départ de l'expédition, il avait été convié à un repas en sa compagnie chez Junot. La maîtresse de maison, une demoiselle Laure Permon avant son mariage, n'avait pas tari d'éloges sur la beauté de Pauline, qu'elle déclarait pourtant « impossible à décrire ». C'était, disait-elle, « la perfection du beau, la Vénus de Cnide, un tanagra... ».

Verdier m'avait révélé le revers de la médaille : il jugeait Pauline naïve, sotte et vulgaire. Dès leur présentation, elle l'avait tutoyé ! Aux réceptions, aux repas, aux soirées, elle arrivait toujours en retard, sans daigner s'en excuser.

— Si Leclerc l'a épousée, m'avait-il dit, c'est qu'elle exerce sur les mâles une fascination irrésistible. Il n'a pu y échapper et en est devenu comme fou et jaloux, au point de la faire surveiller jour et nuit. Sur l'*Océan*, elle jouait les coquettes auprès des officiers, avec une préférence pour les quelques Américains qui se trouvaient à bord.

Verdier avait ajouté :

— Je crains que nous n'assistions à Saint-Domingue, dans les semaines et les mois qui viennent, à quelques scènes de comédie. Elle infidèle et lui jaloux, cela promet des réjouissances ! Je suis convaincu qu'elle n'a pas renoncé à Fréron et qu'elle s'efforcera de le retrouver lorsque notre chef sera en campagne. Il faut dire qu'elle n'a accepté d'épouser Leclerc qu'à contrecœur.

Verdier avait assisté, au moment du départ, sur les quais de Brest, à une altercation. Leclerc lui avait reproché d'emporter un monceau de bagages inutiles ; il lui en avait supprimé la moitié ; elle en avait pleuré de rage.

Il m'avait confié que Pauline souffrait d'une maladie vénérienne transmise par son cher Stanislas, qui la trompait avec toutes sortes de créatures. Il tenait cette révélation du médecin du bord qui l'avait soignée.

— Dans ces conditions, avait-il poursuivi, je crains qu'elle n'ait à souffrir plus encore du climat, de même que son fils, le petit Dermide, dont elle a refusé de se séparer. Autre preuve de son imprévoyance...

Après soixante-douze jours de traversée, avec une relâche de deux semaines aux Canaries, l'escadre arriva en vue de Saint-Domingue à la fin du mois de janvier 1802. Ses soixante vaisseaux et embarcations de moindre importance jetèrent l'ancre en face du port de Samara, au nord de l'ancienne colonie espagnole.

L'idée de Leclerc était de faire occuper la capitale, Santo Domingo, par cinq cents hommes placés sous le commandement du général Kerversau, tandis que le contre-amiral Levassor et le général Boudet feraient voile dans le même temps, avec trois mille hommes, vers Port-au-Prince, et Rochambeau vers Port-Liberté, à l'est du Cap-Français, avec dix-huit cents soldats.

Leclerc s'était réservé, avec quatre mille combattants, de débarquer directement au Cap-Français.

Et là, ce fut une autre histoire...

La ville était sous la coupe du général noir Christophe, un des officiers de Toussaint. Moïse éliminé, il commandait les forces rebelles du Nord. Ce nègre originaire des Antilles avait deux qualités majeures : l'intelligence et le courage. S'y ajoutaient l'ambition et des goûts épicuriens. Marié, il était le père d'une délicieuse enfant qu'il avait prénommée Améthyste, avec laquelle j'avais disputé une partie de jeu de balle dans un jardin du palais de Port-au-Prince.

Leclerc avait commis une imprudence qui allait se révéler dramatique. Avant même de prévenir les autorités qu'il s'apprêtait à débarquer, il avait envoyé deux frégates ouvrir la voie. Elles avaient été accueillies par le feu des batteries du Fort-Picolet, qui commandait l'entrée de la rade, et s'étaient retirées avec des dégâts et des victimes.

Un échange de courrier allait suivre. Leclerc demanda de quel droit on refusait de le recevoir. Réponse de Christophe : « Du fait que je doive en référer aux autorités supérieures. » Leclerc : « Faites vite, sinon nous forcerons l'entrée. » Il accompagnait ce dernier message d'une proclamation du premier consul assurant aux Noirs la liberté et l'égalité avec les Blancs.

Des jours passèrent sans apporter de réponse. Où se trouvait Toussaint ? Dans son palais de Port-au-Prince ? En famille, dans sa résidence des Gonaïves ? En tournée d'inspection dans ses domaines ? Au Cap-Français, peut-être. Certains affirmaient l'avoir vu, accompagné d'une forte escorte, dans les parages de cette ville. D'autres se demandaient s'il n'avait pas pris la route de l'exil. Il semblait, en tout cas, qu'il n'eût pas laissé d'ordres.

La réalité, je l'appris plus tard d'un officier civil : il se cachait bien au Cap-Français, dans le palais du Gouvernement.

Je me trouvais alors dans cette ville pour négocier la vente des Palmistes, à laquelle Ana et moi nous étions résolus. Michel Descourtilz s'y tenait de même, mais pour d'autres raisons : informé de l'imminence d'une expédition, il souhaitait retourner en France pour ne pas se trouver pris dans la tourmente.

J'avais laissé Ana et nos enfants à Port-au-Prince, où je jugeais qu'ils seraient plus en sécurité.

Irascible de nature, le général Leclerc manifestait violemment son impatience et ruminait son humiliation. Lorsqu'il menaça de pénétrer de force dans la rade, Christophe lui répondit qu'à supposer qu'il y parvînt, il découvrirait une ville en cendres.

— Ce chantage est de trop ! rugit Leclerc. Ce macaque nous nargue. Jamais il n'osera incendier cette ville. Il aurait trop à perdre.

Il était d'autant plus irrité que Rochambeau avait dû se battre pour occuper Fort-Liberté, anciennement Fort-Dauphin. Des Noirs l'avaient attaqué torse nu en criant : « Pas de Français, pas de Blancs ici ! » Il avait fait fusiller une partie des prisonniers. En revanche, tout s'était bien passé pour Kerversau et Boudet.

Avant de tenter un coup de force, le général en chef décida de replier son armada dans une rade proche du Cap-Français, à l'ouest de Limbé. Il fit descendre à terre ses quatre mille hommes. L'avant-garde du général Jean Hardy, en se dirigeant vers la capitale, trouva très vite en travers de son chemin une armée de quelques milliers de Noirs commandés, semblait-il, par Toussaint en personne.

En fin stratège, le chef noir s'était dit qu'en faisant attendre sa réponse aux Français il les mettrait devant une alternative : se retirer, ce qui paraissait inconcevable, ou, en prenant l'initiative d'une attaque, assumer la responsabilité d'un conflit.

La situation du Cap-Français devenait précaire. La ville allait être prise en tenaille entre les forces de Leclerc à l'ouest et celle de Rochambeau à l'est.

C'est alors que Christophe, avec l'accord de Toussaint, décida de mettre le feu à la ville.

On a dit de la capitale du Nord qu'elle était la « Babylone d'Amérique », du fait des nombreuses ethnies qui s'y côtoyaient, ou le « Paris des Antilles » en raison de son importance, de la beauté de ses monuments, de ses jardins et de ses demeures patriciennes en pierres de taille. Elle n'était pas moins remarquable par son activité de comptoir international et par les marchés qui animaient ses artères.

Alors que la flotte attendait le passage après s'être fait rabrouer par les batteries du fort, le général Leclerc avait vu venir à lui une chaloupe arborant le pavillon américain, dans laquelle se trouvait le consul Tobias Lear.

Ce diplomate connaissait bien Toussaint, avec lequel il avait eu de nombreux entretiens. Au cours de la conversation qu'il eut avec le général Leclerc, il tenta de l'éclairer sur la véritable nature de son adversaire. Toussaint n'était pas le sauvage que l'on croyait ; il avait la stature d'un homme d'Etat et d'un chef d'armée, bien qu'il ne fût pas issu d'une école militaire ; il était pour son peuple à la fois un héros et un personnage emblématique. Les Français devaient se préparer à une résistance opiniâtre.

Leclerc lui avait demandé ce que les Américains pensaient de cette expédition.

— Pour le moment, répondit le consul, ils n'en pensent rien ou peu de chose. Ils attendent les résultats.

Ils n'allaient pas attendre longtemps.

Nous achevions notre déjeuner à la table de madame Bleigeat, Michel Descourtilz et moi, quand une patrouille de Noirs envahit la salle. Le chef nous désarma et, sans nous donner d'explication, nous demanda de le suivre.

— Je crains, me dit Michel, qu'on ne se serve de nous comme d'otages.

Je partageais cette crainte.

Christophe avait rassemblé sur la place d'Armes tout ce que la ville comptait de personnes de race blanche. On nous abandonna debout au soleil, à l'heure la plus chaude de la journée, si bien que certains, les femmes surtout, défaillirent.

Vers trois heures de relevée, un petit chef doté d'un porte-voix nous annonça que nous allions être dirigés vers le port pour procéder à l'édification de défenses en prévision d'une attaque des vaisseaux français. La chaleur était encore si intense que la plupart de ces nouveaux esclaves ne purent y tenir. Michel, qui ne m'avait pas quitté, laissa tomber les mancherons de sa brouette et s'écroula, frappé d'insolation. Je lui évitai, en parlant la langue créole, des coups de chicotte inutiles.

Le lendemain, après une nuit passée sous surveillance dans des casemates, ce qui restait de gens valides fut de nouveau rassemblé. Je vis avec stupeur Toussaint s'approcher de nous, descendre de cheval et monter sur un talus pour nous haranguer. Les Français en voulaient à sa vie ? Il la leur ferait payer cher. Ils ne pourraient s'emparer de cette ville qu'en marchant sur des cendres ! Il paraissait excité comme lorsqu'il avait absorbé de la drogue.

Descendu de sa tribune, il se mêla à notre groupe pour en extraire ceux en lesquels il ne voyait pas des ennemis. Je fus de ces élus ; Michel, non. Lorsque Toussaint donna l'ordre de conduire le reste du troupeau dans la montagne, Michel m'embrassa, les larmes aux yeux. En se retirant, escorté et encadré par des Noirs, il me fit à plusieurs reprises un signe de la main. Je lui avais promis de tenter d'obtenir sa libération.

— J'ai confiance en vous, nous déclara Toussaint. Je sais que vous ne me trahirez pas. Vous êtes libres, mais ne profitez pas de cette faveur pour prendre les armes contre moi, sinon je serai impitoyable.

Il me tira à part pour me dire :

— Villatte va te délivrer un sauf-conduit qui te permettra de circuler sans être inquiété. Je te conseille d'aller rejoindre ta femme aux Palmistes, à l'abri des événements. Si j'ai besoin de tes services, je saurai où te trouver.

Je lui parlai de Michel. Il me promit d'y songer et me tourna le dos.

Après une mauvaise nuit passée à l'auberge, je demandai à madame Bleigeat de mettre en sécurité les effets, l'argent et les documents que Michel avait laissés dans sa chambre.

J'étais à l'écurie et m'apprêtais à enfourcher ma monture quand une rumeur de cris, de pétarades, d'aboiements monta des *carrés* voisins, avec des lueurs et des fumées. Je remis mon cheval à l'écurie et descendis vers le port d'où revenait une foule hurlante.

Trois vaisseaux de Villaret-Joyeuse venaient de pénétrer dans la rade et bombardaient le Fort-Picolet et les autres défenses. Des Noirs couraient de maison en maison, une torche dans chaque main, pour y mettre le feu.

J'arrivai à l'auberge alors que madame Bleigeat, campée sur le devant de sa porte, un balai à la main, défendait son bien contre quelques Noirs. Il me suffit de brandir le viatique signé de Villatte et de déclarer que cette bâtisse était sous sa protection pour écarter les incendiaires. Je parvins même à obtenir un piquet de trois hommes pour assurer sa protection.

Assis sur le toit de l'auberge, mes pistolets à la ceinture, j'assistai à l'incendie de la ville. Malgré la chaleur accablante et les fumées qui me faisaient suffoquer, je restai là jusqu'à la tombée de la nuit.

Du palais du Gouvernement, je ne voyais que la façade arrière qui vomissait des flammes par ses portes et ses fenêtres. J'avais suivi le manège des pillards, qui, au début du sinistre, y entraient les mains vides et en ressortaient chargés de meubles et d'objets. La pensée des richesses entassées entre ces murs et perdues à jamais m'attrista. Les églises elles-mêmes, dont les cloches avaient sonné à toute volée, étaient la proie des flammes. On s'empressait d'évacuer les malades de l'hospice de la Providence. Dans une maison d'en face, une femme noire sauta d'une fenêtre avec son enfant dans les bras. Sur la place et le long des rues, les arbres brûlaient comme des torches. Des coups de feu retentissaient de toutes parts.

Le palais n'ayant pas suffi aux pillards, ils s'en prirent aux maisons particulières et aux boutiques. Certains buvaient des bouteilles au goulot en rejoignant la fourmilière humaine qui avait envahi les premières pentes pour aller chercher refuge dans la montagne.

Je m'apprêtais à quitter ce spectacle d'apocalypse quand je sentis dans mon dos un choc suivi d'une brûlure. Je pris mon pistolet et me levai pour riposter, mais ma vue se brouilla, et, mes jambes se dérobant, je dégringolai de mon observatoire et me retrouvai dans un buisson d'hibiscus qui amortit ma chute.

Je ne repris conscience qu'au milieu de la nuit, dans mon lit, où madame Bleigeat m'avait fait transporter par ses trois gardiens.

Le premier visage qui m'apparut dans la clarté d'une chandelle fut celui de la servante de l'auberge, une Noire nommée Solange. Madame Bleigeat n'était pas loin.

— J'ai tenté de prévenir mon médecin, me dit-elle, mais sa maison est en feu et il a disparu. Je vais donc soigner ta blessure avec les moyens du bord, mais je réponds de rien. Extraire une balle, c'est pas comme trousser une volaille ou faire du tricot.

— Je vais vous aider, lui dis-je. Vous trouverez ma trousse dans mon sac de voyage. Je ne me déplace jamais sans elle. Si vous avez de l'alcool, apportez-m'en une bouteille, d'ananas si possible : c'est le plus fort, et j'en aurai besoin.

Solange m'en rapporta, que je bus au goulot. En quelques instants, je me trouvais dans un état second, mais avec suffisamment de lucidité pour guider l'opération.

Je bredouillai :

— Ecartez bien les bords de la blessure, et sondez jusqu'à ce que vous trouviez la balle. Elle ne doit pas être nichée trop profond. Il faudra l'arracher avec les pinces et, là, vous allez sûrement m'entendre hurler. Si l'alcool n'est pas suffisant, il faudra m'assommer. Aïe !

— J'aurai pas à en venir là. Te tracasse pas, mon chérubin ! J'ai déjà pratiqué la même opération sur un de mes cochons qu'un foutu nègre s'était amusé à prendre pour cible. Il en est pas mort, du moins cette fois-là.

Elle s'énervait.

— Nom de Dieu, criait-elle, cesse de te trémousser et de beugler comme un veau ! Solange, fais-lui boire une gorgée de plus, assieds-toi sur ses fesses et maintiens-lui les bras. Ah, je la vois, cette foutue balle. Viens, ma mignonne. Encore un petit effort et hop ! la voilà...

Elle brandit le projectile au bout des pinces mais je ne participai pas à sa victoire. La nuit venait de se refermer sur moi.

Quelques semaines plus tard, remis de ma blessure et en état de remonter en selle, je repris le chemin de Port-au-Prince.

Ana se jeta dans mes bras, me tâta comme pour s'assurer que j'étais bien vivant, et me raconta les événements qui avaient accompagné l'intrusion des Français. Je lui reprochai de ne pas s'être réfugiée aux Palmistes ; elle y avait songé mais avait préféré m'attendre là où nous nous étions quittés. Dessalines avait reçu de Toussaint l'ordre de défendre la ville. Devant la population rassemblée, il avait proclamé que, si les Français se hasardaient sur ce territoire, il n'hésiterait pas à y mettre le feu, comme Christophe l'avait fait au Cap-Français, et que tous les Blancs seraient passés au fil de l'épée.

Le général Boudet était resté dans l'expectative. Il avait accueilli à bord un colon ayant pu s'échapper en barque à la faveur de la nuit, lui avait annoncé les intentions de Dessalines et l'avait renseigné sur les forces dont il disposait : environ quatre mille hommes, supérieures aux siennes. Un débarquement précédé de quelques bordées de canon risquait de se solder par un incendie et un massacre.

Il fit construire des radeaux qui, joints aux canots du bord, allaient permettre de prendre terre subrepticement au cours de la nuit pour surprendre les rebelles.

Le point de ralliement était la pointe du Lamentin, un lieu désert, à faible distance de la ville. Pour faire diversion, Boudet lâcha sur le port quelques salves ; les Noirs répondirent de même.

Alors que s'allumaient les premiers incendies, les Français prenaient position dans les faubourgs et fonçaient, baïonnette au fusil, vers le centre, bousculant au passage quelques postes mal défendus. Dans leur élan, ils balayèrent les Noirs qui, jetant machettes et fusils, se débandaient en hurlant. Les soldats du général Boudet étant pour la plupart des vétérans des guerres européennes, il ne fallait pas leur en conter.

Après avoir maîtrisé les premiers incendies, Boudet envoya des hommes à la recherche de Dessalines : il demeura introuvable. On apprit au palais qu'il s'était enfui dans la montagne de la Selle, emmenant avec lui, en guise d'otages, un groupe de Blancs.

Ana et nos enfants étaient parmi eux.

L'affaire avait été plus aisée à Fort-Liberté, où Rochambeau n'avait eu qu'à faire parler la poudre pour réduire au silence les batteries adverses, faire décamper les quelques dizaines de Noirs qui défendaient la ville et l'occuper sans coup férir. Il avait pu faire quelques prisonniers qu'il avait aussitôt fait passer par les armes. Pour l'exemple. Une maladresse qui risquait d'attiser la haine de la population noire.

Je ne connaissais le général Rochambeau qu'à travers ce que Verdier m'en avait dit.

— Un fort bel homme, toujours tiré à quatre épingles, au visage énergique, coiffé du catogan, à l'ancienne mode. Une sorte de héros, à en croire ceux qui se sont battus avec lui en Amérique, mais cette façade agréable cache une brute sanguinaire qui voue aux Noirs une haine viscérale.

Verdier me raconta que, le temps qu'il avait passé à Saint-Domingue, dix ans auparavant, Rochambeau s'était singularisé par des chasses aux nègres marrons avec ses dogues de Cuba, des tortures et des exécutions sommaires. Irrité de ces excès, le commissaire de la République Sonthonax l'avait fait rapatrier.

— On m'a affirmé, ajouta Verdier, qu'il s'était fait une telle réputation de cruauté que les femmes menaçaient leurs enfants turbulents de faire appel aux « chiens de Rochambeau ». Je l'ai entendu à bord proclamer que, si l'on voulait venir rapidement à bout de la rébellion, il suffirait de faire fusiller quelques milliers de nègres. Pour l'exemple... On peut compter sur lui pour appliquer cette méthode.

Alors que j'assistais à l'incendie du Cap-Français, sans nouvelles d'Ana, je me morfondais. Connaissant la haine que Dessalines portait aux Blancs, j'avais de bonnes raisons de craindre le pire. De même pour Michel Descourtilz, parti du Cap-Français avec Toussaint, mais, dans son cas, j'étais rassuré : sa science en matière de médecine et de chirurgie lui vaudrait un traitement de faveur.

La ville, dans sa quasi-totalité, avait été réduite en cendres, la plupart des maisons étant de bois. Seule du *carré*, celle de madame Bleigeat avait été épargnée, mais on n'y était pas à l'abri des odeurs pestilentielles de cadavres calcinés, et les murs avaient pris la couleur de la suie.

L'auberge réquisitionnée par des officiers de Leclerc, le blessé que j'étais dut défendre sa chambre, mais fut contraint de la partager, du moins la nuit, avec un officier civil d'origine portugaise. L'ayant surpris un matin à fouiller dans mes affaires, je lui mis mon revolver sur la nuque. Il s'en plaignit à son supérieur. Quelques heures plus tard, quand on me donna l'ordre d'évacuer ma chambre, je protestai. Rien n'y fit.

Le lendemain, je remontai à cheval pour retrouver ma petite famille. J'allais raconter à Ana les péripéties de mon séjour au Cap-Français et apprendre d'elle ce qui s'était passé à Port-au-Prince en mon absence.

Informé, peu après son installation au palais du Gouvernement, de mon existence et de ma présence aux Palmistes, le général Boudet avait fait appel à mes services. Il m'avait demandé de transmettre le courrier et de faire office d'intermédiaire entre lui et le chef de l'expédition, qui venait de s'installer avec son état-major au Cap-Français.

Je me sentis à la fois honoré de cette attention et importuné par la corvée qu'elle m'imposait, alors que je souhaitais profiter pleinement, après mes émotions, de nos derniers jours aux Palmistes.

Je repris donc à cheval, par des chemins de montagne, la route du Nord, m'attendant à être intercepté, avec le courrier que je transportais, par des bandes armées ; mon voyage se fit sans encombre, comme celui qui m'avait ramené à la capitale du Sud.

Le général Leclerc avait fait nettoyer la place d'Armes et y avait fait dresser des tentes pour lui, son état-major, ses services et ses officiers, la plus grande partie de la troupe restant à bord des navires. Lui-même, chaque soir, pour éviter les moustiques et l'odeur tenace des cadavres brûlés, regagnait sa cabine sur l'*Océan*, où l'attendait son épouse. Ce n'est qu'une semaine après le débarquement qu'il avait installé Pauline et sa suite dans la résidence d'un colon, sur une pente dominant la ville et le port, où il la retrouvait chaque soir.

Je me présentai à Leclerc dès mon arrivée. La brise de mer et le grand nettoyage que l'on avait fait en mon absence avaient débarrassé la ville de ses débris calcinés et de ses odeurs nauséabondes.

Je le trouvai entouré de quelques-uns de ses officiers, sous une tente de vastes dimensions, aménagée en cabinet, où régnait une chaleur d'étuve. Malgré son uniforme et contrairement à ses gens, il n'en paraissait pas importuné.

Comme je me présentais à eux mal fagoté, dans ma tenue de planteur, veste, pantalons et bottes poussiéreux, large ceinture d'étoffe et chapeau effrangé, ils me toisèrent comme ils l'auraient fait d'un vulgaire manant. Ce n'est que lorsque j'eus annoncé ma fonction d'argus, et déposé sur la table le portefeuille contenant le courrier, que l'on daigna prendre ma présence en considération et me proposer un rafraîchissement.

Je m'assis et bus un verre d'eau saumâtre et tiède en observant Leclerc en train de dépouiller fiévreusement le courrier de Boudet. Ce fils d'un conseiller des greniers à sel de Pontoise n'avait rien d'un foudre de guerre ; assez bel homme malgré sa taille très moyenne, les traits froids et secs, il faisait penser, disait-on, à un « Bonaparte blond », dont, sciemment ou non, il copiait les manières.

— Boudet, me dit-il, m'apprend que vous êtes un intime de Toussaint Louverture.

— Intime, répondis-je, n'est pas le mot qui convient. Comme il était dépourvu de secrétaires et de conseillers, il lui arrivait de faire appel à mes services.

— Quel genre de services ?

— Toussaint parle assez bien notre langue mais l'écrit mal. Alors je corrigeais sa syntaxe.

Il m'interrogea sur les raisons de ma présence à Saint-Domingue et parut s'intéresser à ce que je lui révélai de mes activités scientifiques.

— Pardonnez mes questions, monsieur Delacour, mais cette ville est un nid d'espions et nous devons nous méfier. Savez-vous où se trouve Dessalines ?

Je ne pus lui parler que de son départ pour la montagne avec un groupe de prisonniers blancs.

— Mon épouse et nos deux enfants, ajoutai-je, qui étaient de ce groupe, ont été libérés. J'espère que les autres le seront bientôt. Je les ai retrouvés aux Palmistes. Ils n'ont pas souffert de ces quelques jours de captivité.

— Les Palmistes ?

— C'est le nom de notre plantation. Elle occupe une centaine de Noirs. J'ai entrepris des démarches pour la vendre avant de retourner en France, mais j'ai du mal à trouver un acquéreur.

— Vraiment, dit-il, du mal ?

Il me fit asseoir, prit place près de moi sur un escabeau et, en se grattant le menton, me demanda de lui parler de ce domaine. Il voulait tout savoir sur lui : son emplacement, sa superficie, la qualité de la terre, ses productions, la qualité de l'habitation...

— Les Palmistes... murmura-t-il. Quel joli nom ! Faites-moi une proposition. Il se peut que cette habitation me convienne. Il faut que j'en discute avec mon épouse...

— Et moi avec la mienne. C'est avec elle que vous aurez à traiter.

— Eh bien, je vous prie de lui en parler. Reposez-vous cette nuit et reprenez la route dès demain. Je vous remettrai le courrier destiné au général Boudet, et vous me rapporterez le sien au plus tôt, avec une proposition pour votre domaine.

Jugeant que j'avais été imprudent en voyageant seul, il me confia pour le retour une escorte de quatre grenadiers à cheval.

Je lui avais fait un tableau idyllique de la situation des Palmistes, alors que j'avais constaté en y retrouvant Ana qu'elle ne l'était guère. La majorité de nos Noirs, à commencer par notre commandeur, Anibal, avaient fui ou avaient été raflés par Dessalines pour garnir ses troupes. Ceux qui restaient, femmes, vieillards ou malades végétaient dans une morne inactivité. Personne ne surveillait la pousse des cannes et du tabac, et les ateliers étaient à l'abandon...

Je laissai deux de mes grenadiers à la garde de la maison et de ses occupants pour, escorté des deux autres, me présenter à Boudet. La vie à Port-au-Prince reprenait son cours. Des ouvriers travaillaient à la réfection des quelques demeures incendiées. La flottille de guerre était toujours à l'ancre dans la rade, soldats et matelots dans les auberges, les cabarets et les bordels.

Le général Boudet m'invita à partager son souper afin d'écouter le rapport verbal sur la situation au Cap-Français, dont j'accompagnais le courrier. J'appréciai la courtoisie de cet homme à la trentaine empâtée, au visage vultueux, aux mines précieuses. Il avait occupé le cabinet de Toussaint et prenait ses repas dans la petite salle, où rien n'avait changé depuis mon dernier repas avec le chef noir.

J'eus un entretien avec lui au cours de ce souper, qu'il tint à partager seul avec moi. Sa liberté de parole envers cette expédition et son chef m'indisposa. Il détestait Rochambeau et parlait de Leclerc, qu'il appelait le *général Beau-Frère*, avec un esprit critique où pointait, me sembla-t-il, de la jalousie.

Il me dit à voix basse, en se coulant sur la table comme si des oreilles indiscrètes nous écoutaient :

— Durant la traversée, un soir que Leclerc était ivre, il m'a confié qu'il avait accepté de commander cette expédition avec une arrière-pensée : rester dans cette colonie. Un rêve de jeunesse, peut-être, qu'il avait trouvé l'occasion de réaliser. Les plages à cocotiers, la mer violette, les belles négresses... Nous avons tous connu cela, et vous aussi sans doute, monsieur Delacour.

Je lui parlai de l'intérêt qu'il avait manifesté pour notre domaine des Palmistes.

— Cela semble confirmer ce que je pensais ! dit-il. Leclerc doit avoir des ambitions cachées : il se voit peut-être, la pacification réalisée, gouverneur de cette île, une sorte de nabab, comme certains de nos compatriotes aux

Indes avant monsieur Dupleix, avec une cour, une armée, des esclaves...

Nous parlâmes de Toussaint, dont nous n'avions plus de nouvelles. Il m'apprit que ce vieux sorcier, poussé par l'esprit de sacrifice, avait, peu après le débarquement, fait détruire par le feu sa résidence proche des Gonaïves. Il n'en restait, me dit-il, que les murs, habités par des colonies de singes.

Alors qu'une jeune négresse, pour laquelle il semblait avoir des attentions particulières, nous servait du café et des cigares, Boudet me fit part des soucis que lui donnait l'occupation de cette contrée. Il avait du mal à faire respecter la discipline par ses officiers et ses soldats, qui en prenaient à leur aise, notamment avec les femmes. Il avait fait fusiller trois dragons qui avaient violé une adolescente noire, et en avait fait emprisonner quelques dizaines d'autres qui causaient du scandale dans les bordels ou allaient massacrer des animaux dans la montagne...

— Nous devons donner l'exemple, n'est-ce pas, monsieur Delacour ?

C'est ce qu'aurait pu dire cette brute de Rochambeau...

Notre voyage de retour au Cap-Français faillit mal tourner.

Je fis halte aux Palmistes pour informer Ana des intentions de Leclerc, obtenir son accord et une proposition d'achat.

Dans les parages des Verrettes, alors que nous nous engagions dans un défilé, nous vîmes surgir devant nous, à un détour du chemin, un grand diable de nègre au visage barbouillé de blanc et au corps couvert de signes, qui se mit à danser je ne sais quelle bamboula en poussant des cris de babouin. Je fis arrêter mes grenadiers et leur ordonnai de baisser leurs armes, d'autant que la provocation fut de courte durée.

En revanche, une demi-lieue plus loin, alors que nous cheminions entre deux falaises de basalte, des pierres s'abattirent sur nous. Un cheval se cabra et jeta son cavalier à terre. Je fis ouvrir le feu sur les buissons et les rochers derrière lesquels s'abritaient nos agresseurs. Nous en tuâmes trois, que nous vîmes dégringoler sur le chemin à travers la rocaille. Nous les laissâmes aux vautours.

Leclerc se montra satisfait de la proposition d'Ana. Contrairement à ce que je lui avais dit lors de notre premier entretien sur l'état de notre domaine, je lui révélai que, si le prix demandé par Ana était modeste, il y avait beaucoup à faire pour rendre la maison habitable par un personnage de son importance, et la plantation prospère.

Je pris la liberté de lui demander s'il avait l'intention de s'établir dans cette habitation, et pour combien de temps. Il haussa les épaules et leva les yeux au ciel.

— Comment le saurais-je ? me répondit-il. Dieu et les événements y pourvoiront. Tout ce que je puis vous dire, c'est que mon épouse est ravie de ma décision. Elle déteste cette ruine qu'est devenu le Cap-Français. D'ailleurs, entre la capitale du Nord, ville de mariniers, de boutiquiers et de banquiers, et celle du Sud, domaine des planteurs, son choix est fait. Il correspond au mien. Alors, va pour les Palmistes !

Je profitai de ces dispositions favorables pour solliciter la permission de récupérer ma chambre chez madame Bleigeat. Il parut navré qu'on m'en eût frustré au profit d'un gratte-papier, et promit de m'en faire restituer la jouissance.

Il insista pour que j'accepte une avance sur la vente des Palmistes, signa un billet pour son trésorier et me fit verser une forte somme pour les services que je lui rendais. Cela me permit de défrayer l'aubergiste des jours de pension que je lui devais.

— J'aimerais, me dit-il, vous avoir à ma table un de ces soirs… si la compagnie des militaires ne vous déplaît pas trop !

Ce qui me déplaisait surtout, c'était de devoir laisser un temps imprévisible Ana et nos enfants aux Palmistes, seuls et exposés au danger d'une incursion de rebelles ou de soldats en maraude. Compter sur la protection de Toussaint était illusoire, et plus encore sur celle de Dessalines. J'ignorais d'ailleurs où ils se trouvaient et ce qu'ils mijotaient.

Je dus rester plusieurs jours au Cap-Français, à me morfondre en attendant le nouveau courrier, une fonction qui semblait m'être dévolue par décision unilatérale du *général Beau-Frère*. Sans trop me nourrir d'illusions, j'espérais le retour de Michel Descourtilz.

Le Cap-Français, insensiblement, prenait une nouvelle apparence. En moins d'un mois, la plupart des maisons du centre avaient été reconstruites et réoccupées. Des boutiques et des établissements publics avaient repris leur activité. On voyait chaque jour ou presque s'ancrer dans la rade des navires d'Amérique ou d'Europe. Je déposai mon pécule dans une banque qui venait de rouvrir ses guichets. Quant à moi, privé d'amour et d'amitié, je végétais.

Chaque matin, pour faire acte de présence aux yeux du général en chef, j'assistais à la montée des couleurs. Les accents de *La Marseillaise* me mettaient du sel dans la gorge.

Je me rendais le soir au théâtre où l'on jouait, avec une troupe de fortune, des œuvrettes de Beaumarchais, de Voltaire ou de Fontenelle montées par des officiers, et m'endormais durant le spectacle. En revanche, je me plaisais dans la salle de bal, où l'on dansait tous les soirs, ou, mieux encore, dans les *carrés* réservés aux Noirs, dont les soirées étaient plus animées et où je pouvais plus librement m'enivrer.

Je rencontrais le lieutenant Verdier de temps à autre, parfois dans l'auberge de madame Bleigeat. Il collectait avec gourmandise potins et ragots de la communauté militaire, notamment dans l'entourage de Pauline.

Il se proposait, étant de ses intimes, de me présenter à elle.

— Cette jeune femme, me dit-il, est d'humeur changeante. Certains jours, je la trouve radieuse, plaisantant avec ses servantes, parlant à ses perroquets, chantonnant des airs de Paris. D'autres jours, elle peut rester des heures à somnoler dans son hamac ou à écouter un de ses nègres jouer de la guitare. A mon avis, dans ces moments-là, elle doit songer à son cher Stanislas Fréron. Il exerce, aux Cayes, des fonctions de préfet.

— L'a-t-elle revu ?

— Ça, je l'ignore, mais c'est probable, du fait qu'il est souvent appelé au Cap-Français par Leclerc. Peut-être aussi regrette-t-elle cet autre amant : l'acteur du Théâtre-Français, Lafon, un Périgourdin dont le véritable nom est Pierre Rapenouille ou Rapnouil, un nom impossible pour un acteur, tu en conviendras ! Je l'ai surprise à feuilleter des gazettes qui parlaient des amours parisiennes de ce don Juan.

Sa demeure des hauts du Cap était le rendez-vous des officiers, de ceux qui restaient ou que Toussaint avait libérés, de la bonne société de la capitale ou des environs, et de quelques citoyens américains, officiers consulaires ou marchands.

— Au cours de ces soirées, me dit Verdier, Pauline ouvre le bal avec Leclerc et le termine avec Dieu sait qui. Elle a conçu elle-même une tenue spéciale pour ses musiciens : uniforme de dragon à galons dorés, culottes de drap cramoisi retroussées dans le bas comme celles des mamelouks, chapeau à crinière blanche...

Je ne fus guère surpris d'apprendre que Pauline et ses dames de compagnie ne parlaient entre elles que chiffons et amourettes, ou des événements touchant les menus scandales de la société blanche. Elle écoutait, dans la fumée du tabac, en savourant des ponches de sa fabrication, des airs pour clavecin de Boieldieu, Mozart ou Cherubini...

Le lieutenant m'assura que l'on ne s'ennuyait pas lors de ces soirées, ce que je n'avais pas de mal à croire.

Pauline y apparaissait chaque fois dans une nouvelle robe, confectionnée sur un modèle hybride, mêlant l'élégance européenne au laisser-aller insulaire, les lignes strictes à la fantaisie. Elle prenait plaisir à recevoir de nouvelles têtes, à les présenter à ses intimes et à percer la part d'inconnu, sinon de mystère, qu'ils portaient en eux. Chacun espérait voir surgir celui que tous attendaient : Stanislas Fréron. Ni elle ni lui n'eurent l'audace de provoquer ce scandale que Leclerc n'eût pas pardonné.

Verdier ajouta :

— Il va sans dire que tu devras, pour faire bonne figure dans le cercle, te vêtir d'autres vêtements que de ta défroque de planteur. Pauline et Leclerc sont très stricts sur le chapitre de l'élégance.

Les jours qui suivirent mon retour aux Palmistes allaient me proposer quelques occasions de me divertir.

Leclerc avait pris à son bord les deux fils de Toussaint, Placide et Isaac, qui avaient atteint l'âge d'homme, et leur mentor, l'abbé Coisnon. Il avait eu le premier d'une métisse, Jasmine, et le second de sa femme, Suzanne. J'imagine que l'intention de Leclerc était moins de leur faire retrouver leurs racines que d'en faire des otages.

Encore aurait-il fallu savoir où se cachait Toussaint...

Leclerc décida de les envoyer, sous bonne escorte, à la rencontre de leur père, afin de l'inciter à une négociation. Le lieutenant Verdier, muni d'un message de Bonaparte, contresigné par le général en chef, fut chargé de l'opération. Il m'en donna les détails à son retour.

Arborant le drapeau blanc, la colonne s'était enfoncée dans la montagne, un peu au hasard, et avait erré pendant trois jours avant de tomber sur un groupe de nègres en armes qui avaient accueilli les hommes à la manière africaine, avec des menaces, des chants et des danses qui n'avaient rien d'encourageant. Après un bref entretien, le chef avait consenti, en leur bandant les yeux, à les guider jusqu'au repaire du vieux lion.

Toussaint avait installé son quartier général et ses troupes sur un plateau de savane, entre des mornes vertigineux. Les deux otages n'eurent pas l'accueil qu'ils espéraient. Flairant un piège et outré qu'ils se fussent pliés à cette manœuvre, leur père n'avait manifesté, du moins en apparence, aucune joie de les revoir et s'était contenté de les traiter comme des visiteurs ordinaires.

Toussaint s'était retiré dans sa case pour lire le message du premier consul. Ce n'était pas un ultimatum ou une déclaration de guerre : Bonaparte y déclarait son estime pour celui qui avait rendu d'éminents services à la France et avait maintenu sur son île les couleurs nationales. En eût-il été autrement, il aurait payé cher sa rébellion. La carotte et le bâton...

Le premier consul se demandait ce que Toussaint attendait du gouvernement français. La liberté pour les Noirs ? Elle leur était acquise. Souhaitait-il considération et honneurs ? Cela dépendait de lui.

Il ajoutait :

« Songez, général, que vous êtes le premier homme de couleur qui ait accédé à une si grande puissance par sa bravoure et ses talents militaires, mais, devant Dieu et nous, vous êtes responsable de la conduite de vos Noirs... »

Comment Toussaint avait-il reçu ce message mi-figue, mi-raisin, où alternaient flatterie et intimidation ? Ce qui avait dû lui paraître évident, c'est que ce texte était un ultimatum déguisé. En quelques mots : « Rendez-vous ou ce sera la guerre ! »

De toute manière, c'était un sévère avertissement. Si le *général Beau-Frère* avait débarqué avec vingt mille hommes, des officiers, des soldats vétérans des guerres d'Europe et un parc d'artillerie impressionnant, ce n'était pas pour savourer les délices des tropiques.

Toussaint avait dû se dire que le texte de la Constitution envoyée au Consulat avait été pire qu'une maladresse : une provocation. Il avait sous-estimé à la fois l'orgueil et la faculté à réagir rapidement du Corse, qui, après avoir mis rois et empereurs à genoux, n'allait pas se laisser intimider par un nègre et une horde de sauvages !

Le vieux chef avait de quoi se faire du souci. Il était sûr de la fidélité et de la valeur de ses généraux : Dessalines, Christophe, Maurepas. Ce qui l'inquiétait, c'était le comportement de son armée, où l'indiscipline, l'indifférence, les désertions étaient monnaie courante. S'il en avait eu connaissance, il aurait pu confronter sa situation à celle des nababs et des soubabs qui, aux Indes, du temps de Dupleix et des Anglais, avaient dû s'incliner devant ces puissances coloniales.

La colonne s'était retirée comme elle était venue, avec ses deux otages, désormais inutiles, que Leclerc pourrait renvoyer en France. Tout ce que le général en chef pouvait retenir du message que lui avait adressé Toussaint peut se résumer en quelques mots : il allait prendre le temps de la réflexion. Fabius Cunctator n'eût pas fait mieux.

Ulcéré par cette temporisation qui ne faisait pas son affaire, Leclerc réagit par un ultimatum : il donnait quatre jours à son adversaire pour présenter sa reddition. Sinon, ce serait la guerre.

« Cause toujours... dut se dire Toussaint. Nous allons attendre la saison des pluies. Ce que nous ne pouvons faire, le climat s'en chargera. »

C'est ce que devaient se dire les généraux du tsar lorsque la première neige tomba sur Moscou...

Je demandai et obtins sans peine de Leclerc la permission de rencontrer les deux fils de Toussaint.

C'étaient de grands et beaux hommes, vêtus à l'européenne, l'épée à la ceinture, l'un, Placide, couleur café au lait, l'autre, Isaac, du plus beau noir. Ils fumaient le cigare avec distinction, parlaient le français et, m'avait-on dit, l'anglais et le latin, de manière irréprochable.

Ma démarche avait pour but de leur demander s'ils avaient, au cours de leur mission, rencontré un Français, Michel Descourtilz, qui faisait office de médecin et de chirurgien. Je le leur peignis en traits précis, mais ne pus rien en tirer. Il y avait des Blancs dans l'entourage de Toussaint, mais aucun qui pût correspondre à mon ami.

C'est alors que l'idée folle me vint de partir moi-même à sa recherche. J'en parlai à Leclerc. Il me laissa libre d'agir à ma guise mais refusa de m'accorder la moindre escorte : il allait avoir besoin de tous ses hommes. En revanche, il me confia deux fusils, des pistolets, des munitions et me souhaita bonne chance.

— Si vous avez le goût du suicide, me dit-il, tant pis pour vous. Quant à moi, si je ne puis rien faire d'autre pour vous, je regretterai ce sacrifice. Bonne chance, monsieur Delacour !

La chance, j'en avais besoin.

Je quittai le Cap-Français à cheval, avec un léger matériel de couchage, une semaine de vivres, le viatique de Villatte dans une poche et celui de Leclerc dans l'autre. Verdier m'avait appris qu'il me faudrait compter au moins deux jours avant d'établir un contact avec des rebelles et deux de plus pour arriver au quartier général de Toussaint.

Je souffris stoïquement de la chaleur le jour et de la fraîcheur la nuit. Je traversai des savanes plantées de grands cierges, d'aloès et de cactus, grouillantes de reptiles et des forêts luxuriantes, longeai des vallées profondes et des défilés interminables, sans rencontrer âme qui vive.

Au soir du troisième jour, alors que je préparais mon coucher, je me vis soudain cerné par un groupe de Noirs, torse nu et fusil au poing. L'un d'eux, qui portait une veste et un képi de soldat français, et qui paraissait être le chef, me demanda si j'avais des armes et me somma de les lui livrer, ce que je fis sans barguigner.

Il s'apprêtait à me faire ligoter, mais y renonça quand je lui montrai le viatique de Villatte et que je lui dis que j'étais un ami de *papa* Toussaint.

Nous voyageâmes une partie de la nuit, après un léger somme. On me banda les yeux durant tout le reste du trajet. Au petit matin, nous arrivâmes en vue du plateau sur lequel flottaient des fumées. Mon entrée dans le camp suscita quelque surprise, des lazzis et des menaces. Je me trouvais dans une Babel noire, au milieu de Kongo, d'Aradas, de Mandingues et d'autres ethnies africaines, avec quelques Blancs du Cap-Français qui coururent vers moi pour avoir des nouvelles de la ville.

Je demandai à voir le général Toussaint. On me conduisit à sa caye. Il était en train de boire du café et de grignoter une tranche de cassave, en compagnie de Suzanne et de quelques négrillons mal réveillés. Il fronça les sourcils et, sans manifester le moindre sentiment, me demanda ce que je faisais là et ce que je lui voulais. Sans attendre ma réponse, il me lança d'un ton abrupt :

— Si c'est Leclerc qui t'envoie, tu as fait ce voyage pour rien. Tu lui diras que je ne répondrai pas à son torche-cul d'ultimatum et que je l'attends de pied ferme.

— Je n'ai aucun message à vous transmettre, lui répondis-je. Ma démarche est personnelle. Je suis à la recherche de mon ami Michel Descourtilz, dont je n'ai pas de nouvelles depuis que vous l'avez enlevé.

— Descourtilz... Descourtilz... Tu veux parler, je suppose du *Docteur-Valise* ? Je puis te rassurer : il est toujours en vie, mais j'ignore où il se trouve. Peut-être dans le camp de Christophe, à Marmelade, ou dans celui de Maurepas, à Plaisance, à moins qu'il ne soit retenu par Dessalines, du côté des Gonaïves... De toute manière, nous ne comptons pas lui rendre sa liberté : il nous est trop précieux ! Il a guéri ma femme de ses varices...

Je tombais de haut. Me remettre en campagne, parcourir le côté occidental de l'île sans être certain de retrouver mon ami, me parut une opération impossible ou du moins dangereuse, alors que l'île allait se trouver incessamment en état de guerre.

Découragé, j'assistai, quelques minutes plus tard, au rassemblement des quelques centaines de Noirs qui composaient les troupes de Toussaint. Vêtu de son uniforme de l'armée français, il les passa en revue à cheval et en musique, et leur adressa une harangue de style révolutionnaire.

Au cours du repas de midi, qu'il m'invita à partager, il me parut possédé par une détermination dure comme du granit et une confiance absolue dans la victoire. A ma demande, il me révéla, avec un large sourire, le contenu de sa harangue :

« Li drôle Bonaparte, cé quine à li. Pay Saint-Domingue c'est quine a moe. Mo pas dans chimin a li. Pourquoi li vini dans chimin à moe. Zaffaire a cabri, n'a pas affaire à mouton. »

Ce que je peux traduire en ces termes : « Bonaparte, ce drôle, si la France est à lui, Saint-Domingue est à moi. Je ne mets pas les pieds dans son chemin. Pourquoi met-il les siens dans le mien ? L'affaire d'une chèvre n'est pas celle d'un mouton... »

Il reprit son sérieux pour ajouter :

— La preuve que j'aime la France, tu l'as devant toi : c'est cet uniforme, cette épée et ces médailles. Je sais ce que je dois à ce pays. Il a décrété la liberté pour mes frères mais refuse que nous décidions seuls de notre avenir. Je suis comme un paysan qu'on laisse libre mais qu'on prive de sa maison et de sa terre. Alors, puisqu'il faut faire la guerre, je la ferai.

— Comptez-vous attaquer ou vous contenter de résister ?

— Nous ferons les deux. Nous sommes plus de cent mille, éparpillés par petits groupes, et nos soldats, persuadés que leur âme va retourner en Afrique, ne craignent pas la mort.

Il pointa un doigt vers le ciel.

— Julien, tu as vu ces gros nuages autour des mornes ? Ils annoncent la saison des pluies...

Je demandai à Toussaint la permission de m'entretenir avec les Blancs du Cap-Français qu'il tenait encore prisonniers, une partie d'entre eux, les femmes et les enfants notamment, ayant été libérés sans avoir trop souffert de leur captivité. Il refusa sous un prétexte fallacieux : ma présence, me dit-il, eût risqué de leur donner des espoirs illusoires...

A mon retour au Cap-Français, accompagné jusqu'au Limbé par une escorte de Noirs, je fus fêté comme un héros. Ma première visite fut pour le général Leclerc. Il m'accueillit avec une exclamation de surprise.

— Monsieur Delacour... Ça, par exemple ! Je n'aurais pas misé un liard sur le succès de votre mission. Au moins, avez-vous obtenu satisfaction ?

— Je suis parvenu à rencontrer Toussaint, mais pas celui que je cherchais. Mon ami est vivant mais je n'ai pu savoir où il se trouve.

— Au moins, pourrez-vous me dire comment Toussaint a accueilli mon ultimatum et où il a massé ses troupes ?

— Votre ultimatum, il a décidé de ne pas y répondre. Quant à vous dire où il se cache, ça m'est impossible. Des nègres m'ont fait prisonnier et m'ont conduit les yeux bandés jusqu'à son cantonnement. De même au retour. Les détails que je pourrais vous fournir seraient inutiles. Il se trouve sur un vaste plateau, à trois ou quatre journées de marche du Cap-Français.

Je dus, dans les jours qui suivirent, raconter au quartier général, à l'auberge, au cabaret, ma piteuse odyssée. Je n'étais pas Ulysse et mon récit tournait court. On me félicitait néanmoins de mon courage.

Leclerc me présenta à Pauline. Elle s'exclama en m'embrassant :

— Notre héros, enfin ! On ne parle que de vous au Cap, monsieur Delacour. Quelle aventure ! Vous devriez en faire un livre. Les Parisiens se l'arracheraient.

Elle fronça les sourcils et ajouta :

— Avez-vous rencontré des cannibales ?

Leclerc répondit à ma place :

— Pauvre innocente ! Ces pratiques ont disparu depuis Christophe Colomb.

Au cours du souper qui suivit, elle me posa, avec une naïveté confinant à la sottise, une foule de questions sur les mœurs des Noirs et voulut entendre quelques mots de créole. Je lui donnai satisfaction en choisissant un proverbe que je tenais d'Ana :

— *Coq di li bel garçon, mais coucou pas vié.*

— Ce qui veut dire ?

— Le coq est beau mais la chouette a de l'expérience.

Elle s'écria en battant des mains :

— *Coucou pas vié ! Coucou pas vié !* Comme c'est drôle... J'ai bien envie d'apprendre ce patois. De retour à Paris j'en amuserai mes amis en leur servant du ponche.

Les réflexions et les mimiques de cette perruche commençaient à m'exaspérer, mais je fis honneur au repas et aux vins, qui me changeaient du régime de la gargote.

En passant au salon, nous fûmes accueillis par une musique allègre de Vivaldi jouée par les violons. La pluie, qui s'était mise à tomber depuis la veille, crépitait sur le toit et noyait l'horizon, où achevait de sombrer un soleil couleur de sang. En regardant les premières pentes des mornes, je me disais que, loin de là, sur un plateau de l'intérieur, Toussaint était en train de fourbir ses armes.

Alors que Pauline évoluait avec grâce parmi ses convives pour proposer cigares et liqueurs, Leclerc arpentait le salon d'un pas long et souple, en compagnie d'un de ses officiers, le général Thouvenot. Je venais de m'asseoir et d'allumer un cigare, quand je l'entendis déclarer à voix haute, comme s'il s'adressait à toute l'assistance :

— J'ai beaucoup entendu parler, sur l'*Océan*, des campagnes de Vendée. Eh bien, c'est le même genre de guerre que nous allons avoir à mener dans cette île. La Révolution avait Charette pour ennemi ; pour nous, ce sera Toussaint Louverture. Les Chouans avaient des pétoires de chasse et des faux ; les nègres ont quelques bons fusils et des machettes. C'était dans l'Ouest une guerre d'embuscades ; il en sera de même ici. Dieu soit avec nous...

Il fit claquer ses mains dans son dos, resta quelques instants immobile devant une fenêtre, à regarder le soleil s'abîmer dans la mer, puis ajouta en se retournant :

— Toussaint... Toussaint Louverture... C'est l'homme le plus fourbe que j'aie jamais connu. Il faut s'attendre à ce qu'il nous joue des tours, comme les rebelles de l'Ouest le faisaient pour nos Bleus. Il est désormais hors la loi. Il nous le faut, mort ou vif, sinon cette guerre pourrait durer des années.

Une dame lui demanda si le chef des Noirs avait répondu à l'ultimatum.

— Je n'ai pas encore reçu sa réponse, madame, et je crains qu'elle n'arrive jamais. D'ailleurs, je ne me faisais guère d'illusions sur le sort de cette ultime démarche. Nous ne sommes pas en Europe et avons affaire à des nègres auxquels les courtoisies diplomatiques sont étrangères. Si Toussaint répond, ce sera par des actes.

— Sait-il seulement lire et écrire, ce sauvage ? ajouta la dame.

Je surpris un sourire complaisant sur le visage du général. Il soupira :

— Toussaint, madame, est loin d'être le sauvage que vous imaginez, et surtout pas un cannibale, ma chère Pauline ! Il lit et écrit mieux que le maréchal de Saxe et quelques autres de nos généraux et maréchaux. Monsieur Delacour, qui l'a bien connu, pourrait vous en apprendre plus long que moi sur ce chapitre, n'est-ce pas, mon ami ?

— Toussaint, dis-je, écrit comme un enfant de douze ans mais raisonne comme un philosophe.

Un colon, monsieur de Villemur, s'égosilla :

— Un philosophe, ce nègre ? Comme vous y allez, monsieur ! Connaît-il seulement un seul de nos penseurs, de nos écrivains, de nos académiciens ?

— Il les connaît, rétorquai-je, mais sans les avoir lus, comme la plupart de nous, je présume. Je l'ai entendu dire que son grand regret était de n'avoir pas eu de maîtres qui auraient pu lui ouvrir l'esprit. Sa culture est déficiente, mais son intelligence peut se comparer à celle de beaucoup d'entre nous.

Je me dis que le vin et le rhum dont j'avais abusé me poussaient dangereusement à la provocation. Des exclamations et des rires fusèrent autour de moi.

— Intelligent ! se gaussa Rochambeau. Certes, autant que les chiens de ma meute dressés à la chasse aux nègres...

— L'Eglise, surenchérit monsieur de Villemur, a concédé une âme aux nègres, ce dont je doute. Pour ce qui est de l'esprit, c'est à prouver. Si le sort des armes nous était contraire et que nous dussions quitter cette île, croyez-vous qu'ils pourraient créer une République et l'administrer ? Nous assisterions à des coups d'Etat et à des révolutions. Ce sont des singes savants. Le peu qu'ils ont appris, c'est de nous qu'ils le tiennent, et ils n'en font pas un bon usage.

Je rétorquai froidement :

— Révolutions, coups d'Etat... Monsieur, c'est ce que nous avons connu en France, il me semble.

Monsieur de Vermeil, propriétaire d'une plantation de trois cents esclaves près de Plaisance, réclama le silence pour faire un tableau des délits, crimes et atrocités dont certains de ces *sauvages* s'étaient rendus coupables durant les mutineries. Il mit tant de complaisance dans la perversité que des femmes, horrifiées, lui demandèrent de se taire.

— Il suffit, monsieur ! lui lança Leclerc. Nous savons cela.

L'envie me démangeait de répliquer en faisant état des atrocités auxquelles s'étaient livrés des Blancs. J'aurais pu évoquer les mutilations, les nègres jetés aux chiens, les bourses qu'on leur tranchait pour en faire des blagues à tabac, les abat-jour en peau de nègre dont se vantait une dame de Jacmel...

— Monsieur Delacour, intervint Thouvenot, la sympathie que vous témoignez à la race noire est pour le moins singulière et m'amène à vous poser une question : quel parti allez-vous adopter, si ce n'est déjà fait ?

— C'est fait, lui dis-je. Je suis français et me battrai à vos côtés.

Les musiciens venaient d'entamer en sourdine une délicate aria de Bach quand le général en chef, à la demande de monsieur de Villemur, fit un tableau de la situation à la veille des hostilités.

Il attendait les renforts annoncés : des escadres avaient quitté Le Havre, Flessingue et Cadix.

— Nous avons déjà, dit-il, perdu bon nombre de soldats et d'officiers victimes des fièvres, qui se sont livrés à des excès ou ont déserté. Le climat de ce pays est une calamité. De plus nous risquons de manquer de vivres, du fait de la ruine de nombreuses plantations. Le Cap renaît de ses cendres, mais les soldats que nous employons à la reconstruction, avec quelques nègres et sang-mêlé, ne mettent pas beaucoup de cœur à la tâche. Ils sont là, répètent-ils, pour se battre et non pour manier la truelle !

Rochambeau fit observer que les autorités espagnoles de Cuba ne nous avaient pas ménagé leur concours, en argent et en vivres notamment.

— Certes, dit Leclerc, mais ce ne sont que des expédients. Pour arriver à réprimer la rébellion, il nous faudrait cent mille hommes. Nous sommes loin du compte ! Et ce n'est pas en frappant la terre du pied, comme César, que je pourrai les faire sortir de terre.

Je souris derrière ma main en songeant à la satisfaction de Toussaint s'il avait pu entendre ces doléances...

Cette soirée était trop empreinte de gravité pour que Leclerc pût tolérer qu'elle s'achevât par un bal. Invité à une partie de plaisir, je me retrouvais dans une ambiance de veillée d'armes.

Au cours du repas, Pauline m'avait parlé de l'acquisition des Palmistes. Elle y avait consenti. Je lui donnai tous les détails qu'elle désirait entendre et lui cachai les défauts rédhibitoires qui auraient pu la rebuter.

— Si cela vous convient, m'avait-elle dit, j'aimerais garder près de moi votre épouse, Ana, je crois, avec des gages convenables, cela va de soi. Elle connaît cette île à la perfection et pourrait m'être utile. Leclerc m'a révélé qu'elle était de race indienne pure. Est-ce exact ?

— De race indienne, oui, madame. Une de ses ancêtres était une reine d'Haïti au moment de la conquête de Colomb. Elle lui a fait la guerre avant d'être capturée et suppliciée.

— C'est passionnant, monsieur Delacour ! Et... cette reine était-elle cannibale ?

— Je l'ignore, madame, mais je puis vous assurer que mon épouse ne l'est pas.

Cette sotte avait pouffé de rire derrière sa serviette.

Une rapide digression pour dire que le vieil homme que je suis aujourd'hui, de retour en France depuis des lustres, éprouve un vertige à s'immerger dans les eaux troubles de ce passé d'ombre et de sang. De cette pénombre de jour en jour plus épaisse, surgissent encore des images et des sensations fugaces et lumineuses qui m'incitent à ne pas regretter cette aventure et me poussent à la raconter.

Si quelque augure m'annonçait ma mort prochaine, ce qu'à Dieu ne plaise, je passerais le peu de temps qui me serait imparti à prospecter ce continent mystérieux de ma mémoire, comme on prépare ses impedimenta pour un voyage sans retour.

En 1802, au cours du jeu dramatique qui avait Saint-Domingue pour théâtre, allaient s'affronter deux êtres d'exception : un Blanc et un Noir, Bonaparte et Toussaint. Le premier consul refusait d'être ridiculisé aux yeux des nations par un ancien esclave ; Toussaint, soucieux d'émanciper ses congénères, lui opposait un calme olympien.

Parmi les documents que j'ai amassés depuis mon retour en France et auxquels je fais fréquemment référence, certains témoignent des contradictions de Bonaparte.

Cette créature de la Révolution, imbue de préceptes humanistes, n'avait pas caché, dans les années qui avaient précédé l'expédition de Leclerc, sa sympathie pour le peuple noir et le martyre dont il payait la fortune des colons. Il avait tenu à rencontrer les fils de Toussaint et leur avait dit :

— Votre père, ce grand homme, a rendu d'éminents services à la France. En tant que premier magistrat de ce pays, je lui promets protection, gloire et honneur. Dites-lui que je n'ai pas l'intention de porter la guerre à Saint-Domingue, mais de l'aider, au contraire, à faire régner l'ordre en augmentant ses moyens.

Peu avant, il avait déclaré au Conseil d'Etat :

— Comment accorder la liberté à ces Africains qui n'ont aucune idée de ce qu'est la civilisation ? J'ai pris dans cette affaire le parti des Blancs, parce que je suis moi-même un Blanc…

La fin des troubles révolutionnaires avait rouvert les vannes de l'émigration. On avait assisté à un reflux massif des émigrés. Des talons rouges, dont certains actionnaires de compagnies coloniales des Grandes et des Petites Antilles notamment, avaient pris place dans les instances gouvernementales et prônaient le retour au *Code noir*.

Sans renoncer tout à fait à ses idéaux généreux, le premier consul devait convenir que la situation de Saint-Domingue était préoccupante. Peu à peu, il s'était laissé gagner par les convictions de nobles comme le marquis Barbé de Marbois, ancien intendant général de l'île, qu'il avait désertée durant les premiers troubles.

Ces gens lui disaient :

— Saint-Domingue était jadis notre colonie la plus riche et la plus paisible. Qu'en est-il aujourd'hui ? La Révolution, les propos des philosophes et de l'abbé Grégoire y ont semé les graines d'une révolte dont nous recueillons à présent les fruits empoisonnés. Si l'on n'y met pas bon ordre, cette colonie sera perdue pour nous, après toutes les autres.

Bonaparte vécut le drame classique : un duel entre devoir et sentiment. Cornélien ! Il n'avait dû oublier ni ses idéaux humanitaires ni son ambition de constituer en Amérique un empire colonial capable de rivaliser avec l'Angleterre et l'Espagne.

Plus que jamais animés par la volonté de rétablir l'ancien système colonial, Barbé de Marbois et ses séides avaient défendu leurs convictions devant le Conseil d'Etat. Ils s'étaient heurtés à Bonaparte, qui leur avait répondu :

— La question n'est pas de savoir si l'on doit ou non rétablir l'esclavage. Sachez que cette île, si les nègres ne nous étaient pas attachés, serait déjà la proie des Anglais !

En mai 1802, nouveau revirement de sa part, il donnait son accord au rétablissement de l'esclavage et ne pouvait plus reculer. Ces *Noirs à épaulettes*, disait-il en parlant de Toussaint et de ses généraux, en prenaient trop à leur aise et poussaient trop loin la provocation.

J'eus connaissance de la proclamation que le premier consul avait confiée à Leclerc pour la transmettre à Toussaint. Ce n'était pas une déclaration de guerre mais un sévère avertissement.

Depuis son débarquement, Leclerc ne cessait de se plaindre : armement incomplet, équipement sanitaire dérisoire, trésor de guerre insuffisant, difficultés de logement pour ses hommes... A l'indiscipline de la troupe s'ajoutait le laxisme des officiers, qui passaient plus de temps à faire briller leurs épaulettes auprès des femmes qu'à l'exercice.

J'ai retrouvé le texte d'une proclamation de Toussaint à ses subalternes :

« N'oubliez pas que la pluie va nous débarrasser de nos ennemis. En attendant, nous n'avons d'autres ressources que la destruction et le feu. Nous ne devons pas laisser aux Français la moindre chance de subsister. Empoisonnez les eaux avec des cadavres d'animaux, carabinez les chemins, brûlez les récoltes, afin que ceux qui veulent de nouveau nous asservir connaissent l'enfer... »

Cette tactique de la terre brûlée allait porter ses fruits. Ordre à Dessalines : incendier Port-au-Prince, et que Christophe, Maurepas, Laplume fassent de même dans leur secteur ! Ils avaient obéi, et parfois même devancé ses intentions. Certaines localités, naguère prospères, étaient devenues des Sodome ou des Gomorrhe.

Un matin, en traversant le marché pour me rendre auprès de Leclerc, dans une salle du palais du Gouvernement dont il faisait hâter la reconstruction, je vis venir vers moi une sorte de loque humaine barbue jusqu'au thorax, qui boitillait en s'aidant d'un bâton. Il se mit en travers de mon chemin et, bras écartés, me lança joyeusement :

— Eh bien, monsieur Delacour, on ne reconnaît plus son ami ?

Je crus défaillir de joie. Nous nous étreignîmes.

— Michel ! Toi ! Si je m'attendais...

Il s'accrocha à mon bras lorsque, faisant demi-tour, je le conduisis à l'auberge. Nous eûmes du mal à y parvenir, comme si la joie des retrouvailles l'avait terrassé. Il se laissa tomber sur un banc en gémissant :

— Je suis épuisé, Julien. Je marche depuis trois jours et j'ai cru ne jamais arriver.

Je lui fis boire une gorgée de rhum et demandai à Solange de lui servir une soupe et une platée de haricots. Il s'y jeta. Entre deux bouchée, il bredouillait :

— Mon ami... Julien... si tu savais...

Une fois repu, il demanda à se reposer. Solange et moi le hissâmes jusqu'à ma chambre. Il se laissa sans un mot dévêtir de ses hardes et allonger sur le lit.

— Dès qu'il sera réveillé, dis-je à la servante, il faudra le laver et l'épouiller. Les poux grouillent sur lui et il pue. S'il a encore faim, veille à ce que rien ne lui manque. Tu brûleras ses hardes et tu l'habilleras avec ce que tu trouveras dans mon placard. Je reviendrai vers midi.

Michel m'attendait, assis au bord du lit, persiennes closes, un large sourire aux lèvres. Il était méconnaissable : Solange lui avait donné les soins que j'attendais d'elle et lui avait même coupé les cheveux, la barbe et rasé les joues. Je m'installai près de lui, un bras autour de son épaule, et lui dis en le secouant :

— Tu vas avoir des choses à me raconter ! Prends ton temps. Rien ne presse. L'essentiel est que tu sois là, et bien vivant.

— Bien vivant, bredouilla-t-il, voire… J'ai plutôt l'impression de n'être qu'une loque suspendue à une branche et qu'une bourrasque menace d'arracher. Je n'aurais pu tenir une heure de plus et je commençais à délirer…

Il avait dormi quatre heures, avait dévoré, en se réveillant, ce que Solange avait déposé à son chevet, et bu une chopine de clairin. Il avait demandé à madame Bleigeat ses coffrets à collection et ses documents que je l'avais chargée de mettre en sûreté, et qui s'étalaient sur le lit. Il avait appris par l'aubergiste ma tentative pour le retrouver et m'en remercia d'une voix brisée par l'émotion.

— Je sais, lui dis-je, que tu aurais fait de même pour moi. Alors, trêve de remerciements. Parle-moi plutôt de toi. Comment es-tu parvenu à t'évader, surveillé comme tu devais l'être ?

Il se montra peu loquace, comme si la vie qu'il avait menée dans les grandes solitudes de l'intérieur et dans la promiscuité des Noirs pesait son poids de honte. Ce n'est qu'au cours de l'après-midi, de la soirée et des jours qui suivirent qu'il se libéra des souvenirs qui l'obsédaient.

Il ne m'apprit rien en me disant qu'il n'avait dû sa sauvegarde qu'à ses compétences en matière de médecine et de chirurgie, mais cela ne lui avait pas épargné des brutalités et des humiliations.

Au départ du Cap-Français, il avait suivi Toussaint et son escorte, à travers la montagne, jusqu'à son quartier général, où je m'étais moi-même retrouvé. A peine arrivé, il avait été mis à l'épreuve et sommé de soigner les varices dont souffrait Suzanne, la grosse épouse du chef, et un de leurs enfants qui s'était fait au pied une blessure que la gangrène avait attaquée.

Peu à peu, après qu'il eut connu le même sort que les autres Blancs, dont certains étaient morts de fatigue ou de mauvais traitements, les quelques guérisons qu'il avait obtenues lui avaient valu, sinon du respect, du moins de la considération, un régime de faveur et une liberté surveillée. Les Noirs voyaient en lui une sorte de thaumaturge, si bien que sa clientèle proliféra, au point qu'il n'eut guère le temps de se livrer à sa passion.

Sa notoriété était telle qu'on l'appelait de divers points de l'île où les Noirs avaient installé leurs cantonnements, ce qui lui avait fait découvrir d'immenses territoires riches en espèces animales et végétales inconnues.

Avait-il été tenté de prendre le large ? Il me le confirma : plusieurs tentatives s'étaient soldées par un échec. Rattrapé, il avait été soumis à des sévices dont il refusa de me faire part. Il avait renoncé, mais sans perdre l'espoir de trouver une occasion.

Il me parla longuement de son ravisseur.

— Je n'ai pas à me plaindre de lui, moins en tout cas que des petits chefs éparpillés dans l'île, qui réclamaient mes soins et se conduisent comme des satrapes. Nous avons eu, Toussaint et moi, des conversations très libres. Il s'intéressait à mes activités, et moi à ses projets. Il veillait à ce que je fusse bien traité, nourri convenablement dans son camp, et je lui donnais des conseils sur sa santé et celle des siens.

Michel avait mis à profit la science empirique des sorciers qui connaissent la vertu des plantes et quelques manipulations.

— J'ai appris, me dit-il, qu'on soigne la fièvre jaune avec du quinquina, les douleurs articulaires avec de la peau du lézard cornu, que, pour le mal de poitrine, il faut sucer de la cire à chandelle...

Privé de sa pharmacopée ambulante, il s'était confectionné un coffret à tiroirs où il rangeait soigneusement ses poudres, ses onguents, ses électuaires et quelques instruments chirurgicaux fabriqués avec les moyens du bord.

— J'aurais pu, me dit-il, m'accommoder d'une captivité qui, somme toute, comparée au régime sévère des autres Blancs, traités par les gardiens comme des esclaves, était supportable. Les femmes surtout étaient à plaindre. Contraintes de se soumettre aux appétits de ces monstres, menacées de mort à la moindre réticence malgré les consignes de

Toussaint, elles étaient obligées, au cours des cérémonies du vaudou, à s'enivrer et à danser à demi nues…

Durant son récit, je pensais à Ana. Elle ne s'était pas plainte de sa brève captivité imposée par Dessalines, mais, connaissant sa discrétion, j'imaginais le pire et en étais obsédé.

Il me demanda dc ses nouvelles.

— Tu ne vas pas tarder à la rencontrer, lui dis-je. Une fois les Palmistes cédés à Leclerc, nous allons nous installer, je suppose, au Cap-Français. Nous y serons plus en sécurité qu'à Port-au-Prince, puisque l'armée en a fait sa base.

— J'envie votre couple, m'avoua-t-il, il offre une image de sérénité et d'équilibre. Je louerais la providence si elle daignait mettre sur mon chemin une femme de sa trempe : digne, réservée, active…

— Je ne l'ai pas cherchée, lui dis-je. Nous nous sommes trouvés, elle et moi à un confluent, comme deux rivières. Nous avons occupé le même lit et mêlé nos eaux, comme si cela allait de soi…

J'attendais avec une certaine impatience la fin de son récit, qui me raconterait les conditions de sa fuite.

Il se trouvait dans le camp de base de Dessalines, proche de la rivière Sale-Trou, au sud-est de Port-au-Prince, quand se présenta une occasion inespérée de prendre congé de ses gardiens.

Les Noirs avaient été alertés par l'approche d'une colonne française d'une centaine d'hommes entre la rivière et la montagne. Il avait fallu plier bagage et se replier dans un site de la montagne plus facile à défendre en cas d'attaque.

Pris par la fièvre du départ, ses geôliers avaient négligé de faire garder sa case comme ils le faisaient chaque soir. Lorsqu'il s'en aperçut, il se dit qu'il risquait de ne jamais retrouver une occasion aussi propice. Il avait profité de la nuit pour s'éclipser. Cela lui avait été si facile qu'il avait cru être le jouet d'un rêve. Ce n'est qu'au petit matin, au cœur d'une immense savane, qu'il avait pris conscience de sa réussite. Il avait sauté de joie, dansé et chanté à tue-tête *La Marseillaise.*

En se guidant au soleil, il avait mis trois jours pour arriver en vue du Cap-Français. Trois jours à boire l'eau des rivières, à se nourrir de fruits sauvages et de crabes de ravine, qu'il dévorait crus.

Il ajouta en riant :

— A quelque chose malheur est bon. Je rapporte dans ce coffret des plantes inconnues en Europe. Une fameuse moisson...

Lorsque je lui demandai ce qu'il comptait faire, il se montra évasif.

— J'ai le sentiment que cette île m'a donné tout ce qu'elle abrite en faune et en flore, et que mon séjour va s'achever. Il est arrivé en mon absence du courrier, ainsi que des fonds que je vais utiliser pour prendre le chemin du retour. Je compte faire fructifier mes découvertes, comme tu le feras sans doute des tiennes. J'en tirerai de quoi assurer ma subsistance, le temps de renouer quelques relations utiles. Ensuite, peut-être irai-je porter mes grègues sous d'autres latitudes.

— Quand as-tu prévu de partir ?

— Le plus tôt sera le mieux. Il ne manque pas de navires de commerce ou de guerre qui font la navette entre la colonie et la France. A quoi me servirait de prolonger ce séjour, alors que ce retour était dans l'ordre des choses ? Mon oncle Rossignol a pris les devants avec sa famille. Il ne me reste ici que toi. Entre l'amitié qui nous lie et la renommée et la fortune qui m'attendent en France, pardonne-moi, j'ai fait mon choix, avec la certitude que nous nous reverrons au vieux pays...

Je ne manquais aucune occasion de rendre visite à Ana et aux enfants, qui résidaient toujours aux Palmistes.

Au contact de Pauline et de son entourage, elle avait retrouvé cette sérénité marmoréenne qui me faisait parfois douter, de même que tous ceux qui l'approchaient, de ses sentiments.

Je m'informai si sa nouvelle condition lui convenait ; elle me répondit d'un hochement de tête et d'un sourire.

Il m'arrivait de me demander quelle place je tenais dans sa vie et, pour le dire en un mot, si elle m'aimait. Après tout, nous n'avions décidé de joindre nos vies que par un concours de circonstances qui en faisait presque une obligation : elle, veuve de monsieur de Noé ; moi, de Lydie. Qu'avais-je à lui reprocher ? Aucun manquement, sinon son attitude introvertie. Ana était en somme une épouse modèle, même si les émotions, de quelque nature qu'elles fussent, semblaient glisser sur elle comme la pluie sur les ailes d'un oiseau.

J'avais constaté son trouble lorsque le nom du général Christophe se mêlait à nos entretiens. A plusieurs reprises, je fis exprès de le prononcer et observai qu'à chaque fois une discrète grimace déformait ses lèvres.

Un jour, alors qu'elle se trouvait à son tambour de brodeuse, je lui fis part, sinon de ma suspicion, du moins de ma surprise. Son teint se colora, comme si je venais de violer son intimité.

— S'il t'est advenu une aventure avec ce Noir, lui dis-je, il faut me l'avouer. Tu me dois cette confidence. Je suis prêt à l'entendre.

J'appris que le général Christophe, le plus beau, le plus séduisant des généraux de Toussaint, lui avait fait, durant sa captivité, alors que j'étais prisonnier dans la montagne, une cour assidue. Elle m'assura qu'elle avait résisté. Loin de le décourager, la résistance d'Ana n'avait fait que stimuler son désir.

Il avait tenté de la prendre de force. Elle s'était débattue et lui avait labouré le visage de ses ongles. Il l'avait frappée en la traitant de « sale Indienne » et de « dégénérée ».

Etait-ce tout ? Elle me le confirma. Je lui reprochai de ne pas m'avoir informé de cette affaire. Elle haussa les épaules.

— A quoi bon ? Tu as suffisamment de soucis pour t'en créer de nouveaux. Julien, dis-toi bien que je te resterai fidèle jusqu'à la mort. Je le jure sur la tête de nos enfants. Alors, pour toi comme pour moi, mieux vaut oublier cette confidence.

Sa cohabitation permanente avec Pauline était pour mon épouse une source perpétuelle de plaisir, même si, le plus souvent, elle se tenait en marge avec, dans ce petit théâtre de vanité, un rôle de dame de compagnie plus que de servante. Vêtue des toilettes que lui offrait et lui imposait Pauline, elle s'occupait du petit Dermide, qui partageait les jeux de Lisa et de François.

Leclerc avait plié bagage et s'était retiré à Port-au-Prince, avec comme résidence principale les Palmistes. Il avait dressé avec son épouse des plans destinés à agrandir la demeure et à la rendre plus confortable pour eux et leur suite.

Il avait entrepris de remettre la plantation en activité avec les quelques Noirs qui l'occupaient encore, comme s'il comptait, la paix revenue, s'y installer jusqu'à la fin de ses jours et devenir une sorte de potentat local, ce que Pauline, qui aspirait à revenir en France au plus tôt, envisageait d'un mauvais œil.

La guerre, qui avait débuté par des escarmouches, gagnait insensiblement toute l'île, sauf la partie espagnole, où l'enjeu était de moindre importance.

Le général Christophe avait proclamé que les Blancs ne dormiraient pas en paix tant qu'il resterait un seul Noir vivant sur cette île. Comme la source était inépuisable, nous ne dormions que d'un œil.

Plus que jamais, ce conflit rappelait les guerres de Vendée. Dès qu'elles s'aventuraient dans l'intérieur, les colonnes françaises s'exposaient à des pièges. On abattait une dizaine de Noirs, mais on perdait autant de soldats, sinon plus. Et les atrocités de se succéder...

A la suite d'une incursion dans les parages de Grande-Rivière, d'un groupe d'une centaine d'hommes, j'assistai au rapport du chef d'état-major, Dugua. Il avait été témoin de scènes atroces : des prisonniers français écorchés vifs, brûlés, démembrés, enfouis vivants dans le sol, leur tête réduite à l'état de squelette par les fourmis. Aux Verrettes, une colonne avait découvert, après une attaque de Dessalines, une vingtaine de Blancs massacrés.

Les renforts annoncés par Leclerc avaient mis du temps à arriver, de nouvelles tensions avec l'Angleterre laissant redouter un autre conflit qui nous aurait privés des effectifs attendus.

Que faire ? se demandait Leclerc. Se replier sur des positions inexpugnables et n'en pas bouger ? Il refusait cette solution de facilité. Bonaparte lui avait confié une mission : ramener la paix et l'ordre à Saint-Domingue ; il s'y tiendrait. Il rêvait de se trouver, comme au cours des guerres en Europe, face à face avec l'armée noire et, en une seule bataille, de vaincre et de mettre fin au conflit. La réalité, c'est qu'il n'avait pas une véritable armée à combattre, mais des bandes qui se dérobaient à tout engagement frontal.

Le climat faisait déjà des ravages dans l'armée. Il s'y ajoutait du relâchement dans la discipline, des vols et des désertions. On livrait les coupables à des châtiments exemplaires, mais au risque de provoquer des mutineries.

J'entendis Leclerc dire à Rochambeau :

— Mon ami, je n'en puis plus. Cette guerre qui n'en est pas une ruine ma santé et mine mon esprit. Je ne tiens que par je ne sais quel miracle. Si nous échouons, ce qu'à Dieu ne plaise ! je serai en butte aux critiques les plus sévères, et perdrai la confiance de Bonaparte. On m'accusera d'incompétence, de faiblesse, peut-être de trahison...

Pauline tenait son rôle d'épouse du général en chef avec une conviction qui n'avait pas tardé à fléchir, ce qui ne surprit personne. Lors de ses visites à Port-au-Prince, un mouchoir parfumé sur le museau, elle avait à cœur de visiter malades et blessés. Elle confia à Ana que cette corvée lui était insupportable. La vue de ces malheureux, l'odeur de la sueur, de la gangrène, des médicaments lui donnaient la nausée.

Elle ne reprenait vie qu'à la nuit tombée, de retour au palais ou aux Palmistes, pour recevoir ses amis et les divertir. Alors, flétrie par les épreuves du jour, la fleur reprenait ses couleurs.

— Elle est plus courageuse qu'il n'y paraît, me dit Ana. Elle fait des efforts constants pour vaincre sa nature. Je l'ai vue pâlir en assistant à des amputations de membres dont j'avais moi-même du mal à supporter la vue, mais se forcer à rester. Ce qu'elle redoute surtout, pour son mari et son enfant plus que pour elle, c'est la fièvre jaune qui a fait son apparition à Port-au-Prince.

La crainte d'une épidémie foudroyante obsédait de même Michel Descourtilz. Dans l'attente du navire devenu hypothétique qui le ramènerait au pays, il avait offert ses services à l'hôpital du Cap-Français.

Une date terrible émerge de ma mémoire : celle du jour où Leclerc avait vu les Noirs de ses brigades auxiliaires passer en bloc à l'ennemi. Le lendemain, une horde de dix mille rebelles déferlant sur le Cap-Français avait failli prendre cette capitale. L'état-major n'avait pu lui opposer que trois mille combattants valides, les autres étant incapables de tenir une arme. L'attaque n'avait duré que quelques heures. Il avait fallu se battre à l'arme blanche.

Leclerc, persuadé que la guerre allait s'intensifier et que Pauline serait exposée aux plus grands dangers, avait pris la décision de la faire rembarquer avec Dermide ; elle s'y était fermement opposée.

— Croyez-vous, avait-elle lancé à son époux, que ces nègres me font peur ? Donnez-moi un bon fusil et vous verrez ce que vaut la sœur de Bonaparte ! Vous restez ? Je reste aussi.

La perruche sentait lui pousser des ailes d'aigle…

4

Quand la pluie viendra…

L'état-major partageait l'opinion de Leclerc : l'expectative dans laquelle on pataugeait, le pourrissement d'une guerre qui n'en était pas une, l'état précaire de l'armée... tous ces facteurs menaient au désastre. Les effectifs fondaient comme sucre sous la pluie et le moral était à l'avenant.

Un matin, au Cap-Français, au cours d'un conseil, Leclerc s'était levé et avait déclaré à ses officiers :

— Mes amis, nous sommes pour ainsi dire en état de siège et ne pouvons attendre plus longtemps une nouvelle attaque des nègres. L'heure est donc aux résolutions énergiques et immédiates. Alors, qu'allons-nous décider ?

Retour d'une mission dans les provinces du Sud, où il avait tenté de rallier les mulâtres, le capitaine Célestin avait donné son avis en quelques mots :

— Je crains que la décision ne soit pas de notre ressort. Elle dépend du climat, et vous savez ce qu'il nous en coûte : des centaines de malades chaque jour.

Rochambeau avait répliqué :

— Je n'aime pas ce langage défaitiste, capitaine ! Durant les campagnes d'Italie, nos armées ont souffert des fièvres, des viandes avariées, de la vérole, ce qui ne les a pas empêchées de battre les Autrichiens.

Le général Bachelu, responsable du génie, avait eu un mot malheureux, qu'il allait vite regretter :

— Sans doute, mais, avec un général comme Bonaparte, il semblait que tout fût possible !

Silence gêné, stupéfaction, échange de regards... Leclerc s'était laissé tomber dans son fauteuil, avait toussoté et fait taire d'un geste les rumeurs d'indignation, avant de déclarer :

— Messieurs, on vient de me faire comprendre que je ne suis pas Bonaparte, mais son beau-frère, son ombre, en quelque sorte. Il a du génie et l'on ne m'accorde qu'un modeste talent. Alors, mes amis, si telle est votre opinion, ne me la cachez pas, et je m'inclinerai.

Ces paroles amères avaient été accueillies par des protestations indignées. Le général Savary, commandant de la gendarmerie, avait lancé d'une voix glacée :

— Bachelu, je vous somme, au nom de tous nos amis, de retirer ces propos maladroits, humiliants, et de vous en excuser.

— Ils ont dépassé ma pensée, bredouilla Bachelu. Veuillez m'en excuser, mon général.

— En tant qu'aide de camp du général Bonaparte en Italie, avait repris Savary, je puis vous assurer que la situation n'était en rien comparable à celle que nous connaissons ici.

— Merci de le rappeler, avait soupiré Leclerc. Il reste que cette situation est, sinon désespérée, du moins tragique. Vous parlez de mon beau-frère ? Alors demandez-vous ce qu'il ferait à notre place. Rochambeau ?

Sèchement interpellé, Rochambeau avait arrêté le mouvement nerveux de ses doigts battant la chamade sur le bord de la table.

— Mon général, avait-il répondu, mon avis, vous tous, ici présents, le connaissez.

— Nous aimerions l'entendre de nouveau.

— Soit ! Combien nous reste-t-il d'hommes valides et dont nous soyons sûrs ? Quelques milliers. Allons-nous attendre que les derniers aient rendu l'âme sur un lit d'hôpital pour rembarquer honteusement ?

— Certes non ! Alors, que proposez-vous ? avait insisté Leclerc.

— De rassembler ce qui nous reste de forces et de marcher sur les positions de l'ennemi.

Leclerc avait fait claquer une main sur la table. Un geste qui trahissait sa lassitude.

— Je suppose, mon ami, que vous avez mesuré les difficultés et les risques d'une telle action.

— Je les ai mis en balance avec le danger de laisser se prolonger l'expectative dans laquelle nous sommes plongés. En passant à l'offensive, nous aurons des pertes sérieuses, j'en conviens, mais moins qu'en attendant que s'arrête la pluie ou que l'on nous envoie des renforts. De plus, quelques actes d'héroïsme relèveraient le moral de nos troupes.

— Eh bien, mes amis, avait ajouté Leclerc, j'attends votre avis sur cette proposition.

Tous avaient donné leur accord à Rochambeau, sauf Savary, qui avait émis quelques réserves dont il ne fut pas tenu compte, et le médecin général Gilbert, qui rappela le bilan de santé pitoyable de l'armée, mais ils avaient fini par se ranger à la majorité.

Debelle avait proposé que le départ de cette expédition fût marqué par une grande cérémonie patriotique, de manière à réveiller l'ardeur de la troupe. Il songeait à une prise d'armes, à une harangue du général en chef, à un défilé à travers la ville, musique en tête, à la distribution de petits drapeaux à la population, à une célébration religieuse en la cathédrale...

Il avait fait accepter sans peine sa suggestion.

— Mes amis, leur avait dit Leclerc en se levant, les dés sont jetés. Je vous invite à prier Dieu qu'il nous donne la victoire.

Cette réunion, à laquelle j'avais été prié d'assister, se tenait en début de semaine. Le départ avait été fixé au lundi suivant : le temps de préparer les festivités qui auraient lieu le dimanche, et de compléter l'armement, l'équipement et les vivres pour l'armée. Leclerc me demanda de participer à ces préparatifs.

C'est à quelques jours de ce conseil de guerre que Michel Descourtilz, la gorge serrée, m'annonça son prochain départ. Il avait trouvé à s'embarquer sur une corvette : la *Torche*, qui, partie de Port-au-Prince, allait faire relâche au Cap-Français, le temps d'embarquer des officiers malades ou blessés.

Il paraissait ne partir qu'à contrecœur.

— J'aurais aimé, me dit-il, assister à la fin de ce drame. Arrivé en France, je vais me morfondre dans l'attente des nouvelles, des tiennes notamment, tu t'en doutes.

— Pars sans regret, lui dis-je, et estime-toi heureux de t'en tirer à bon compte.

Je rédigeai un billet à l'intention de mon notaire, afin qu'il lui délivrât des lettres de change pour une somme importante qui lui permettrait de reprendre pied à Paris dans des conditions favorables. Cette opération se fit à titre de prêt… mais sans obligation de remboursement. Il fondit en pleurs en m'embrassant. Il avait, plus que moi, la larme facile.

Le temps de son attente se passa à réorganiser son catalogue, à dessiner et à peindre des animaux et des fleurs. Il avait très vite retrouvé sa santé et sa belle humeur. Je le surprenais parfois, dans notre chambre d'auberge du Cap-Français, à fredonner *Fleuve du Tage* ou *Plaisir d'amour.*

Michel se trouvait près de moi et d'Ana, au cours des cérémonies qui marquaient le départ de l'expédition. Leclerc les avait voulues éclatantes ; elles le furent. L'émotion me contracta la gorge tandis que j'écoutais la musique jouer les hymnes de la Révolution et que je regardais ces soldats, jeunes pour la plupart, qui défilaient au pas, en ordre impeccable, derrière leurs officiers à cheval qui, passant devant la tribune réservée aux autorités, saluaient et souriaient aux dames. Je me demandais combien allaient revenir de cette aventure, et dans quel état.

La harangue de Leclerc fut marquée d'une grande émotion et d'une parfaite dignité. Il avait adopté le ton des députés de la Convention proclamant la Patrie en danger.

La foule, où se mélangeaient les Blancs, les Noirs et les sang-mêlé, lui fit une longue ovation en agitant des drapeaux de papier. Tobias Lear, le consul américain, lui donna l'accolade. Pauline eut sa part de triomphe : elle se levait et, des deux mains, envoyait des baisers à la foule.

De cette expédition à l'intérieur de l'île, je n'eus que de vagues échos par mon ami, le lieutenant Verdier.

Il m'apprit à son retour qu'il avait, à la tête de sa compagnie, effectué des marches et des contremarches interminables, mouillé par la pluie qui lui avait occasionné des inflammations de la peau et des abcès. Il avait subi des embuscades le jour et, la nuit, des attaques soudaines auxquelles, la poudre étant humide, on ne pouvait riposter qu'à l'arme blanche. Il me parla des agressions contre les convois de vivres et de munitions qui étaient pillés, si bien que les hommes marchaient avec la faim au ventre.

Ce n'est qu'en un lieu dit la Ravine-à-Couleuvre, le 23 février, que se déroula le seul engagement de cette campagne qui méritât le nom de bataille.

J'ignorais l'existence de ce site proche de la grande rivière de l'ouest, l'Artibonite. Un déserteur de l'armée de Dessalines, ancien officier espagnol engagé de force, avait rejoint le camp des Français porteur d'une nouvelle : dans l'intention de marcher sur Fort-Liberté, Dessalines avait procédé à un vaste rassemblement de ses hommes à cet endroit.

Pour ne pas éveiller l'attention des groupes de Noirs épars dans la contrée, le corps expéditionnaire avait dû marcher toute la nuit et, avant le jour, prendre position à proximité du camp ennemi. Un signal avait déclenché la ruée, baïonnette au canon. Surpris dans leur sommeil, les Noirs avaient tenté de se disperser, mais, leur cantonnement étant cerné de toutes parts, ils avaient été contraints de se battre.

— La suite, me dit Verdier, tu l'imagines... Le camp envahi, la liberté laissée aux hommes de piller les cases et de violer les prisonnières, des cadavres de Noirs jetés dans la rivière.

— Et Dessalines ? L'a-t-on retrouvé ?

— Il a été parmi les premiers à prendre la poudre d'escampette. C'est dire que nous n'avons remporté qu'une demi-victoire. Il commandait, je te le rappelle, les troupes insurgées du Nord...

Les estafettes envoyées au Cap-Français annoncer cette victoire furent accueillies par des cris de joie et des chansons. Le soir même, Leclerc fit tirer un feu d'artifice sur la place d'Armes, mais, l'humidité ayant gâté la poudre, cela ne produisit qu'une minable pétarade.

Mesurer les conséquences de l'exploit guerrier, nul ne s'y risquait. L'essentiel était que l'on eût fait comprendre aux rebelles qu'ils n'étaient plus les seuls maîtres de l'île et que, la saison des pluies passée, avec de nouveaux renforts venus de France, les Blancs leur mèneraient la vie dure et les traîneraient à coups de fouet dans les plantations.

Sur ces entrefaites, je quittai le Cap-Français pour me rendre aux Palmistes et rassurer Ana. Persuadée, j'ignore pourquoi, que j'avais pris part à cette première expédition, elle avait connu des heures difficiles.

Elle avait pris ses habitudes aux Palmistes et s'en trouvait bien. Leclerc ayant déployé une compagnie de grenadiers autour de cette résidence, elle s'y sentait en sécurité. Son seul regret était que je ne puisse lui tenir compagnie plus souvent, mais j'étais obligé d'effectuer des navettes entre la capitale du Nord et celle du Sud, à travers des territoires sillonnés par des bandes d'insurgés.

Elle m'annonça, comme s'il s'agissait d'une grande nouvelle, que le général Boudet, au cours d'une visite, avait découvert, à un quart de lieue de l'habitation, un endroit charmant qui, disait-il, « semblait peint par Watteau ».

Ana tint à m'y conduire. J'avoue que ce lieu, où les pluies avaient accru la luxuriance de la végétation, avait, dans la grande solitude des mornes, quelque chose de magique. Une source généreuse jaillissait en cascade d'une anfractuosité de la roche et plongeait dans un vaste bassin entouré d'une murette de pierres couvertes de mousses d'un vert éclatant. A quelques pas s'ouvrait une caverne oblongue, dont les parois s'ornaient de pictogrammes représentant des chasseurs armés d'arcs et de piques, et des animaux sauvages dont l'espèce avait disparu.

— Ces dessins, me dit Ana en se serrant contre moi, ont été réalisés par mes ancêtres. J'aimerais que tu en fasses le relevé.

Je le lui promis. Elle ajouta :

— Boudet appelle cet endroit la Fontaine-Pauline...

Nous avons eu des nouvelles de Toussaint par nos agents secrets.

Il se tenait à quelques dizaines de lieues de Port-au-Prince, dans les parages de Saint-Marc, entre l'Artibonite et la côte, et préparait une offensive. Il avait découvert, en pleine montagne, au lieu dit la Crête-à-Pierrot, les ruines d'une ancienne forteresse espagnole envahie par la végétation, et s'était dit qu'il pourrait en faire son quartier général et, éventuellement, un lieu de résistance.

Ce monstrueux tas de pierres se situait au-dessus d'une rive de l'Artibonite, cette rivière que l'on a appelée, non sans quelque exagération, le Nil de Saint-Domingue. Née dans les hautes solitudes du Monte Gallo, elle déferle entre les mornes du Grand et du Petit-Chaos, se répand en méandres à travers les savanes de Guaba avant de se jeter dans le golfe des Gonaïves avec la majesté d'un fleuve, mais avec, chaque année, des crues redoutables. Quelques plantations, la plupart détruites ou à l'abandon, jalonnent son cours.

Toussaint avait jeté son dévolu sur cette place forte et mis ses nègres au travail.

En moins d'une quinzaine, sous la pluie, ils avaient nettoyé ces lieux d'une végétation sauvage, éliminé la faune indésirable qui y grouillait, entreposé dans les souterrains des tonneaux de poudre et des boulets, et flanqué les murailles de quelques canons espagnols.

Dessalines visita cette forteresse, et s'en montra satisfait.

— Les Français, dit-il vont trouver à qui parler. Ce sera notre revanche de la Ravine-à-Couleuvre.

— Ils ignorent cette nouvelle position, fit Toussaint. A toi de les y attirer...

A quelques jours de cette visite, Dessalines simula une attaque contre une colonne conduite par le général Debelle, en vue d'attirer les Français vers la forteresse et de les y fixer.

Stupeur de Debelle, arrivé en vue de la Crête-à-Pierrot, en consultant sa carte d'état-major. Elle ne portait aucune mention de cet endroit. Il resta perplexe : comment, avec le faible détachement dont il disposait, affronter ces murailles derrière lesquelles les Noirs qu'il talonnait s'étaient engouffrés ? Il eût fallu un matériel de siège dont il était dépourvu, et un millier d'hommes. Les quelques canons en sa possession seraient impuissants contre cette montagne d'énormes moellons.

Il s'apprêtait à faire demi-tour quand les canons postés aux créneaux crachèrent mitraille et boulets. Il ne put sauver qu'une partie de sa troupe. Lui-même, une épaule à demi arrachée, vécut le martyre sur le chemin du retour. Une consolation : si les Noirs avaient effectué une sortie, il ne fût rien resté de la colonne. Ils s'en abstinrent.

Debelle survécut miraculeusement à sa blessure, mais elle se compliqua d'un accès de fièvre jaune qui l'emporta en quelques jours.

J'avais eu, avec ce grand soldat, des relations empreintes de courtoisie. Son frère aîné, César-Alexandre, baron de La Gachetière, s'était distingué dans les armées du Nord et du Rhin, au temps de la Révolution, puis dans les campagnes d'Italie, sous Bonaparte. Son cadet, Jean-François, à trente ans, marchait sur ses traces, mais avec moins de brio.

Il m'avait confié, avant de mourir, sa déception de n'avoir pas eu le temps de donner la mesure de ses talents et de « crever comme un bœuf malade dans ce trou punais de Saint-Domingue ».

Leclerc se démenait comme un diable pour obtenir des secours de son beau-frère.

Ulcéré par la pitoyable retraite de Debelle devant La Crête-à-Pierrot et par la mort de ce général, il écrivit au ministre des Armées :

« Je suis maître du nord de l'île, mais presque tout y a été incendié, si bien que je n'ai pas à en attendre de ressources… Nous avons conservé une partie du Sud, et je verrai ce que je peux en tirer. Si nous voulons garder cette île, il me faut, pour les dix prochains mois, quinze mille francs, un renfort de six mille hommes et, chaque mois, pendant un trimestre, deux mille hommes de plus. Il ne faut pas regarder à l'argent quand il s'agit de conserver la plus belle colonie du monde… »

Une nouvelle à laquelle rien ne le préparait allait le consoler de ses déboires : l'un des plus prestigieux chefs de la rébellion, le général Maurepas, venait de faire sa reddition.

Cet officier noir, qu'on appelait le Tigre, loué pour son courage, sa probité et sa tolérance, avait incendié Port-de-Paix puis s'était retiré dans le Nord, d'où le général Humbert, ancien de la campagne d'Irlande et forte tête, avait en vain tenté de le déloger.

Dépourvu de moyens de poursuivre la lutte, traqué par les colonnes françaises, démoralisé, Maurepas s'était dit que toute résistance était illusoire et que les Français allaient mettre fin à la résistance de ses troupes. Informé de ces dispositions, Leclerc lui avait envoyé un messager pour lui demander de mettre bas les armes, en lui promettant que sa reddition se ferait avec les honneurs.

Conduit à Leclerc, il fut traité comme un rival malheureux plus que comme un ennemi irréconciliable.

Restait à s'emparer de la forteresse de la Crête-à-Pierrot, qui faisait figure de symbole. Ce n'était pas une petite affaire, nos agents nous ayant appris que Dessalines y avait concentré un millier de défenseurs. Leclerc décida d'y lancer la quasi-totalité de ses forces, soit deux mille hommes, parmi lesquels de nouvelles recrues et un contingent de mulâtres.

Le corps d'armée se mit en marche à la mi-mars avec des moyens importants : un régiment de génie commandé par le général Bachelu, des pièces d'artillerie tractées par des mulets, des munitions et des vivres en abondance, le siège risquant de durer des semaines, voire des mois. La victoire était à ce prix.

Leclerc avait engagé dans cette expédition l'élite de ses généraux : Rochambeau, Dugua, Hardy, de Lacroix et Boudet.

Ce dernier, à la tête d'une colonne de deux cents hommes, ayant pris un autre chemin que les premiers éléments de l'armée, avait failli ne pas arriver à destination. Devant un fort nommé Trianon, il s'était heurté à un détachement d'une centaine de Noirs fanatiques qui s'étaient jetés contre ses canons en hurlant et en chantant. Aux abords du village des Verrettes, il avait perdu une cinquantaine d'hommes qui avaient bu l'eau d'une source empoisonnée par des cadavres d'animaux ; d'autres avaient été emportés par l'Artibonite en voulant construire un pont.

La malchance semblait poursuivre Boudet.

Alors qu'il n'était qu'à quelques lieues de la Crête-à-Pierrot, il avait rencontré un nouveau groupe ennemi, qui, suivant la méthode de Dessalines, l'avait entraîné, après lui avoir tué une vingtaine d'hommes et l'avoir blessé au talon, en direction de la forteresse. En se portant à son secours, le général Dugua était tombé dans un guet-apens et s'était écroulé, deux balles dans la poitrine.

En dépit de ces aléas, tout était prêt pour le siège. Il n'allait pas être de tout repos. Dessalines, qui tenait la place d'une main ferme, effectuait des sorties foudroyantes qui semaient la panique dans le camp des Français et leur causaient beaucoup de pertes en hommes et en matériel, qu'ils détruisaient ou incendiaient avant de se retirer.

On avait, dans le camp des Français, le sentiment d'en être revenu aux sièges du Moyen Age, quand les seigneurs se faisaient la guerre de château à château. Ils se disaient que cet amas de pierraille abritait une telle quantité de nègres qu'ils n'en viendraient jamais à bout.

Ils piétinaient devant la forteresse depuis une semaine, sans le moindre résultat satisfaisant, quand Leclerc donna l'ordre d'en finir au plus vite.

On songea à oser une escalade, mais c'eût été une folie. Le général Bachelu fit sonder la base des murailles pour tenter de creuser une galerie souterraine, mais, outre qu'il eût fallu sacrifier beaucoup de ses sapeurs, on serait tombé sur du roc. Réduire la place par la famine était illusoire, Dessalines ayant dû prévoir un siège de longue durée. Rochambeau fit donner l'artillerie contre les remparts, mais après chaque bordée les nègres surgissaient aux créneaux et lançaient des quolibets et des insultes aux canonniers.

Rochambeau ne décolérait pas. Au cours d'une inspection du général en chef, il laissa libre cours à ses humeurs. J'en fus témoin quand il s'écria :

— Quelle humiliation ! Les meilleurs soldats du monde tenus en échec devant cette bicoque occupée par des nègres ! Je n'ai jamais senti pareille honte, même pendant la guerre d'Indépendance de l'Amérique, où pourtant j'en ai éprouvé de cruelles !

— Calmez-vous ! lui dit Leclerc. Vous êtes ivre et vous déparlez !

— Ivre, moi ? Oui, de fureur, mais parfaitement lucide. Nous sommes tombés dans un piège et nous devons en sortir coûte que coûte.

— Alors, que proposez-vous ?

— Donnez-m'en la permission et les moyens, et je me fais fort de vous livrer cette bicoque en quelques heures.

Je crus, en écoutant ces propos délirants, que ce pauvre Rochambeau était bel et bien ivre ou qu'il avait perdu la raison. Ce qui me surprit plus encore, c'est d'entendre

Leclerc, après un temps de réflexion et un entretien avec ses généraux, accepter de relever le défi.

— Eh bien, soit, dit-il d'un ton résigné, vous avez carte blanche, mais je vous préviens, en cas d'échec, ce sera la cour martiale !

Rochambeau envoya des hommes dans la forêt pour y couper de jeunes tiges propres à la confection d'échelles en nombre suffisant et assez hautes pour escalader la partie la plus accessible des murailles. Les soldats de Bachelu et ses propres grenadiers y travaillèrent pendant deux jours et deux nuits.

Ces préparatifs achevés, Rochambeau, après un bombardement nourri, donna le signal de l'assaut.

Nous vîmes avec un sentiment d'angoisse nos hommes se ruer avec leurs échelles contre la muraille, y grimper en hurlant et, arrivés au terme de l'escalade, accueillis par des fusils ou des machettes, dégringoler dans le fossé. Quelques-uns parvinrent à se hisser sur le chemin de ronde, mais sans pouvoir aller plus loin. Les nègres nous renvoyèrent leurs têtes avec des lazzis.

Bilan de l'opération : une centaine de morts et de blessés. Leclerc, vert de rage, fit mettre ce fou de Rochambeau aux arrêts dans sa tente, en attendant de le traîner devant un jury militaire.

La nuit, pour nous braver et affecter le moral de notre armée, les Noirs chantaient aux créneaux des hymnes républicains en créole et se livraient à des exhibitions indécentes sur les merlons.

Une nuit, alors que le camp était plongé dans le sommeil, je fus éveillé par des coups de feu. Je me levai, saisis mon fusil et me jetai hors de ma tente. Des soldats en chemise, arme au poing, couraient en tous sens. Partis des buissons et de derrière des rochers, des tireurs invisibles faisaient mouche à tout coup.

Un mulâtre fait prisonnier par les hommes du général Hardy, et mis sévèrement à la question, révéla que nos attaquants, au nombre d'une centaine, venaient du Nord pour prêter main-forte aux assiégés. Le combat se poursuivit jusqu'à l'aube, sans nous laisser d'autre répit que le temps de recharger nos armes, qui, la poudre s'étant gâtée, ne faisaient feu qu'une fois sur deux. Il fallut achever le nettoyage à la baïonnette.

Dans les premières lueurs de l'aube qui incendiaient la crête des mornes d'un feu de diamant rose, je me trouvais en train de battre les buissons quand un tumulte venu de la forteresse me fit dresser l'oreille.

Dessalines allait commettre une grave erreur : tenter, par une sortie, de prendre nos soldats à revers durant l'attaque nocturne. Leclerc surveillait la porte principale avec trop d'attention pour que cette manœuvre pût lui échapper. Il rassembla un groupe de vétérans et les lança contre les hommes de Dessalines qui se ruaient sur le pont-levis. Non seulement nos soldats parvinrent à les repousser, mais, malgré une fusillade nourrie, ils entrèrent en force dans le châtelet et se répandirent en hurlant dans la cour de la forteresse.

Une heure plus tard, les occupants, moins nombreux qu'on ne le pensait, étaient pour la plupart massacrés. Leclerc fit sonner la fin du combat.

Le bilan, de part et d'autre, dépassait en horreur l'imagination. De tout mon séjour à Saint-Domingue, je ne vis une telle accumulation de cadavres de Blancs et de Noirs mêlés, de sang répandu, dans la forteresse et ses abords immédiats, et entendu autant de cris de joie accompagnés d'autant de plaintes. Des vétérans s'étreignaient et de jeunes recrues pleuraient, debout, tournées vers la muraille.

Au plein du jour, j'inspectai la forteresse, en compagnie de Rochambeau et d'Henry. Les assiégés n'auraient pas tenu longtemps : ils n'avaient plus que pour un jour de vivres et manquaient d'eau. Un mulâtre prisonnier nous révéla que les hommes de Dessalines, pour tromper leur soif et leur faim, suçaient et mâchaient des balles de plomb. L'infirmerie grouillait de malades, de blessés et de cadavres en voie de décomposition. Un seul Blanc se trouvait parmi eux, un homme assis sur un escabeau, hébété, les mains entre ses genoux.

Lorsqu'il se redressa, je ne pus retenir un cri :

— Michel, toi, ici !

Je l'aidai à se relever, lui fis boire l'eau de ma gourde et lui tendis un rogaton de cassave qu'il dévora. Quand il se fut réconforté, je lui demandai par quel hasard il se trouvait au milieu de ces rebelles et non sur la *Torche.*

— Rassure-toi, me dit-il, je n'ai pas changé de camp. J'ai commis l'imprudence d'aller herboriser seul, une dernière fois avant mon départ, dans les parages de Limonade, à moins d'une lieue du Cap-Français. J'ai été abordé par un groupe d'une dizaine de Noirs armés de fusils. Ils m'ont demandé qui j'étais et ce que je faisais là. Quand je leur ai livré mon nom et mes qualités, leur chef m'a dit qu'il me connaissait pour m'avoir rencontré au camp de Toussaint.

Il s'interrompit pour réclamer quelques gorgées de clairin. Je lui en fis porter une fiasque ; il en but la moitié et, ragaillardi, reprit :

— Ce n'est pas auprès de Toussaint qu'ils m'ont conduit, mais de Dessalines, qui se trouvait alors un peu plus vers l'est, du côté de Marmelade, je crois bien. Je m'attendais à être passé par les armes. Il s'est excusé de m'avoir causé du tort et m'a traité avec courtoisie. Il m'a demandé de lui parler de mes découvertes et de l'usage que je comptais en faire, de retour en France. Il est intelligent et curieux, le bougre ! Tu le connais, d'ailleurs, il me semble...

Je n'avais rencontré Dessalines qu'une fois ou deux, au temps où les Français et les Noirs vivaient en paix, et gardais le souvenir d'un officier de taille modeste, au visage couturé de cicatrices qui faisaient dire qu'il était le nègre le plus laid de Saint-Domingue. Agé de cinquante-quatre ans, il grisonnait déjà.

Je priai Michel de poursuivre.

Dessalines lui avait confié son intention d'attirer les soldats de Leclerc dans un traquenard et lui demanda de mettre ses talents de praticien au service de sa troupe.

— Que faire, Julien ? Refuser m'aurait exposé à des sévices, ou pire encore, ce que Dessalines ne m'a pas laissé ignorer. Je l'ai donc suivi à La Crête-à-Pierrot. La suite, tu la connais...

Nous cherchâmes en vain Dessalines, en interrogeant les prisonniers et en examinant les cadavres. S'il avait été parmi eux, je l'aurais reconnu sans peine. Il avait dû, alors que l'affaire prenait pour lui un mauvais tour, s'enfuir par un souterrain, ou je ne sais comment.

Au soir de cette journée, Leclerc dit à ses officiers :

— De retour dans vos unités, gardez-vous bien de faire état de nos pertes. Elles sont énormes, vous l'avez constaté. En les révélant, vous risqueriez de minimiser cet exploit et d'encourager nos ennemis à poursuivre la lutte. Nous allons célébrer notre victoire par un défilé au Cap-Français, musique en tête.

Il ajouta :

— Quant à en informer le premier consul, j'en fais mon affaire...

QUATRIÈME PARTIE

1

L'enlisement

Toussaint avait quitté sa résidence d'Ennery, proche des Gonaïves, au début de mai, soit un peu plus d'un mois après l'affaire de La Crête-à-Pierrot, et s'était mis en route en direction du Cap-Français, avec une escorte d'une cinquantaine d'hommes.

Le pays lui était trop connu pour que des souvenirs ne viennent pas l'assaillir : ces gerbes de palmistes, ces cierges, ces cases en escalier, couvertes de chaume, entourées de leur clôture de bambou tressé, ces traînées rouges au flanc des mornes, ces rivières et ces cascades... Il s'attachait à imprimer en lui ces images familières : les dernières, peut-être...

Son pain quotidien : la solitude, la fatigue, la vieillesse, avait accompli son œuvre. Il avait, ce pain, le goût amer de la cassave moisie. Le matin, quand il se faisait tailler la barbe par Suzanne, il avait l'impression que son miroir le trahissait : ces longues rides grisâtres, cette mâchoire à demi édentée, cette tignasse crépue où le gris avait triomphé du noir, ce n'était plus lui. A cinquante-huit ans, il en paraissait près de quatre-vingts. Ni malade ni invalide, cependant. Le mal qui le rongeait depuis quelques semaines se tapissait dans l'âme et dans le cœur.

Toussaint Louverture avait eu sous ses ordres la plus grande armée coloniale du monde : des centaines de milliers d'hommes qui avaient jeté la machette pour réclamer un fusil, l'avaient suivi sur les routes de l'insurrection et avaient transformé l'île en champ de bataille. En France, il passait pour un diable noir aux yeux de la bonne société et, dans les autres pays d'Europe, pour un héros. Il s'était dit que tous les espoirs lui étaient permis : émancipation de ses congénères, indépendance, création de la première République noire...

Il avait longtemps fait ce rêve. Le réveil était rude.

Compter sur ses officiers pour faire contre l'occupant une guerre libératrice avait été illusoire : ils avaient joué leur propre jeu, donné cours à leurs ambitions personnelles, abusé des incendies, des destructions, des massacres, mené, somme toute, une *mauvaise guerre*. Ils étaient obsédés par un besoin de vengeance. Cela pouvait se concevoir, mais ils auraient dû éviter de prêter le flanc, par ces horreurs, à la réprobation universelle.

La partie était-elle jouée ? L'expédition française finirait-elle par abattre la subversion ? L'île allait-elle revenir à l'ancien système : terreur blanche et régime de la chicotte ? Comment savoir ?

La fièvre jaune avait décimé l'armée de Leclerc, mais il avait enfin reçu les renforts qu'il réclamait à cor et à cri. Ses nègres ne manquaient pas d'ardeur, mais, au moindre engagement frontal, ils ne savaient plus se battre et rendaient les armes.

Après Maurepas, Christophe avait fait sa reddition. Quant à Dessalines, il était on ne savait où. Toussaint demeurait seul à la barre du navire *Insurrection* et la tenait d'une main ferme, du moins en apparence, avec les quelques milliers d'hommes qui lui étaient restés fidèles. En réalité, le premier des Noirs n'était plus qu'un symbole ; il avait perdu pouvoir et crédibilité.

Il allait négocier un armistice, mais on pouvait encore compter sur lui pour tenir la dragée haute aux Français.

Toussaint était parvenu à quelques lieues du Cap-Français quand son escorte s'était soudain trouvée entourée d'un groupe de soldats noirs équipés à l'européenne et commandés par un jeune officier blanc. Pour ne pas faire figure de prisonnier en arrivant dans la capitale, il tenta de rompre le cercle. Son cheval blanc abattu d'une balle au poitrail, il roula à terre. En le relevant, on constata qu'il ne souffrait que de contusions.

Il lança à un Noir qui le tenait en joue :

— Tu oserais tirer sur ton père ? Maudit sois-tu !

Puis, s'adressant à l'officier :

— A quoi rime cette embuscade ? Je viens au Cap-Français avec les meilleures intentions et on menace de me tuer ! Sais-tu au moins qui je suis ? Toussaint Louverture, ça te dit quelque chose, blanc-bec ?

— Faites excuse, général... bredouilla l'officier. Mes auxiliaires auraient dû me prévenir.

— Tes auxiliaires ! Ils regrettent de ne pas m'avoir tué. Je le lis dans leurs yeux...

Quelques jours avant, à Ennery, il avait eu la surprise de voir surgir, avec une escorte en grande tenue, deux émissaires du général des Blancs. Ils venaient lui proposer de faire sa soumission. Il leur avait éclaté de rire au nez. Qu'est-ce qui pouvait inciter à croire qu'il était au bout du rouleau ?

Il les avait reçus avec courtoisie, leur avait fait servir son meilleur rhum, leur avait offert des cigares et avait lancé une bravade :

— Je ne comprends pas le sens de votre démarche, alors que le sort des armes m'est toujours favorable.

Un des officiers lui avait répondu :

— Le général Leclerc ne nourrit aucune animosité contre vous. Il souhaite simplement la fin de ces combats fratricides. Votre reddition ramènerait la paix dont nous avons tous besoin.

— Ma reddition ! avait protesté Toussaint en faisant claquer ses doigts. Ce simple signal suffirait pour faire surgir de la montagne des dizaines de milliers d'hommes.

Au cours du repas partagé avec ses visiteurs, il avait retrouvé sa sérénité.

— Vous direz au général Leclerc que je ne suis pas opposé à une suspension des hostilités. Il est vrai que trop de sang a été versé et qu'il faudra bien qu'un jour cela cesse. Je suis décrété hors la loi, mais je ferai appel à votre chef pour qu'il fasse preuve d'indulgence. Je déposerai donc les armes, à condition que l'on me permette de vivre et de mourir dans mon île, au milieu de ma famille, de mes amis et de mes nègres. Sinon, mieux vaudrait la mort...

Annoncée par une reconnaissance du corps d'auxiliaires qui l'avait intercepté, l'arrivée de Toussaint réveilla la capitale.

Le triomphe qu'on lui fit laissa craindre quelques dérives. Tout ce que la ville comptait de Noirs et de sang-mêlé s'avança vers lui et lui fit escorte dans un concert d'ovations, d'alléluias et de chants créoles. On semait des fleurs sur son passage, on se bousculait pour toucher son uniforme, le cheval qu'on lui avait prêté, et embrasser ses bottes poussiéreuses. Il avait revêtu sa tenue de réception galonnée d'or, arboré ses médailles et coiffé le tricorne à haut plumet rouge. Le malheureux Spartacus, chef des esclaves noirs, avait encore fière allure.

Toussaint attendait que Leclerc vînt à sa rencontre ; il lui envoya le général Hardy qui, lui ayant fait un salut militaire, le précéda à pied jusqu'au palais, où il lui fit offrir, ainsi qu'à sa suite, de quoi se rafraîchir et se restaurer.

Toussaint se contenta d'un verre d'eau. Il le but en contemplant le portrait du général en chef, œuvre de l'Italien Appiani, réalisé durant les guerres du Piémont. Leclerc y figurait en grande tenue, une main sur la garde de son épée, visage de glace et sourire de défi, le regard fixé sur un horizon de victoires.

Ce n'est que deux heures plus tard que Leclerc daigna se montrer. Sans manifester le moindre sentiment, il tendit la main à Toussaint et lui dit :

— Veuillez me suivre dans mon cabinet. Nous y serons plus à l'aise pour bavarder.

Bavarder ! Un mot incongru. Toussaint ne parut pas s'en formaliser. Il ôta son tricorne, sous lequel il portait le bandeau à la mode créole, et s'assit dans le fauteuil que lui proposa son hôte.

— Général Toussaint Louverture, dit Leclerc en s'asseyant à son tour, permettez-moi de vous faire compliment de votre bonne mine. Il semble que le temps, les événements et les déboires n'aient pas prise sur vous. Moi qui suis jeune et dans cette île depuis moins d'un an, je suis au bord de l'épuisement. Comment expliquez-vous ce phénomène ?

— Cela tient sans doute, répondit Toussaint, à ce que Saint-Domingue est ma maison et que vous n'en êtes que le locataire.

Leclerc rit jaune en se frappant les genoux.

— Allons, allons, général, ne commençons pas cet entretien par une querelle immobilière !

— C'était ma manière de répondre à la flagornerie, *général Beau-Frère...*

Il toussota derrière son poing avant d'ajouter :

— Entrons dans le vif du sujet, voulez-vous ? Je suis satisfait que vous ayez daigné répondre à ma requête. Ma présence devrait suffire à vous en convaincre. Vous et moi n'avons qu'un désir : la fin de cette guerre. En êtes-vous d'accord ? J'accepterai une trêve, un armistice ou la paix, mais j'attends vos conditions. Je désire l'amnistie pour mes combattants. Pour ce qui me concerne, qu'avez-vous envisagé ?

— Je me puis en décider seul. L'avis du premier consul sera indispensable. Je ne vous cache pas qu'il souhaite, votre reddition assurée, que vous soyez placé sous mon commandement pour m'aider à désarmer l'insurrection.

Toussaint, dans un mouvement d'humeur, se redressa et grommela :

— Sous vos ordres, dites-vous... Il semble que vous présumiez de mon énergie. Contrairement à ce que vous faites mine de croire, je suis vieux, fatigué et découragé. Je n'aspire qu'à vivre la fin de mes jours dans ma résidence d'Ennery, avec ma famille, dans la paix du Seigneur. Pour le reste, si je puis vous aider de mon expérience et de mes conseils, vous pouvez compter sur moi.

— Je vous en sais gré. Votre aide me sera précieuse. Les Noirs vous estiment et vous aiment. Nous en avons eu la preuve lors de votre arrivée. Ils vous écouteront mieux que moi quand nous leur parlerons le langage de la paix.

— De la paix et de la liberté, général ! Ils y ont goûté et vous aurez du mal à les en priver. Le temps du servage est terminé. On a admis que mes nègres avaient une âme ; ils ont acquis en plus une conscience. La leur contester serait s'en faire de nouveau des ennemis. Vous souhaitez mes conseils ? C'est celui que je vous donne en premier lieu.

— Nous allons nous attacher à leur donner satisfaction, mais seul le premier consul pourra en décider. Pour ce qui me concerne, je suis de votre avis...

Ils s'entretinrent de la remise en marche des cultures.

Pour Leclerc, il fallait, dans un premier temps, revenir à l'ancien système, quitte à le rendre plus humain, l'abolition totale de l'esclavage étant exclue. Toussaint ne partageait pas cette façon de concevoir l'exploitation des cultures : le Consulat devait s'en tenir aux décisions du gouvernement révolutionnaire dont il était issu. Elles n'avaient pas été abrogées.

— L'esclavage, dit-il, est une aberration. Il doit disparaître à jamais !

Leclerc se raidit.

— Vous avez beau dire, vous ne donnez pas l'exemple ! Dans vos propres plantations, vos nègres sont soumis au régime que vous abhorrez !

— On vous a trompé, général. Il est vrai que j'utilise des Noirs, mais, si je ne leur assure pas de rétribution, ils sont volontaires et ont conscience de travailler pour la bonne cause. Je ne leur impose pas de travaux forcés. Plus tard, quand vous aurez quitté notre île, ce seront des travailleurs libres, des paysans, comme en France.

Toussaint s'inquiétait du sort qu'on lui réservait. Il avait conscience qu'il eût suffi d'un mot de son interlocuteur pour qu'il fût incarcéré. Leclerc le rassura.

— Vous êtes venu de votre plein gré vous soumettre. Je manquerais à l'honneur en vous privant de votre liberté. Vous quitterez donc cette ville aussi libre que vous y êtes entré.

Il ajouta en s'arrachant à son siège :

— En attendant, veuillez m'accompagner. On nous attend dans la grande salle pour le souper. Vous allez y retrouver de vieilles connaissances...

Un groupe d'une vingtaine d'officiers, militaires et civils, mêlés à quelques notables, attendaient, le verre en main, la fin de l'entretien entre les deux chefs. Il n'y eut ni applaudissements ni murmures lorsqu'ils parurent, mais profils bas et dos tournés.

Toussaint, à peine eut-il fait quelques pas, eut un haut-le-cœur et faillit rebrousser chemin. Il venait d'apercevoir parmi tous ces Blancs, deux personnages de sa connaissance : Christophe et Dessalines. Lorsqu'ils s'avancèrent vers lui, il leur tourna le dos pour s'entretenir avec le général Henry.

Au cours du repas, qui fut aussi morne que bref, Toussaint s'abstint de parler et ne répondit que par des monosyllabes ou des silences aux questions qu'on lui posait en évitant celles qui auraient pu susciter de vives réactions. Il ne but que de l'eau, ne goûta aux mets que du bout des lèvres, comme s'il craignait qu'ils ne fussent empoisonnés.

Une partie de la journée du lendemain fut consacrée à une messe solennelle en la cathédrale, à laquelle assistèrent Toussaint et son escorte. On en vint ensuite aux négociations, qui se bornèrent, de part et d'autre, à de bonnes résolutions et à des promesses fallacieuses.

Toussaint passa une partie de l'après-midi à visiter les nouvelles installations du port. Le lendemain, il reprit avec sa suite le chemin d'Ennery.

Leclerc, dans la concertation du matin, ne s'était pas conduit en égal mais en maître : il venait de recevoir un renfort de dix mille hommes.

J'ai gardé une copie de la lettre qu'il me dicta à l'intention du comte Denis Decrès, ministre de la Marine. Elle s'apparente à un bulletin de victoire digne de César proclamant devant le Sénat sa victoire sur les barbares.

« Le général Toussaint m'a rendu visite au Cap-Français. Il en est reparti content de moi et prêt à exécuter mes ordres. Il le fera, persuadé que, sinon, je l'en ferais repentir. Il faut que je lui aie inspiré une grande confiance, car il a couché au quartier général d'un de mes généraux, avec seulement quelques hommes... »

Toussaint n'allait pas jouir longtemps de la retraite à laquelle, vraie ou fausse, il aspirait.

Un de ses anciens officiers, Brunet, rallié aux Français, tenait garnison dans une localité proche d'Ennery, Plaisance, avec une centaine d'auxiliaires. Cette présence, aussi discrète fût-elle, avait l'apparence d'une surveillance et l'importunait. Il exigea maladroitement de Leclerc qu'on l'éloignât ou du moins que l'on en réduisît les effectifs. Leclerc prit cette requête pour une manœuvre destinée à donner du champ à son rival.

La réplique ne se fit pas attendre.

Quelques jours plus tard, Brunet se présentait avec une escouade armée à Ennery. Toussaint était en train de jardiner. Il posa son sécateur et demanda à son ancien officier ce qui lui valait cette visite.

— Je vais vous demander de me suivre, général.

— Vous suivre ? Mais pour aller où ?

— Aux Gonaïves. Ordre du général en chef. Vous êtes mon prisonnier. J'ai l'ordre de me saisir de vous à la moindre résistance.

Une frégate, la *Créole*, attendait le prisonnier et sa famille aux Gonaïves. Elle remonta la côte, contourna la pénisule du Nord mais, au lieu de cingler vers le Cap-Français, elle prit la direction de l'archipel des Inaguas, puis de la France.

Après le retour du chef noir dans sa plantation d'Ennery, Leclerc s'était rendu aux Palmistes et avait pressé Pauline contre sa poitrine. Elle s'était détachée de lui en riant et lui avait demandé ce qui lui valait cette brutale effusion.

— Toussaint... avait-il bégayé. Toussaint...

— Eh bien quoi ? Serait-il mort ?

— C'est tout comme, ma chérie. D'ici quelques jours, il aura quitté l'île pour la France. Ce fourbe qui croyait me berner avec ses promesses va payer cher sa naïveté. Pour gagner la partie, il me manquait cette carte maîtresse. Je l'ai en main. Les jeux sont faits. Toussaint éliminé, ses généraux à ma botte, je suis enfin maître de la situation. Oui, ma chérie, la guerre est finie, fi-nie !

Il se mit à tourner en rond en frappant dans ses mains, avant d'ajouter en la prenant de nouveau dans ses bras :

— C'est la fin de nos épreuves. Ton frère sera fier de moi. Le temps d'achever la pacification, de faire rendre leurs armes aux dernières bandes de rebelles, et je ferai de cette terre notre petit royaume.

— Reine, moi ? Mon Dieu, si j'avais pu imaginer...

— Ma Pauline, je vais célébrer cet événement par un cadeau. M'as-tu assez rebattu les oreilles avec ce diamant rose dont souhaite se défaire madame de Villemur ? Eh bien, le voici !

La fièvre jaune, qu'on appelle aussi le *vomito negro*, gagnait du terrain de jour en jour, sans épargner personne. Une de ses premières victimes avait été l'ancien amant de Pauline, Stanislas Fréron. Soigné par son épouse, ci-devant mademoiselle Masson, il avait lutté durant des jours avant de vomir une dernière gorgée de sang noir.

Comment Pauline avait-elle pris la nouvelle ? Ana m'en informa : elle avait humecté son mouchoir de quelques larmes puis décrété que la vie continuait et que l'important était de trouver un joaillier assez habile pour monter son diamant rose en sautoir.

A la mi-octobre 1802, Leclerc ressentit les premiers symptômes de la fièvre jaune.

Je l'accompagnais ce jour-là aux Palmistes. Le voyage à cheval l'avait fatigué, mais il tint à inspecter la plantation avant de passer à table. Au retour, il s'immobilisa au milieu de l'allée et sauta à terre en se cramponnant au pommeau de sa selle. Son visage était rouge et gonflé. Je lui demandai s'il souffrait d'une indisposition.

— Ce n'est rien, me dit-il. La fatigue du voyage et surtout cette chaleur. J'aurais dû prendre un chapeau de paille, comme vous.

Je lui proposai d'attendre à l'ombre d'un campêche, le temps pour moi d'aller chercher du secours. Je courus vers l'habitation, et en ramenai un officier d'ordonnance et trois hommes porteurs d'une civière où nous fîmes allonger le malade. Il se plaignait de violents maux de tête.

Mon premier soin, de crainte qu'il ne fût atteint de la fièvre jaune, fut de l'installer dans mon ancienne caye, afin d'éviter les risques de contamination. Mon second fut d'envoyer un de nos nègres prévenir le docteur Lacroix à Port-au-Prince. Il abandonna ses malades et arriva aux Palmistes quelques heures plus tard, au risque de crever le cheval attelé à sa carriole.

Il ne s'attarda pas auprès de son patient. Un simple examen lui fit comprendre qu'il ne s'agissait pas d'une insolation ni d'un coup de fatigue. Ana, en l'absence de Pauline, partie se promener avec ses dames, lui demanda quels soins il fallait lui donner.

— La médecine est impuissante, madame. Il faut laisser la maladie faire son œuvre, en souhaitant qu'elle ne soit pas trop pressée. Elle est irréversible, à moins d'un miracle, ce dont je doute. Depuis le début de l'épidémie, nous n'avons connu que deux guérisons sur des centaines de cas, et encore n'est-on pas sûrs qu'il se soit agi de cette maladie.

Je lui demandai combien de temps notre malade pourrait espérer rester en vie et lucide.

— Une semaine... Peut-être moins, peut-être plus... Certains malades peuvent résister une quinzaine. Un de mes confrères a même été témoin d'un cas rarissime : un mois, et qui plus est, suivi d'une guérison ! Votre général, lui, n'est pas au mieux. Les soucis l'ont rongé au point de perturber sa santé. Le mal a trouvé en lui un terrain favorable.

Les officiers groupés autour du lit échangèrent des regards consternés et se livrèrent à voix basse à des conciliabules.

— Le risque que nous courons, me dit le général Humbert, c'est que la mort de notre chef encourage les Noirs à reprendre la lutte. Dieu nous évite cette nouvelle épreuve !

Je chargeai Ana d'annoncer la terrible nouvelle à Pauline.

Elle revenait, un bouquet dans les bras, d'un pique-nique sur le site découvert par le général Boudet, qui l'avait baptisé Fontaine-Pauline. Elle se trouvait dans le cabriolet conduit par un cocher noir, ses dames et ses domestiques suivant à pied ou montés sur des ânes et des mules. Elle poussait des cris joyeux en nous faisant des signes de la main.

Ana se dirigea vers elle, l'aida à descendre de voiture, la prit par le bras et l'invita à faire quelques pas avec elle. Je vis Pauline chanceler, plaquer ses deux mains sur son visage et se laisser tomber sur une murette. Agenouillée devant elle, Ana lui essuya le visage avec son mouchoir et me fit signe d'aller chercher Dermide.

Je le trouvai dans le jardin, en train de jouer au volant avec Lisa et François. Interrompant son jeu et le prenant par la main, je le conduisis à sa mère. Elle le saisit dans ses bras. J'étais assez près d'elle pour l'entendre lui dire en lui caressant les cheveux :

— Ton papa est malade, mon chéri.

— Malade... beaucoup ?

Pauline hocha la tête et ajouta :

— Il va falloir être très courageux, comme je le suis, moi, ta maman. Tu vois, j'ai un peu pleuré, mais c'est fini.

— Je peux le voir ?

Elle secoua la tête.

— Non, mon chéri : c'est trop dangereux. Il pourrait te rendre malade, toi aussi. Maintenant, rejoins Lisa et François, mais ne faites pas de bruit.

C'est sans surprise, mais avec au cœur une rage d'impuissance, que nous avons assisté à la lente et inexorable agonie de Leclerc.

Le deuxième jour, son visage était encore vultueux, mais la fièvre était tombée et le pouls était normal. Rémission illusoire, au dire de Lacroix, qui nous avait promis de revenir chaque jour et, au besoin, de se fixer pour quelque temps aux Palmistes.

Le lendemain, Leclerc était de nouveau agité de frissons, ébranlé par de soudaines et brutales effusions de sang par le haut et par le bas du corps, avec même des émissions épidermiques, fines comme de la rosée.

Lacroix vit un mauvais présage dans l'apparition de bubons aux aisselles et à l'aine, certains gonflés de sang caillé, noir et nauséabond, d'autres grouillants de vers.

— C'est l'annonce de la fin, nous confia-t-il. La maladie accomplit son cursus ordinaire. Il ne va pas tarder à vomir un sang épais et noir. Vous a-t-il parlé ?

— Dans les trois premiers jours, oui, lui dis-je, il était lucide. Il a même voulu expédier les affaires courantes, mais ensuite il s'est mis à délirer et a souhaité s'entretenir avec Toussaint, qui est en train de voguer vers la France. Ce matin, il m'a demandé le nombre de navires anglais que nous avions coulés, et leurs noms... J'ai le sentiment qu'il va entrer en agonie sans s'être rendu compte de la gravité de son mal.

Le général Charles-Victor-Emmanuel Leclerc, beau-frère du futur empereur des Français, mourut à l'aube du 31 octobre 1802, 9 Brumaire du calendrier révolutionnaire, sans avoir retrouvé ses esprits.

Embaumé à la manière des momies égyptiennes, son corps fut déposé dans un cercueil en bois de chêne. Pauline se coupa quelques mèches de cheveux, les enroula autour du chapelet qu'elle plaça entre les mains du cadavre. Elle fit de même sur la tête de son mari, pour conserver cette relique dans un médaillon.

Je montai à bord de la frégate qui ramenait le corps au Cap-Français, et assistai au transfert à bord d'un vaisseau anglais capturé par l'amiral Ganteaume, le *Swiftsure*, dont il s'était refusé, par coquetterie, à franciser le nom. A terre, le capitaine Humbert fit tirer quelques bordées de canon. Des roulements de tambours voilés accompagnèrent ce départ pour la France.

La dépouille de Leclerc, sur laquelle on avait déposé le sabre de parade et le tricorne à cocarde tricolore, avait été placée dans la petite chapelle du navire, décorée d'étendards, de trophées et de son portrait.

Pauline avait fait inscrire sur le vase de plomb qui contenait le cœur du défunt, une longue épitaphe :

« Pauline Bonaparte, mariée au général Leclerc le 20 prairial, an V, a enfermé dans cette urne son amour auprès du cœur de son époux, dont elle avait partagé les dangers et la gloire. Son fils ne recueillera pas ce triste et cher héritage de son père sans recueillir celui de ses vertus. »

En accostant, le 1er janvier 1803, sur la côte de Provence, dans le petit port des Mozarettes, Pauline souffrait dans son cœur et dans sa chair. Elle avait passé ses jours et ses nuits, durant la traversée, assise près du cercueil. Le docteur Lacroix me révéla, sous le sceau du secret, qu'elle portait à la main droite une plaie qui refusait de cicatriser : cadeau de cet amant syphilitique, Stanislas Fréron. Il me confia qu'il lui faudrait un traitement sévère pour venir à bout de cette plaie.

Embarqués sur une corvette, la *Cornélie*, les restes du général Leclerc furent conduits à Marseille et, de là, à Aix, où une cérémonie funèbre célébra sa mémoire. Durant son dernier voyage à terre, il reçut, dans chaque ville où s'arrêta le convoi, des honneurs militaires et civils dignes du héros de Saint-Domingue.

Un ultime voyage le conduisit au château de Montgobert, proche de la ville de Soissons, où il avait souhaité reposer. On dit que Bonaparte, apprenant cet événement tragique, s'est exclamé : « Avec Leclerc, j'ai perdu mon bras droit ! »

Port-Espérance, 1806

En dépit des dangers que représentait cette épreuve, elle était inévitable : notre réserve de vivres tirant à sa fin et, privés de nouvelles que nous étions, je ne me sentais pas le droit d'imposer à Lisa et François, qui avaient un solide appétit et des exigences, une nourriture de sauvages ; d'autre part, je voulais savoir ce qui se passait sur la Grande Ile.

Un matin donc, je frétai ma barque pour traverser le bras de mer qui nous sépare du Cap-Français. De petites risées frisaient la crête des vagues et le temps était d'une parfaite sérénité. En évitant les courants dangereux, qui eussent risqué de m'entraîner au large, j'ai accosté sans encombre, comme d'ordinaire, à une demi-lieue de la ville, dans une crique proche du Fort-Picolet. Je comptais ainsi éviter les tracasseries des services portuaires.

J'arrivais au mauvais moment.

A peine avais-je abordé les faubourgs en poussant ma brouette, je constatai des mouvements de foule insolites, et perçus des cris mêlés de chants et de rumeurs de tam-tams. « Cela, me dis-je, ne présage rien de bon. » Je me rendis directement chez Marie-Rose Bleigeat, afin de me faire expliquer les motifs de ce tumulte.

— Ça bouge beaucoup, ces temps-ci, me dit-elle. Les adversaires du général Christophe lui donnent du fil à retordre. L'armée est sur les dents. Il y a eu des échauffourées et des morts. Petit, tu as choisi le mauvais moment pour nous rendre visite. S'il est pas trop tard, tu ferais bien de foutre le camp dare-dare...

Un point d'histoire...

Après le départ des Français, consécutif à la mort de Leclerc et aux maladresses de ses successeurs, les anciens officiers supérieurs de Toussaint avaient proclamé l'indépendance de Saint-Domingue, avec comme chef suprême le général Jean-Jacques Dessalines et comme capitaine général Henri Christophe. Ce choix n'avait pas tardé à susciter des rancœurs et des jalousies. Une conjuration avait mis un terme au règne de Dessalines en le faisant assassiner. Christophe avait pris sa place, s'était fait nommer président de la République, avec l'ambition suprême de coiffer la couronne impériale, comme Napoléon venait de le faire en France.

— Ça s'est pas passé en douceur, ajouta madame Bleigeat. Christophe n'a pas tardé à faire savoir qu'il jouissait de pouvoirs trop limités et que le Sénat lui mettait des bâtons dans les roues. C'est qu'il est ambitieux, le bougre ! Il a pris le taureau par les cornes, attaqué Port-au-Prince, où il n'est pas en odeur de sainteté, mais il a trouvé de la résistance.

— C'est donc la guerre ?

— Attends un peu, mon garçon, et bois un coup. C'est moi qui régale...

Elle m'apprit, dans son langage peu châtié mais pertinent, que le Sénat avait mis Christophe hors la loi, l'avait destitué et remplacé par un mulâtre, Alexandre Pétion.

— Celui-là, c'est pas le dernier venu. Il a fait ses études à Paris et s'intéresse, à ce qu'on dit, à la littérature et à la philosophie, alors que Dessalines et Christophe... Bref ! Pétion, malgré ses qualités, ne faisait pas l'affaire. Un mollasson... Des idées, ça oui, il en avait, mais, pour les mettre en application, bernique ! C'était un homme du Sud, et son rival un citoyen du Nord. Alors, mon chérubin, comme on dit en France, nous sommes pas sortis de l'auberge...

Elle ajouta en me tapant sur l'épaule :
— Alors un conseil : va faire tes emplettes puisque tu es venu pour ça, et file en vitesse !

J'ai suivi cet avertissement. En moins d'une heure, j'avais rempli ma brouette et je décampai.

Arrivé à la limite des faubourgs, je vis venir à moi deux nègres en uniforme de gendarmes, armés d'un fusil. Ils me barrèrent la route et me demandèrent mon laissez-passer. J'étais en règle mais, comme ils ne savaient pas lire, je me vis dans de beaux draps. Ils m'ordonnèrent sans aménité de les suivre au poste le plus proche, avec ma brouette, qui leur paraissait suspecte.

J'attendis plus d'une heure devant la porte, à suer sang et eau, par une température caniculaire, avant que le commissaire daignât s'intéresser à mon cas.

Il marmonna :

— Français, toi, Français ? Hum... Toi, espion !

Il dut prendre l'éclat de rire qui accueillit cette suspicion pour une provocation, car il se livra, en langue créole, à une diatribe me laissant entendre que je risquais le peloton d'exécution, ce qui m'ôta l'envie de rire.

Il posa ses pieds chaussés de bottillons sur la table, alluma un gros cigare et m'annonça d'un ton plus serein qu'il allait me faire conduire à la prison du palais et que j'allais passer en jugement. Il ajouta avec un rire gras, en libérant les premières bouffées :

— Si toi espion, toi fusillé. Pan pan !

Avant de me remettre à ses hommes, il inventoria le contenu de ma brouette, le confisqua, me fit fouiller et jeta dans un tiroir l'argent que je n'avais pas dépensé. Par chance, j'avais négligé de m'armer d'un pistolet. Dans le cas contraire, mon compte eût été bon.

Je traversai la ville mains liées et pieds entravés. Privé de mes sandales de corde, j'avais l'impression, en arpentant le sol surchauffé, d'imiter les fakirs marchant sur un tapis de braises.

J'entrai dans le palais présidentiel par une porte latérale et traversai la cour avant d'être jeté d'une bourrade dans une cabane de planches qui devait servir de lieu de détention : il s'y trouvait déjà quelques Noirs et mulâtres à la mine patibulaire, assis contre les parois.

Comme j'étais le seul prisonnier de race blanche, ils sortirent bientôt de leur léthargie pour s'intéresser à moi. Ils voulaient savoir qui j'étais et les raisons de mon emprisonnement. L'un d'eux me demanda si j'avais du tabac ou des cigares ; je leur dis que l'on m'avait tout confisqué, jusqu'à mes sandales, ce qui provoqua leur hilarité.

Il faisait dans cette cahute une telle chaleur que j'avais la gorge sèche comme de l'écorce d'eucalyptus. Lorsque je réclamai de l'eau, le gardien éclata de rire et fit mine de me mettre en joue. Il me lança :

— Mourir ventre plein ou ventre vide, même chose, *ayo* !

Je songeais à Ana. Elle allait s'inquiéter : d'ordinaire, une matinée me suffisait pour faire mes emplettes. Il ne m'était jamais arrivé de m'absenter une journée entière, sauf quand j'avais fait renouveler mon viatique.

A la tombée du jour, on jeta devant nous une platée de haricots charançonnés, une tranche de cassave et quelques godets d'eau tiède. La nuit venue, une étrange sarabande nous attendait. Tout ce que les parages comptaient de rongeurs, de scolopendres, de mille-pattes, d'araignées et de scorpions nous fit fête à travers l'ombre. Je ne pus trouver une heure de sommeil, transi de froid, qu'au petit matin.

Première visite : celle d'un officier de gendarmerie mulâtre ou quarteron, tiré à quatre épingles. Il fit en silence le compte des prisonniers puis, se plantant devant moi, me dit en bon français, avec un mince sourire :

— L'espion, c'est toi ?

Je protestai : on avait commis une erreur ! Je lui racontai les raisons de ma présence dans la ville, mon arrestation arbitraire, la confiscation de mes biens et des documents qui attestaient de ma situation. Quand je lui parlai de mon île, il éclata de rire et me dit en adoptant un vouvoiement respectueux :

— Vous plaisantez ! A ma connaissance, il n'y a personne sur ce caillou.

— Il y a moi et ma famille. Nous attendons le navire qui nous mènera en France.

Il persistait à se montrer dubitatif.

— Vous ne croyez tout de même pas qu'un navire fera escale devant votre île, même si vous lui faites des signaux de détresse ! Ce n'est qu'ici que vous aurez quelque chance d'embarquer, et encore... Depuis les troubles de ces derniers mois, la navigation est quasiment nulle.

J'en savais quelque chose ! Il ajouta :

— Je peux vous être utile, monsieur Delacour. Mon nom est Samuel, lieutenant de gendarmerie Samuel, attaché aux services du palais et chargé des prisonniers. Je vais vous ramener au commissariat, et vous faire restituer vos biens et vos documents. Levez-vous et suivez-moi.

Il me fit libérer de mes liens et me reconduisit au poste. A notre vue, le commissaire s'était éclipsé prudemment dans sa chambre contiguë, en faisant dire à son second qu'il était absent. Samuel prit la mouche.

— Va dire à ton chef que, s'il n'est pas ici dans une minute, il le regrettera !

Le commissaire sortit de sa tanière, penaud, la mine obséquieuse.

— Heureux de vous voir, mon lieutenant ! fit-il. Voulez-vous un verre de clairin ? Que me vaut l'honneur de votre visite, et qui est cet homme qui vous accompagne ?

— Tu le connais mieux que moi, brigand ! Si je l'ai accompagné, c'est pour que tu lui rendes ses effets et son argent. Exécution !

— C'était une confiscation provisoire, mon lieutenant. Tout ce qu'il y a de provisoire, je le jure, *ayo*, Jésus Marie Sainte Vierge !

— C'est la fin du provisoire ! Fais ce que je t'ordonne et cesse de blasphémer.

Ma brouette était encore devant le poste, mais vide. Le commissaire pénétra dans la chambre, en rapporta mes sacs, vides eux aussi. Il y joignit mes documents et mes sandales.

— Et les denrées, et l'argent ? insista Samuel.

Le commissaire ouvrit son tiroir, jeta sur la table mon viatique et mon pécule. Le compte y était. Quant à mes emplettes...

— Suivez-moi ! dit Samuel. Nous allons tâcher de retrouver ce qui vous manque.

La chambre du commissaire avait l'aspect d'une boutique d'épicerie : il s'y entassait des sacs de féculents et de farine, des jarres d'huile et de vin, des fruits, des légumes, des condiments et même un perroquet vivant...

— Eh bien, me lança le lieutenant, prenez ce qui vous revient, si vous le retrouvez dans ce fatras.

Je n'eus aucune peine à reconstituer mon bien, que je rangeai dans la brouette. Samuel y ajouta quelques sachets d'épices et une bonbonne de rhum.

— Vous me ruinez ! gémit le commissaire.

— Souviens-toi, riposta le lieutenant, de tous ceux que tu as ruinés par tes prélèvements illicites. Tu vas avoir des comptes à rendre, et n'attends pas d'indulgence de ma part.

Il se tourna vers moi et me dit avec un large sourire :

— Monsieur Delacour, cette brouette est si lourde que jamais vous n'arriverez à la pousser. Monsieur le commissaire va s'en charger...

Ana avait passé la nuit sur la plage, emmitouflée dans une couverture. Elle tomba dans mes bras et, pour la première fois, je surpris des larmes dans ses yeux.

En quelques mois, Leclerc avait redonné vie et activité aux Palmistes. Comme par bouffées, des images lumineuses surgissent pour moi de ces temps révolus.

J'avais du mal à reconnaître notre ancien domaine. Les propriétaires qui nous avaient succédé, Leclerc et Pauline, avaient fait construire, dans les parages de l'habitation principale, des cayes parfaitement aménagées pour les officiers, les amis et les visiteurs occasionnels, si bien que j'avais l'impression de me trouver dans un village créole. Il n'y manquait qu'une banque et une église.

Entre des buissons d'hibiscus, de rhododendrons et de roses, des jardiniers s'activaient au nettoyage des pelouses, à l'entretien des massifs et à des plantations. Les Noirs, sous la conduite d'Anibal, avaient commencé à remettre de l'ordre dans le domaine, à déblayer les champs de canne, de tabac et de cultures vivrières des débris calcinés. Un jeune ingénieur de l'île voisine de Porto Rico avait entrepris de restaurer et de rénover les ateliers.

J'avais fait ma première visite aux nouveaux propriétaires peu après l'installation de Pauline. Ana m'avait dit en défaisant ma selle :

— Nous avons perdu notre domaine, Julien, mais nous allons le retrouver. Bientôt, tu verras, il sera aussi prospère que du temps où monsieur de Noé était l'un des plus riches planteurs et avait Toussaint comme cocher. Tu vas rire : c'est encore moi qui donne les ordres à la maisonnée, sans que Pauline y trouve à redire ! J'ai l'impression d'être toujours la maîtresse de ce domaine, alors que je n'en suis qu'une vague intendante.

J'accompagnais souvent Leclerc dans sa nouvelle résidence de planteur.

Il vivait sur les nerfs, brassait sans cesse des idées nouvelles qu'il jetait peu après aux oubliettes, donnait des ordres qu'il révoquait dans la minute, et frôlait chaque jour le coup de sang. Parfois, lorsque j'osais contester une de ses décisions, il m'apostrophait rudement et, comme on dit, me remettait à ma place, sans que j'en prisse ombrage.

Les moments les plus agréables que je passais en sa présence étaient ceux du soir, lorsque, assis sous la véranda, un verre de ponche à portée de la main, nous regardions, à travers la fumée de notre cigare, les premières constellations s'épanouir au-dessus de Port-au-Prince et des nuées de lucioles danser dans la pénombre.

Il ne sortait alors de son silence que pour m'interroger sur mes travaux et me demander comment je les utiliserais à mon retour en France.

Il m'avait dit un soir :

— Si Dieu le veut – Dieu et Bonaparte ! –, je resterai sur cette île, la paix revenue. Jamais, Delacour, non, jamais je n'ai ressenti un bonheur d'une telle intensité. Je souhaite revendiquer le titre de gouverneur général, comme, le siècle passé, monsieur de La Bourdonnais aux Mascareignes et Dupleix aux Indes.

Il avait ajouté en riant :

— Je serais une sorte de vice-roi ou de nabab, et vous pourriez être un de mes ministres.

— Et votre épouse, avais-je objecté, qu'en pense-t-elle ?

— Vous la connaissez : elle en est ravie ! Elle se voit déjà une couronne sur la tête, avec beaucoup de diamants, cela va sans dire...

Il n'évoquait les affaires courantes que durant les repas, qu'il prenait presque toujours en présence de quelques-uns de ses officiers les plus proches. Il gardait rancune à son beau-frère de le traiter par-dessus la jambe. Je me souviens qu'il nous disait, avec une dangereuse liberté dans ses propos :

— C'est un comble, mes amis ! Non seulement je dois me battre contre l'insurrection, mais encore contre Bonaparte et surtout ses ministres. Il n'est pas dans ma nature de récriminer, mais ils m'y obligent. Ces chats fourrés ont-ils conscience, dans leur cocon, des difficultés et des dangers auxquels nous sommes confrontés et du peu de moyens dont nous disposons ? Ils s'en moquent comme de leur première perruque !

Je devais convenir de la justesse de ses critiques, notamment pour ce qui concernait les dernières mesures préconisées par le gouvernement : déporter en France tous les chefs de la rébellion, que Bonaparte appelait des *Africains dorés*, après les avoir capturés et avoir désarmé leurs troupes. Il comptait les inclure dans ses propres forces...

J'ai gardé en mémoire la lettre aux accents désespérés que Leclerc m'avait dictée pour Bonaparte, peu avant sa mort :

« Depuis mon arrivée à Saint-Domingue, je n'ai eu que le spectacle d'insurrections, d'incendies, d'assassinats, dont mon âme est flétrie. Rien ne pourra me faire oublier ces tableaux hideux. Je dois lutter contre les Noirs, les Blancs, les gens de couleur, la misère et même contre mon armée, qui est découragée... Quand je quitterai cette île... ce sera à mon successeur de faire le dernier pas... »

Cette sorte d'adieu mélancolique contrastait avec ses rêveries crépusculaires de vice-royauté.

Leclerc m'avait dicté cette lettre imprudemment, alors qu'un artiste anglais, Kinson, effectuait son portrait, différent de celui d'Appiani : il est campé dans un décor de mornes, en grand uniforme, veston bleu et culotte blanche, large ceinture de soie jaune portant le sabre, chapeau à lisière... Le regard est morose, et le geste du bras tendu manque de conviction et semble ne montrer que de lointains nuages.

Leclerc avait appris ce matin-là, par un courrier de Rochambeau, les atrocités qui, de part et d'autre, avaient suivi la déportation de Toussaint. On était au comble de l'horreur. Ce n'étaient que villages incendiés, populations massacrées, chasse aux derniers rebelles, avec des chiens, comme naguère...

L'arrogance des colons, qui, la paix revenue, avaient rétabli l'esclavage, exaspérait les Noirs.

— Je crains, m'avait dit Leclerc, que nous n'en ayons pas fini avec l'insurrection. Les rebelles n'ont pas renoncé à se battre. Ils ont encore des chefs et des armes fournies sans doute par les Anglais de la Jamaïque.

Ce n'est que des années plus tard que j'allais avoir des nouvelles de Toussaint.

J'imagine la tristesse qu'il dut éprouver à bord du navire le *Héros*, en voyant les mornes se diluer dans la brume puis disparaître à jamais de sa vue. Un sentiment devait ajouter à sa souffrance : la haine contre les Blancs, et notamment contre Leclerc, qui avait trahi ses promesses.

Sur le navire, il avait été l'objet d'une étroite surveillance, de crainte qu'au cours d'une de ses promenades sur le pont il n'eût l'idée de se jeter par-dessus bord.

La traversée avait été exceptionnellement brève : moins d'un mois. Il avait fallu une semaine pour conduire l'illustre prisonnier à son dernier refuge : non à Paris, où l'on redoutait qu'il ne fût accueilli en triomphe par ses partisans, mais dans les montagnes du Jura, près de Pontarlier. Il allait être enfermé à perpétuité au fort de Joux, une forteresse sinistre, au carrefour des routes de Neuchâtel et de Lausanne, avec comme seul horizon une montagne moins riante que ses mornes des Gonaïves.

Ultime cruauté : il s'était retrouvé seul dans cette prison. Suzanne, leurs jeunes enfants, leurs serviteurs avaient été retenus à Paris par décret de la justice.

Les adieux que Pauline nous avait faits, en quittant les Palmistes pour accompagner la dépouille de Leclerc en France, demeureront dans ma mémoire jusqu'à la fin de mes jours.

Ana et moi l'avions suivie pour une dernière visite à la Fontaine-Pauline. Elle était restée quelques minutes silencieuse, assise sur la bordure de pierre du bassin, avait bu quelques gorgées d'eau dans le creux de sa main. En se levant, le visage sec, elle avait dit à Ana :

— Je souhaite que ce lieu reste en l'état où il est. Veillez-y, je vous prie...

Avec la chaleur, sa maladie n'avait fait qu'empirer, malgré les remèdes que lui avaient ordonnés le docteur Lacroix et l'officier de santé Guilmot, spécialiste des maladies vénériennes. Elle avait dépéri, perdait ses cheveux, sombrait souvent dans un marasme dont ses dames de compagnie, ses perroquets et ses singes ne parvenaient pas à la distraire. Elle avait confié à Ana qu'elle n'avait guère confiance en ces médicastres coloniaux et qu'à Paris elle serait mieux soignée.

Elle avait quitté avec regret les Palmistes, où elle disait avoir passé les plus belles années de sa vie, mais, son goût pour l'exotisme satisfait, il lui tardait de retrouver l'air de Paris, de changer ses négresses maladroites pour des servantes stylées et les palmiers pour les platanes.

— Je vous laisse, avait-elle dit à Ana, le soin de négocier la revente des Palmistes. La pacification de l'île achevée, on va voir revenir des colons à la recherche de plantations faciles à exploiter et bien situées. Vous me tiendrez au courant. En attendant, je vous saurais gré de veiller sur ce domaine. Vos gages seront maintenus, cela va de soi.

Ana m'avait informé de cette proposition et demandé ce qu'il fallait en penser. Je lui avais avoué que cela me laissait perplexe.

— Avec la déportation de Toussaint et la mort de Leclerc, lui ai-je répondu, il faut s'attendre à des événements graves. Nous ne serons en sécurité qu'au Cap-Français. Rochambeau m'a demandé de rester à son service, comme je l'avais fait pour Leclerc, en tant que secrétaire et conseiller. Si tu es d'accord, je vais accepter. Quant à toi, tu es libre de décider de demeurer aux Palmistes ou de me suivre.

Elle m'avait dit :

— Je te suivrai, le temps de trouver un régisseur capable de me remplacer. D'ailleurs, connaissant Pauline comme je la connais, je sais qu'elle aura vite oublié ce domaine... et nous avec. Quant à sa promesse de maintenir mes gages, je n'y crois guère non plus. Elle a laissé des dettes à Port-au-Prince. Je crains que les Palmistes ne soient saisis et vendus à l'encan.

Nous avons mis la clé sous la porte, fait nos adieux à nos serviteurs et à nos nègres, confié la grosse Manon à un négociant de la ville, et la plantation à un régisseur mulâtre en qui nous avions confiance pour assurer sa bonne marche, dans l'attente d'un repreneur.

Ni Ana ni moi ni nos enfants ne sommes revenus aux Palmistes. Nous en avons gardé une nostalgie qui nous poursuit jusqu'à ce jour et sera présente en nous jusqu'à notre fin. Lisa et François n'ont pas été les moins affectés de cette séparation. Je n'ai qu'à lire, subrepticement, quelques pages de leur journal intime pour en être convaincu.

Rochambeau avait été tenté par le rachat des Palmistes, mais rien ne lui permettait d'espérer faire de vieux os à Saint-Domingue.

Avant de sombrer dans son agonie, Leclerc, devant témoins, l'avait désigné comme son successeur, bien que cette volonté relevât du ministre Decrès.

On ne pouvait taxer Rochambeau de négrophilie, c'est le moins qu'on puisse dire. Il avait la haine du Noir chevillée au cœur. Pour preuve, je ne résiste pas à l'envie de reproduire la copie d'une lettre à l'un de ses officiers cantonné dans le Sud :

« J'ai envoyé le général de Noailles à Cuba pour acheter des dogues dressés à la chasse aux nègres. Je vais vous en envoyer une vingtaine. Il ne vous sera passé en compte que leur nourriture, mais cela vous sera facile : il vous suffira de leur jeter des nègres... »

Malgré la déportation de Toussaint et le ralliement, plus ou moins sincère, de ses principaux chefs, Leclerc avait laissé Saint-Domingue dans une situation lamentable. J'ai conservé quelques témoignages écrits de colons. Ils traduisent sans fard les conditions de vie et d'exploitation de notre île à cette époque :

« Tous manquent de tout, surtout de fonds et de bras nécessaires pour ne pas languir dans un état misérable... Nous ne pouvons rien attendre du commerce, impuissants que nous sommes d'assurer la sécurité des négociants... Il est exclu de faire appel à l'étranger qui serait pourtant le seul secours que nous puissions attendre, et avec le moins de charge pour nos finances publiques. Ce serait la révolution dans nos ports. Il serait plus raisonnable d'attirer des capitaux, mais comment assurer le remboursement des créances ?... »

Un autre courrier reprenait une idée de Leclerc : *franciser* l'île en y introduisant de jeunes couples de cultivateurs, afin de suppléer le manque de bras dans les plantations. Ce serait, avait-il dit, « le meilleur gage d'attachement et de fidélité que la colonie puisse témoigner à la métropole ».

Mais alors, aurait-on pu lui rétorquer, qu'aurait-on fait de tous les anciens esclaves, et quel statut leur proposer ? N'iraient-ils pas, poussés par la misère, rejoindre ce qui restait de rebelles dans les mornes ?

En revenir au *Code noir* de Colbert ? Même s'ils en gardaient l'espoir, les planteurs eux-mêmes ne pouvaient y croire. Et d'ailleurs, après le vent de liberté qui avait soufflé sur Saint-Domingue, les nègres refuseraient de reprendre le collier dans ces conditions. Quant à en faire des travailleurs salariés et libres, et leur verser, comme certains l'avaient suggéré, le quart du revenu des plantations, cette mesure était jugée inacceptable par les colons.

L'échec, à La Crête-à-Pierrot, des troupes de Dessalines, la déportation de Toussaint, la trahison de ses généraux avaient sonné le glas des ambitions des Noirs. Il ne restait des unités rebelles qu'un reliquat de bandes armées, qui ne vivaient que de rapines.

Mais que dire de l'armée française ? Malgré les renforts de la métropole – dix mille hommes, ce qui n'était pas rien ! –, elle avait fondu dans des expéditions dangereuses à l'intérieur, ou sur des lits d'hôpital. Les officiers ? Ils n'étaient soucieux que de leurs plaisirs, et s'y livraient sans retenue avec des négresses et des mulâtresses, pire qu'au temps de Sonthonax et de Laveaux…

Leclerc m'avait dit un jour, entre deux godets de ponche à la goyave :

— Les Anglais et les Américains sont des gens prudents : ils ont établi autour de leurs possessions un double cordon sanitaire, contre l'épidémie de fièvre jaune et contre l'abolitionnisme, mais ils redoutent surtout de nous voir quitter Saint-Domingue pour laisser cette île aux Noirs. Je suis persuadé qu'ils font ou feront tout pour que cela ne se produise pas.

Il avait ajouté en se balançant sur son fauteuil à bascule :

— J'ai pris connaissance ce matin du dernier rapport de notre officier de santé, Guilmot. L'épidémie a fait des progrès effrayants ces dernières semaines. Je ne pouvais en croire mes yeux ! Ces chiffres dépassent mes prévisions les moins optimistes. A ce jour, la métropole nous a envoyé près de soixante mille hommes. Il nous en reste aujourd'hui de valides moins de dix mille !

Comme je doutais de ce bilan effroyable, Leclerc avait ajouté :

— Guilmot n'a pu se tromper. Je le connais : c'est un officier irréprochable.

— Peut-être aurait-il pu, sciemment, gonfler ces chiffres.

— Que voulez-vous dire ?

— Qu'il aurait pu compter sur ce bilan pour inciter le gouvernement à faire des efforts supplémentaires afin de compenser nos pertes...

Leclerc avait haussé les épaules. Raisonnement absurde ! Bonaparte abandonnant la partie, rappelant ses forces, laissant le champ de bataille à l'ennemi, ce n'était pas dans sa nature. Il est vrai qu'avec la déportation de Toussaint et le ralliement, plus ou moins sincère, de ses principaux chefs, les circonstances étaient telles que cette décision n'était pas à exclure.

— Ce n'est pas tout ! avait-il poursuivi. Guilmot n'a fait état que de la situation dans l'armée de terre. Il faut ajouter à nos pertes les officiers des marines civile et militaire, et leur personnel, les colons massacrés, ceux qui sont encore prisonniers des bandes... Voulez-vous le chiffre total de nos pertes ? Il se monte à quatre-vingt mille.

— Il faut y joindre, dis-je, les Noirs morts au cours des engagements. A-t-on ce chiffre ?

— Il est d'environ quarante mille, sans doute davantage... Cette hécatombe, Delacour, est monstrueuse ! Et cela, pourquoi ? Pour permettre aux compagnies commerciales et aux colons de s'enrichir. Pour que nos compatriotes ne manquent ni de sucre ni de chocolat ni de rhum ! Pour satisfaire aux idées utopiques des abolitionnistes ! Nous sommes aujourd'hui dans une situation in-ex-tri-cable. Que les chefs noirs qui nous ont ralliés nous trahissent et décrètent un soulèvement général, et il ne nous restera qu'à plier bagage...

Moins de deux mois après cet entretien, Leclerc payait son écot à la fièvre jaune.

Un autre rapport de Guilmot faisait état de la situation dans les hôpitaux. Et là, c'était une descente aux enfers !

Requis pour assister l'officier de santé, Michel Descourtilz, qui avait passé des journées et des nuits au chevet des blessés et des malades, m'avait invité à visiter l'hôpital du Cap-Français, non sans me prévenir que ma sensibilité risquait d'être mise à rude épreuve.

Le spectacle avait dépassé en horreur tout ce que j'aurais pu imaginer. La puanteur née des excréments, de l'urine, des sueurs fétides, des médicaments m'avait accompagné durant toute ma visite. Le désordre et la saleté régnaient dans les vastes salles aux murs encore noircis par l'incendie du Cap-Français. Je marchais sur des flaques de sang, des pansements, des lambeaux de chair putréfiée. Le nombre de lits étant insuffisant, les malades et les blessés couchaient par deux ou par plusieurs, comme dans les hospices du Moyen Age. Des cadavres en voie de décomposition avaient été entreposés dans un coin de la cour.

Michel m'avait confié qu'il ne trompait sa fatigue et son manque de sommeil que grâce au café, au tabac et au clairin, au point qu'il était parfois dans un état second au moment de soigner ou d'opérer ses patients.

— Nous manquons de tout, m'avait-il dit : d'infirmiers, d'hommes de peine, de médicaments, de charpie, de vivres, et même de cuisiniers ! Ces malheureux doivent se contenter d'une nourriture de chiens. Le seul remède dont nous soyons pourvus pour les anesthésies, c'est le rhum et le clairin...

J'avais constaté que les infirmiers, pour la plupart des Noirs, accomplissaient leur office avec nonchalance. Michel avait renoncé à exiger d'eux un service plus actif. Ils refusaient de préparer les remèdes, les tisanes, les bains, disant qu'ils n'étaient pas payés pour ça.

— Le pire, avait-il ajouté, c'est que certains poussent la perversité jusqu'à aider mes patients à mourir en mêlant du poison à leur nourriture. C'est leur façon de faire la guerre. Certains cas de décès ne peuvent s'expliquer autrement.

— Comment sévir ?

— Sans preuves formelles, c'est impossible.

Michel a subi ces épreuves durant deux mois, avant de s'embarquer, le 24 mai 1803, épuisé et désabusé, pour la France. Je me demandais comment il avait pu, au contact quotidien avec les malades, échapper à la contagion. Il semble, ce que m'avait confirmé le docteur Lacroix, qu'une sorte d'aura protège les praticiens.

Il avait réussi à sauver de cette odyssée l'essentiel de ses collections et de ses travaux, ce qui lui avait été d'un grand réconfort. Avant qu'il ne prenne la mer, le général Dugua lui avait consacré une réception en musique digne d'un ambassadeur, lui avait décerné le cordon du Mérite, à titre de cofondateur du lycée colonial, dont on n'avait pas posé la première pierre, et lui avait remis des émoluments, en retard depuis des mois, de « médecin naturaliste attaché au gouvernement »...

Faire confiance à Dessalines, à Christophe et à Maurepas pour l'aider à ramener la paix et la prospérité dans l'île avait été une illusion dont Leclerc n'avait pas tardé à éprouver les effets et dont il avait été la première dupe.

Certains, dont je me flatte d'être, pensent que Toussaint avait été malgré lui le vainqueur de cette lutte sanglante. Leclerc, en décrétant son exil malgré ses promesses, avait fait un martyr de ce prophète de la race noire que l'abbé Raynal, dans ses œuvres, avait érigé en symbole. Sa déportation, loin d'apaiser le conflit, l'avait exacerbé.

Les chefs noirs ralliés avaient joué un jeu équivoque et dangereux, pour les Blancs et pour eux-mêmes.

Des dissensions n'allaient pas tarder à surgir entre eux.

Dessalines, devançant les ambitions qu'il devinait chez Christophe, son ennemi intime, avait été le premier à dévoiler ses batteries et à se proclamer le champion de l'indépendance.

Paradoxalement, en dépit de sa laideur et de ses méthodes brutales, il jouissait parmi ses congénères d'un charisme qui rappelait celui des chefs barbares fonçant sur Rome. Il n'avait de franche sympathie pour personne et n'aimait que sa femme et leur fille, Célimène. Hormis la guerre, il n'avait de goût que pour la parade, les cérémonies et les fêtes. Il avait un orchestre de musiciens noirs mais, lorsque leur musique l'importunait, il les chassait comme des chiens. Exigeant avec ses invités, il ne supportait pas le moindre retard et ne l'envoyait pas dire.

La dernière fois que je le rencontrai, c'était à Port-au-Prince, à l'occasion d'une cérémonie organisée par Leclerc en l'honneur d'un notable de Cuba. Il portait un uniforme à l'européenne, une large écharpe à franges et à glands dorés, un chapeau à plumet orné d'un gros diamant. Il montait un cheval harnaché d'or, présent d'un riche planteur de Porto Rico, qui lui avait vendu du matériel pour ses sucreries.

Je me disais que je n'aurais pas aimé être à la place de son secrétaire, Boisrond-Tonnerre. Il a dû recevoir plus de coups de pied au cul que de compliments...

Dessalines, au demeurant, faisait figure de héros habité par une foi inébranlable en l'avenir de sa race et de sa patrie.

J'allais avoir, deux mois avant le départ de Michel Descourtilz, des nouvelles de Toussaint. Malade de solitude, de détresse et de froid, il était mort dans sa cellule du fort de Joux. La nouvelle réjouit les colons et plongea les Noirs dans l'affliction.

Un matin, en pénétrant dans sa cellule, le commandant d'armes avait trouvé le vieux nègre dans sa pose familière, assis sur sa chaise, contre la cheminée, un bras pendant, la tête appuyée à la pierre. Il le salua et attendit une réponse. Elle ne vint pas, et pour cause : le prisonnier était mort durant la nuit.

L'autopsie ne révéla aucune altération des organes. C'étaient ceux d'un homme de soixante ans qui avait connu bien des passions et des épreuves.

Toussaint avait été inhumé dans le petit cimetière du fort et ses biens vendus à l'encan, à Pontarlier. Des biens de pauvre. On avait trouvé dans sa cellule quelques objets d'usage courant : rasoir, linge, boîte à poudre, peigne, et un livre religieux. Sa montre, son uniforme, sa boucle de col ne furent pas livrés aux enchères.

Que sont devenus les Mémoires rédigés durant sa captivité, et qui racontaient la guerre de libération de Saint-Domingue ? J'ai appris qu'à sa mort ce document était passé de main en main avant de disparaître mystérieusement. Pour les historiens, c'est un trésor perdu à tout jamais.

Je tiens ces détails d'une lettre que Michel Descourtilz m'adressa quelque temps après son retour.

« Il semble, m'écrivait-il, que l'on eût souhaité se débarrasser au plus tôt de ce personnage qui pourtant avait cessé d'être encombrant et peu susceptible de préparer une évasion. On ne lui a pas manifesté plus d'attention qu'à un larron quelconque. Lui, l'homme des tropiques, on l'a laissé mourir de froid. Les journaux n'ont parlé qu'en quelques mots de l'événement et l'opinion est restée indifférente. Grandeur et décadence... Il a écrit de nombreuses lettres à Bonaparte pour solliciter, à défaut d'une libération qu'il n'espérait plus, un simple entretien. Il n'a jamais eu de réponse... »

Il est vrai que le premier consul avait d'autres soucis que le sort de ce vieux nègre oublié de tous. Il en avait assez de ces *Africains dorés* qui se prenaient pour des chefs d'armée, ce qu'il ne pouvait leur pardonner, et qui avaient bravé son autorité, ce qui les condamnait. Son mépris viscéral pour tout ce qui n'était pas de race blanche s'était manifesté au début de l'année 1803 par un décret interdisant en France les mariages interraciaux.

L'idée d'une nouvelle guerre contre l'Angleterre l'obsédait. Sa déception de voir lui échapper cet empire d'Amérique dont il avait fait son rêve d'Alexandre laissait en lui des traces d'amertume et de rancœur. Il s'était débarrassé de la Louisiane pour une somme dérisoire au profit des Etats-Unis, jugeant qu'il lui serait impossible de défendre cette colonie si une nouvelle guerre éclatait contre l'Angleterre.

L'année 1803 m'apparaît comme la plus tragique de l'histoire de Saint-Domingue.

Depuis la mort de Leclerc, la présence française n'était plus qu'un symbole que la moindre bourrasque pourrait disperser comme la poussière des savanes. Dessalines avait décidé de s'en charger. Il avait décrété qu'il fallait massacrer tous les Blancs, y compris les religieux.

Le capitaine général Rochambeau avait rédigé, sur le même ton, mais à l'opposé, une lettre à Bonaparte, pour lui demander la permission de tuer « quelques milliers de nègres et négresses » afin de ramener l'ordre et la paix. « Les femmes, écrivait-il, sont plus féroces que les hommes ! »

Bonaparte n'allait pas le lui interdire...

Au début de l'année 1803, il lança des expéditions au cœur de l'île, rayant de la carte des villages paisibles d'affranchis considérés comme des bases ennemies, laissant ses troupes se livrer à des pendaisons, des fusillades et des incendies, lâchant sur les fuyards ses chiens de négriers. Ces exactions se poursuivirent durant des semaines, jusqu'à l'écœurement.

Il avait perfectionné une méthode radicale d'extermination des Noirs. On les parquait dans les cales d'un ponton et les asphyxiait avec des vapeurs de soufre. D'autres étaient conduits au large et jetés aux requins.

Rochambeau avait dans la tête un grain de démence. En témoigne une soirée à laquelle j'assistai, au palais de Port-au-Prince, peu après la mort de Leclerc. Ce qui me parut singulier, c'est que l'assistance se composait principalement de femmes noires. Au demeurant, la soirée fut des plus charmantes. On mangea, on but et on dansa.

A minuit, Rochambeau invita ses convives à le suivre dans une pièce voisine, plongée dans la pénombre. De faux moines à capuche chantaient le *Dies Irae* entre des cierges et une rangée d'une dizaine de cercueils recouverts d'une étoffe noire. Rochambeau les fit dévoiler et dit aux dames :

— Mes chères amies, il était juste que vos époux, vos enfants ou vos frères soient de la fête. Ayez une prière pour leur âme.

J'ai encore dans l'oreille les protestations indignées des invités et les lamentations des femmes noires.

Le lendemain, j'avais dit à Rochambeau :

— Votre réception était très réussie, mais vos convives n'ont guère apprécié l'épisode final. Ce n'est pas avec ces procédés que vous arriverez à vous concilier les Noirs. Vous vous êtes fait de nouveaux ennemis.

Il avait froncé les sourcils, m'avait jeté un regard lourd de réprobation et m'avait répondu :

— Qu'est-ce qui vous fait croire, Delacour, que je souhaite, comme vous le dites, me *concilier* ces gens ? Je souhaite au contraire les humilier. Si ma petite surprise ne vous a pas diverti, tant pis pour vous !

Il m'avait reproché ma sympathie pour Toussaint, qu'il avait qualifié de *tyran* et de *bourreau*, alors que lui-même se comportait de la sorte.

Il avait ajouté :

— Sachez, Delacour, que je n'ai plus confiance en votre fidélité et en votre conscience de Blanc. Si je m'en tenais à votre jugement, nous devrions tout laisser en plan et revenir en France. Est-ce ce que vous voulez ?

— Si vous croyez cela, mon général, lui avais-je rétorqué, vous aurez ma démission sur votre table dès ce soir.

Il m'avait répondu en riant :

— Allons, allons, Delacour, je sais que vous n'en ferez rien. D'ailleurs, votre démission est refusée d'avance. Vous connaissez cette île mieux que personne dans mon entourage, et vos avis me sont précieux. Alors, oubliez l'incident d'hier et gardez-moi votre concours.

J'ai eu la faiblesse d'accepter, mais non d'oublier.

Dans les semaines qui suivirent la *surprise* concoctée par ce monstre de Rochambeau, la situation allait prendre un tour tragique.

De part et d'autre, la tension était montée, à tel point que moi et ma petite famille nous sommes réfugiés à Port-au-Prince, notre sécurité aux Palmistes n'étant plus assurée et la région étant devenue dangereuse.

Le général Dessalines avait convié son état-major à une réunion qualifiée, abusivement, de *congrès*. Elle se tint au village de l'Arcahaie, en face de l'île de la Gonâve, où il possédait une petite plantation.

Le but de cette assemblée était de déterminer une unité de commandement pour la prochaine offensive contre l'armée de Rochambeau. J'appris sans surprise la désignation comme capitaine général de Dessalines. Les officiers avaient décidé que le drapeau haïtien – Saint-Domingue retrouverait son ancien nom – serait bleu et rouge. La mention *Vivre ou mourir* serait remplacée par *La liberté ou la mort*, ce qui ne présentait guère de différence. La fin de la réunion avait été consacrée à la stratégie à adopter pour la prochaine campagne prévue pour mettre fin à l'occupation française.

Le 9 octobre, le chef mulâtre Alexandre Pétion, homme du Sud et ancien officier de l'armée française, entra en scène. Dessalines lui avait dit : « Pour assurer la réussite de nos projets, il nous faut Port-au-Prince. » Pétion ne pouvait lui refuser ce présent et il avait mis ses troupes en marche en direction de la capitale. La prise de la ville se fit sans résistance notable.

Il n'allait pas en être de même dans le Nord.

A la mi-novembre, des mouvements de troupes insurgées étaient signalés dans les alentours du Cap-Français. Elles semblaient venir de toutes parts et converger vers la ville. Rochambeau surprit tout son monde en décidant de ne pas se porter à leurs devants. Il nous expliqua que mieux valait attendre l'attaque générale annoncée.

— Cette fois, dit-il à son conseil, nous sommes au pied du mur. Nous allons voir enfin ce que vaut cette armée de nègres armés de machettes dont on nous rebat les oreilles, et ce qu'on pourra penser de leur esprit de sacrifice quand ils se trouveront devant la bouche de nos canons.

Des machettes... Dugua lui rappela le rapport du mulâtre chargé d'espionner pour notre compte le consulat des Etats-Unis. Il avait appris que l'Angleterre, en guerre contre nous depuis le mois de mars, avait fourni des armes aux insurgés.

— Certes, j'ai eu connaissance de ce rapport, bougonna Rochambeau. Ces salauds d'Anglais profitent de la moindre occasion pour nous nuire. Les nègres ont des fusils et des canons, mais je doute qu'ils puissent s'en servir.

Cette naïveté nous laissa ébahis. Je surpris des regards de commisération entre les officiers. Nous savions tous que les Noirs n'avaient rien à envier sur ce point aux vétérans des guerres européennes, où certains avaient servi, et qu'ils apprendraient vite à se servir des canons. Quant à leurs machettes, elles étaient, au corps à corps, aussi efficaces que nos baïonnettes.

Dessalines avait installé son quartier général dans l'habitation abandonnée d'un colon, monsieur Lenormand de Mézy. Dès le premier conseil tenu dans cette somptueuse demeure, il révéla sa stratégie :

— Lancer toute notre armée en une seule vague sur le

Cap comporterait trop de risques, et je tiens à épargner la vie de nos hommes. Nous allons donc attaquer sur quatre points, de manière que, si nous échouons d'un côté, les survivants puissent renforcer les autres secteurs. Je vous conjure d'oublier vos querelles personnelles et de vous secourir les uns les autres en cas de besoin.

Henri Christophe se vit affecter l'attaque du fort de la Vigie, doté d'un important contingent français. François Cappoix, dit la Mort, ferait avancer sa troupe vers la Barrière-Bouteille, entre les faubourgs et le fort de Vertières, où les Français disposaient d'une importante artillerie. Clairveaux lancerait ses hommes sur le fort de Bréda, dans le haut de la ville, défendu par du canon. Dessalines se réserva de distribuer l'artillerie anglaise de façon à couvrir l'ensemble des opérations.

Il faut reconnaître que ce plan d'attaque était judicieux : la ville allait être prise dans un étau qui ne laisserait à ses défenseurs d'autre alternative que de se battre ou de prendre la mer. Des navires se tenaient prêts à cette éventualité.

En apprenant ce dispositif ingénieux, Rochambeau jeta son encrier contre le mur de son cabinet et se mit à tourner autour de sa table comme un lion en cage, en vomissant des « nom de Dieu ! » et des « tonnerre de Brest ! » d'une voix qui faisait trembler le lustre.

Il frappa de sa botte son fauteuil et rugit :

— Je suis entouré d'une bande d'incapables ! Expliquez-moi pourquoi, alors que des milliers de nègres ont pris position depuis hier autour de la ville, j'en suis tout juste informé ! Que faisait-on dans les avant-postes ? On dormait, on baisait les négresses, on se soûlait ?

— Il pleuvait à torrents, bredouilla Hardy. Les hommes n'imaginaient pas que...

— Eh bien, nous allons réveiller leur imagination, à la cravache s'il le faut ! Ils devraient savoir que la nuit, et a plus forte raison par temps de pluie, il convient d'être vigilant. Qu'on retrouve les responsables et qu'on me les amène !

— C'est impossible, mon général, dit Hardy. Je regrette d'avoir à vous le dire... mais... il n'y a plus de postes avancés. Tous les hommes ont été massacrés ou faits prisonniers.

Comme foudroyé, Rochambeau se laissa tomber dans son fauteuil, bras écartés, visage congestionné.

— C'est un comble ! gémit-il. On a attendu des heures pour m'informer de ce désastre, des heures !

— C'est que, balbutia Hardy, nous venons nous-mêmes tout juste de l'apprendre.

— Va te faire foutre ! hurla le capitaine général. Savary, tu vas illico envoyer tes gendarmes sur place. Je veux savoir ce qui s'est passé cette nuit. Je flaire la trahison...

Il ajouta dans un soupir :

— Merde, alors, nous voilà dans de beaux draps... Que va dire Bonaparte ?

Il était quatre heures de la nuit, le lendemain, quand je fus réveillé par le grondement lointain de l'artillerie. Je m'habillai en hâte, embrassai Ana assise sur le bord de son lit, et lui dis :

— La bataille est engagée, à ce qu'il semble. Tu vas préparer nos bagages et te tenir prête à te rendre dans le quartier du port avec les enfants. Tu m'attendras à l'auberge de madame Bleigeat, et tu n'en bougeras pas, quoi qu'il arrive. Il se peut que nous ayons à embarquer dans la journée, ou demain au plus tard.

— Si tu es contraint de te battre, me dit-elle, sois prudent, je t'en prie.

Armé de mon fusil, de mes pistolets et de mes cartouchières, j'enfourchai mon cheval et fonçai vers le palais.

La panique agitait la ville. Des familles se tenaient sur le pas des portes ou aux fenêtres, des hommes et des femmes couraient en tous sens en criant, des officiers à cheval traversaient la place d'Armes au grand galop. Des sonneries de trompette se mêlaient aux détonations de plus en plus proches. Il tombait une de ces pluies tropicales lourdes et tièdes qui transformaient la ville en lac de brouillard et rendaient la nuit plus obscure.

J'arrivai dans la cour principale du palais alors que Rochambeau montait en selle. Il avait son visage des mauvais jours en me lançant :

— Je vais me porter sur le fort de Vertières. Si vous voulez vous battre, suivez-moi ! Nous allons montrer à ces moricauds que, nous aussi, nous pouvons mourir pour la patrie !

Il retrouvait dans le danger les accents et les mots des orateurs de la Révolution : la Patrie en danger... Aux armes, citoyens... Allons, enfants...

Abritant mes armes et mes munitions tant bien que mal sous mon manteau de pluie, je suivis le train, composé de quelques officiers et d'un détachement d'environ deux cents hommes qui venaient de quitter leur caserne.

Non sans essuyer quelques coups de feu tirés de cayes habitées par des Noirs, nous parvînmes au fort où la bataille avait débuté dès le lever du jour dans un vacarme infernal, au milieu de bouquets de fumée blanche.

Le temps s'était vite éclairci. Du haut des remparts, à travers la fumée et la brume que le soleil n'allait pas tarder à dissiper, j'assistai au drame en spectateur, sans me servir de mes armes. L'engagement se résumait pour l'heure à des tirs de fusils accompagnés d'insultes et de quolibets. Je me demandais pour quelle raison Rochambeau ne faisait pas donner son artillerie. Attendait-il que la poudre fût sèche ou que les Noirs déclenchent l'assaut ?

Il était d'une humeur de chien, les éclaireurs qu'il avait envoyés s'informer de la situation de nos défenses tardant à revenir. Des abords de la ville, autour des forts de Bréda et de Barrière-Bouteille montaient des crépitements de salves et des gerbes de feu. La bataille faisait rage dans les faubourgs, dont les assaillants, semblait-il, avaient forcé les portes.

Ce n'est qu'au début du jour que le capitaine général donna l'ordre d'allumer les mèches des canons. La pente couverte de broussailles et de cactus se mit à fumer sous les bordées comme une solfatare. Les Noirs couraient en tous sens telles des fourmis affolées, se repliaient dans une grande confusion et se dispersaient de nouveau en hurlant. Rochambeau, me dis-je, avait eu raison d'attendre : le tir de l'artillerie, au plein du jour, était plus efficace.

Au début de l'après-midi, une des redoutes du fort fut forcée au canon. Sous un déluge de feu, les Noirs s'y étaient engouffrés et en étaient ressortis, coiffés du chapeau de nos soldats, et brandissant des têtes et des membres coupés à la machette.

Soudain pris de rage, je saisis mon fusil et me mis à tirer comme un damné, au risque de faire éclater le canon de mon arme. Pas mauvais tireur, je dus abattre une dizaine d'assaillants, dont un officier qui se démenait sur sa selle en hurlant des ordres et en brandissant son sabre. Ce n'était pas, hélas, Dessalines !

A la fin de l'après-midi, alors qu'une nouvelle vague de pluie déferlait de la montagne, je me disais que ce siège pourrait durer des jours et que nous risquions de souffrir de la famine. Je n'avais rien mangé depuis la veille au soir et mon ventre chantait sa faim.

Dans le demi-jour, le combat avait perdu de son intensité de part et d'autre, quand Dessalines donna l'ordre à ses hommes de se retirer à trente pas.

Seul, à cheval, hardiment, il s'avança jusqu'à quelques pas de la porte principale et demanda à parler à Rochambeau. Le capitaine général se pencha par-dessus la bordure et lui demanda ce qu'il voulait.

— Général Rochambeau, lui lança Dessalines, nous sommes maîtres de la ville depuis deux heures. Toute résistance de votre part est donc désormais inutile. J'attends votre reddition.

— Je ne te crois pas ! s'écria Rochambeau. Il me faudrait une preuve de ce que tu avances.

— La preuve, répondit Dessalines, la voici. Reconnais-tu cet objet ?

Il brandit le drapeau que le capitaine général avait rapporté de ses campagnes des Pays-Bas et qu'il avait déployé sur un mur de son cabinet. Pour une preuve, c'en était une, et irréfutable ! Je vis Rochambeau blêmir, chanceler et s'accrocher à la pierre. Il se retourna vers ses officiers et leur donna, d'une voix brisée, l'ordre de faire taire la poudre.

Il demanda à Dessalines un moment de réflexion, qui lui fut accordé, et l'employa à s'entretenir avec ses officiers. Durant la demi-heure que dura cet entretien, le chef noir resta en selle, sous les premières bourrasques de pluie, immobile comme une stèle. J'avais l'impression qu'il aurait pu passer la nuit dans cette attente.

De retour sur le chemin de ronde, Rochambeau demanda à Dessalines s'il était disposé à épargner sa vie et celle de ses hommes, moyennant quoi rien ne s'opposerait à une reddition. Dessalines le jura sur l'honneur, ajoutant qu'il réclamerait simplement la remise de quelques otages pour s'assurer de la bonne marche des négociations. Rochambeau demanda un nouveau délai.

— Ne tardez pas trop ! lui répondit Dessalines. Mes officiers et mes hommes s'impatientent. Si demain, à l'aube, votre réponse ne m'est pas parvenue, le combat reprendra, avec, pour nous, des renforts…

La nuit était tombée et le calme régnait dans le fort et le camp ennemi quand Rochambeau envoya des éclaireurs repérer une issue qui permettrait à la garnison de se retirer sans attirer l'attention.

— Le palais, dit-il, est sans conteste aux mains de ces diables de nègres, mais j'ignore ce qu'il en est de nos autres positions. Si les nôtres résistent encore, nous avons une chance de décourager Dessalines.

L'un des éclaireurs revint moins d'une heure plus tard avec une bonne nouvelle : il avait découvert une poterne ouvrant sur un bois qui semblait désert. L'un d'eux, qui s'y était aventuré, s'en porta garant. La voie était libre pour une évacuation, à la faveur de la nuit et de la pluie.

— Nous quitterons le fort à minuit, décida Rochambeau. Ce sera le moment le plus favorable.

La manœuvre se déroula sans encombre. Je perdais mon cheval mais je sauvais ma vie. Et surtout, cela va sans dire, j'avais hâte de retrouver ma petite famille. Notre retraite ne se compliqua que lorsque nous pénétrâmes dans la ville. Nous dûmes, par surprise et à l'arme blanche pour ne pas donner l'alerte, nettoyer trois postes de garde de leurs occupants, avant de nous disperser en direction du port.

Je réveillai madame Bleigeat. Elle m'ouvrit sa porte dans la minute qui suivit.

— Toi, enfin, me dit-elle. Ton épouse était aux abois. Va la réveiller. Tu vas lui causer une fameuse surprise.

Toute résistance ayant cessé, comme l'avait annoncé Dessalines, la capitulation du Cap-Français était fatale. Elle eut lieu le lendemain, 29 novembre.

Nous eûmes le spectacle navrant d'une entrée triomphale de Dessalines, à la tête d'une armée guère éprouvée, semblait-il, par les assauts qu'elle avait menés, qui marchait en bon ordre derrière ses chefs, sous les nouveaux drapeaux de la république d'Haïti.

L'armée noire fit halte sur la place d'Armes, où fumaient des cantines. Escorté de ses officiers, Dessalines se dirigea vers le palais du Gouvernement, où l'attendaient les autorités. Il devait, me disais-je, ruminer sa déception après l'échec qu'il avait subi devant le fort des Vertières, à la suite de la manœuvre dont il avait été dupe.

Dans les premières heures de l'après-midi, l'indépendance de l'île était proclamée solennellement devant une population ivre de joie, qui acclamait sans fin le héros du jour. J'imagine sans peine le bonheur de Toussaint s'il avait pu être le héros ou le témoin de ce triomphe.

Dessalines, semble-t-il, ne tint pas trop rigueur à son rival du stratagème qui nous avait évité une honteuse capitulation. C'était de bonne guerre... Il accorda à Rochambeau le délai d'une semaine qu'il sollicitait pour permettre le rembarquement des troupes et le règlement de quelques affaires d'ordre civil.

Rochambeau, en revanche, prit une décision qui risquait de provoquer la colère du vainqueur. Il demanda à rencontrer le capitaine d'un navire anglais ancré dans la rade, afin de lui remettre sa reddition, de préférence à ces nègres qu'il abhorrait.

Lorsque je me présentai, documents à l'appui, aux autorités navales britanniques afin de trouver place sur un de leurs navires, j'eus la mauvaise surprise de me voir opposer un refus, le civil que j'étais ne pouvant prétendre être considéré comme prisonnier de guerre. On aurait pu faire une exception pour moi seul, mais l'idée d'abandonner Ana et nos enfants ne m'effleura pas.

Il ne restait dans toute l'île, côté français, qu'une localité épargnée par l'invasion des Noirs : le môle Saint-Nicolas, à l'extrémité de la péninsule septentrionale. Elle rendit les armes quelques jours plus tard, le 4 décembre.

Je me souviens qu'à la même époque, en France, au camp de Boulogne-sur-Mer, Bonaparte rassemblait une énorme armada destinée à l'invasion de l'Angleterre.

On sait ce qu'il est advenu de cette utopie. On n'était plus au temps de Guillaume le Conquérant. La marine anglaise était la plus forte du monde, et le pays n'était plus peuplé de barbares...

A bord du City of Liverpool, *novembre 1806*

Lors de ma dernière incursion au Cap-Français, au cours de laquelle j'avais failli être emprisonné et jugé comme espion, j'avais observé que le nom de Dessalines suscitait des sourires de mépris, dont j'avais omis de demander la raison.

Champion de l'indépendance, chef vénéré et redouté de l'armée et de la population, terreur des rares Européens qui n'avaient pas encore quitté l'île, il s'était installé dans le pouvoir, lui qui ne savait ni lire ni écrire, avec l'autorité d'un potentat.

Après l'assaut contre le fort des Vertières, la capitulation et le départ de Rochambeau, prisonnier des Anglais, il avait dicté sa loi en deux textes rédigés par son secrétaire Boisrond-Tonnerre.

Il avait attendu la date du 1er janvier 1804, aux Gonaïves, pour proclamer l'indépendance de l'île d'Haïti, avec cette belle formule héritée de la Révolution française : *La liberté ou la mort*. Il se disait *chef de l'armée indigène*, et déclarait à la face du monde *renoncer à jamais à la France et mourir plutôt que de vivre sous la domination de ce pays.*

Cette proclamation était suivie d'une diatribe virulente contre les anciens occupants, qualifiés de *vautours* et de tigres *dégouttant encore de sang…* Dessalines n'y allait pas de main morte. Il ajoutait :

« Qu'ils frémissent en abordant nos côtes. Nous vouerons à la mort quiconque, né français, souillerait de son pied sacrilège le territoire de la liberté… Les mers qui nous séparent, notre climat vengeur, la couleur de leur peau nous disent assez qu'ils ne sont pas nos frères et ne le deviendront jamais… S'ils trouvaient asile parmi nous, ils risqueraient de causer des troubles et des divisions… »

Il se défendait de vouloir se poser en exemple pour ses voisins des Grandes et des Petites Antilles, sans doute pour ne pas effaroucher les puissances détentrices de ces territoires ni s'attirer de leur part des réactions dangereuses.

« Laissons-les respirer en paix, déclarait-il, sous les lois qu'ils se sont faites. N'allons pas, boutefeux révolutionnaires, nous ériger en législateurs des Antilles. Paix donc à nos voisins mais anathème au nom français et haine éternelle à la France ! Voilà notre cri. »

Je me demandais si Toussaint, à la place de Dessalines, aurait tenu le même langage. Je suis persuadé qu'il aurait choisi des propos plus modérés et aurait même, respectueux de la mémoire de monsieur de Noé et des bons offices qu'il avait reçus des autorités, envisagé une indépendance difficile à assumer, ou du moins proposé, à titre provisoire, un protectorat.

Informés de ces proclamations menaçantes qui rappelaient les violentes diatribes de Démosthène contre Philippe, roi de Macédoine, les colons et officiers civils qui demeuraient encore dans l'île avaient du souci à se faire.

Le héros n'allait pas profiter de sa gloire bien longtemps. Des jalousies s'accumulaient dans l'ombre. Des jalousies, des ressentiments et des ambitions refoulées.

Dessalines, ancien esclave de la plantation Cormier, à Grande-Rivière, devenu gouverneur général à vie, en attendant un titre à la hauteur de ses présomptions, ne tarda pas à se trouver en proie au vertige du pouvoir absolu.

Un an après sa victoire sur les Français et la déclaration d'indépendance, il se fit proclamer, non pas président de la République haïtienne, mais empereur, sous le nom de Jacques Ier. Il s'entoura d'une cour carnavalesque, d'un décor au luxe effréné, s'efforça de donner au palais du Gouvernement des allures de Tuileries.

Il ne trouva guère de résistance dans son entourage et dans la population quand il proclama la séparation de l'Eglise et de l'Etat, et qu'après avoir menacé de les décapiter, il se contenta d'expulser les religieux. En revanche, sa décision aberrante de rétablir l'esclavage se heurta à l'opposition du Noir Christophe et du mulâtre Pétion.

Ses outrances n'allaient pas tarder à dresser contre lui la majorité de ses officiers. Rendu populaire par sa victoire, cet empereur d'opérette était exécré par son entourage. Les Noirs qui le composaient ne pouvaient oublier les massacres de ses congénères, qu'il avait orchestrés, parfois même exécutés.

Le 17 octobre 1806, alors qu'il cheminait avec une petite escorte vers une de ses plantations, il se heurta, au lieu dit le Pont-Rouge, à un détachement conduit par le général noir Garat. En quelques minutes, après qu'on l'eut sommé de descendre de cheval et de rendre son sabre, on entreprit de désarmer son escorte.

C'est alors que les choses se gâtèrent. Garat, devant le refus de Dessalines et de ses hommes d'obéir, menaça de faire respecter ses ordres par les armes. En présence d'une résistance obstinée, il commanda d'ouvrir le feu contre les réfractaires. Ses hommes refusant de s'en prendre à l'escorte de l'empereur, il entra dans une violente colère, frappa les plus proches de sa badine et, comme Dessalines tentait de fuir, il abattit son cheval d'un coup de pistolet.

Projeté au sol, l'empereur appela ses soldats à l'aide. Son officier d'ordonnance, qui se portait à son secours, fut tué d'une balle en pleine tête.

Ce fut le début d'une bataille confuse dont les factieux, plus nombreux, sortirent vainqueurs, mais avec de lourdes pertes. Meurtri par sa chute, Dessalines réclamait en vain de l'aide, sans parvenir à se mettre debout. Il était encore vivant lorsque des nègres de Garat lui tranchèrent les mains pour s'approprier les bagues dont elles étaient chargées, avant de l'achever en lui ouvrant la gorge.

On lui confectionna une civière avec des fusils pour conduire son cadavre au Cap-Français. En cours de route, il subit mutilations et humiliations, les soldats de Garat voulant rapporter un trophée de cette équipée historique. Lorsqu'ils arrivèrent sur la place d'Armes, il ne restait de l'empereur Jacques Ier qu'une carcasse nue et sanguinolente. On l'abandonna sous un palmiste, entre deux rangées de boutiques, où des négrillons s'en amusèrent.

Une vieille négresse à moitié folle, Désirée Bazile, découvrant ce qui restait de cette dépouille, l'enfouit dans une couverture, la transporta sur son dos au cimetière et confia au fossoyeur le soin de la jeter dans la fosse commune. Le nègre se paya de sa peine en lui arrachant ses dents en or.

J'écris ces quelques pages à bord du navire anglais *City of Liverpool*, qui doit nous déposer, moi et ma famille, non sur les côtes françaises, mais sur l'île de Madère, possession portugaise, d'où il nous sera facile de gagner la France. Le temps est clair et doux, la houle aimable. Des dauphins folâtrent à la proue, comme pour nous guider.

Après que se fut produit l'événement dramatique que je viens d'évoquer, Christophe, son instigateur, s'apprêtait à accéder au pouvoir suprême en damant le pion à Pétion, qui nourrissait la même ambition. Quant à moi, j'avais élu domicile sur mon *islote*, pour échapper aux menaces de Dessalines et dans l'attente du navire qui pourrait me prendre à son bord.

Un matin, j'étais en train de récolter des œufs de tortue marine dans le sable quand une misérable barque de pêche fit relâche à quelques pas. Je connaissais bien le propriétaire de cette embarcation. Il venait parfois jeter ses filets dans les parages et nous avions partagé quelques libations de rhum ou de tafia.

C'est de sa bouche que j'appris, avec stupeur, l'attentat qui avait mis fin au règne de Jacques Ier. Il fut avare de détails mais ce qu'il me révéla suffit à ranimer mon espoir de prendre le large.

Il fallait à tout prix que je me rende au Cap-Haïtien pour m'informer de la possibilité d'un retour en France, à la faveur des troubles qui allaient agiter la ville et le port. Je n'ignorais pas le risque que je courais, mais notre exil ne pouvait s'éterniser, et toute occasion serait bonne à saisir Ana en fut d'accord.

— Si je reste quelques jours sans reparaître, lui dis-je, il ne faudra pas t'affoler. Tu feras signe à un pêcheur et tu le prieras de te conduire au port. Tu trouveras des consignes chez madame Bleigeat. Si elle ignore ce que je suis devenu, tu lui demanderas de se renseigner au palais. Ça lui sera plus facile qu'au temps de Dessalines.

Je quittai notre retraite avec un minimum de bagages, mais dans ma tenue de planteur la plus seyante.

Mon premier soin, après que j'eus débarqué sous le fort Picolet, fut de flâner sur le port, un cigare aux lèvres. Tout était calme ; des nègres dansaient sous des cocotiers en vidant des fiasques de clairin ; des porteurs faisaient la chaîne pour remplir une chaloupe de balles de tabac. Je chassai, en les menaçant de ma canne, la nuée de négrillons qui s'accrochaient à mes basques en réclamant un *escalin* ou un cigare. Une jeune négresse me proposa des fruits et des friandises au chocolat. Des détonations de pétards saluaient la visite d'un grand personnage ou une sortie de l'empereur Christophe Ier.

Après plusieurs démarches infructueuses auprès d'officiers et de subrécargues que je rencontrai sur le quai, je commençais à désespérer quand je m'adressai à un officier anglais, assis sur une barque retournée, en train de dessiner un coin du port ombragé d'un gros campêche, sous lequel somnolait une mulâtresse.

Je fis mine de m'intéresser à son occupation et engageai la conversation dans un anglais approximatif. Il parut intrigué par ce que je lui révélai de mes travaux de naturaliste et me demanda ce que je faisais là. Je lui parlai de ma condition précaire et de mon souhait de revenir en France au plus tôt.

Il se leva, rangea son carnet à croquis et me dit :

— Votre situation m'intéresse, monsieur Delacour. Je vais vous présenter au capitaine Simpson. Vous pouvez le voir d'ici : il se tient à la coupée avec sa lunette.

Très occupé à sonder l'horizon de l'arrière-pays, comme s'il appréhendait un orage, le capitaine marmonna un salut sans quitter sa lunette. Quand je lui eus fait part de ma démarche, il replia son instrument et me répondit d'un ton péremptoire qu'il avait fait le plein de ses passagers pour l'Angleterre.

— J'ai de quoi régler mon passage, lui dis-je. Vos conditions seront les miennes.

Il sortit une barre de chocolat de sa poche, se mit à la mâchouiller en grommelant :

— *Well ! It's not impossible...*

Il ajouta :

— Nous partons dans trois jours. Tâchez d'être présent, sinon nous partirons sans vous. *Good luck !*

Je faillis lui tendre la main, mais il semblait qu'il fût insensible à ce témoignage de reconnaissance.

Il nous fallut moins d'une journée pour expédier nos préparatifs. Ana s'y livra avec calme ; moi et Scipion, qui allait nous suivre, avec impatience. J'allai porter au chef Aristote les objets, les effets et les vivres qui ne nous seraient pas nécessaires ou même utiles.

Il insista pour nous témoigner sa sympathie et ses regrets par un festin accompagné de danses, qui durèrent toute la nuit. Ana et Scipion durent m'aider sur le chemin du retour, alors que le soleil se levait. J'étais ivre et fus contraint de m'arrêter pour vomir ou chanter à pleine voix le *Chant du départ* et le *Roi Renaud.* Ana rapportait de cette dernière fête dans notre île la statuette d'un dieu de Guinée qu'Aristote avait fait tailler dans un tronc de palétuvier.

Il avait dit en la lui remettant :

— Promets-moi de ne jamais t'en débarrasser, et de ne pas oublier celui qui te l'a offerte avec son amitié. J'ai glissé une graine de cacaoyer dans cette encoche que tu vois, sous le socle. De retour en France, tu la planteras dans ton jardin ou dans ta serre, et tu songeras, en regardant cette plante sortir de terre et donner ses premiers fruits, au vieux nègre qui t'a accordé son amitié.

Je n'ai pas quitté sans regret notre thébaïde insulaire. Cette *islote* fut pour nous mieux qu'un lieu d'exil : un refuge et une sauvegarde, mais notre exclusion n'avait que trop duré. Une carrière dans le domaine des sciences naturelles m'attendait en France. Mon nom et mon œuvre ne resteront sans doute pas dans l'histoire, mais sur mes vieux jours, que je partage avec Ana, quand je me penche sur mon passé, je puis, sans orgueil, m'en montrer satisfait.

Le *City of Liverpool* nous a déposés à Madère, l'île des Fleurs, et rien, après deux mois de présence, ne nous presse de la quitter. Le temps de trouver le navire qui nous mènerait en France, nous avons loué dans la capitale, Funchal, au milieu d'un quartier proche du marché principal, une maison modeste, sans caractère ni confort, mais peu importe, la durée de notre séjour étant limitée.

Notre porte ouvre sur un torrent à sec, envahi par des agaves, des cactus, quelques bananiers sauvages et les détritus issus du marché. Les paysans qui descendent de leur montagne pour vendre leurs récoltes nous réveillent tôt le matin en faisant tinter sous nos fenêtres les sonnailles de leurs bourricots affublés de rubans et de pompons, comme pour une fête.

Les journées sont chaudes, mais pas torrides, comme à Saint-Domingue. Les pluies sont plus rares et moins violentes. Chaque matin, je pars dans la montagne toute proche pour herboriser, et, là, je savoure un plaisir intense. Nous passons une partie de l'après-midi à des promenades dans le quartier du port et dans les environs, Ana abritée du soleil par l'ombrelle que Scipion tient au-dessus de sa tête. Des gens nous saluent et nous sourient au passage, comme à de riches étrangers.

Avant notre départ de Port-Espérance, nous avons, Ana et moi, débattu d'un problème délicat et pénible : allions-nous nous séparer de Scipion ? Ce sont nos enfants qui nous ont décidés à le garder. Il est naïf, un peu sot, mais courageux et dévoué.

J'ai confié à un navire battant pavillon danois, qui allait faire escale à Brest, un de mes derniers courriers pour la France, à l'intention de Michel Descourtilz, sans avoir la certitude qu'il lui parviendrait à coup sûr. J'avais espéré que le capitaine accepterait de nous rapatrier, mais il ne prenait pas de passagers.

Dans cette lettre, je relatais pour mon ami les derniers événements de l'île : la capitulation honteuse de Rochambeau, la prise de pouvoir par Dessalines, ses pitreries d'empereur d'opérette, son assassinat au Pont-Rouge et le début du règne de Christophe.

Il est difficile, lui disais-je, *de faire fond sur ce nouveau potentat. Il a refusé hautement le régime démocratique que son élite lui suggérait. Il est obsédé par l'image de l'empereur Napoléon. La prétention alliée à la sottise... Le sang n'a pas fini de couler sur cette île : un sang stérile. Ces nègres sont décidément ingouvernables. Je me refuse à croire à un retour du* Code noir, *mais je dois convenir, dût ma conscience se révolter, que c'est le seul moyen de les remettre au travail et de relancer la prospérité. Mais à quel prix ?*

J'avais pourtant nourri ce bel espoir : une République noire, la première du monde et un exemple pour les autres colonies. Aujourd'hui, je redoute que le chaos persiste et prenne de l'ampleur. Une guerre civile après l'insurrection !

(Note infrapaginale postérieure : *Les journaux nous ont appris que Christophe a mis fin à ses jours, l'année 1820, en se tirant dans le cœur la balle en or qu'il réservait à un suicide prémédité. Sa tyrannie, sa folie des grandeurs, son goût des constructions pharaoniques, comme le palais de Sans-Souci qu'il a fait édifier sur les hauteurs du Cap-Haïtien, ont soulevé le peuple contre lui et provoqué la sédition de ses officiers et de ses ministres. Notre père, Julien Delacour, et notre mère, récemment décédés, n'ont pu connaître ces événements.* Signature : *François Delacour*).

Chaque jour, je me rends à la capitainerie du port de Funchal pour assister à l'arrivée et au départ des navires de commerce. L'air sent la banane et le tabac. On parle, dans cette Babel en miniature, toutes les langues de l'Europe.

Il y a trois jours, alors que je buvais une chopine du délicieux vin que produit Madère, j'ai assisté à l'accostage d'un navire, qui arborait le pavillon français. Pris en chasse et canonné par une escadre anglaise, il n'avait dû sa sauvegarde qu'à sa vitesse. Avec sa mâture endommagée et ses bordures arrachées, il ressemblait à un grand oiseau blessé.

Je sollicitai un entretien avec le commandant, monsieur Levert. Il fit quelque difficulté pour nous prendre à son bord mais, devant mon insistance, finit par y consentir, non sans me prévenir qu'il faudrait attendre deux semaines avant que son navire fût en état de reprendre la mer.

Je retournai, le cœur gonflé de joie, à notre demeure pour annoncer la bonne nouvelle à Ana.

— Sais-tu, ajoutai-je, le nom de ce navire ? Il te rappellera le séjour dans notre île : il s'appelle, comme notre port, l'*Espérance.*

Pour en savoir plus...

Pierre PLUCHON, *Toussaint Louverture*, Fayard
Michel VAUCAIRE, *Toussaint Louverture*, Firmin-Didot
Paul HAURIGOT, *Napoléon noir*, ENF
Wiener Kerns FLEURIMOND, *Haïti 1804-2004*, L'Harmattan
Leslie F. MANIGAT, Toussaint Louverture, ministère de l'Information

... sur l'esclavagisme

Hugh THOMAS, *La Traite des Noirs*, Bouquins
Jehan MOUSNIER, *Journal de la traite des Noirs*, Editions de Paris
Mard FERRO, *Le Livre noir du colonialisme*, Robert Laffont
Yves BÉNOT et Marcel DORIGNY, *Rétablissement de l'esclavage dans les colonies françaises*, Maisonneuve et Larose
Mirlande MANIGAT, *Etre femme en Haïti, hier et aujourd'hui*, université Quisqueya, Port-au-Prince

... sur le pays

Michel-Etienne DESCOURTILZ, *Voyage d'un naturalisme en Haïti*, 1799-1803, Plon

Plantes et Fleurs du voyage, Actes Sud/Motta
Patrick LEIGH FERMOR, *Un voyage dans les Caraïbes*, Payot
GUILMOT et DEMBROWSKI, *Voyage à Saint-Domingue, 1802*, librairie Teissèdre
Maurice BITTER, *Haïti*, Seuil, coll. « Petite Planète »
Jean KERBOULL, *Le Vaudou*, Robert Laffont, coll. « Les Enigmes de l'univers »
Robert DEVILLE et Nicolas GEORGES, *Les Départements d'outre-mer*, Gallimard, coll. « Découvertes »
Jean-Baptiste LABAT, *Voyage aux îles*, Phébus

... sur l'expédition

Marc TRILLARD, *Le Maître et la Mort*, Gallimard
Fabienne PASQUET, *La Deuxième Mort de Toussaint Louverture*, Actes Sud
Patrick CHAMOISEAU, *Chemin d'école*, Gallimard
Aimé CÉSAIRE, *La Tragédie du roi Christophe*, Présence africaine
René DEPESTRE, *Encore une mer à traverser*, Gallimard (CD audio)

TABLE DES CHAPITRES

PREMIÈRE PARTIE

DEUXIÈME PARTIE

TROISIÈME PARTIE

QUATRIÈME PARTIE

OUVRAGES DE MICHEL PEYRAMAURE

Grand Prix de la Société des gens de lettres
et prix Alexandre-Dumas
pour l'ensemble de son œuvre

Paradis entre quatre murs, Laffont.
Le Bal des ribauds, Laffont ; France Loisirs.
Les Lions d'Aquitaine, Laffont, prix Limousin-Périgord.
Divine Cléopâtre, Laffont, collection « Couleurs du temps passé ».
Dieu m'attend à Médina, Laffont, collection « Couleurs du temps passé » ; France Loisirs.
L'Aigle des deux royaumes, Laffont, collection « Couleurs du temps passé » ; Lucien Souny, Limoges.
Les Dieux de plume, Presses de la Cité, prix des Vikings.
Les Cendrillons de Monaco, Laffont, collection « L'Amour et la Couronne ».
La Caverne magique (La Fille des grandes plaines), Laffont, prix de l'académie du Périgord ; France Loisirs.
Le Retable, Laffont ; Lucien Souny, Limoges.
Le Chevalier de Paradis, Casterman, collection « Palme d'or » ; Lucien Souny, Limoges.
L'Œil arraché, Laffont.
Le Limousin, Solar ; Solarama.
L'Auberge de la mort, Pygmalion.
La Passion cathare :
1. *Les Fils de l'orgueil*, Laffont.
2. *Les Citadelles ardentes*, Laffont.
3. *La Tête du dragon*, Laffont.

La Lumière et la Boue :
1. *Quand surgira l'étoile Absinthe*, Laffont ; Livre de Poche.
2. *L'Empire des fous*, Laffont ; Livre de Poche.
3. *Les Roses de fer*, Laffont, prix de la ville de Bordeaux ; Livre de Poche.

L'Orange de Noël, Laffont, prix du Salon du livre de Beauchamp ; Livre de Poche ; France Loisirs et Pocket. Dramatique à France 2 (1996).
Le Printemps des pierres, Laffont ; Livre de Poche.

Les Montagnes du jour, éd. « Les Monédières » (préface de Daniel Borzeix).
Sentiers du Limousin, Fayard.
Les Empires de cendre :
1. *Les Portes de Gergovie*, Laffont ; France Loisirs et Pocket.
2. *La Chair et le Bronze*, Laffont.
3. *La Porte noire*, Laffont.
La Division maudite, Laffont.
La Passion Béatrice, Laffont ; France Loisirs et Pocket.
Les Dames de Marsanges :
1. *Les Dames de Marsanges*, Laffont.
2. *La Montagne terrible*, Laffont.
3. *Demain après l'orage*, Laffont.
Napoléon :
1. *L'Etoile Bonaparte*, Laffont.
2. *L'Aigle et la Foudre*, Laffont.
Les Flammes du Paradis, Laffont ; France Loisirs et Pocket.
Le Beau Monde, Laffont ; France Loisirs et Pocket.
Pacifique Sud, Presses de la Cité ; France Loisirs et Pocket.
Les Demoiselles des Ecoles, Laffont, prix du Printemps du livre de Montaigu ; France Loisirs et Pocket.
Martial Chabannes, gardien des ruines, Seghers ; France Loisirs.
Louisiana, Presses de la Cité ; France Loisirs et Pocket.
Un monde à sauver, Bartillat, prix Jules-Saudeau.
Henri IV :
1. *L'Enfant roi de Navarre*, Laffont ; France Loisirs.
2. *Ralliez-vous à mon panache blanc !*, Laffont.
3. *Les Amours, les passions et la gloire*, Laffont.
Cléopâtre, reine du Nil, Laffont.
Lavalette, grenadier d'Egypte, Laffont ; France Loisirs.
La Tour des Anges, France Loisirs.
Suzanne Valadon :
1. *Les Escaliers de Montmartre*, Laffont ; le Grand Livre du Mois.
2. *Le Temps des ivresses*, Laffont ; le Grand Livre du Mois.
Jeanne d'Arc :
1. *Et Dieu donnera la victoire*, Laffont.
2. *La Couronne de feu*, Laffont.
Les Chiens sauvages, Laffont.

Vu du clocher, Bartillat, prix Jules-Sandeau.
La Cabane aux fées, Le Rocher.
Soupes d'orties (tomes I et II), nouvelles, Anne Carrière.
Le Roman des croisades (tomes I et II), Laffont.
La Divine (le roman de Sarah Bernhardt), Laffont.
Fille de la colère (le roman de Louise Michel), Laffont.
Le Roman de Catherine de Médicis, Presses de la Cité.
Un château rose en Corrèze, Presses de la Cité.
Le Bonheur des Charmettes, la Table Ronde.
Les Grandes Falaises, Presses de la Cité.
La Vallée endormie, France Loisirs et Robert Laffont.
Les Bals de Versailles, Robert Laffont et le Grand Livre du Mois.
De granit et de schiste (Soupes d'orties III), Anne Carrière.
Le Pays du Bel Espoir, Presses de la Cité.
Batailles en Margeride, éd. du Rouergue.
Les Fêtes galantes, Laffont.
Les Fleuves de Babylone, Presses de la Cité.
Les Tambours sauvages, Presses de la Cité, réédition.
Le Parc aux Cerfs, Robert Laffont.
Le Bal des Célibataires, Robert Laffont.
Cartouche (Les bandits célèbres), Robert Laffont.
Le Temps des moussons, Presses de la Cité.
Mandrin (Les bandits célèbres), Robert Laffont.
Chat bleu... Chat noir ., Robert Laffont.
La Petite Danseuse de Degas, Bartillat.

Pour la jeunesse

La Vallée des mammouths, Laffont ; collection « Plein Vent », Grand Prix des Treize ; Folio-Junior.
Les Colosses de Carthage, Laffont, collection « Plein Vent ».
Cordillère interdite, Laffont, collection « Plein Vent ».
Nous irons décrocher les nuages, Laffont, collection « Plein Vent ».
Je suis Napoléon Bonaparte, Belfond Jeunesse.

Éditions de luxe

Amour du Limousin (illustrations de J.-B. Valadié), Plaisir du Livre ; Fanlac, Périgueux (réédition, 1986).

Eves du monde (illustrations de J.-B. Valadié), Art Média.
Valadié, Terre des Arts.
L'Epopée des Cathares, album Ouest-France.

TOURISME

Le Limousin, Larousse.
La Corrèze, Ch. Bonneton.
Le Limousin, Ouest-France.
Brive (commentaire sur des gravures de Pierre Courtois), R. Moreau, Brive.
La Vie en Limousin (texte pour des photos de Pierre Batillot), éd. « Les Monédières ».
Balade en Corrèze (photos de Sylvain Marchou), Les Trois-Epis, Brive.
Brive, Casterman.
Le Pays cathare, Ouest-France.
Aimer le Limousin, Ouest-France.

PRODUCTION JEANNINE BALLAND

Romans « Terres de France »

Jean Anglade
Un parrain de cendre
Le Jardin de Mercure
Y a pas d'bon Dieu
La Soupe à la fourchette
Un lit d'aubépine
La Maîtresse au piquet
Le Saintier
Le Grillon vert
La Fille aux orages
Un souper de neige
Les Puysatiers
Dans le secret des roseaux
La Rose et le Lilas
Avec le temps...
L'Ecureuil des vignes
Une étrange entreprise
Le Temps et la Paille
Les Ventres jaunes
Sylvie Anne
Mélie de Sept-Vents
Le Secret des chênes
La Couze
Ciel d'orage sur Donzenac
La Maîtresse du corroyeur
Un horloger bien tranquille
Un été à Vignols
Jean-Jacques Antier
Tempête sur Armen
Marie-Paul Armand
La Poussière des corons
Le Vent de la haine
La Courée
tome I *La Courée*
tome II *Louise*
tome III *Benoît*
La Maîtresse d'école
La Cense aux alouettes
L'Enfance perdue
Un bouquet de dentelle
Au bonheur du matin
Le Cri du héron
Le Pain rouge
Victor Bastien
Retour au Letsing
Henriette Bernier
L'Enfant de l'autre
L'Or blanc des pâturages
L'Enfant de la dernière chance
Le Choix de Pauline
Françoise Bourdon
La Forge au Loup
La Cour aux paons
Le Bois de lune
Le Maître ardoisier
Les Tisserands de la Licorne
Le Vent de l'aube
Les Chemins de garance
Patrick Breuzé
Le Silence des glaces
La Grande Avalanche
Nathalie de Broc
Le Patriarche du Bélon
La Dame des Forges
La Tresse de Jeanne
Annie Bruel
Le Mas des oliviers
Les Géants de pierre
Marie-Marseille
Michel Caffier
Le Hameau des mirabelliers
La Péniche Saint-Nicolas
Les Enfants du Flot
La Berline du roi Stanislas
La Plume d'or du drapier
L'Héritage du mirabellier
Jean-Pierre Chabrol
La Banquise
Claire Chazal
L'Institutrice
Didier Cornaille
Les Labours d'hiver
Les Terres abandonnées
Etrangers à la terre
L'Héritage de Ludovic Grollier
L'Alambic
Georges Coulonges
Les Terres gelées
La Fête des écoles
La Madelon de l'an 40
L'Enfant sous les étoiles
Les Flammes de la Liberté
Ma communale avait raison
Les blés deviennent paille

L'Eté du grand bonheur
Des amants de porcelaine
Le Pays des tomates plates
La Terre et le Moulin
Les Sabots de Paris
Les Sabots d'Angèle
La Liberté sur la montagne
Les Boulets rouges de la Commune
Anne Courtillé
Les Dames de Clermont
Florine
Dieu le veult
Les Messieurs de Clermont
L'Arbre des dames
Le Secret du chat-huant
L'Orfèvre de Saint-Séverin
Paul Couturiau
En passant par la Lorraine
Annie Degroote
La Kermesse du diable
Le Cœur en Flandre
L'Oubliée de Salperwick
Les Filles du Houtland
Le Moulin de la Dérobade
Les Silences du maître drapier
Le Colporteur d'étoiles
La Splendeur des Vaneyck
Les Amants de la petite reine
Alain Dubos
Les Seigneurs de la haute lande
La Palombe noire
La Sève et la Cendre
Le Secret du docteur Lescat
Marie-Bernadette Dupuy
L'Orpheline du bois des Loups
Les Enfants du Pas du Loup
La Demoiselle des Bories
Le Chant de l'Océan
Elise Fischer
Trois Reines pour une couronne
Les Alliances de cristal
Mystérieuse Manon
Le Soleil des mineurs
Les cigognes savaient
Laurence Fritsch
La Faïencière de Saint-Jean
Alain Gandy
Adieu capitaine
Un sombre été à Chaluzac
L'Enigme de Ravejouls
Les Frères Delgayroux
Les Corneilles de Toulonjac
L'Affaire Combes
Les Polonaises de Cransac
Le Nœud d'anguilles
L'Agence Combes et Cie
Suicide sans préméditation
Fatale Randonnée
Une famille assassinée
Gérard Georges
La Promesse d'un jour d'été
Les Bœufs de la Saint-Jean
L'Ecole en héritage
Le Piocheur des terres gelées
Les Amants du chanvre
Denis Humbert
La Malvialle
Un si joli village
La Rouvraie
L'Arbre à poules
Les Demi-Frères
La Dernière Vague
Yves Jacob
Marie sans terre
Les Anges maudits de Tourlaville
Les blés seront coupés
Une mère en partage
Hervé Jaouen
Que ma terre demeure
Au-dessous du calvaire
Les Ciels de la baie d'Audierne
Guillemette de La Borie
Les Dames de Tarnhac
Le Marchand de Bergerac
Jean-Pierre Leclerc
Les Années de pierre
La Rouge Batelière
L'Eau et les Jours
Les Sentinelles du printemps
Un amour naguère
Julien ou l'Impossible Rêve
Hélène Legrais
Le Destin des jumeaux Fabrègues
La Transbordeuse d'oranges
Les Herbes de la Saint-Jean
Les Enfants d'Elisabeth
Louis-Jacques Liandier
Les Gens de Bois-sur-Lyre
Les Racines de l'espérance
Jean-Paul Malaval
Le Domaine de Rocheveyre
Les Vignerons de Chantegrêle
Jours de colère à Malpertuis
Quai des Chartrons

Les Compagnons de Maletaverne
Le Carnaval des loups
Les Césarines
Grand-mère Antonia
Une maison dans les arbres
Une reine de trop
Une famille française
Dominique Marny
A l'ombre des amandiers
La Rose des Vents
Et tout me parle de vous
Jouez cœur et gagnez
Pascal Martin
Le Trésor du Magounia
Le Bonsaï de Brocéliande
Les Fantômes du mur païen
La Malédiction de Tévennec
Louis Muron
Le Chant des canuts
Henry Noullet
La Falourde
La Destalounade
Bonencontre
Le Destin de Bérengère Fayol
Le Mensonge d'Adeline
L'Evadé de Salvetat
Les Sortilèges d'Agnès d'Ayrac
Le Dernier Train de Salignac
Michel Peyramaure
Un château rose en Corrèze
Les Grandes Falaises
Frédéric Pons
Les Troupeaux du diable
Les Soleils de l'Adour
Passeurs de nuit
Jean Siccardi
Le Bois des Malines
Les Roses rouges de décembre
Le Bâtisseur de chapelles
Le Moulin de Siagne
Un parfum de rose
La Symphonie des loups
La Cour de récré
Bernard Simonay
La Fille de la pierre
La Louve de Cornouaille
Jean-Michel Thibaux
La Bastide blanche
La Fille de la garrigue
La Colère du mistral
L'Homme qui habillait les mariées
La Gasparine
L'Or des collines
Le Chanteur de sérénades
La Pénitente
L'Enfant du mistral
Jean-Max Tixier
Le Crime des Hautes Terres
La Fiancée du santonnier
Le Maître des roseaux
Marion des salins
Le Mas des terres rouges
Brigitte Varel
Un village pourtant si tranquille
Les Yeux de Manon
Emma
L'Enfant traqué
Le Chemin de Jean
L'Enfant du Trièves
Le Déshonneur d'un père
Blessure d'enfance
Louis-Olivier Vitté
La Rivière engloutie
L'Enfant des terres sauvages
Colette Vlérick
La Fille du goémonier
Le Brodeur de Pont-l'Abbé
La Marée du soir
Le Blé noir

Récit « Terres de France »

Albine Novarino
George Sand ou l'Amour du Berry

Collection « Sud Lointain »

Sylvie Anne
L'Appel de la pampa

Jean-Jacques Antier
Marie-Galante, La Liberté ou la Mort

La Dame du Grand-Mât
Le Sixième Condamné de l'Espérance
Erwan Bergot
Les Marches vers la gloire
Sud lointain
tome I *Le Courrier de Saïgon*
tome II *La Rivière des parfums*
tome III *Le Maître de Bao-Tan*
Rendez-vous à Vera-Cruz
Mourir au Laos
Jean Bertolino
Chaman
Fura-Tena
Anne Courtillé
Le Mosaïste de Constantinople
Paul Couturiau
Le Paravent de soie rouge
Le Paravent déchiré
L'Inconnue de Saigon
Les Amants du fleuve Rouge
Le Pianiste de La Nouvelle-Orléans
Les Brumes de San Francisco
Paradis perdu
Annie Degroote
L'Etrangère de Saint-Pétersbourg
Alain Dubos
Acadie, terre promise
Retour en Acadie
La Plantation de Bois-Joli
La Baie des maudits
Elise Fischer
L'Enfant perdu des Philippines
Hubert Huertas
L'Orque de Magellan
Hervé Jaouen
L'Adieu au Connemara
Le Testament des McGovern
Diane Lacombe
L'Hermine de Mallaig
Eric Le Nabour
Orages sur Calcutta
Les Démons de Shanghai
Les Jardins d'Istanbul
Sonia Marmen
La Vallée des larmes
La Saison des corbeaux
La Terre des conquêtes
La Rivière des promesses
Dominique Marny
Du côté de Pondichéry
Les Nuits du Caire
Cap Malabata
Juliette Morillot
Les Orchidées rouges de Shanghai
Michel Peyramaure
Le Pays du Bel Espoir
Les Fleuves de Babylone
Les Tambours sauvages
Le Temps des moussons
Bernard Simonay
Les Tigres de Tasmanie
La Dame d'Australie
Princesse maorie
Jean-Michel Thibaux
La Fille de Panamá
Tempête sur Panamá
La Pyramide perdue
Colette Vlérick
Le Domaine du belvédère

Romans

Hubert Huertas
Nous jouerons quand même ensemble
La Passagère de la « Struma »
Terminus Pondichéry
Denis Humbert
Un été d'illusions
Dominique Marny
Mes nuits ne sont pas les vôtres
Michel Peyramaure
Le Roman de Catherine de Médicis
Jean-Michel Thibaux
Le Roman de Cléopâtre

Biographie

Michel Caffier
Le Découvreur du Mississippi

Achevé d'imprimer sur les presses de

BUSSIÈRE

GROUPE CPI

à Saint-Amand-Montrond (Cher)
en juin 2007

Composé par Nord Compo
à Villeneuve-d'Ascq

N° d'édition : C07420. — N° d'impression : 072236/1.
Dépôt légal : juin 2007.

Imprimé en France